LA FIN DE L'ÉTÉ

Danielle Steel, jeune femme dont le charme n'a d'égal que l'élégance, est née à New York en 1949. Elle a vécu une grande partie de son enfance en France et reçu une éducation à la française. Puis, elle est retournée à New York achever ses études. Elle a suivi à la fois les cours de l'Université et ceux d'une grande école new-yorkaise de stylisme de mode. Mais c'est finalement vers l'écriture qu'elle se tournera. 19 best-sellers en 12 ans... 50 millions de livres imprimés, dont 30 millions aux Etats-Unis... Trois livres simultanément sur la liste des best-sellers du *New York Times*. Ses livres sont publiés dans 27 pays... A la renommée et au succès de Danielle Steel se sont ajoutés les honneurs et les hommages. En 1981, elle a été élue l'une des « dix femmes les plus influentes du monde » par les étudiants d'une Université. Ses romans ont occupé quatre places prestigieuses parmi les dix premières des « meilleures ventes » 1984 du *New York Times*. Danielle Steel a toujours fait passer sa vie de famille avant son œuvre d'écrivain. John Traina, son mari, est l'un des administrateurs les plus en vue de Californie, et les Traina aiment rester chez eux, avec leurs enfants, dans leur domaine de Napa Valley.

DANIELLE STEEL

La Fin de l'été

TRADUCTION DE CATHERINE PITIOT

PRESSES DE LA CITÉ

Titre original :
SUMMER'S END
Publié par MacMillan Publishing Company
New York.

A Bill, Beatrix et Nicholas,
mes bien-aimés.

L'été vint,
murmure dansant
dans sa chevelure,
        souhaitant qu'il l'aime,
        qu'il apprenne à rêver,
        et qu'il sache arrêter
            le manège
pour entendre enfin
    la vérité
    qu'elle gardait en silence,
pour ramener
    dans ses yeux
    la jeunesse et les rires.
        Elle voulait
        qu'il comprenne
        qu'elle l'aimait encore,
        jusqu'à l'instant
            où il serait trop tard...
Mais le temps ne pouvait attendre,
jamais ce moment ne viendrait...
        Et libre elle fut
        de bâtir
        rêves et châteaux
        dans les airs,
            projets d'été si doux,
            si neufs, si vieux...
Le récit achevé,
    les cieux se dissolvent,
    l'amour perdure
        jusqu'à
        la fin de l'été.

D.S.

CHAPITRE PREMIER

DEANNA DURAS ouvrit un œil pour consulter la pendule alors que les premiers rayons du soleil se glissaient furtivement sous les volets. Il était sept heures moins le quart. Si elle se levait dès maintenant, elle aurait encore presque une heure tout à elle, peut-être plus. De paisibles moments durant lesquels Pilar ne pourrait l'assaillir ni la tourmenter; sans coups de fil de Marc-Edouard, depuis Bruxelles, Londres ou Rome. Des moments où elle pourrait respirer, réfléchir et être seule. Doucement, elle se faufila hors des draps en jetant un coup d'œil sur Marc-Edouard, encore endormi à l'autre bout du lit. Tout à l'autre bout. Depuis des années déjà, trois ou quatre personnes auraient pu dormir dans leur lit, tant Marc et elle se tenaient éloignés l'un de l'autre. Non qu'ils ne se rejoignissent plus au milieu, désormais... Cela leur arrivait encore... quelquefois. Quand il était en ville, quand il n'était pas fatigué ou ne rentrait pas trop tard, si tard. Cela leur arrivait encore, de temps à autre.

En silence, elle sortit de la penderie la longue robe de chambre de soie ivoire. Sa chevelure brune retombait en douceur sur ses épaules et elle semblait jeune et fragile dans la lumière du petit matin. Elle se pencha un instant, à la recherche de ses mules. Disparues. Pilar devait encore les avoir prises. Rien n'était sacré, pas même les mules, et surtout pas celles de Deanna. Se souriant à elle-même, pieds nus et silencieuse, elle traversa à pas feutrés la pièce recouverte d'un épais tapis et jeta un dernier regard sur Marc, toujours endormi là-bas, si paisible. Dans son sommeil, il avait encore l'air terriblement jeune, presque l'homme qu'elle avait rencontré dix-neuf ans plus tôt. Elle le contemplait, debout sur le seuil, avec le désir de le voir remuer, s'éveiller, lui tendre les bras en souriant dans un demi-sommeil et murmurer les mots français d'il y avait si longtemps : « Reviens, ma chérie. Reviens au lit, Diane. La belle Diane. »

Cela faisait des siècles qu'elle n'était plus Diane à ses yeux. Elle n'était plus aujourd'hui que Deanna, pour lui comme pour le reste du monde : « Deanna, pourras-tu venir dîner mardi ? Deanna, sais-tu que la porte du garage n'est pas bien fermée ? Deanna, la veste de cachemire que je viens d'acheter à Londres a été sérieusement malmenée chez le teinturier. Deanna, je pars ce soir pour Lisbonne (ou Paris, ou Rome). » Elle se demandait parfois s'il se rappelait le temps où elle était « Diane », les jours où on se levait tard, les rires, le café dans la mansarde ou sur le toit, et les bains de soleil, durant les mois qui précédèrent leur mariage. Des mois de rêves fous, des heures précieuses... Les week-ends où ils s'étaient enfuis à Acapulco, et les quatre jours passés à Madrid, lorsqu'ils avaient prétendu qu'elle était sa secré-taire. Sa pensée revenait souvent avec mélancolie vers ces temps lointains. Les premières heures du matin avaient le don de lui faire revivre le passé.

« Diane, mon amour, tu reviens au lit ? » Ses yeux brillèrent au souvenir de ces mots. Elle avait alors dix-huit ans et était toujours impatiente de le retrouver. Elle était timide, certes, mais tellement amoureuse de lui ! Chaque heure, chaque instant était rempli de sensations. Ses tableaux le montraient : ils rayonnaient de l'éclat de son amour. Elle se souvenait de son regard tandis qu'il l'observait, assis dans l'atelier, une liasse de documents sur les genoux, prenant des notes, fronçant les sourcils de temps à autre dans sa lecture, puis souriant de son irrésistible sourire lorsqu'il relevait les yeux.

« Alors, madame Picasso, prête à passer à table ?

— Dans une minute. J'ai presque terminé.

— Puis-je regarder ? »

Et il faisait mine de jeter un coup d'œil indiscret de l'autre côté du chevalet, attendant qu'elle se lève d'un bond en protestant, comme elle le faisait toujours, jusqu'à ce qu'elle aperçoive la lueur taquine dans ses yeux.

« Ça suffit ! Tu sais très bien que tu ne peux pas le voir avant que j'aie terminé.

— Et pourquoi ? Es-tu en train de peindre un nu scandaleux ? »

Un rire illuminait ses yeux d'un bleu étincelant.

« Peut-être bien, monsieur. Cela vous contrarierait-il beaucoup ?

— Certainement. Tu es bien trop jeune pour peindre des choses un peu lestes... »

Elle ouvrait grand ses immenses yeux verts, trompée parfois par le sérieux apparent de ses paroles. Il avait pris la place de son père de diverses manières. Marc était devenu la voix de l'autorité, la force sur laquelle elle se reposait. Elle s'était sentie accablée lorsque son père était mort et l'apparition soudaine de Marc-Edouard avait été une bénédiction. Après le décès, elle avait vécu successivement chez différents oncles et tantes, mais aucun n'avait accueilli sa présence avec enthousiasme. A l'âge de dix-huit ans, après avoir erré une année parmi les parents de sa mère, elle avait décidé de s'installer seule, travaillant dans une boutique de mode dans la journée, et suivant le soir des cours à l'École des beaux-arts. Ce furent les leçons de peinture qui lui permirent de ne pas se laisser aller. Elle ne vivait que pour cela. Elle avait dix-sept ans lorsque son père avait disparu. Mort sur le coup, écrasé dans l'avion qu'il aimait tant piloter. Jamais aucun projet n'avait été fait concernant son avenir; son père était convaincu d'être non seulement invincible, mais aussi immortel. Deanna avait douze ans quand elle avait perdu sa mère, et, durant des années, rien n'avait existé pour elle que papa. Sa famille maternelle à San Francisco avait été oubliée, mise à l'écart, et globalement ignorée par l'homme prodigue et égoïste qu'ils tenaient pour responsable de la mort de sa femme. Deanna ne savait à peu près rien de ce qui s'était passé, sinon que «maman était morte». Maman est morte... Toute sa vie, les mots prononcés par son père en cette lugubre matinée retentiraient à ses oreilles. Maman qui s'était retranchée du monde, cachée dans sa chambre, noyée dans l'alcool en promettant toujours: «Dans une minute, ma chérie», lorsque Deanna frappait à la porte. Les «dans une minute, ma chérie» avaient duré dix ans pour l'enfant qu'elle était, qui devait jouer seule, dans sa chambre ou dans les couloirs, tandis que son père s'en allait piloter son avion ou partait brusquement en voyage d'affaires avec ses amis. Longtemps, il lui avait été difficile de discerner s'il disparaissait parce que sa mère buvait, ou si elle buvait parce qu'il était toujours parti. Quelle qu'en fût la raison, Deanna restait seule. Jusqu'au jour où sa mère était morte. On avait alors beaucoup discuté de «ce que l'on allait bien pouvoir faire maintenant». «Bon dieu, mais je n'y connais rien en gosses, moi, et encore moins en petites filles!» Il avait voulu l'envoyer en pension, un «endroit merveilleux, où il y aurait des chevaux, et de jolis paysages, et où tu te ferais plein de nouveaux amis». Mais elle avait eu tellement peur qu'il était finalement revenu sur sa décision. Elle ne voulait pas aller dans un endroit merveilleux, elle désirait être auprès de lui. L'endroit merveilleux, c'était lui, lui, le père magicien à l'avion, l'homme qui lui rapportait de magnifiques cadeaux de contrées très lointaines, le papa dont elle s'était vantée pendant des années et qu'elle n'avait jamais compris. Il était tout ce qu'elle possédait désormais, tout ce qui lui restait, maintenant que s'en était allée la femme derrière la porte de la chambre.

Aussi la garda-t-il. Il l'emmenait avec lui quand il le pouvait, la laissait avec des amis quand il ne le pouvait pas. Il lui apprit à goûter les meilleures choses de la vie: l'Imperial Hotel à Tokyo, le George V à Paris et à New York le Stork Club, où elle se juchait sur un tabouret du bar; il lui était non seulement arrivé de boire un «Shirley Temple», mais de rencontrer l'actrice du même nom, en chair et en os. Papa avait mené une vie fabuleuse. Et Deanna aussi, pendant un temps, observant tout, absorbant tout, les femmes aux manières langoureuses, les personnages intéressants, les soirées dansantes au El Morocco, les week-ends à Beverly Hills. Il avait été un acteur très connu autrefois, il y avait très longtemps, un coureur automobile également, un pilote durant la guerre, un joueur, un séducteur, un homme aimant passionnément la vie, les femmes, et tous les avions possibles. Il voulait que Deanna sache voler elle aussi, il voulait qu'elle connaisse la sensation de surplomber le monde à trois mille mètres d'altitude, de voguer au milieu des nuages et de s'abreuver de songes. Mais elle aussi avait ses rêves, qui ne ressemblaient en rien aux siens. Une vie paisible, une maison où ils seraient restés en permanence, une belle-mère qui ne se serait pas cachée derrière des «dans une minute», de l'autre côté d'une porte obstinément close. A quatorze ans, elle en avait assez du El Morocco, et à quinze, elle était lasse de danser avec les amis de son père. A seize ans, parvenue au terme de ses études secondaires, son souhait le plus ardent était de s'inscrire dans un collège privé de la côte est. Papa affirma avec insistance que ce serait mortellement ennuyeux. Aussi, au lieu de cela, se mit-elle à peindre dans des carnets ou sur des toiles qu'elle emportait partout. Elle dessinait sur les nappes en papier dans le Midi de la France, et au dos des lettres des amis de son père, puisqu'elle-même n'en avait pas : elle utilisait tout ce qui lui tombait sous la main. Le directeur d'une galerie de Venise lui avait dit qu'elle était douée et que, si elle restait dans les parages, il exposerait peut-être son travail. Il ne le fit pas, bien sûr : ils quittèrent Venise au bout d'un mois, et Florence au bout de deux, Rome au bout de six, et Paris au bout d'un mois encore, et ils revinrent finalement aux États-Unis, où papa lui promit une maison, une vraie cette fois, et peut-être même une belle-mère bien réelle par-dessus le marché. Il avait rencontré à Rome une actrice américaine — «quelqu'un que tu adoreras», avait-il assuré tandis qu'il bouclait sa valise pour aller passer le week-end dans le ranch de la jeune femme, quelque part du côté de Los Angeles.

Cette fois, il ne demanda pas à Deanna de l'accompagner. Cette fois, il voulait être seul. Il laissa sa fille à l'hôtel Fairmont à San Francisco, munie de quatre cents dollars et de la promesse qu'il serait de retour dans trois jours. Au lieu de cela, trois heures plus tard, il était mort, et Deanna était seule. Pour toujours. Et de retour à son point de départ, menacée de quelque «merveilleuse école».

Mais la menace fut de courte durée, en l'occurrence. Il ne restait plus d'argent. Ni pour une merveilleuse école, ni pour rien. Une montagne de dettes impayées était en attente. Elle appela les parents de sa mère, oubliés depuis si longtemps. Ils arrivèrent à son hôtel et l'emmenèrent vivre avec eux. «Seulement pour quelques mois, Deanna. Tu comprends, nous ne pouvons vraiment pas. Il faudra que tu trouves un emploi, et un endroit à toi, une fois que tu seras remise.» Un emploi. Quel emploi? Que savait-elle faire? Peindre. Dessiner. Rêver. A quoi cela l'avançait-il, maintenant, de connaître pratiquement chaque œuvre des Offices et du Louvre, d'avoir passé des mois au Jeu de Paume, d'avoir regardé son père courir avec les taureaux à Pampelune, d'avoir dansé au El Morocco et séjourné au Ritz? Qui s'en souciait? Personne. Trois mois plus tard, on la faisait emménager chez une cousine, puis chez une autre tante. «Pour quelque temps, comprends-tu...» Elle comprenait tout, maintenant, la solitude, la douleur, la gravité de ce qu'avait fait son père. Sa vie n'avait été qu'un jeu. Il s'était beaucoup amusé. Elle comprenait enfin ce qui était arrivé à sa mère, et pourquoi. Pendant un temps, elle en vint à haïr l'homme qu'elle avait adoré. Il l'avait laissée seule, terrifiée, et sans amour.

La Providence s'était manifestée sous la forme d'une lettre venue de France. Un petit procès, une affaire sans grande importance, était jusque-là en instance auprès des tribunaux français, et son père avait gagné. Il s'agissait de six ou sept mille dollars. Voudrait-elle avoir l'obligeance de demander à son avoué de prendre contact avec la société française? Quel avoué? Elle en choisit un sur une liste que lui avait procurée une de ses tantes. L'avoué la renvoya à un cabinet international de juristes. Elle s'était rendue en leurs bureaux un lundi matin à neuf heures, vêtue d'une petite robe noire qu'elle avait achetée en France avec son père. Une robe de chez Dior, un petit sac de croco noir rapporté du Brésil, et des perles qui étaient tout ce que lui avait laissé sa mère. Elle se moquait bien de Dior, de Paris et de Rio, comme du reste, d'ailleurs. Les six ou sept mille dollars représentaient à ses yeux une fortune princière. Elle voulait abandonner son travail pour suivre les cours des Beaux-Arts nuit et jour. Dans quelques années, elle se serait fait un nom. Mais dans l'intervalle, les six mille dollars lui permettraient de vivre une année. Peut-être.

C'était tout ce qu'elle désirait lorsqu'elle pénétra dans l'immense bureau aux murs lambrissés de bois et rencontra Marc-Edouard Duras pour la première fois.

« Mademoiselle... »

Il n'avait jamais eu à traiter d'affaire comme la sienne. Il s'occupait de droit des sociétés, de litiges compliqués en matière de commerce international, mais quand la secrétaire lui avait transmis la communication, il avait été intrigué. Lorsqu'il la vit, délicate femme-enfant au beau visage effrayé, il fut fasciné. Elle se mouvait avec une grâce confondante.

C'est d'un air empreint de gravité qu'il l'escorta jusqu'à un siège, de l'autre côté de son bureau. Mais ses yeux dansaient tandis que l'heure se passait à bavarder. Lui aussi aimait le musée des

Offices, lui aussi avait passé des jours d'affilée au Louvre; il était également allé à São Paulo, et à Caracas, et à Deauville. Elle se prit à lui faire partager son monde et à ouvrir des portes qu'elle avait cru scellées à jamais. Elle lui expliqua tout au sujet de son père, lui raconta toute la terrible histoire, assise en face de lui, avec ses yeux verts, les plus grands qu'il ait jamais vus, et cette fragilité qui lui déchirerait le cœur. Il avait presque trente-deux ans à cette époque... Certes pas assez pour qu'elle fût sa fille, et ses sentiments n'avaient rien de paternel. Il la prit cependant sous son aile. Trois mois plus tard, elle devenait sa femme. La petite cérémonie eut lieu à l'Hôtel de Ville. Ils passèrent leur lune de miel dans la maison de sa mère à Antibes, puis deux semaines à Paris.

C'est alors qu'elle avait compris ce qu'elle avait fait. Aussi bien qu'un homme, elle avait épousé un pays. Une manière de vivre. Elle devrait se montrer irréprochable, compréhensive — et se taire. Il lui faudrait être charmante et distraire ses clients et ses amis, accepter la solitude quand il voyagerait. Et elle devrait renoncer à son rêve de se faire un nom dans son art. Marc n'approuvait pas véritablement cette activité. Au temps où il la courtisait, il avait été amusé, mais il n'y voyait pas une carrière pour sa femme. Elle était Mme Duras, et cela comptait beaucoup pour lui.

Au fil des ans, elle dut ainsi renoncer à bon nombre de rêves, mais elle avait Marc. L'homme qui l'avait sauvée de la solitude et de la misère, qui avait mérité son amour et sa gratitude. L'homme aux manières impeccables et au goût exquis qui la récompensait en lui offrant sécurité et fourrures. L'homme qui toujours portait un masque.

Elle savait qu'il l'aimait, mais rarement aujourd'hui il l'exprimait comme jadis. « Les démonstrations d'affection sont bonnes pour les enfants », expliquait-il.

Mais cela aussi allait venir en son temps. Ils conçurent leur premier enfant après moins d'un an. Combien Marc avait désiré ce bébé ! Suffisamment pour lui laisser voir une fois encore à quel point il l'aimait. Un garçon. Ce serait un garçon. Il en avait décidé ainsi. Il en était sûr, et Deanna également. Elle n'avait plus que ce désir : le fils de Marc. Il le fallait ; c'était la seule chose qui pourrait lui valoir son respect, et peut-être même sa passion pour la vie entière. Un fils. Et c'en fut un. Un minuscule petit garçon avec une lésion au poumon. Un prêtre fut appelé quelques instants à peine après la naissance et le baptisa du nom de Philippe-Edouard. Quatre heures plus tard, le bébé était mort.

Marc emmena Deanna en France pour l'été et la laissa aux bons soins de sa mère et de ses tantes. Durant la belle saison, il travailla à Londres, mais en revenant les week-ends ; il la serrait alors tendrement dans ses bras et séchait ses larmes, jusqu'au jour où elle attendit un deuxième enfant. Celui-ci mourut également. Un garçon lui aussi. Et donner un enfant à Marc devint pour elle une obsession. Elle ne rêvait plus qu'à leur fils. Elle cessa même de peindre. Le médecin lui ordonna de garder le lit lorsque pour la troisième fois elle se trouva enceinte. Marc avait des litiges à régler au Maroc et à Milan cette année-là, mais il téléphonait et envoyait des fleurs, et restait assis à son chevet quand il était de retour. De nouveau, il lui promit qu'elle lui donnerait un fils. Mais cette fois il se trompait. L'héritier si longtemps attendu était une fille, mais un bébé vigoureux, auréolé de cheveux blonds, aux yeux bleus comme son père. L'enfant dont Deanna rêvait. Marc lui-même se résigna et tomba très vite amoureux de la minuscule tête blonde. Ils la prénommèrent Pilar, et prirent l'avion pour la France afin de la présenter à sa grand-mère. Mme Duras regretta tout haut le fait que Deanna n'ait pas su enfanter un fils. Mais Marc s'en souciait peu. Le bébé était le sien. Son enfant, sa chair. Elle ne parlerait que le français ; passerait tous les étés à Antibes. Deanna avait senti quelques palpitations de crainte, mais se délectait enfin dans les joies de la maternité.

Marc passait tous ses moments libres en compagnie de Pilar, la montrant avec fierté à ses amis. C'était une enfant toujours pleine de rire et de gaieté. C'est en français qu'elle prononça ses premiers mots. A l'âge de dix ans, elle était déjà plus à l'aise à Paris qu'aux États-Unis : les livres qu'elle lisait, les vêtements qu'elle portait, les jeux auxquels elle jouait, tout avait été soigneusement importé par Marc. Elle savait qui elle était : une Duras, et où était sa place : en France. A douze ans, elle fut mise en pension à Grenoble. Dès lors, le mal était fait ; Deanna avait perdu sa fille, était devenue pour elle une étrangère, un objet de colère et de ressentiment. C'était sa faute s'ils ne vivaient pas en France, sa faute si Pilar ne pouvait pas rester avec ses amis ; sa faute encore si papa ne pouvait demeurer à Paris avec grand-mère qui se languissait tellement de lui. Ils avaient fini par gagner. Une fois de plus.

Deanna descendit doucement les marches, ses pieds nus caressant le chemin d'escalier persan que Marc avait rapporté d'Iran. Elle jeta par habitude un coup d'œil dans le salon. Tout était à sa place, comme toujours. La délicate soie verte du canapé ne faisait pas le moindre pli ; les chaises Louis XV se tenaient au garde-à-vous comme des soldats à leurs postes ; la tapisserie d'Aubusson, exquise, étalait ses tendres verts céladon et le rose fané de ses fleurs. Les argents brillaient ; les cendriers étaient immaculés ; aux murs, les portraits des ancêtres de Marc étaient suspendus en un angle d'inclinaison parfait ; et les rideaux encadraient une vue idéale sur le pont du Golden Gate et sur la baie. Aucun voilier encore à cette heure matinale, et pour une fois pas de brouillard. C'était une magnifique journée de juin, et Deanna s'attarda un moment, le regard posé sur les flots. Elle fut tentée de s'asseoir et de regarder, simplement. Mais c'eût été un sacrilège, semblait-il, que de froisser le canapé, fouler le tapis ou même respirer dans cette pièce. Il lui était plus facile de passer son chemin et de continuer vers son propre petit univers, vers le studio où elle peignait... où elle fuyait.

Elle dépassa la salle à manger sans un regard et suivit sans bruit un long couloir qui menait à l'arrière de la maison. On accédait à son atelier par une demi-volée de marches. Le bois sombre était froid sous ses pieds. La porte résistait comme à l'accoutumée. Marc avait renoncé à lui rappeler de veiller à la faire réparer. Il en était venu à la conclusion qu'elle aimait qu'il en soit ainsi, et il ne se trompait pas. La porte était difficile à ouvrir et se refermait toujours aussitôt, brutalement, l'enfermant hermétiquement dans son lumineux cocon. Le studio lui était précieux, comme un petit monde bien à elle, une explosion de musique et de fleurs amoureusement protégée de la rigueur suffocante du reste de la demeure. Ici, pas de tapisserie d'Aubusson, pas d'argenterie, pas de Louis XV. Ici, tout était clair et vivant, les peintures sur sa palette, les toiles sur son chevalet, le jaune pâle des murs, et le gros fauteuil blanc et confortable dont les bras se refermaient sur elle dès qu'elle s'y abandonnait. Elle s'assit en souriant et regarda autour d'elle. Elle avait tout laissé dans un affreux désordre le matin précédent, mais cela lui plaisait; c'était un endroit charmant où elle pouvait travailler. Elle tira les rideaux à fleurs, ouvrit les portes-fenêtres à la française et sortit sur la minuscule terrasse dont les carreaux luisants étaient comme de la glace sous ses pieds.

Il lui arrivait souvent de se tenir ici à cette heure, parfois même dans le brouillard, respirant profondément, souriant au fantôme du pont suspendu de façon inquiétante au-dessus d'une baie invisible, et écoutant le lent ululement des cornes de brume. Mais pas ce matin. Ce matin, le soleil était si éclatant qu'elle ferma à demi les yeux en mettant le pied dehors. Ce serait une journée idéale pour aller faire de la voile ou pour disparaître sur la plage. Cette simple pensée lui arracha un rire. Et qui donnerait les instructions à Margaret pour le ménage, qui répondrait au courrier, qui expliquerait à Pilar pourquoi elle ne pourrait sortir ce soir-là? Pilar. C'était le jour de son départ. Cap d'Antibes cet été, afin de rendre visite à sa grand-mère et à ses oncles, tantes et cousins, tous descendus de Paris pour les vacances. A ce souvenir, Deanna eut un frisson. Après avoir supporté durant des années ces étés étouffants, elle avait fini par dire non. Les éternels numéros de charme de la famille de Marc étaient devenus intolérables, leurs politesses aux dents serrées, leurs invisibles épines qui vous déchiraient la chair. Jamais Deanna n'avait obtenu leur approbation. La mère de Marc n'en faisait pas mystère: Deanna était américaine, après tout, et beaucoup trop jeune pour constituer un parti raisonnable. Pis encore, elle était la fille sans ressources d'un homme qui avait couru le monde en gaspillant son argent. Ce mariage n'ajoutait rien à la gloire de Marc, mais beaucoup à celle de sa femme. Tous croyaient que c'était pour cette raison qu'elle l'avait attiré dans ses filets. Et ils prenaient garde à ne pas y faire allusion... plus de deux fois l'an, du moins. Deanna en avait finalement eu assez, et avait mis fin à ses pèlerinages estivaux à Antibes. Pilar partait seule désormais et en était ravie. Elle était l'une des leurs.

Deanna s'accouda au mur de la terrasse et appuya son menton sur le revers de sa main. Tandis qu'elle contemplait un cargo qui glissait lentement dans la baie, elle n'entendit pas un soupir derrière elle.

« N'as-tu pas froid là dehors, maman ? »

Les mots étaient aussi glacés que le carrelage de la terrasse. Pilar lui avait parlé comme à une excentrique, debout là-bas, pieds nus dans son peignoir de bain. Deanna jeta encore un regard sur le bateau et se retourna lentement en souriant.

« Pas vraiment. Je me plais bien dehors. De plus, je n'ai pas trouvé mes mules. »

Elle prononça ces mots avec le même sourire imperturbable et regarda droit dans les yeux bleus de sa fille. Pilar était tout ce qu'elle-même n'était pas. Sa chevelure était du blond le plus pâle, ses yeux d'un bleu presque irisé, et sa peau avait le riche éclat de la jeunesse. Avec une tête ou presque de plus que sa mère, elle était la fidèle image de Marc-Edouard. Mais elle ne possédait pas encore son aura de puissance. Cela viendrait plus tard. Et, si elle assimilait bien les leçons de sa grand-mère et de ses tantes, elle saurait un jour dissimuler avec autant de perversité qu'elles. Marc-Edouard n'était pas aussi retors, tant s'en fallait ; cela n'était pas nécessaire, il était un homme. Mais les dames Duras pratiquaient un art autrement plus subtil. Deanna ne pouvait plus rien y changer maintenant, sauf en tenant Pilar éloignée d'eux, mais c'eût été une vaine entreprise. Pilar, Marc, la vieille femme elle-même, tous conspiraient pour garder l'enfant en Europe la plus grande partie du temps. Et puis, la ressemblance de Pilar avec sa grand-mère n'était pas simple effet de mimétisme, mais quelque chose qu'elle charriait dans ses veines. Deanna n'avait d'autre solution que de l'accepter. Combien la déception était toujours vive, elle ne cessait cependant pas de s'en étonner. Jamais un instant où elle ne s'en souciât pas, où cela importât moins. Cela importait toujours. Elle souffrait toujours d'avoir perdu Pilar. Toujours.

Elle abaissa les yeux vers les pieds de sa fille, chaussés des mules disparues.

«Je vois que tu les as trouvées.»

Ses mots étaient taquins, mais dans ses yeux affleurait la souffrance de toute une vie. La tragédie constamment cachée sous les plaisanteries.

«Dois-je rire, maman?»

Il était sept heures trente à peine, et déjà Pilar portait sur le visage son masque de guerre.

«Impossible de trouver un seul de mes pulls, et ma jupe noire est toujours chez la couturière.»

Il s'agissait d'une accusation de la plus haute importance. La jeune fille rejeta en arrière ses longs cheveux blonds et raides et dévisagea sa mère avec colère.

Deanna s'étonnait toujours des fureurs de Pilar. Rébellion de l'adolescence? Ou simplement ne voulait-elle pas partager Marc avec elle? Deanna était désarmée, du moins pour le moment. Peut-être un jour, plus tard peut-être, peut-être dans cinq ans, une nouvelle chance lui serait-elle donnée de reconquérir sa fille et de devenir son amie. C'était une de ses raisons de vivre. Un espoir qui refusait de mourir.

« La jupe est revenue hier. Elle est dans le placard du vestibule. Les pulls sont déjà dans ta valise. Margaret a préparé tes bagages hier. Cela résout-il tes problèmes ? »

Les mots étaient prononcés avec douceur. Pilar resterait l'enfant de ses rêves, quoi qu'il advienne, même si ces rêves avaient été anéantis.

« Maman ! Tu ne m'écoutes pas ! »

Un instant, la pensée de sa mère avait vagabondé, et les yeux de Pilar déjà la foudroyaient.

« Je t'ai demandé ce que tu avais fait de mon passeport », reprit-elle.

Les yeux verts de Deanna croisèrent le regard bleu de sa fille et le soutinrent un long moment. Elle aurait voulu parler, dire les mots qu'il fallait, mais elle put seulement articuler :

« J'ai ton passeport. Je te le donnerai à l'aéroport.

— Je suis tout à fait capable d'en prendre soin moi-même.

— Je n'en doute pas. »

Deanna fit avec circonspection un pas à l'intérieur du studio, en évitant le regard insistant de la jeune fille.

« Vas-tu prendre ton petit déjeuner ?

— Plus tard. Il faut que je me lave la tête.

— Je demanderai à Margaret de t'apporter un plateau.

— Très bien. »

Et elle disparut, pleine de jeunesse, vive comme une flèche qui avait percé à nouveau le cœur de Deanna. Il en fallait si peu pour le blesser ! Les mots étaient insignifiants en eux-mêmes, mais leur froideur la transperçait. Et pourtant, il n'était pas possible que l'on ait des enfants pour que cela finisse ainsi... Elle se demandait parfois s'il en aurait été de même avec ses fils. Peut-être tout venait-il de Pilar ; peut-être les tiraillements entre deux pays, deux mondes, étaient-ils trop grands pour ses forces.

Comme elle s'asseyait en soupirant, le téléphone sur son bureau fit entendre un bourdonnement. C'était la ligne intérieure, sans nul doute Margaret qui voulait savoir si elle désirait que son café lui soit servi dans l'atelier. Lorsque Marc s'absentait, il lui arrivait souvent de manger seule dans cette pièce. Lorsqu'il était à la maison, le petit déjeuner en sa compagnie était devenu un rite, et quelquefois leur seul repas en commun.

« Oui ? »

Sa voix avait une onctuosité, un caractère assourdi qui conférait de la douceur à ses paroles.

« Deanna, il faut que je donne un coup de fil à Paris. Je ne serai pas en bas avant un quart d'heure. Voudrais-tu dire à Margaret que je désire mes œufs frits, et non pas grillés et croquants sous la dent ? As-tu les journaux là-haut ?

— Non, Margaret a dû les garder pour toi sur la table.

— Bon. A tout de suite », ajouta-t-il en français.

Pas même « Bonjour », pas même « Comment vas-tu ? As-tu bien dormi ?... Je t'aime ». Seulement les journaux, la jupe noire, le passeport, le... Les yeux de Deanna se remplirent de larmes. Elle les essuya du revers de la main. Ils ne le faisaient pas délibérément ; ils étaient ainsi, voilà tout. Mais pourquoi ne s'inquiétaient-ils pas de l'endroit où était *sa* jupe noire à *elle*, où se trouvaient *ses* mules, ou de la manière dont avançait *son* dernier tableau ? Tout en refermant derrière elle la porte du studio, elle jeta par-dessus son épaule un regard chargé de mélancolie. Sa journée avait commencé.

Margaret entendit le froissement des journaux qu'elle consultait dans la salle à manger et ouvrit la porte de la cuisine en souriant, comme à son habitude.

« Bonjour, madame Duras.

— Bonjour, Margaret. »

Et cela recommençait, comme toujours, avec grâce et précision. Les ordres étaient donnés aimablement et accompagnés d'un sourire; les journaux étaient soigneusement disposés par ordre d'importance; le café était immédiatement servi dans la cafetière en Limoges qui avait appartenu à la mère de Marc; on ouvrait les rideaux; on observait le temps qu'il faisait; et chacun prenait place à son poste, revêtait son masque et commençait une nouvelle journée.

Pendant qu'elle regardait distraitement le journal, Deanna oublia ses pensées matinales. Elle buvait son café à petites gorgées dans une tasse bleue à fleurs tout en frottant ses pieds sur le tapis pour les réchauffer de leur séjour sur le carrelage glacé de la terrasse. Le matin, elle paraissait très jeune, avec ses cheveux sombres dénoués, ses grands yeux, son teint aussi clair que celui de Pilar, ses mains aussi lisses et délicates que vingt ans auparavant. Elle ne semblait pas avoir déjà trente-sept ans, mais plutôt approcher de la trentaine. C'était sa manière de relever le visage quand elle parlait, l'étincelle dans ses yeux, et ce sourire qui surgissait tel un arc-en-ciel, qui lui donnaient l'air si juvénile. Plus tard, dans la journée, son style d'un classicisme achevé, sa chevelure relevée en un chignon et son maintien majestueux la feraient paraître plus âgée qu'elle ne l'était. Mais le matin elle n'était chargée d'aucun de ces symboles. Elle était simplement elle-même.

Elle entendit Marc descendre les escaliers avant même d'entendre sa voix, répondant gaiement en français à Pilar qui se tenait sur le palier du deuxième étage, les cheveux trempés. Cela avait trait au fait qu'elle devrait éviter d'aller à Nice et veiller à bien se conduire à Antibes. Contrairement à Deanna, il reverrait sa fille dans le courant de l'été. Il ferait plusieurs aller et retour entre Paris et San Francisco, en s'arrêtant à Antibes pour y passer le week-end chaque fois qu'il le pourrait. Rompre avec de vieilles habitudes n'était pas si aisé, et puis la présence de sa fille avait pour lui un trop grand attrait. Ils avaient de tout temps été des amis.

« Bonjour, ma chère », lança-t-il en français.

« Ma chère », et non « ma chérie », remarqua Deanna. Le « i » avait disparu voici bien des années.

« Tu es très en beauté ce matin.

— Merci. »

Elle releva les yeux avec un début de sourire, mais le vit déjà plongé dans son journal. Le compliment était moins une vérité qu'une formalité. L'art des Français. Elle n'en ignorait rien.

« Rien de neuf à Paris ? reprit-elle, le visage de nouveau grave.

— Je te tiendrai au courant. Je pars là-bas demain. Pour quelque temps. »

A son ton, elle sentit qu'il y avait autre chose. Il ne lui disait jamais tout.

« Combien de temps ? »

Il la regarda, amusé, et, une fois encore, toutes les raisons pour lesquelles elle était tombée amoureuse de lui lui revinrent en mémoire. Marc était un très bel homme au visage fin et aristocratique, aux yeux bleus d'un éclat que même ceux de Pilar n'égalaient pas. Les quelques touches grises sur ses tempes se distinguaient à peine sous ses cheveux encore blond-roux. D'allure jeune et dynamique, il avait presque toujours l'air amusé, en particulier lorsqu'il séjournait aux États-Unis. Il trouvait les Américains « amusants » : cela l'amusait de les battre au tennis et au squash, au bridge ou au backgammon, et plus encore dans une salle de tribunal. Il travaillait comme il jouait, avec énergie, vite et bien; et obtenait des résultats exceptionnels. Il était de ceux que les hommes jalousent et dont les femmes recherchent les faveurs. Il gagnait toujours. Vaincre était sa manière de vivre. Deanna avait aimé cela en lui dès le début, et cela avait été une extraordinaire victoire, le jour où, pour la première fois, il lui avait dit qu'il l'aimait.

« Je t'ai demandé combien de temps tu serais parti. »

On percevait un peu d'agacement dans sa voix.

« Je ne sais pas trop. Quelques jours. Cela importe-t-il ?

— Naturellement. »

Le ton était encore agacé.

« Avons-nous prévu quelque chose d'important ? »

Il semblait surpris. Il avait vérifié dans l'agenda et n'y avait rien vu.

« Eh bien ? » questionna-t-il.

« Non, rien d'important, mon chéri... seulement nous deux. »

« Non, non, rien de ce genre. C'était juste pour savoir.

— Je te tiendrai au courant. J'aurai une idée plus précise après les réunions d'aujourd'hui. La grosse affaire de transports maritimes pose appa-

28

remment un problème. Il se peut que je doive me rendre directement de Paris à Athènes.

— Encore ?

— A ce qu'il semblerait. »

Il se replongea dans la lecture des journaux jusqu'au moment où Margaret déposa ses œufs devant lui. Il jeta alors un nouveau coup d'œil vers sa femme :

« Tu emmènes Pilar à l'aéroport ?

— Bien sûr.

— Veille à ce qu'elle soit correctement habillée, veux-tu ? Ma mère va avoir une attaque si elle descend encore de l'avion dans une de ses tenues extravagantes.

— Pourquoi ne pas le lui dire toi-même ? »

Deanna le fixa de ses yeux verts.

« Je pensais que c'était plutôt ton domaine, répliqua-t-il, impassible.

— Quoi ? La discipline ou sa garde-robe ? »

Deux tâches également ingrates, tous deux le savaient bien.

« Les deux, dans une certaine mesure. »

Elle voulut lui demander dans quelle mesure mais s'abstint. Dans la mesure où elle en était capable ? Était-ce là ce qu'il voulait dire ? Marc continua :

« A propos, je lui ai donné un peu d'argent pour son séjour. Inutile de t'en préoccuper.

— Combien ? »

Il releva brusquement les yeux.

« Je te demande pardon ?

— Je t'ai demandé combien tu lui avais donné pour son voyage, dit-elle très paisiblement.

— Cela a-t-il une quelconque importance ?

— Je pense que oui. Ou bien discipline et garde-robe sont-ils mes seuls rayons ? »

L'irritation de dix-huit années de vie commune affleurait maintenant dans sa voix.

« Pas nécessairement. Mais ne t'inquiète pas, elle a suffisamment

— Ce n'est pas cela qui m'inquiète.

— Et qu'est-ce qui t'inquiète ? »

Son ton était soudain devenu déplaisant. Le regard de Deanna, quant à lui, était froid et dur comme l'acier.

« Je pense qu'elle ne devrait pas disposer de trop d'argent pour l'été. Elle n'en a pas besoin.

— C'est une enfant très responsable.

— Mais elle a à peine seize ans, Marc. Combien lui as-tu donné ?

— Mille, prononça-t-il très calmement. comme s'il voulait signifier que l'affaire était close.

— Dollars ? dit-elle en écarquillant les yeux. Mais c'est délirant !

— Vraiment ?

— Tu le sais parfaitement. Et tu sais également ce qu'elle va en faire.

— S'amuser, j'imagine. Sans faire de mal.

— Non, elle va s'acheter une de ces maudites motos dont elle a tant envie, et je m'y refuse absolument. »

Rien n'était comparable à la fureur de Deanna, sinon son impuissance, et elle le savait. Pilar s'en allait chez « eux » maintenant, hors de son contrôle.

« Je ne veux pas qu'elle ait autant d'argent.

— Ne sois pas ridicule.

— Pour l'amour du Ciel, Marc... »

La sonnerie du téléphone l'interrompit alors qu'elle se lançait résolument dans sa diatribe. C'était pour Marc, de Milan. Il n'avait pas le temps de l'écouter avant de partir. Il devait assister à une réunion à neuf heures et demie. Il consulta rapidement sa montre.

« Ne te mets pas dans tous tes états, Deanna. La petite sera en de bonnes mains. »

Mais c'était encore là tout un sujet de discussion, et il n'avait pas le temps.

« Je te verrai ce soir, trancha-t-il.

— Seras-tu de retour pour le dîner ?

— J'en doute. Je dirai à Dominique de t'appeler.

— Merci. »

Un tout petit mot glacé. Elle le regarda refermer la porte et, un instant plus tard, entendit le ronronnement de la Jaguar qui sortait de l'allée. Elle avait encore perdu une bataille.

Sur le chemin de l'aéroport, elle aborda le sujet avec Pilar.

« Ton père m'a dit qu'il t'a donné pas mal d'argent pour l'été.

— Et allez donc ! Qu'est-ce qu'il y a encore ?

— Tu sais parfaitement ce qu'il y a. La moto. Je vais te dire les choses très simplement, ma chérie : achètes-en une, et tu reprends immédiatement le chemin de la maison. »

Pilar fut tentée de lâcher un « Qu'est-ce que tu en saurais ? » d'un ton persifleur mais n'osa pas.

« D'accord, je n'en achèterai pas.

— Tu n'en conduiras pas non plus.

— Je n'en conduirai pas non plus. »

Mais tout cela était inutile : elle ne faisait que répéter comme un perroquet. Et, pour la première fois depuis longtemps, Deanna eut envie de hurler. Tout en conduisant, elle regarda un instant sa fille, puis fixa à nouveau la route devant elle.

« Pourquoi faut-il que ça se passe toujours de cette façon ? Tu pars pour trois mois, nous n'allons plus nous voir pendant tout ce temps, ne pourrait-on, aujourd'hui du moins, faire la paix ? A quoi bon ce marchandage constant ?

— Ce n'est pas moi qui ai commencé. C'est toi qui as parlé de la moto.

— Et peux-tu imaginer pourquoi ? Parce que je

t'aime, parce que je me soucie de toi. Parce que je ne veux pas que tu te tues. Peux-tu comprendre cela ? »

Il y avait du désespoir dans sa voix, et au bout du compte de la colère.

« Oui, bien sûr. »

Elles poursuivirent en silence leur chemin jusqu'à l'aéroport. Deanna sentait des larmes lui brûler les yeux, mais il n'était pas question de les laisser voir à Pilar. Elle devait se montrer parfaite, elle devait être forte. Comme l'était Marc, comme toute sa maudite belle-famille en France faisait semblant de l'être, comme désirait être Pilar. Deanna laissa sa voiture aux soins du gardien au bord du trottoir, et elles suivirent le porteur à l'intérieur, où Pilar procéda à l'enregistrement de ses bagages. Quand l'employé lui eut rendu son billet et son passeport, elle se retourna vers sa mère :

« Tu viens jusqu'à la porte ? »

Sa voix trahissait plus une appréhension qu'un encouragement.

« Je pensais que ce serait plus gentil. Cela te dérange ?

— Non. »

Maussade et irritée. Une drôle de fille. Deanna avait envie de la gifler. Qui était cette personne ? Qui était-elle devenue ? Où était passée la rayonnante petite fille d'autrefois qui l'adorait ? Tandis qu'elles se dirigeaient vers la porte d'embarquement, accompagnées par des regards admiratifs, chacune resta murée dans ses pensées. Elles formaient un couple saisissant : la beauté brune de Deanna, vêtue d'une robe de lainage noir superbement coupée, les cheveux ramassés en chignon, une veste d'un rouge éclatant sur le bras ; et Pilar, à la juvénile et flamboyante chevelure blonde, grande, mince et gracieuse dans un ensemble de toile blanc qui avait obtenu l'approbation de sa mère à sa descente des escaliers. Sa grand-mère elle-même n'y pourrait rien critiquer... à moins qu'elle n'en juge la coupe trop américaine. Tout était possible avec Mme Duras.

Lorsqu'elles arrivèrent à destination, l'embarquement avait déjà commencé. Deanna n'eut qu'un court instant pour serrer la main de sa fille dans la sienne :

« Je ne plaisante pas à propos de la moto, ma chérie. Je t'en prie...

— D'accord, ça va. »

Mais Pilar regardait déjà au loin, au-delà de sa mère, impatiente de monter dans l'avion.

« Je te téléphonerai. Appelle-moi de ton côté si tu as le moindre problème.

— Je n'en aurai pas, dit-elle avec toute l'assurance de ses seize ans.

— Je souhaite que non. »

Deanna eut une expression plus douce sur le visage en regardant sa fille, puis l'attira vers elle et la serra dans ses bras :

« Je t'aime, ma chérie. Amuse-toi bien.

— Merci, maman. »

Elle gratifia sa mère d'un bref sourire et d'un petit signe de la main, puis sa crinière dorée disparut dans le corridor. Elle était partie une fois encore. Son bébé... la petite fille aux boucles blondes, l'enfant qui lui avait tendu les bras avec tant de confiance chaque soir pour se faire cajoler... Pilar. Deanna s'installa dans la salle d'attente et y demeura jusqu'au moment de voir le 747 prendre son envol vers le ciel. Enfin elle se leva et repartit lentement en direction de sa voiture. Le gardien porta la main à sa visière d'un air approbateur à la vue du dollar qu'elle lui remit et la regarda d'un air songeur s'introduire avec grâce dans le véhicule. C'était une très belle femme. Il ne pouvait pas vraiment évaluer son âge : vingt-huit ans ? trente-deux ? trente-cinq ? quarante ans ? Impossible de le dire. Son visage était jeune, mais le reste, sa façon de bouger, l'expression de ses yeux, était si vieux...

Deanna était assise à sa table de toilette et occupée à se brosser les cheveux lorsqu'elle entendit Marc monter l'escalier. Il était dix heures vingt, et il ne l'avait pas appelée de la journée. Dominique, sa secrétaire, avait laissé un message à Margaret à midi : M. Duras ne rentrerait pas dîner. Deanna avait mangé dans l'atelier tout en faisant des croquis, mais sans parvenir à se concentrer sur son travail. Elle songeait à Pilar.

Elle se retourna à son entrée et lui sourit. Il lui avait manqué. La maison avait été étrangement calme toute la journée.

« Bonsoir, mon chéri. La journée a été longue.

— Très longue. Et la tienne ?

— Tranquille. Tout est trop calme ici sans Pilar.

— Je n'aurais jamais pensé t'entendre dire ça. »

En souriant à sa femme, Marc-Edouard sombra dans le gros fauteuil de velours bleu près de la cheminée.

« Moi non plus, dit-elle. Comment se sont passées tes réunions ?

— Assommantes. »

Il n'était guère expansif. Elle pivota sur son siège pour le regarder :

« Tu pars toujours pour Paris demain ? »

Il fit un signe affirmatif de la tête et elle continua à l'observer, en train d'étendre ses longues jambes. Son apparence ne différait guère de celle qu'il avait dans la matinée. Il semblait plus ou moins prêt à entreprendre une nouvelle journée de travail. Les réunions qu'il qualifiait d'« assommantes » le mettaient en forme. Il se leva et s'avança vers elle avec un sourire dans les yeux.

« Oui, je pars pour Paris demain. Es-tu bien sûre de ne pas vouloir rejoindre Pilar et ma mère au cap d'Antibes ?

— Tout à fait sûre, fit-elle d'un air déterminé. Pourquoi le voudrais-je ?

— Tu as dit toi-même que c'était trop calme ici. J'ai pensé que peut-être... »

Il alla se placer derrière elle un instant et posa les mains sur ses épaules :

« Je vais être absent tout l'été, Deanna. »

Les épaules se raidirent sous les mains de Marc.

« Tout l'été ?

— Plus ou moins. L'affaire Salco est trop importante pour que je la laisse entre les mains d'un autre. Je vais faire des allées et venues entre Paris et Athènes durant tout l'été. Je ne pourrai pas être ici. »

Tandis qu'il lui parlait, son accent parut soudain plus marqué, comme s'il avait déjà quitté les États-Unis :

« J'aurai de nombreuses occasions de voir comment va Pilar, ce qui devrait te faire plaisir, mais pas de rester auprès de toi. »

Elle voulut lui demander s'il s'en souciait, mais renonça.

« Je crois, continua-t-il, que l'affaire occupera la plus grande partie de l'été. Trois mois environ. »

Il lui parut entendre sa sentence de mort.

« Trois mois ? fit-elle d'une voix ténue.

— Tu vois maintenant pourquoi je t'ai demandé si tu aimerais aller au cap d'Antibes. Cela modifie-t-il ta décision ? »

Elle agita lentement la tête :

« Non. Cela ne change rien. Tu ne seras pas là-bas non plus ; et puis je crois que Pilar a besoin d'être éloignée de moi pendant quelque temps. Sans parler de... »

Sa voix s'éteignit.

« Ma mère ? » demanda Marc.

Elle acquiesça silencieusement.

« Je vois. Eh bien, ma chère, tu resteras donc ici toute seule. »

Bon sang, pourquoi ne lui proposait-il pas de partir avec lui, de faire avec lui les allées et venues entre Paris et Athènes ? Pendant un instant, elle songea à le lui suggérer, mais elle savait qu'il ne la laisserait pas venir. Il aimait se sentir libre lorsqu'il travaillait. Jamais il ne l'emmènerait.

« T'en sortiras-tu, toute seule ? dit-il alors.

— Ai-je le choix ? Est-ce à dire que si je répondais non, tu ne partirais pas ? dit-elle en tournant vers lui son visage.

— Tu sais bien que ce n'est pas possible.

— Oui, je sais. »

Elle demeura silencieuse un moment, puis haussa les épaules et eut un petit sourire :

« Je m'en sortirai.

— J'en suis certain.

« Qu'en sais-tu ? Mais qu'est-ce que tu en sais ? Et si je ne parvenais pas à m'en sortir ? Et si j'avais besoin de toi ?... et si... »

— Tu es une excellente épouse, Deanna. »

Pendant une brève seconde, elle ne sut si elle devait le remercier ou le gifler.

« Que veux-tu dire par là ? Que je ne récrimine pas trop ? Peut-être le devrais-je. »

Elle dissimula sous un sourire ce qu'elle ressentait, et il put esquiver une réponse qu'il ne souhaitait pas donner.

« Oh ! non, tu ne le devrais pas. Tu es parfaite comme tu es.

— Merci, monsieur, dit-elle en se levant pour qu'il ne voie pas son visage. Prépareras-tu toi-même tes valises, ou veux-tu que je le fasse à ta place ?

— Je m'en occuperai. Va te coucher. Je te rejoins dans un moment. »

Deanna le regarda s'affairer de-ci, de-là dans le vestiaire, avant de disparaître en direction du rez-de-chaussée, vers son bureau, jugea-t-elle. Elle était étendue de son côté du lit, immobile, la lumière éteinte, lorsqu'il revint.

« Tu dors ? demanda-t-il.

— Non. »

Sa voix dans l'obscurité était rauque.

« Bon. »

Bon ? Pourquoi ? Quelle importance cela avait-il, qu'elle soit endormie ou non ? Allait-il lui parler, lui dire qu'il l'aimait, qu'il regrettait de devoir partir ? Il ne le regrettait pas, ils le savaient bien l'un et l'autre. C'était là ce qu'il aimait, vagabonder de par le monde, exerçant son métier, jouissant de sa réputation et de son travail. Il adorait ça. Il se glissa sous les draps et ils demeurèrent allongés un certain temps, bien éveillés, pensifs et silencieux.

« Tu es furieuse que je m'en aille si longtemps ? »

Elle secoua la tête.

« Non, pas furieuse : triste. Tu vas me manquer. Beaucoup.

— Le temps passera vite. »

Elle ne répondit pas. Il se redressa sur un coude pour étudier son visage dans l'obscurité de la chambre.

« Je suis désolé. Deanna.

— Moi aussi. »

Il lui passa la main dans les cheveux en souriant, et elle tourna lentement la tête vers lui.

« Tu es toujours très jolie, Deanna. Le sais-tu ? Plus jolie même qu'étant jeune fille. Très belle, en fait. »

Mais elle ne désirait pas être belle, elle ne voulait que lui appartenir, comme il y avait si longtemps. Être sa *Diane*.

« Pilar sera superbe, elle aussi, un jour, dit-il avec fierté.

— Elle l'est déjà. »

Elle avait dit ces mots sans passion, sans colère.

« Serais-tu jalouse d'elle ? »

Il semblait presque aimer cette idée. Deanna s'interrogea. Peut-être s'en sentait-il plus important. Ou plus jeune. Néanmoins, elle lui répondit :

« Pourquoi pas ? Oui, je suis jalouse d'elle, parfois. J'aimerais redevenir aussi jeune, aussi libre, aussi sûre de ce que la vie me doit. A son âge, c'est tellement évident : on mérite ce qu'il y a de mieux, donc on l'obtiendra. C'était ma vision des choses, dans le temps.

— Et aujourd'hui, Deanna ? La vie a-t-elle tenu ses promesses ?

— A certains égards, oui. »

Il discerna de la tristesse dans ses yeux. Pour la première fois depuis des années, lui revint en mémoire l'image de l'orpheline de dix-huit ans, vêtue d'une petite robe noire de chez Dior, qui avait pris place en face de lui dans son bureau. Il se demanda s'il l'avait rendue malheureuse, si elle aurait désiré autre chose. Mais il lui avait tant donné ! Bijoux, voitures, fourrures. Un foyer aussi. Tout ce dont rêvent la plupart des femmes. Que pouvait-elle désirer de plus ? Il l'observa un long moment d'un œil interrogateur, le visage ridé par une pensée soudaine. Se pouvait-il qu'il ne l'ait pas comprise ?

« Deanna... ? »

Il ne souhaitait pas poser cette question, mais elle devenait brusquement nécessaire. Il lisait dans ses yeux trop de choses inexprimées.

« N'es-tu pas heureuse ? »

Elle le dévisagea franchement et voulut répondre que non. Mais elle eut peur. Elle allait le perdre, il l'abandonnerait, et alors, qu'adviendrait-il ? Elle ne voulait pas perdre Marc. Au contraire elle désirait davantage de lui.

« Es-tu malheureuse ? »

Il répéta sa question, peiné d'en découvrir la réponse. Il était inutile qu'elle prononçât les mots. Soudain tout fut clair, même pour lui.

« Je le suis parfois. Et parfois non. Je n'y pense guère la plupart du temps. Je regrette... je regrette les jours anciens, cependant, lorsque nous nous sommes rencontrés, lorsque nous étions très jeunes. »

Elle prononça ces mots très bas.

« Nous avons grandi, Deanna, et on n'y peut rien changer. »

Il s'inclina vers elle et, de la main, lui toucha le menton, dans un geste pour l'embrasser peut-être, mais la main retomba et la pensée s'envola.

« Tu étais si charmante, adolescente, dit-il en souriant à ce souvenir. J'ai détesté ton père de t'avoir laissée dans ce pétrin.

— Moi aussi. Mais il avait toujours été comme ça. J'ai tout pardonné maintenant.

— Réellement ? (Elle fit oui de la tête.) En es-tu sûre ?

— Pourquoi ?

— Parce qu'il m'arrive de penser que tu lui en veux encore. Je crois que c'est pour cette raison que tu continues à peindre. Simplement pour te prouver à toi-même que tu sauras encore faire quelque chose toute seule, si jamais cela s'avère nécessaire un jour.»

Il la contemplait avec plus d'attention, l'air soucieux.

«Tu n'en auras jamais besoin, sais-tu? Jamais je ne t'abandonnerai dans l'état où ton père t'a laissée.

— Je ne m'inquiète pas de cela. Et puis, tu te trompes : je peins parce que ça me plaît, parce que cela fait partie de moi.»

Il n'avait jamais voulu croire que son art était une part de son âme. Il resta un moment sans répondre, les yeux fixés au plafond, tournant et retournant les pensées dans sa tête.

«Es-tu fâchée que je m'en aille tout l'été?

— Je t'ai déjà dit que non. Je peindrai, simplement, je lirai, je me détendrai, je verrai un peu mes amis.

— Sortiras-tu beaucoup?»

Elle sentit de l'inquiétude dans sa voix, ce qui l'amusa. C'était bien à lui de s'enquérir de cela!

«Je l'ignore, idiot. Si on m'invite, je te le ferai savoir. Je suis certaine que ce seront les habituels dîners, soirées de bienfaisance, concerts, ce genre de choses, quoi.»

Il secoua la tête sans dire un mot.

«Marc-Edouard, serais-tu jaloux?»

Ses yeux pétillaient, et elle éclata de rire lorsqu'il tourna son visage vers elle.

«Mais tu es jaloux! Ne sois pas stupide! Après toutes ces années?

— Est-il un meilleur moment pour l'être?

— Ne sois pas ridicule, chéri. Ce n'est pas mon genre.»

Il savait qu'elle disait vrai.

«Bien sûr. Mais on ne sait jamais.

— Comment peux-tu dire une chose pareille?

— Parce que j'ai une femme très belle, et n'importe quel type normal serait fou de ne pas tomber amoureux d'elle. »

C'était là le discours le plus élaboré qu'il lui eût tenu depuis des années. Elle ne dissimula pas sa surprise.

« Comment ? reprit-il. Crois-tu que je ne l'aie pas remarqué ? Deanna, c'est toi qui es ridicule maintenant. Tu es une belle jeune femme.

— Parfait. Eh bien, ne pars pas pour la Grèce. »

Elle lui souriait en relevant la tête, comme une jeune fille, mais il avait repris son sérieux.

« Je le dois. Tu le sais parfaitement.

— Très bien. Alors, emmène-moi avec toi. »

Sa voix avait un accent inhabituel, mi-taquin, mi-grave. Il resta un long moment sans répondre.

« Alors ? Je peux venir ? »

Il secoua la tête :

« Non, tu ne peux pas.

— Eh bien, il faudra en prendre ton parti et être jaloux. »

Ils ne s'étaient pas taquinés ainsi depuis tant d'années ! L'annonce de son départ pour trois mois avait donné naissance à toute une gamme de sentiments très curieux. Mais elle ne souhaitait pas le pousser trop loin.

« Sérieusement, chéri, tu n'as aucun souci à te faire.

— Je l'espère.

— Marc ! Arrête ! »

Elle se pencha en avant et il lui laissa saisir sa main.

« Je t'aime... le sais-tu ? dit-elle.

— Oui. Sais-tu que je t'aime aussi ? »

Elle le regarda dans les yeux avec une expression devenue sérieuse :

« Parfois je n'en suis pas si sûre. »

Il était continuellement trop occupé pour lui montrer son amour, et puis, ce n'était pas son genre. Mais quelque chose maintenant lui disait qu'elle avait touché un point sensible, et elle le regardait, stupéfaite. Ne savait-il pas ? Se pouvait-il qu'il n'ait pas compris ce qu'il avait fait ? Qu'il n'ait pas vu le mur dont il s'était entouré, toujours enfermé dans ses affaires et son travail, parti pour des journées, des semaines entières, et aujourd'hui pour des mois, avec Pilar pour seule alliée ?

« Je suis désolée, chéri. Je suppose que tu m'aimes, mais il m'arrive quelquefois d'avoir à me le remettre en mémoire.

— Mais je t'aime, c'est la vérité. Il ne faut pas que tu en doutes.

— Tout au fond de moi, je crois que je le sais. »

Elle le savait quand elle se remémorait les moments qu'ils avaient partagés, pierres blanches révélatrices de leur vie commune. Et c'était à cause d'eux qu'elle l'aimait encore. Il poussa un soupir :

« Mais tu désirerais beaucoup plus, n'est-ce pas ? »

Elle acquiesça de la tête, se sentant à la fois jeune et intrépide.

« Tu as besoin de mon temps aussi bien que de mon affection, poursuivit-il. Tu as besoin... enfin, tu as besoin de ce que je ne peux te donner.

— C'est faux. Tu pourrais avoir le temps. Nous pourrions faire certaines des choses que nous faisions jadis, nous le pourrions ! »

Elle parlait comme une enfant pleurnicheuse et s'en voulait : elle redevenait la petite fille qui autrefois harcelait son père pour qu'il l'emmenât dans ses voyages, et elle détestait avoir besoin de quiconque. Depuis longtemps elle s'était juré que cela ne lui arriverait plus.

« Je suis désolée. Je comprends. »

Elle baissa les yeux, puis les ferma.

« Comprends-tu vraiment ? dit-il en l'observant très attentivement.

— Bien sûr.

— Ah ! ma Diane... »

Son regard était un peu troublé lorsqu'il la prit dans ses bras, mais elle ne le remarqua pas : ses propres yeux étaient pleins de larmes. Il l'avait dit, enfin. « Ma Diane... »

CHAPITRE II

« Tu as suffisamment d'argent à la banque pour tout le temps où je serai absent. Cependant, s'il te faut plus, passe un coup de fil à Dominique au bureau, elle te fera un virement. J'ai dit à Sullivan que je voulais qu'il passe voir si tout allait bien au moins deux fois par semaine, et... »

Surprise, Deanna regarda son mari :

« Tu as dit à Jim de passer me voir ? Pourquoi ? »

Jim Sullivan était l'associé de Marc-Edouard et l'un des rares Américains qu'il appréciât sincèrement.

« Parce que je veux être certain que tu es bien, heureuse, et que tu as tout ce qu'il te faut.

— Merci, mais il me paraît idiot d'ennuyer Jim.

— Il sera ravi. Montre-lui tes derniers tableaux, invite-le à dîner. J'ai toute confiance en lui. »

Il regarda sa femme avec un sourire qu'elle lui rendit.

« Tu peux me faire confiance également. »

En dix-huit ans de mariage, elle n'avait jamais trompé Marc. Elle n'allait pas commencer maintenant.

« Mais je te fais confiance. Je téléphonerai aussi souvent que possible. Tu sauras toujours où je suis.

S'il arrive quoi que ce soit, appelle-moi. Je reviendrai au plus vite, si je ne suis pas claqué.»

Elle hocha paisiblement la tête, puis laissa échapper un soupir. Il se retourna pour la regarder dans le silence de la Jaguar. Un instant, on put lire de l'inquiétude dans ses yeux.

«Ça ira, Deanna, n'est-ce pas?»

Elle chercha son regard, le trouva et fit un signe affirmatif.

«Oui. Ça ira. Mais tu vas terriblement me manquer.»

Il regardait à nouveau la route.

«Le temps passera vite. Si jamais tu changes d'avis, tu pourras toujours rejoindre ma mère et Pilar au cap d'Antibes, dit-il en souriant encore. Quoique... tu ne le feras certainement pas.

— Non, dit-elle en lui souriant en retour.

— Têtue, va! Peut-être est-ce pour cela que je t'aime...

— Vraiment? Je me le suis souvent demandé.»

Une lueur de taquinerie brillait dans ses yeux tandis qu'elle étudiait le beau profil de l'homme assis auprès d'elle.

«Tu prendras bien soin de toi, n'est-ce pas? Ne travaille pas trop», ajouta-t-elle.

Mais c'était là une recommandation inutile, tous deux le savaient.

«Je ne travaillerai pas trop.

— Oh! que si!

— Eh oui!

— Et rien ne pourra te faire plus plaisir.»

Et ils savaient que cela aussi était vrai.

«J'espère que tu l'emporteras dans l'affaire Salco.

— Sans aucun doute. Tu peux en être tout à fait sûre.

— Marc-Edouard Duras, ton arrogance est

insupportable.. Quelqu'un te l'a-t-il déjà fait remarquer, aujourd'hui ?

— Personne, hormis la femme que j'aime. »

En s'engageant sur l'embranchement conduisant à l'aéroport, il se pencha pour lui prendre la main et lui caressa doucement les doigts. Elle se prit à songer à la nuit précédente, aux trop rares moments où leurs corps s'unissaient et qu'elle chérissait tant. « Ma Diane... »

« Je t'aime, ma chérie. »

Elle porta sa main à ses lèvres et doucement déposa un baiser sur le bout de ses doigts.

« J'aimerais que nous puissions passer plus de temps ensemble, ajouta-t-il.

— Moi aussi. Nous le pourrons un jour. »

« Oui... mais quand ? » Elle reposa délicatement la main de Marc sur le siège, mais laissa ses doigts entrelacés aux siens.

« Penses-tu qu'à ton retour nous puissions partir ensemble en vacances quelque part ? »

Elle l'observait les yeux grands ouverts, à la manière d'un enfant. Elle le désirait encore, voulait encore être auprès de lui, à lui. Après toutes ces années, il lui plaisait à un point tel qu'elle en était parfois surprise.

« Où aimerais-tu aller ?

— N'importe où. Pour être ensemble, simplement. »

« Et seuls », pensa-t-elle. Il la regarda un long moment, tandis qu'ils se garaient devant l'aéroport et, l'espace d'un instant, Deanna crut voir du regret dans ses yeux.

« Nous ferons ça. Dès que je serai de retour. »

Il sembla prendre sa respiration avant de continuer :

« Deanna, je... »

Elle attendit, mais il ne dit rien de plus ; il passa seulement ses bras autour d'elle et la serra très fort contre lui. Elle se sentit faire de même et ferma énergiquement les yeux. Elle avait besoin de lui, plus qu'il ne pouvait l'imaginer. Des larmes lui coulaient lentement sur le visage. Il sentit qu'elle tremblait et, surpris, se recula pour la regarder.

« Tu pleures ?

— Un peu », répondit-elle en français.

Il sourit : voilà longtemps qu'elle ne lui avait pas répondu dans sa langue...

« Je voudrais tant que tu n'aies pas à partir. »

Si seulement il restait, s'ils disposaient d'un peu de temps à eux, sans Pilar...

« Moi aussi. »

C'était un mensonge, ils le savaient. Il retira les clefs de contact, ouvrit la portière et fit signe à un porteur.

Perdue dans ses pensées, Deanna chemina posément à ses côtés jusqu'à la salle d'attente des premières classes, où il se réfugiait d'ordinaire pour attendre l'avion. Elle s'installa sur un siège proche du sien. Il était différent, déjà loin, et le moment dans la voiture était pour ainsi dire oublié. Il jeta un coup d'œil sur les papiers dans son porte-documents puis consulta sa montre. Il lui restait dix minutes. Marc-Edouard semblait soudain impatient de partir.

« Alors, n'avons-nous rien oublié ? As-tu un message pour Pilar ?

— Non. Embrasse-la de ma part. Tu passeras là-bas avant de te rendre à Athènes ?

— Non, mais je lui téléphonerai ce soir.

— A moi aussi ? »

Elle regarda les secondes s'égrener sur l'énorme horloge murale.

« A toi aussi. Tu n'as pas l'intention de sortir ?

— J'ai un travail à terminer dans l'atelier.

— Tu devrais te distraire pour ne pas te sentir seule. »

«Je ne me sentirai pas seule, j'ai l'habitude.» Mais, une fois encore, elle n'alla pas jusqu'à prononcer les mots.

«...Je serai très bien.»

Elle croisa ses jambes l'une sur l'autre, les yeux fixés sur ses genoux. Elle portait une nouvelle robe de soie couleur lavande et les boucles d'oreilles de jade cerclées de diamants qu'il lui avait rapportées de Hong Kong, mais il n'avait rien remarqué. Son esprit était ailleurs.

«Deanna?

— Mmm?»

En relevant la tête, elle le trouva debout près d'elle, avec dans les yeux le sourire de victoire qui lui était devenu familier. Il repartait en guerre, loin, libre.

«Est-ce l'heure?»

«Déjà? Si vite?» Il fit un signe affirmatif et elle se leva, minuscule auprès de lui, mais partenaire idéale. Ils formaient un couple d'une beauté saisissante, et ce depuis toujours. Même Mme Duras, sa mère au regard froid, l'avait reconnu — une fois.

«Il n'est pas nécessaire que tu m'accompagnes jusqu'à la porte.»

Il semblait déjà absent.

«Non, mais cela me ferait plaisir. Tu n'y vois pas d'inconvénient?

— Bien sûr que non.»

Il lui tint la porte et ils se retrouvèrent brusquement plongés dans le tohu-bohu de l'aérogare, perdus au milieu d'une armée de voyageurs chargés de valises, de cadeaux ou de guitares. Ils parvinrent un peu trop tôt au point d'embarquement, et il se retourna pour la regarder avec un sourire:

«Je t'appellerai ce soir, dit-il.

— Je t'aime.»

Il ne répondit pas mais s'inclina pour lui déposer un baiser sur le front, puis s'éloigna à grands pas dans le passage qui menait à l'avion, sans un regard en arrière ni un signe de la main. Elle ne le quitta pas des yeux jusqu'à ce qu'il eût disparu, puis se détourna et s'en fut. «Je t'aime.» Ses paroles résonnaient encore dans sa tête. Il n'avait pas répondu. Il était déjà parti.

Elle se glissa dans la voiture qui l'attendait le long du trottoir, poussa un soupir en mettant le contact et prit le chemin du retour.

Deanna monta vite à l'étage pour changer de tenue et demeura dans l'atelier tout l'après-midi, plongée dans ses pensées, s'occupant distraitement à tracer des esquisses. Elle venait juste de sortir sur la terrasse prendre un peu l'air lorsque Margaret frappa à la porte du studio. Deanna se retourna, étonnée, et vit la gouvernante entrer avec hésitation dans la pièce.

«Madame Duras... Je... je suis désolée...»

Elle savait combien Deanna détestait être dérangée dans cet endroit, mais de temps à autre elle n'avait pas le choix; Deanna avait coupé le téléphone de l'atelier.

«Quelque chose qui ne va pas?»

Elle avait l'air quelque peu égarée ainsi, debout, les cheveux lâchés sur les épaules et les mains enfouies dans les poches de son jean.

«Non. M. Sullivan est en bas et désirerait vous voir.

— Jim?»

C'est alors qu'elle se souvint de la promesse de Marc-Edouard. Jim n'avait pas perdu de temps, empressé comme il l'était toujours à répondre aux subtiles demandes de son associé.

«Je descends tout de suite.»

Margaret inclina la tête. Elle avait fait ce qu'il fallait. Elle l'avait introduit dans le salon vert et glacé en lui offrant une tasse de thé qu'il avait refusée avec un sourire jusqu'aux oreilles. Il était aussi différent de Marc-Edouard que deux hommes pouvaient l'être, un Américain typique, aux manières un peu frustes, mais accommodant. On apercevait toujours dans le fond de ses yeux la promesse d'un de ses généreux sourires irlandais.

Deanna le trouva à la fenêtre en train de contempler le brouillard d'été qui dérivait lentement au-dessus de la baie, formant comme des touffes de coton blanc tirées par un fil invisible, flottant entre les flèches du pont, suspendues dans l'air au-dessus des voiliers.

« Bonjour, Jim.

— Madame. »

Il exécuta un petit salut et fit mine de lui baiser la main, mais elle le repoussa d'un geste, avec un gloussement de joie, et lui tendit la joue, qu'il embrassa sans cérémonie.

« Je dois admettre que je préfère ceci, remarqua-t-il. Le baisemain est un art que je n'ai jamais totalement maîtrisé. Tu ne peux jamais savoir d'une main si elle va serrer la tienne ou si elle s'attend à être embrassée. Une ou deux fois, j'ai bien failli avoir le nez brisé par celles qui avaient opté pour la première solution. »

Elle eut un rire moqueur et s'assit :

« Il faudra que tu demandes à Marc de te donner des leçons. En cette matière, il a du génie. Ou bien c'est le Français qui parle en lui, ou c'est un sixième sens. Que dirais-tu d'un verre ?

— Rien que du bien. »

Et, chuchotant comme un conspirateur, il ajouta :

« Margaret semblait être d'avis de me faire boire du thé.

— Quelle horreur ! »

Elle riait de nouveau, et il la regarda d'un air approbateur ouvrir un petit meuble de marqueterie et en sortir deux verres et une bouteille de scotch.

« Tu bois, Deanna ? »

Il dit ces mots comme en passant, mais il était déconcerté. Jamais il ne l'avait vue boire de whisky. Peut-être Marc-Edouard avait-il eu une bonne raison, après tout, de lui suggérer de faire un tour chez lui. Mais, d'un signe de tête, elle lui signifiait déjà que non.

« Je pensais prendre un peu d'eau glacée. Étais-tu inquiet ?

« Un peu.

— Ne te fais pas de souci, mon grand. Je ne lève pas encore le coude. »

Tandis qu'elle avalait une gorgée d'eau avant de reposer son verre sur la table de marbre, ses yeux eurent une expression mélancolique :

« Mais l'été va être terriblement long. »

Avec douceur, il se pencha vers elle et lui tapota la main.

« Je sais. Peut-être pourrions-nous aller au cinéma un jour...

— Tu es un amour, mais n'as-tu rien de mieux à faire ? »

Elle savait que si. Il était divorcé depuis quatre ans et vivait avec un mannequin qui avait quitté New York quelques mois auparavant. Il adorait ce genre de fille, qui le lui rendait toujours. Grand, bel homme, athlétique, des yeux bleus d'Irlandais et une chevelure d'ébène à peine saupoudrée de gris, il constituait l'antithèse parfaite de Marc-Edouard sur tous les plans : sans façon là où Marc était guindé ; typiquement américain alors que les manières de Marc étaient totalement européennes ; et d'une étonnante modestie, contrastant avec l'arrogance à peine voilée de son ami. Deanna avait toujours trouvé étrange que Marc ait pu choisir Jim comme associé, mais le choix était sage. La brillante intelligence de Jim égalait la sienne ; simplement leurs étoiles jetaient un éclat différent, et chacune se mouvait dans des orbites séparées. Les Duras rencontraient rarement Sullivan en société. Il avait sa propre vie, sa collection de mannequins, réduite actuellement à un... pour le moment. Jamais il ne restait très longtemps avec une seule femme.

« Que fais-tu ces temps-ci ? »

Il lui sourit :

« Je travaille, je m'amuse, la routine, quoi. Et toi ?

— Je bricole dans mon atelier, la routine également. »

Elle minimisait l'importance de sa peinture, comme toujours.

« Et pour cet été ? As-tu fait des projets ?

— Non, pas encore, mais ça va venir. Peut-être irai-je voir des amis à Santa Barbara, ou quelque chose de ce genre.

— Seigneur ! »

Il fit une horrible grimace qui l'amusa.

« Qu'y trouves-tu à redire ?

— Il faudrait avoir quatre-vingts ans pour trouver ça amusant. Pourquoi ne descends-tu pas à Beverly Hills ? Prétends être une vedette de cinéma, dîne au *Polo Lounge*, et fais-toi annoncer.

— Est-ce ainsi que tu procèdes ? dit-elle en s'esclaffant à cette idée.

— Bien entendu. Tous les week-ends. »

Il eut un petit rire et reposa son verre vide en jetant un coup d'œil à sa montre.

« Peu importe, poursuivit-il. Je te concocterai un

programme en un rien de temps, mais pour l'instant... il faut que je me sauve.

— Merci de t'être arrêté en passant. L'après-midi traînait un peu en longueur. C'est si étrange, maintenant qu'ils sont partis tous les deux. »

Il hocha la tête d'un air compréhensif, soudain plus grave. Il se souvenait avoir eu cette impression juste après que sa femme l'eut quitté en emmenant leurs deux garçons. Il avait cru devenir fou, ne serait-ce qu'à cause du silence.

« Je t'appellerai.

— Très bien. Et... Jim... (elle le regarda un long moment)... merci. »

Il lui donna une caresse qui ébouriffa ses longs cheveux, l'embrassa sur le front et s'en alla. Au moment de monter dans sa Porsche noire, il lui fit un signe de la main en songeant que Marc était vraiment cinglé. Deanna Duras était l'une des rares femmes qu'il aurait possédées à n'importe quel prix. Il était trop intelligent pour jouer avec le feu, mais persistait à penser que Duras ne tournait pas rond. Il n'avait jamais remarqué quelle beauté elle était. Ou peut-être que si ? Jim Sullivan s'interrogeait tout en s'éloignant.

C'était gentil à Jim de passer, se dit-elle en consultant sa montre : à quelle heure Marc l'appellerait-il ? Il avait promis de téléphoner ce soir. Mais il ne le fit pas. A la place, un télégramme arriva dans la matinée :

« Parti pour Athènes. Mauvais moment pour appeler. Tout va bien. Pilar contente.

Marc. »

Bref, sans fioritures. Mais pourquoi n'avait-il pas passé de coup de fil ? « Mauvais moment pour appeler », lut-elle de nouveau. « Mauvais moment. Mauvais moment... »

La sonnerie du téléphone interrompit les pensées de Deanna, occupée à relire le message de Marc. Elle le savait déjà par cœur.

« Deanna ? »

Le ton enjoué l'arracha brusquement à sa rêverie. Il s'agissait de Kim Houghton. Elle habitait à quelques pas de là, mais sa vie n'aurait guère pu être plus différente. Deux fois mariée, deux fois divorcée, éternellement indépendante, joyeuse et libre. Kim avait suivi les cours des Beaux-Arts avec Deanna, mais était devenue une créatrice de tout premier ordre dans la publicité, n'ayant jamais été un très bon peintre. C'était l'unique amie intime de Deanna.

« Salut, Kim. Quoi de neuf dans la vie ?

— Pas grand-chose. Je suis allée à Los Angeles faire les yeux doux à l'un de nos nouveaux clients. Le salaud parle déjà de nous retirer sa commande. Et c'est l'une de celles que j'ai prises moi-même ! »

Elle mentionna le nom d'une grande chaîne d'hôtels dont elle assurait la publicité.

« On mange ensemble ? enchaîna-t-elle.

— Je ne peux pas. Je suis coincée.

— Par qui ? »

L'ombre d'un soupçon transparut dans la voix de Kim. Elle savait toujours lorsque Deanna mentait.

« Un dîner de bienfaisance. Il faut que j'y aille.

— Laisse tomber. Ce sera moi ta B.A. J'ai besoin d'un conseil, je me sens déprimée. »

Deanna se mit à rire. Kimberly Houghton n'était jamais déprimée. Même ses divorces n'étaient pas parvenus à l'abattre. Elle se transportait sur un terrain plus fertile. Habituellement en moins d'une semaine.

« Allons, ma chérie, viens. Allons manger quelque part. J'ai besoin d'un moment de répit, de sortir de cet endroit.

— Moi aussi », répliqua Deanna.

Elle jeta un regard circulaire sur la splendeur de la chambre à coucher, tendue de soie et de velours bleus, en essayant de repousser la tristesse qui l'assaillait. Sa voix se brisa dans le récepteur.

« Qu'est-ce que ça signifie ? demanda Kim.

— Cela signifie, espèce de casse-pieds qui fourres ton nez partout, que Marc n'est pas là. Pilar est partie voici deux jours, et Marc hier matin.

— Seigneur ! Ne peux-tu profiter de ce répit ? Tu n'as pas souvent une telle occasion de souffler ! Tous les deux envolés ! Si j'étais toi, je courrais autour de la salle de séjour, nue comme un ver, et j'inviterais tous mes amis.

— Pendant que je suis toute nue, ou après m'être habillée ? »

Deanna lança ses jambes par-dessus le bras du fauteuil et se mit à rire.

« L'un ou l'autre. Écoute, dans ce cas, ne parlons plus de déjeuner, mais qu'est-ce que tu dirais d'un dîner ce soir ?

— Marché conclu. De cette façon, je pourrai avancer un peu dans mon travail à l'atelier cet après-midi.

— Je croyais que tu allais à un déjeuner de bienfaisance... Je t'ai eue ! »

Deanna pouvait presque voir le sourire ironique de Kim.

« Va au diable.

— Merci. Dîner à sept heures au Trader Vic's ?

— Je te retrouve là-bas.

— A tout à l'heure. »

Et elle raccrocha, laissant un sourire sur les lèvres de Deanna. Dieu merci, il y avait Kim.

« Tu es superbe. C'est une nouvelle robe ? »

A l'arrivée de Deanna, Kimberly Houghton releva le nez, qu'elle avait plongé dans son verre, et les deux femmes se sourirent comme de vieilles amies. Deanna était ravissante dans sa robe moulante de cachemire blanc qui faisait ressortir sa sombre chevelure et ses immenses yeux verts.

«Tu n'as pas l'air trop mal non plus.»

Kim avait le genre de corps qu'aiment les hommes, opulent, généreux, plein de promesses. Ses yeux bleus ne tenaient pas en place et son sourire éblouissait quiconque y était exposé. Depuis vingt ans, elle portait les cheveux courts coiffés en une couronne de boucles blondes. Elle n'avait pas l'élégance saisissante de Deanna, mais elle dégageait une chaleur irrésistible et savait s'habiller de manière originale. Elle semblait avoir toujours dix hommes à ses pieds, et c'était vrai d'ordinaire. Ou du moins un ou deux. Ce soir-là elle portait un pantalon et un blazer de velours bleu sur un chemisier de soie rouge dangereusement ouvert très bas pour laisser voir la naissance d'une poitrine épanouie et, au milieu, très exactement entre les deux seins, un unique diamant se balançant de façon troublante à l'extrémité d'une fine chaîne d'or. Un bijou pour attirer les regards... comme si elle en avait besoin.

Deanna commanda une boisson et déposa son vison sur une chaise à côté. Kim n'y prêta pas attention. Elle n'était pas impressionnée; elle avait grandi dans ce monde et ne désirait ni argent ni vison, seulement son indépendance et de bons moments. Et elle s'arrangeait pour avoir l'un et l'autre à satiété.

«Alors, quoi de neuf? Que dis-tu de la liberté? La trouves-tu à ton goût?

— Plus ou moins. En réalité, cette fois je trouve un peu difficile de m'y faire.»

Deanna soupira et avala une gorgée.

« Bon Dieu, depuis le temps que Marc voyage, je pensais que tu y étais habituée maintenant. En outre, un peu d'indépendance ne te fera pas de mal.

— Probablement. Mais il sera absent trois mois, et il me semble que c'est une éternité.

— Trois mois ? Comment cela ? »

La voix de Kim avait perdu gaieté et légèreté, et son regard s'était fait interrogateur.

« Il a une affaire en cours entre Paris et Athènes. Il serait absurde qu'il revienne chaque fois à la maison.

— Et que tu ailles le rejoindre ?

— Apparemment non.

— Qu'est-ce que tu veux dire ? Tu le lui as demandé ? »

C'était comme de répondre à sa mère. Deanna sourit en regardant son amie.

« Plus ou moins. Il va être très occupé, et si je vais là-bas, je serai coincée chez Mme Duras.

— Ah ! merde ! Ça non ! »

Kim était au courant de toutes les péripéties des premiers temps avec l'indomptable mère de Marc-Edouard.

« Précisément, bien que je n'aie pas présenté cela à Marc exactement de cette façon. Donc, me voilà seule pour l'été.

— Et après deux jours, tu ne peux déjà plus le supporter. Exact ? Exact, dit-elle en réponse à sa propre question. Pourquoi ne vas-tu pas quelque part ?

— Où ?

— Bon Dieu, Deanna, n'importe où. Je suis sûre que Marc n'y verrait pas d'inconvénient.

— Probablement, mais je n'aime pas voyager seule. »

Elle ne l'avait jamais fait. Elle s'était toujours

déplacée avec son père, puis avec Pilar et son époux.

« De plus, où irais-je ? ajouta-t-elle. Jim Sullivan dit que je m'ennuierais ferme à Santa Barbara », acheva-t-elle sombrement.

Kimberly se mit à rire.

« Il a raison. Pauvre petite fille riche ! Et si tu venais avec moi à Carmel demain ? Je dois descendre voir un client ce weed-end. Tu pourrais faire la route avec moi.

— C'est idiot, Kim, je te gênerais. »

Mais, un instant, l'idée lui avait plu. Elle ne s'était pas rendue à Carmel depuis des années, et ce n'était pas loin, à deux heures de voiture tout au plus.

« Pourquoi me gênerais-tu ? Je n'ai pas une liaison avec ce type et ta compagnie me fera plaisir. Toute seule, ce serait une corvée.

— Pas pour longtemps », dit-elle en considérant son amie d'un air entendu.

Kim éclata de rire.

« S'il te plaît, ma réputation ! »

Elle eut un large et franc sourire, puis inclina la tête en secouant son auréole de boucles blondes :

« Sérieusement, veux-tu m'accompagner ? J'en serais ravie.

— Je vais voir.

— Non. Tu viens. D'accord ? D'accord.

— Kimberly... »

Deanna commençait à rire.

« Je passe te prendre à cinq heures et demie », dit Kim avec un sourire victorieux.

CHAPITRE III

Kim klaxonna deux fois en se garant devant la maison, et Deanna jeta un coup d'œil par la vitre de sa chambre avant de ramasser son sac et de descendre l'escalier en courant. Elle se sentait comme une petite fille prête à partir pour l'aventure d'un week-end avec une amie. La voiture de Kim elle-même, une antique MG d'un rouge éclatant, ne ressemblait à rien qu'un adulte pût conduire. Un instant plus tard, Deanna apparut sur le seuil, vêtue d'un pantalon et d'un pull à col roulé gris et charriant un gros sac de cuir brun.

« Juste à l'heure. Comment s'est passée la journée ?

— Sinistre. Ne m'en parle pas.

— Très bien, je n'en parlerai pas. »

Mais la conversation courut sur tout le reste : Carmel, le dernier tableau de Deanna, Pilar et ses amis. Pour finir, elles s'abîmèrent dans un confortable silence. Elles étaient presque arrivées à destination lorsque Kimberly, jetant un rapide coup d'œil à sa voisine, remarqua l'expression mélancolique de ses yeux.

« Je donnerais bien cent sous pour savoir ce que tu penses.

— C'est tout ? Zut alors ! Mes pensées doivent valoir au moins cinq ou dix francs ! »

Elle essayait de chasser ses rêveries en riant, mais Kim n'était pas dupe.

« C'est bon, je t'en donne dix. Mais laisse-moi deviner. Tu pensais à Marc?

— Oui, dit-elle, l'œil rivé sur la mer, derrière la vitre.

— Te manque-t-il tellement? »

Leur relation avait toujours laissé Kim perplexe. Ce mariage lui avait d'abord paru un mariage de convenance, mais elle savait qu'il n'en était rien. Deanna l'aimait, trop peut-être. Celle-ci détourna le regard.

« Oui, il me manque énormément. Cela te paraît ridicule?

— Non. Admirable peut-être. Ou quelque chose comme ça.

— Pourquoi? Il n'y a rien d'admirable là-dedans. »

Kim secoua la tête en riant.

« Ma chérie, passer dix-huit ans avec le même homme me paraît plus qu'admirable; c'est carrément héroïque.

— Pourquoi héroïque? Je l'aime. Il est beau, intelligent, charmant et spirituel. »

Et avoir fait l'amour avec lui la nuit d'avant son départ avait ranimé quelque chose en son cœur.

« C'est vrai », dit Kim sans quitter la route des yeux.

Mais elle se demanda s'il y avait un autre élément, un côté inconnu de Marc Duras, un aspect chaleureux, aimant, une autre dimension chez cet homme à la beauté et au charme illimités. Un noyau humain qui rie, pleure, soit réel. Il vaudrait alors la peine d'être aimé.

« L'été va être très long, lâcha Deanna avec un soupir. Parle-moi de ton fameux client. Un nouveau?

— Oui. Il a insisté pour que nous nous rencontrions à Carmel. Il vit à San Francisco mais possède une maison ici. Il est de retour de Los Angeles. Il a pensé que ce serait un endroit plus agréable pour discuter de notre projet.

— Comme c'est courtois de sa part!

— Oui, extrêmement», fit Kim en souriant.

Il était presque huit heures lorsqu'elles se garèrent devant l'hôtel. Kimberly sortit de la MG avec un bref regard pour sa compagne qui s'extirpait du véhicule en gémissant.

«Es-tu encore vivante? On peut trouver diligence plus confortable pour voyager, je l'admets.

— Je survivrai.»

Deanna examina le décor familier alentour. Aux premiers temps de leur mariage, Marc et elle étaient souvent venus passer des week-ends à Carmel. Ils avaient flâné au hasard des rues, dans les boutiques, s'étaient offert des dîners intimes aux chandelles, avaient marché des kilomètres sur la plage. Revenir ici, et sans lui, lui procurait une sensation douce-amère.

C'était un minuscule hôtel au charme désuet, avec sa façade sortie d'une province française et ses jardinières gaiement peinturlurées et garnies de fleurs aux couleurs vives. L'intérieur s'agrémentait de poutres de bois, d'une vaste cheminée encadrée de marmites de cuivre, et d'un papier peint d'un bleu de porcelaine orné de tout petits motifs blancs. C'était le genre d'hôtel que Marc aurait aimé; il paraissait si français!

Kimberly signa le registre à la réception, puis tendit le stylo à Deanna:

«J'ai demandé deux chambres contiguës. Ça te convient?»

Deanna approuva de la tête, soulagée. Elle préférait être seule dans sa chambre.

«Ça me semble parfait.»

Elle inscrivit son nom et son adresse sur le livre, puis elles suivirent le porteur jusqu'à leurs chambres. Cinq minutes plus tard, Deanna entendit frapper à sa porte.

«Veux-tu un Coca? Je viens d'en prendre deux dans le distributeur au bout du couloir.»

Kim étala sur le lit toute la longueur de son corps et tendit la boisson glacée à Deanna, qui en but une longue gorgée et se laissa aller dans un fauteuil avec un soupir de bien-être.

«Je me sens si bien, ici! Je suis ravie d'être venue.

— Moi de même. Ç'aurait été mortel sans toi. Peut-être pourrons-nous avoir le temps de faire les magasins, demain, quand j'aurai terminé mon travail. Ou préfères-tu rentrer en ville demain après-midi? As-tu des projets?

— Absolument aucun. Et c'est le paradis, ici. Il se peut que je ne rentre jamais. La maison a l'air d'un tombeau sans Marc et Pilar.»

Kimberly la jugeait tout aussi lugubre lorsqu'ils s'y trouvaient, mais elle n'en dit rien. Deanna adorait cette demeure. Kim l'avait rencontrée à l'École des beaux-arts, peu après la mort de son père, et l'avait vue lutter pour vivre avec le peu d'argent que son travail lui rapportait. Elle était là aussi lorsque Marc avait commencé à la courtiser, et elle avait vu Deanna s'en remettre de plus en plus à lui, jusqu'à se sentir impuissante sans son aide. Elle avait regardé Marc attirer son amie sous son aile, tendrement, irrésistiblement, avec la détermination d'un homme qui refuse de perdre. Et elle avait vu Deanna y demeurer blottie pendant près de vingt ans, à l'abri, protégée, cachée, affirmant avec insistance qu'elle était heureuse. Peut-être l'était-elle, d'ailleurs. Mais Kim n'en était pas sûre.

«As-tu envie d'aller dîner dans un endroit

particulier? demanda Kim en avalant la dernière goutte de son Coca.

— La plage, fit Deanna en jetant par la fenêtre un long regard nostalgique sur la mer.

— *La Plage*? Je ne le connais pas.»

Kim avait l'air perdue.

«Non, non. Il ne s'agit pas d'un restaurant. Je veux dire que j'ai envie de faire une promenade sur la plage.

— Maintenant? A l'heure qu'il est?»

Il n'était que huit heures et demie, le crépuscule arrivait à peine, mais Kim avait hâte de commencer sa soirée et de faire un tour en ville.

«Pourquoi ne remets-tu pas ça à demain, après mon entrevue avec le nouveau client?» reprit-elle.

Il était clair qu'elle ne subissait pas le charme du ressac et des sables blancs. Mais Deanna était bel et bien envoûtée. Elle secoua la tête avec résolution et reposa son Coca.

«Rien à faire. Je ne peux pas attendre si longtemps. Tu vas te changer avant que nous sortions?»

Kim fit un signe affirmatif.

«Bien, dit Deanna. Alors, j'irai me promener pendant que tu t'habilleras. Moi, je garderai ce que je porte.»

Le pull de cachemire et le pantalon gris n'avaient pas souffert du voyage.

«Ne te perds pas sur la plage.

— Promis. Je me sens comme une gosse. Je suis impatiente de sortir pour m'amuser.»

«Et regarder le coucher du soleil, aspirer l'air marin à pleins poumons..., et me souvenir des jours où Marc et moi marchions sur cette plage, la main dans la main.»

«Je serai de retour dans une demi-heure.

— Prends ton temps. Je vais me faire couler un

bon bain chaud. Nous ne sommes pas pressées. Nous pouvons dîner vers neuf heures et demie, dix heues.»

Kim réservait une table dans la salle à manger victorienne et très collet monté de l'Auberge des Pins.

«A tout à l'heure», lança Deanna.

Elle fit un signe de la main, enfila sa veste et disparut en emportant son écharpe. Elle savait que le vent soufflerait au bord de l'eau. Lorsqu'elle mit le nez dehors, le brouillard commençait à se lever.

Elle longea la rue principale de Carmel, zigzaguant entre les quelques touristes épars qui n'avaient pas encore trouvé refuge dans leurs hôtels ou aux tables des restaurants, et que leurs enfants suivaient de près en babillant, chargés du butin ramené des boutiques, le visage détendu. Elle se souvint de la fois où Marc et elle étaient venus avec Pilar. Pilar était une fillette de neuf ans débordante de vie. Elle les avait accompagnés dans une de leurs flâneries sur la plage, au coucher du soleil, ramassant des coquillages et des morceaux de bois abandonnés par les vagues, courant loin devant eux et revenant rendre compte de ses découvertes, tandis qu'eux-mêmes s'attardaient à bavarder. Cela faisait des éternités, semblait-il. Parvenue au bout de la rue, elle s'arrêta net pour admirer en contrebas l'étendue sans bornes de la plage d'albâtre. Marc lui-même avait admis qu'il ne se trouvait rien de tel en France. La blancheur immaculée du sable, la forte houle qui faisait déferler les vagues sur le rivage, les mouettes qui se laissaient porter lentement au gré du vent... Elle prit une profonde inspiration en regardant la marée monter inexorablement. Cette plage exerçait une fascination extraordinaire. Deanna mit l'écharpe dans sa poche, ôta ses chaussures et se mit à courir vers le rivage, sentant le sable s'insinuer entre ses orteils. Elle s'arrêta presque au bord de l'eau. Le vent s'engouffrait dans ses cheveux. Elle sourit, les yeux fermés. C'était un endroit magnifique, un monde qu'elle avait trop longtemps enfoui dans sa mémoire. Pourquoi en était-elle restée si longtemps éloignée ? Pourquoi n'étaient-ils pas revenus plus tôt ? Après une autre inspiration, profonde, elle se mit en marche le long de la plage, une chaussure dans chaque main, les pieds brûlant de danser sur le sable, comme une enfant.

Elle marcha longtemps avant de s'arrêter pour contempler la dernière frange d'or à l'horizon. Le ciel avait viré au mauve, et un épais banc de brume s'approchait de la côte. Elle l'observa pendant un temps interminable, puis remonta lentement vers les dunes, où elle s'aménagea une place parmi les hautes herbes et ramena ses genoux sous son menton pour continuer à examiner les flots. Après quelques instants, elle appuya sa tête sur sa jambe repliée et ferma les yeux tout en écoutant la mer. Une bouffée de joie l'envahit.

« C'est merveilleux, n'est-ce pas ? »

La voix inattendue la fit sursauter. Elle ouvrit les yeux et vit, debout auprès d'elle, un homme de grande taille, à la chevelure sombre. Un instant, elle fut effrayée, mais son sourire était si doux, son regard si chaleureux, qu'il était impossible de se sentir menacée. Ses yeux avaient le bleu-vert profond de la mer. Il était bâti comme un rugbyman. Ses cheveux ébouriffés par le vent étaient aussi noirs que ceux de Deanna. Il la dévisageait avec attention.

« C'est le moment du jour que je préfère, dit-il.

— Moi aussi. »

Elle trouvait facile de lui répondre, étonnée de ne

pas ressentir d'agacement quand il s'assit près d'elle.

« Je croyais être seule sur la plage. »

Elle le regarda brièvement dans les yeux, avec timidité, et il sourit.

« Vous l'étiez probablement. Je suis arrivé après vous. Je suis navré de vous avoir fait peur, dit-il en l'observant encore. Ma maison se trouve juste derrière. »

D'un signe de tête, il désigna par-dessus son épaule une zone enveloppée d'arbres tordus par les vents.

« Je viens toujours ici le soir. Je rentre aujourd'hui de voyage ; j'ai été absent trois semaines. C'est toujours dans ces circonstances que je prends pleinement conscience de l'amour que je porte à cet endroit, que je sens combien il m'est nécessaire de marcher sur cette plage et de contempler ce spectacle... »

Il regardait droit devant lui, en direction de la mer.

« Vivez-vous ici toute l'année ? »

Deanna se prit à converser avec lui comme avec un vieil ami ; il y avait quelque chose dans sa manière d'être qui empêchait de se sentir mal à l'aise.

« Non, je viens y passer les week-ends chaque fois que je le peux. Et vous ?

— Je n'étais pas venue depuis longtemps. J'ai accompagné une amie.

— Vous logez en ville ? »

Elle fit un signe affirmatif et, se souvenant soudain, consulta sa montre :

« Cela me rappelle qu'il faut que je rentre. Je me suis laissé emporter par le plaisir de la promenade. »

Il était déjà neuf heures et demie et les dernières lueurs du jour s'étaient éteintes. Elle se redressa.

« Vous avez beaucoup de chance d'avoir tout ceci à votre disposition. »

Il acquiesça sans l'écouter : il la dévisageait avec intensité et, pour la première fois depuis qu'elle avait remarqué sa présence, Deanna sentit une étrange bouffée de chaleur lui monter aux joues.

« Savez-vous que vous ressemblez à une toile d'Andrew Wyeth, assise là dans le vent ? C'est ce que j'ai pensé dès que je vous ai vue sur la dune. Connaissez-vous ses œuvres ?

— Je les connais très bien. »

Elle s'était passionnée pour ce peintre étant enfant, avant de découvrir que l'impressionnisme était un style qui lui convenait mieux.

« Je connaissais chacun de ses tableaux.

— Chacun de ses tableaux ? »

Les yeux couleur de mer étaient soudain devenus railleurs, mais sans perdre de leur chaleur.

« Je le pensais du moins.

— Connaissez-vous celui qui représente une femme sur la plage ? »

Elle réfléchit un moment et répondit que non.

« Aimeriez-vous le voir ? »

Debout auprès d'elle, les yeux brillants, on aurait dit un enfant surexcité, si la masse imposante et virile de ses épaules et les quelques mèches grises dans ses cheveux n'étaient pas venues démentir l'expression de ses yeux.

« Aimeriez-vous ?

— Je... Vraiment, il faut que je rentre. Mais merci... »

Sa voix mourut. Elle se sentait embarrassée. Il ne semblait pas appartenir au genre d'hommes dont on doit avoir peur, mais il n'était qu'un étranger surgi sur une plage. Elle se dit alors qu'elle était même un peu inconsciente, ne serait-ce que de lui parler, seule dans le noir.

« Vraiment, je ne peux pas. Peut-être une autre fois.

— Je comprends. »

Le feu de son regard se refroidit un peu, mais le sourire ne disparut pas.

« Quoi qu'il en soit, continua-t-il, c'est une très belle toile, et la femme vous ressemble énormément.

— Merci. C'est très gentil à vous. »

Elle se demandait comment prendre congé de lui. Il semblait n'avoir aucune intention de retourner immédiatement chez lui.

« Puis-je vous raccompagner le long de la plage ? Il fait un peu trop sombre pour que vous déambuliez seule. »

Il ponctua ses mots d'un sourire malicieux, clignant des yeux sous la violence du vent, en ajoutant :

« Vous pourriez vous faire accoster par un inconnu... »

Elle rit pour toute réponse, cependant qu'ils descendaient la dune basse en direction de l'eau.

« Dites-moi, comment vous êtes-vous prise d'une telle passion pour Wyeth ?

— Je pensais qu'il était le plus grand peintre américain. Mais ensuite, dit-elle d'un air de s'excuser, je suis tombée amoureuse de tous les impressionnistes français. Et je l'ai oublié, je le crains. Pas oublié vraiment, mais mon amour a un peu tiédi. »

Ils cheminaient côte à côte, tous deux seuls sur ce rivage, accompagnés par le bruit des vagues qui déferlaient. Brusquement elle se mit à rire. Il était si incongru de se promener sur le sable de Carmel en discutant peinture avec cet inconnu ! Que dirait-elle à Kim ? Lui en parlerait-elle ? Un instant, elle fut tentée de ne mentionner à personne l'existence de son nouvel ami. Il ne s'agissait après tout que d'une brève rencontre au crépuscule sur une plage tranquille. Qu'y avait-il à raconter ?

« Vos passions vous quittent-elles toujours aussi facilement ? »

C'était une question stupide, le type de question que se posent de parfaits étrangers, faute de trouver mieux. Elle sourit pourtant.

« Généralement non. Seulement quand les impressionnistes entrent en scène. »

Il hocha la tête d'un air solennel.

« Ça me paraît logique. Peignez-vous ?
— Un peu.
— Dans le style impressionniste ? »

Il semblait déjà connaître la réponse.

« J'aimerais beaucoup voir vos œuvres, acheva-t-il. Exposez-vous ? »

Elle secoua la tête en dirigeant son regard sur les vagues étincelant sous les premiers rayons de la lune.

« Non, plus maintenant. Une fois seulement, voici très longtemps.
— Votre passion pour la peinture vous a-t-elle abandonnée également ?
— Jamais, dit-elle en baissant les yeux vers le sable, puis en le regardant à nouveau. La peinture est toute ma vie.
— Alors, pourquoi n'exposez-vous pas ? »

Elle se contenta de hausser les épaules. Ils étaient parvenus à l'endroit où elle avait gagné la plage.

« C'est ici que je dois vous quitter. »

Ils se tenaient dans le clair de lune, les yeux dans les yeux. L'espace d'un instant d'égarement, elle désira être serrée et réconfortée dans ces bras puissants, enveloppée avec lui dans son anorak.

« J'ai été ravie de parler avec vous, ajouta-t-elle, le visage étrangement grave.

— Je m'appelle Ben.

— Deanna », dit-elle après un instant d'hésitation.

Il tendit la main pour serrer la sienne, puis se détourna et reprit son chemin en sens inverse sur la grève. Elle le regarda, ses larges épaules, son dos puissant, et le vent soufflant dans ses cheveux. Elle voulut crier « au revoir », mais le mot se serait perdu dans la bourrasque. Mais lui, de son côté, se retourna, et elle crut le voir lui adresser un signe de la main dans l'obscurité.

CHAPITRE IV

« Où étais-tu donc passée ? »

Kim l'attendait dans le vestibule avec une expression inquiète. Deanna rejeta en arrière ses cheveux ébouriffés, les yeux brillants et les joues enflammées par sa randonnée dans le vent. Le mot « radieux » vint à l'esprit de Kim à la vue de Deanna, qui se lançait dans son explication.

« Oh ! je suis désolée. J'ai marché plus loin que je ne l'aurais cru, il m'a fallu une éternité pour revenir.

— Voilà qui est certain ; je commençais à me faire du souci.

— Vraiment, je suis désolée.

— C'est bon. Mais laissez-la un peu courir sur la plage, et elle disparaît. J'ai pensé que tu avais peut-être rencontré un ami.

— Non, fit Deanna en hésitant un instant. J'ai simplement marché. »

Raté. Elle avait raté sa chance de lui parler de Ben. Mais qu'y avait-il à dire ? Qu'elle avait rencontré sur la plage un inconnu avec lequel elle avait parlé peinture ? Cela avait un côté ridicule, puéril même. Voire malséant et stupide. Et en y réfléchissant bien, elle s'apercevait qu'elle avait envie de garder ce moment pour elle seule. D'ailleurs, jamais elle ne reverrait cet homme. Pourquoi se fatiguer à donner des explications ?

« Prête à sortir dîner ?

— Sans aucun doute. »

Elles parcoururent à pied le chemin jusqu'à l'Auberge des Pins, à deux pâtés de maisons de là, tout en parlant de leurs amis communs et en jetant des coups d'œil aux vitrines. Elles communiquaient toujours facilement entre elles, et, quand un silence s'installa, Deanna put retourner à ses propres pensées. Elle se mit à songer au tableau inconnu de Wyeth dont Ben avait laissé entendre qu'il était en sa possession. L'était-il vraiment, ou ne s'agissait-il que d'une affiche ? Mais cela avait-il la moindre importance ? Aucune.

« Tu es drôlement silencieuse ce soir, Deanna, observa Kim lorsqu'elles eurent terminé leur repas. Fatiguée ?

— Un petit peu.

— Tu penses à Marc ?

— Oui. »

C'était la réponse la plus aisée.

« Va-t-il t'appeler d'Athènes ?

— Quand il le pourra. C'est difficile, avec le décalage horaire. »

Cela le faisait paraître encore plus lointain. En l'espace de deux jours, il semblait déjà faire partie d'une autre existence, ou n'était-ce dû qu'à leur présence à Carmel ? A la maison, avec les vêtements de Marc, ses livres, lorsqu'elle se couchait de son côté du lit, elle le sentait plus proche.

« En ce qui concerne ton client de demain ? A quoi ressemble-t-il ?

— Je ne sais pas. Je ne l'ai jamais rencontré. C'est un marchand de tableaux. Les galeries Thompson. De fait, j'étais sur le point de te demander si tu voulais venir avec moi. Ça pourrait te plaire de voir sa maison ; d'après ce que j'ai entendu dire, il a une fabuleuse collection dans ce qu'il appelle son cottage.

— Je ne veux pas te gêner.

— Tu ne me gêneras pas. »

Kim libella un chèque. Il était déjà onze heures et demie, et Deanna fut ravie de retrouver son lit. Dans son sommeil, elle rêva de l'inconnu du nom de Ben.

Elle était allongée sur le lit et se demandait dans un demi-sommeil si elle devait se lever lorsque le téléphone sonna. Elle avait promis à Kim de l'accompagner. Mais elle aurait préféré se rendormir et aller faire ensuite une promenade sur la plage. Elle n'ignorait pas pourquoi elle désirait y retourner, et la manière dont l'image de cet homme persistait dans son esprit la mettait mal à l'aise. Elle ne le reverrait probablement jamais. Et, le reverrait-elle, qu'en adviendrait-il ?

« Debout les bleus ! claironna Kim.

— Quelle heure est-il ?

— Neuf heures cinq.

— Mon Dieu ! J'aurais plutôt cru sept ou huit.

— Eh bien, ce n'est pas le cas, et le rendez-vous est à dix heures. Lève-toi je t'apporte ton petit déjeuner.

— Et si je demandais qu'on me le monte dans ma chambre ? demanda Deanna, accoutumée aux voyages avec Marc.

— Dis donc, tu n'es pas au Ritz. Je t'apporte du café et un croissant. »

Deanna eut soudain conscience d'avoir pris des habitudes d'enfant gâtée. L'absence de Margaret et d'un divin petit déjeuner se transformait en épreuve.

« D'accord. C'est parfait. Je serai prête dans une demi-heure. »

Elle prit une douche, se coiffa et enfila un pull-over de cachemire d'un beau bleu vif qu'elle abaissa sur son pantalon blanc. Lorsque Kim frappa à sa porte, elle avait déjà l'air fraîche et pleine d'allant.

« Seigneur ! Tu es superbe. »

Kim lui tendit une tasse de café fumante et une assiette.

— Toi de même. Crois-tu que je devrais mettre quelque chose de plus sérieux ? Tu fais très adulte, toi. »

Kim portait un ensemble de toile beige sur un chemisier de soie kaki, et un ravissant chapeau de paille assorti à un petit sac qu'elle tenait sous le bras.

« Tu fais très chic, ajouta Deanna.

— N'aie pas l'air si surprise, dit Kim en se laissant tomber dans un fauteuil. J'espère que ce type est accommodant. Je n'ai aucune envie de discuter affaires un samedi matin. »

Elle bâilla en regardant Deanna vider la dernière goutte de son café.

« A propos, qui suis-je supposée être ? Ta secrétaire ou ton chaperon ? »

Les yeux de Deanna brillaient au-dessus de sa tasse.

« Ni l'une ni l'autre, imbécile. Mon amie, tout simplement.

— Ne va-t-il pas trouver un peu étrange que tu amènes tes amies avec toi ?

— Tant pis pour lui s'il le trouve. (Kim bâilla de nouveau et se leva.) Nous ferions mieux d'y aller.

— Oui, m'dame. »

Le trajet ne prit que cinq minutes. Elles arrivèrent dans une jolie rue aux maisons en retrait, cachées par les arbres. En descendant de la voiture, elle vit qu'il s'agissait d'une petite villa d'aspect plaisant, ni sophistiquée ni prétentieuse, loin de là.

Elle avait quelque chose de naturel, comme ces lieux battus par les vents. Une petite auto de marque étrangère était garée devant, peu élégante mais pratique. Rien de tout cela ne laissait supposer que la collection de tableaux promise par Kim pût être rare ou impressionnante. Mais à l'intérieur, c'était autre chose. Une petite femme proprement mise, avec un tablier de bonne, vint leur ouvrir la porte. Elle avait un air efficace plutôt que chaleureux, comme une personne qui ne viendrait qu'une ou deux fois par semaine.

« M. Thompson a demandé que vous l'attendiez dans son bureau. Il est à l'étage, en train de téléphoner. A Londres. »

Elle avait ajouté les derniers mots sur un ton désapprobateur, comme s'il s'agissait d'une dépense inconvenante. Mais pas aussi considérable, pensa Deanna, et il s'en fallait de beaucoup, que celle que représentaient les œuvres accrochées aux murs. Elle les regarda avec une crainte mêlée de respect tout en suivant la gouvernante en direction du bureau. Le propriétaire avait une somptueuse collection de tableaux anglais et américains de la première période. Deanna n'aurait choisi aucun d'entre eux pour son compte personnel, mais c'était une joie de les contempler. Elle aurait aimé s'attarder à étudier chaque toile, mais la femme au tablier allait d'un pas rapide et ferme. Elle les introduisit tambour battant dans la pièce. Elle leur adressa un long regard insistant, marmonna un : « Asseyez-vous », puis retourna à ses travaux ménagers.

« Mon Dieu, Kim, as-tu vu ce que j'ai vu sur ces murs ? »

Kimberly eut un grand sourire tout en réajustant son chapeau.

« Superbe, n'est-ce pas ? Pas vraiment mon goût, mais il a quelques pièces d'une qualité exceptionnelle, quoiqu'elles ne lui appartiennent pas toutes réellement. Il possède deux galeries, l'une à San Francisco et l'autre à Los Angeles. Je le soupçonne de leur avoir emprunté quelques toiles. Mais qu'est-ce que cela peut faire ? C'est du travail magnifique. »

Deanna signifia son assentiment d'un mouvement de tête et poursuivit son inspection. Elles étaient assises dans une pièce où une large baie vitrée donnait sur la mer. Le mobilier comprenait un simple bureau de pin, deux canapés et une chaise. Comme l'extérieur de la maison et la voiture, elle était plus fonctionnelle qu'imposante. Mais la collection contrebalançait largement cette modestie. Même ici, on avait accroché deux très beaux dessins merveilleusement encadrés. Deanna se pencha plus près pour lire les signatures, puis se retourna pour regarder un tableau derrière elle, unique ornement d'un mur blanc. Avant même de lui avoir fait face, elle en eut le souffle coupé. C'était le tableau. Le Wyeth. La femme sur la dune, le visage partiellement caché, appuyé sur ses genoux. Et Deanna elle-même remarqua leur étonnante ressemblance : la longueur et la couleur de la chevelure, la forme des épaules et jusqu'à la trace d'un sourire. Autour d'elle s'étendait une plage humide et désolée ; seul l'accompagnait le vol d'une mouette solitaire.

« Bonjour. »

Elle entendit sa voix derrière elle et c'est avec une expression stupéfaite qu'elle lui fit face.

« Comment allez-vous ? Je suis Ben Thompson. Mademoiselle Houghton ? »

Il posa du regard une question informulée, mais Deanna fit très vite un signe de tête négatif et désigna Kim, qui fit un pas en avant, la main tendue.

« Je suis Kimberly Houghton. Et voici mon amie

Deanna Duras. Nous avons tellement entendu parler de votre collection qu'il fallait que je l'amène. Elle est elle-même un peintre extraordinairement doué, bien qu'elle ne veuille jamais l'admettre.

— C'est faux.

— Vous voyez ! »

Les yeux de Kim pétillaient en regardant l'homme. De belle allure, il pouvait avoir entre trente-cinq et quarante ans, et ses yeux étaient d'une beauté exceptionnelle.

Deanna les considérait tous deux en souriant et secouait la tête.

« Sincèrement, c'est faux.

— Mon Wyeth vous plaît-il ? »

Il parla en la regardant droit dans les yeux, et elle éprouva un petit tiraillement au cœur.

« Je... C'est une très, très belle pièce. Mais je ne vous apprends rien. »

Elle se sentit rougir tandis qu'elle lui parlait. Elle ne savait trop à quoi se résoudre. Devait-elle reconnaître l'avoir déjà rencontré ? Devait-elle feindre de ne l'avoir jamais vu ? Que ferait-il lui-même ?...

« Vous ne m'avez pas dit si vous l'aimiez. »

Il soutint son regard, et elle sentit une bouffée de chaleur l'envahir.

« Beaucoup. »

Il eut un hochement de tête ravi. Elle comprit alors : il ne dirait rien au sujet de la soirée sur la plage. Elle se prit à sourire, cependant qu'ils s'asseyaient, en éprouvant un sentiment étrange à l'idée de ce secret entre eux, et plus étrange encore de savoir qu'elle avait rencontré le « nouveau client » avant Kim.

« Un café, mesdames ? »

Comme elles acceptèrent, il fit un pas dans le couloir pour appeler la gouvernante.

« Deux cafés noirs, et un au lait, dit-il. (Il rentra

dans la pièce, un sourire ironique aux lèvres.) Ils seront tous noirs, ou alors tous au lait... Mme Meacham n'est jamais d'accord. Sur rien. Le café, les visiteurs et même moi. Mais je sais que je peux lui faire confiance pour nettoyer la maison lorsque je suis absent. Elle pense que tout ceci est bon à jeter à la poubelle. »

Il désigna la pièce alentour d'un geste désinvolte, englobant le Wyeth et les deux esquisses aussi bien que les œuvres qu'elles avaient vues en chemin. Deanna et Kim se mirent à rire.

Le café arriva, noir dans les trois tasses.

« Parfait, merci, dit-il à la gouvernante avec un sourire gamin tandis qu'elle quittait le bureau. Mademoiselle Hougton...

— Appelez-moi Kimberly.

— Entendu, Kimberly. Vous avez vu les annonces que nous avons publiées l'an dernier ? Qu'en pensez-vous ?

— Manque de style. L'image convoyée n'est pas la bonne. Elle ne touchera pas le marché que vous voulez atteindre. »

Il faisait de petits signes d'approbation, mais son regard ne cessait de dériver sur Deanna, qui dévorait toujours des yeux le Wyeth accroché derrière lui. Cependant, son expression ne trahissait rien de leur secret, et ses paroles montraient qu'il savait exactement ce qu'il attendait de Kim. Il était vif, drôle, habile, mais efficace à la fois, et leur entretien fut achevé en moins d'une heure. Kim promit de lui soumettre quelques idées nouvelles d'ici à quinze jours.

« Deanna agira-t-elle comme consultante dans mon dossier ? »

Il était difficile de déterminer s'il ne faisait que les taquiner. Deanna eut immédiatement un geste de dénégation et se mit à rire.

« Grands dieux, non. Je ne sais pas du tout d'où Kim sort ses inventions géniales.

— De beaucoup de dur labeur et de beaucoup de café noir, dit Kim avec un large sourire.

— Quel genre de sujets peignez-vous ? »

Ben regardait Deanna avec cette douceur qui l'avait frappée, sur la plage, la veille au soir.

« Des natures mortes, des jeunes filles. Les thèmes impressionnistes habituels.

— Et des femmes avec leur bébé dans leurs bras ? »

Le regard était toujours taquin, mais aussi inlassablement bon.

« Une fois seulement. »

Elle avait exécuté un portrait de Pilar et d'elle-même, que sa belle-mère avait accroché dans son appartement à Paris, puis ignoré durant les douze années qui avaient suivi.

« Je serais heureux de voir ce que vous faites. Exposez-vous ? »

Là encore, il ne laissait rien paraître de la rencontre de la veille, et elle se demanda pourquoi.

« Non. Je n'ai pas exposé depuis des années. Je ne suis pas prête.

— Alors ça, ce sont des sornettes, intervint Kim. Tu devrais lui montrer quelques-uns de tes tableaux.

— Ne sois pas stupide. »

Deanna, mal à l'aise, détourna les yeux. Personne n'avait vu ses œuvres depuis nombre d'années, sinon Marc et Pilar, et Kim, de temps à autre.

« Un jour peut-être, continua-t-elle. Merci pour cette pensée, néanmoins. »

Son sourire était un remerciement pour son silence autant que pour sa gentillesse. Curieux qu'il soit demeuré muet sur l'épisode de la plage...

La conversation prit fin après les civilités d'usage et une brève visite de la collection, effectuée sous le regard hostile de la gouvernante.

Kimberly promit de rappeler la semaine suivante.

Il n'y eut rien que de très naturel dans la manière dont il prit congé de Deanna, pas de pression de main inopportune, pas de message dans les yeux, seulement cette chaleur qu'elle avait déjà remarquée et qu'elles emportèrent lorsqu'il eut refermé la porte.

« Quel type sympathique ! dit Kim en faisant démarrer le moteur de sa MG, qui commença par regimber, puis s'anima. Ça va être un plaisir de travailler avec lui, tu ne crois pas ? »

Deanna se contenta d'un signe approbateur, perdue dans ses pensées jusqu'au moment où Kim arrêta la voiture devant leur hôtel avec un grincement de pneus.

« Pourquoi diable ne veux-tu pas lui laisser voir tes toiles ? »

Les réticences de son amie avaient toujours agacé Kim. Parmi ses condisciples de l'École des beaux-arts, Deanna était la seule à avoir réellement du talent, et la seule aussi à l'avoir gardé enseveli durant près de vingt années. Les autres avaient tenté de vivre de leur peinture et fini par échouer.

« Je te l'ai dit, je ne suis pas prête.

— Arrête ces salades ! Si tu ne l'appelles pas toi-même, c'est moi qui vais lui donner ton numéro de téléphone. Il est grand temps que tu fasses quelque chose au sujet de cette montagne de chefs-d'œuvre plantés face au mur dans ton atelier. C'est un crime, Deanna. C'est une honte, tout simplement. Mon Dieu, quand je pense aux croûtes que je peignais, et que je me démenais comme une malade pour vendre...

— Ce n'étaient pas des croûtes. »

Deanna la contempla avec gentillesse, mais toutes deux savaient que l'œuvre de Kim n'était pas de première qualité. Kim était bien plus douée pour concevoir des campagnes publicitaires, des mises en page, des slogans.

« C'étaient des croûtes et d'ailleurs, ça m'est égal aujourd'hui ; j'aime ce que je fais. Mais toi ?

— J'aime ce que je fais, également.

— Et qu'est-ce que c'est, exactement ? (La voix de Kim commençait à trahir sa contrariété. Cela finissait toujours ainsi lorsqu'elles discutaient des peintures de Deanna.) Qu'est-ce que tu fais, au juste ?

— Tu le sais très bien. Je peins, je prends soin de Marc et de Pilar, je fais tourner la maison. Je m'occupe.

— C'est ça, tu t'occupes des autres. Et toi, dans tout ça ? Cela ne te ferait pas du bien de voir tes tableaux exposés dans une galerie, suspendus ailleurs que dans le bureau de ton mari ?

— L'endroit où ils sont suspendus n'a aucune importance. »

Elle n'osa pas dire à Kim qu'ils n'y étaient même plus. Six mois auparavant, Marc avait engagé un nouveau décorateur, lequel avait déclaré ses toiles « médiocres et déprimantes » et les avait toutes enlevées. Marc les avait rapportées chez eux, et, parmi elles, un petit portrait de Pilar qui à présent décorait l'entrée.

« Ce qui m'importe, c'est de les peindre, pas de les montrer.

— Mais, bon sang, Deanna, c'est comme de jouer sur un violon sans cordes ! Ça ne tient pas debout.

— Pour moi, si. »

Son ton était doux mais ferme. Kim hocha la tête d'un air désabusé tandis qu'elles descendaient de la voiture.

«Ma foi, je crois que tu es complètement folle, mais je t'aime bien quand même.»

Deanna sourit, et elles pénétrèrent dans l'hôtel.

Le reste de leur séjour passa trop rapidement. Elles flânèrent dans les boutiques, puis dînèrent encore à l'Auberge des Pins. Le dimanche après-midi, Deanna sortit pour une dernière promenade sur la grève; elle reconnut la maison, à demi dissimulée derrière les arbres. Elle savait à quel point le Wyeth était proche mais poursuivit sa marche. Elle ne revit pas Ben et s'en voulut même de s'être demandé s'il serait sur la plage. Pourquoi aurait-il dû y être? Et qu'aurait-elle dit, dans ce cas? L'aurait-elle remercié de n'avoir pas appris à Kim qu'ils s'étaient rencontrés? Et après? Quelle importance tout cela avait-il? Elle savait qu'elle ne le reverrait plus jamais.

CHAPITRE V

Lorsque le téléphone sonna, elle était déjà dans son atelier et venait de prendre un peu de distance par rapport à la toile pour mieux juger de son travail de la matinée: une jatte pleine de tulipes qui avaient laissé choir quelques pétales sur une table d'acajou et se détachaient sur un fond de ciel bleu entr'aperçu par une fenêtre ouverte.

« Deanna ? »

Elle fut abasourdie d'entendre sa voix.

« Ben ? Comment avez-vous trouvé mon numéro ? (Elle sentit le rouge lui monter aux joues et s'en voulut immédiatement de cette réaction.) Kim, n'est-ce pas ?

— Bien sûr. Elle m'a menacé de saboter mon dossier si je n'exposais pas vos œuvres.

— Elle n'a pas fait ça ! »

Elle rougit encore, puis éclata de rire.

« Non. Elle a simplement dit que vous étiez très douée. Je vais vous dire : je vous échange mon Wyeth contre l'un des vôtres.

— Vous êtes fou. Et Kim aussi !

— Pourquoi ne pas me laisser en juger par moi-même ? Pensez-vous que je puisse faire un saut chez vous vers midi ?

— Aujourd'hui ? Maintenant ? »

Elle jeta un coup d'œil au réveil et secoua la tête. Il était déjà plus de onze heures.

« Non, dit-elle.

— Je sais, vous n'êtes pas prête. Les peintres ne le sont jamais. »

Le timbre de sa voix était doux, comme sur la plage. Elle écarquillait les yeux devant le récepteur.

« Sincèrement, je ne peux pas, dit-elle, chuchotant presque.

— Demain, alors ? »

Pas trop insistant, mais ferme.

« Ben, réellement... ce n'est pas ça. Je... »

Elle se mit à bredouiller et entendit son rire.

« S'il vous plaît, j'aimerais tellement voir ce que vous faites.

— Pourquoi ? »

Elle se sentit aussitôt ridicule d'avoir posé cette question.

« Parce que je vous aime bien et que j'aimerais voir ce que vous faites. C'est aussi simple que cela. Cela ne vous paraît-il pas logique ?

— Plus ou moins. »

Elle ne sut qu'ajouter.

« Êtes-vous prise pour le déjeuner ?

— Non, dit-elle en soupirant tristement.

— N'ayez pas l'air si malheureuse. Je vous promets de ne pas bombarder vos toiles de coups de fléchettes. Honnêtement. Vous pouvez me faire confiance. »

Et, de manière inattendue, elle lui fit confiance. C'était quelque chose dans sa façon de parler, ou le souvenir qu'elle avait de l'expression de ses yeux, mais elle accepta.

« Je crois que oui. Bon, d'accord. A midi. »

Nul condamné en route vers la guillotine n'avait jamais parlé d'un ton si résolu. Ben Thompson se sourit à lui-même en raccrochant.

Il arriva à midi juste, muni d'un sachet de petits pains, d'une part de brie de belle taille et d'une demi-douzaine de pêches. Sans oublier une bouteille de vin blanc.

« Pensez-vous que cela convienne ? demanda-t-il en étalant ses trésors sur le bureau.

— Parfaitement. Mais, vraiment, vous n'auriez pas dû venir. »

Elle le considérait avec un grand désarroi, debout de l'autre côté de la table, dans son jean et sa chemise éclaboussée de peinture, les cheveux relevés en un chignon un peu lâche.

« En vérité, je déteste que l'on me mette dans des situations désagréables », ajouta-t-elle.

Il cessa un instant de disposer les fruits.

« Ce n'était pas pour vous mettre dans une situation désagréable, Deanna. Je désirais voir vos travaux. Mais ce que j'en penserai importe peu. Kim dit que vous êtes douée. Vous savez que vous l'êtes. Vous m'avez dit sur la plage que la peinture est toute votre vie. On ne peut pas jouer avec ce genre de chose. Jamais je ne me le permettrais... Dans mon cottage de Carmel, vous avez vu certaines des œuvres que j'aime. Elles me tiennent à cœur, de la même façon que votre art vous tient à cœur. Si vous aimez mon Wyeth, cela me fait plaisir, mais si vous ne l'aimez pas, cela ne change rien pour moi à sa beauté. Rien ne pourra changer ce que vous faites ni la place que votre peinture tient dans votre cœur. Nul ne peut rien contre cela. »

Elle inclina la tête en silence, puis s'avança vers le mur où étaient appuyées une vingtaine de toiles, ignorées et cachées. L'une après l'autre, elle se mit à les retourner, sans mot dire, sans en détacher son regard à mesure qu'elle les saisissait. Jamais elle ne leva les yeux vers l'homme jusqu'au moment où il dit :

« Arrêtez. »

Elle leva les yeux, surprise, et le vit penché sur le bureau avec une expression qu'elle ne comprit pas.

« Avez-vous ressenti quelque chose en voyant le Wyeth ? »

Il scrutait le visage de la jeune femme tout en essayant de retenir son regard.

« Oui, beaucoup de choses.

— Quoi ?

— D'abord, de la surprise, en comprenant que je me trouvais dans votre maison ; mais ensuite, une espèce de terreur, ou d'admiration, et une grande joie à la vue du tableau. Je me sentais attirée par la femme, comme si je la connaissais. J'ai ressenti, je pense, tout ce que Wyeth voulait me dire. Pendant un instant, j'ai été ensorcelée par ses mots.

— Comme je le suis par les vôtres. Avez-vous la moindre idée de ce que vous avez mis dans ces huiles ? Savez-vous combien elles sont belles ? Savez-vous ce que cela signifie, que d'être agrippé, puis entraîné de plus en plus loin chaque fois que vous retourniez une toile ? Elles sont incroyables, Deanna. Savez-vous à quel point elles sont bonnes ? »

Il lui souriait, et elle sentit son cœur battre très fort dans sa poitrine.

« Je les aime, bien sûr. Mais c'est parce que ce sont les miennes. »

Elle rayonnait : il venait de lui faire le cadeau suprême. Elle savait qu'il pensait chacun des mots qu'il avait prononcés. Il y avait si longtemps que quelqu'un avait vu et aimé ses toiles...

« Non seulement vous les avez peintes, mais elles représentent ce que vous êtes. »

Il s'approcha de l'une des toiles et la contempla en silence. On y apercevait une fillette penchée au-dessus d'une baignoire. Pilar.

« C'est ma fille. »

Elle goûtait sa présence ; elle voulait partager davantage.

« C'est un travail magnifique. Montrez-m'en d'autres. »

Quand elle les lui eut toutes montrées, elle se retint à grand-peine de pousser des cris de joie. Il les aimait, il les adorait ! Il comprenait ce qu'elle faisait ! Elle aurait voulu se jeter à son cou, éclater de rire.

Il déboucha la bouteille de vin.

« Vous vous rendez compte de ce que ça signifie, bien sûr ?

— Non, quoi ? »

Elle fut soudain sur ses gardes, mais sans plus.

« Que je ne vais pas cesser de vous traquer jusqu'à ce que vous ayez accepté d'exposer dans ma galerie. Que dites-vous de ça ? »

Elle lui adressa un large sourire mais secoua la tête.

« C'est impossible, dit-elle.

— Pourquoi ?

— Ce n'est pas une chose pour moi. »

Et Marc en aurait une attaque. Il jugerait cela commercial, vulgaire, bien que la galerie Thompson ne fût pas réputée pour sa vulgarité et que la famille de Ben fût estimée dans les milieux d'art depuis nombre d'années. En se renseignant sur lui à son retour de Carmel, elle avait appris que son grand-père avait dirigé l'une des meilleures galeries de Londres, et son père, de New York. A trente-huit ans, Ben Thompson avait une autorité incontestée dans le monde de l'art... Elle avait lu cela également.

« Vraiment, Ben, c'est impossible.

— Allons donc, c'est impossible ! Voyons, ne soyez pas têtue. Venez faire un tour à la galerie. Vous vous sentirez bien plus rassurée lorsque vous aurez vu ce que nous avons là-bas. »

Il parut subitement très jeune, et elle se mit à rire. Elle savait ce qu'on trouvait « là-bas », ayant effectué des recherches sur le sujet. Des Pissarro, des Chagall, des Cassatt, un tout petit Renoir, un splendide Monet, quelques Corot ; mais aussi plusieurs Pollock cachés avec soin, un Dali et un de Kooning qu'il exposait rarement. Il avait ce qui existait de mieux, ainsi que quelques jeunes artistes inconnus, sélectionnés avec soin, dont il désirait qu'elle fît partie. Que pouvait-elle demander de plus ? Mais aussi, que dirait-elle à Marc ? « Il l'a fallu. Il me l'a demandé. J'ai voulu... »

« Non », dit-elle.

Marc ne comprendrait absolument pas. Et Pilar pas plus que lui : elle verrait là une action détestable et très tape-à-l'œil.

« Vous ne pouvez pas comprendre, acheva Deanna.

— Tenez, voilà pour vous. »

Il lui tendait du pain et un morceau de brie. Vingt-deux toiles disséminées à travers la pièce... et il les avait toutes aimées.

« J'en ai encore trente dans le grenier. Et cinq autres chez Kim.

— Vous n'êtes pas claire, dans votre attitude de refus.

— Mais si.

— Oh ! non, dit-il en lui offrant une pêche. Mais je ne discuterai pas avec vous sur ce sujet. Que diriez-vous d'assister au vernissage qui a lieu chez nous demain soir ? Cela ne vous engage à rien. Ou bien avez-vous peur même de cela ? »

Il cherchait à la piquer au vif, et elle n'était pas sûre de l'apprécier.

« Qui a dit que j'avais peur ? »

Elle paraissait jeune, mordant dans la grosse pêche juteuse.

« Nul besoin qu'on me le dise, répliqua-t-il. Quelle autre raison pourriez-vous avoir ?

— Ça ne rime à rien.

— C'est vous qui ne rimez à rien. »

Ils riaient en entamant leur troisième verre de vin.

« Quoi qu'il en soit, annonça-t-il, je vous aime bien. J'ai l'habitude de traiter avec les fadas de votre genre.

— Je ne suis pas fada. Seulement têtue.

— Et vous ressemblez très exactement à mon Wyeth. L'avez-vous remarqué également ? »

Il essaya de capter le regard de la jeune femme, puis posa son verre. Elle hésita un instant, puis acquiesça.

« Oui, en effet.

— La différence est que je peux voir vos yeux », dit-il.

Et il les fixa un long moment avant de se détourner. C'étaient précisément les yeux de la femme du tableau, il le savait depuis toujours.

« Et ils sont très beaux, ajouta-t-il.

— Les vôtres aussi. »

Sa voix flotta dans la pièce comme une brise. Tous deux se souvenaient de la promenade à Carmel. Il demeura un temps silencieux, assis, examinant les tableaux.

« Vous m'avez dit que c'était votre fille. Est-ce bien vrai ?

— Oui. Elle a presque seize ans et s'appelle Pilar. Et elle est très, très jolie. Beaucoup plus que sur la toile. J'ai fait plusieurs portraits d'elle. (Elle repensa avec mélancolie à celui que le décorateur avait mis au rebut.) Certains sont vraiment bons. »

Elle se sentait libre avec lui, libre d'aimer sa propre peinture.

« Où est-elle en ce moment ? Ici ?

— Non, dit Deanna en le dévisageant longuement. Elle est dans le sud de la France. Son... mon mari est français. »

Elle aurait voulu lui dire que Marc était absent lui aussi, qu'il était en Grèce, mais elle y vit une trahison. Pourquoi le lui dire ? Que voulait-elle de cet homme ? Il lui avait déjà fait savoir qu'il aimait son œuvre. Que pouvait-elle désirer de plus ? Elle souhaitait lui demander s'il était marié, mais cela aussi lui semblait une faute. Quelle importance ? Il était venu voir son travail, un point, c'est tout, malgré toute la bonté qui émanait de ces yeux profonds, verts comme la mer.

« Vous savez, dit-il en consultant sa montre d'un air de regret, je suis navré, mais je dois aller travailler. J'ai un rendez-vous au bureau à trois heures.

— Trois heures ? (Le regard de Deanna se porta instantanément vers le réveil, qui indiquait déjà trois heures moins le quart.) Déjà ? Comment le temps a-t-il pu passer si vite ? »

De fait, ils avaient examiné beaucoup de ses toiles... Elle se leva avec, elle aussi, des regrets dans les yeux.

« Vous viendrez, demain soir ? Au vernissage ?

— J'essaierai.

— S'il vous plaît, Deanna. Cela me ferait plaisir. »

Il lui effleura un instant le bras, puis, après un dernier sourire admiratif alentour, il sortit de l'atelier et descendit l'escalier quatre à quatre.

« Je trouverai la sortie tout seul, lui cria-t-il. A demain ! »

Sa voix s'estompa au loin tandis qu'elle s'enfonçait confortablement dans le grand fauteuil blanc et laissait son regard errer dans la pièce. On y voyait quatre ou cinq portraits de Pilar, mais aucun de Marc. Pendant un instant de panique indescriptible, elle ne put se rappeler son visage.

CHAPITRE VI

Deanna gara la Jaguar bleu foncé devant la galerie
et traversa lentement la rue. Elle n'était toujours
pas certaine d'avoir raison d'y aller. Elle ne savait
même pas si cela avait un sens. Et si Kim s'y
trouvait ? Elle allait paraître ridicule. Et si... Mais
elle repensa aux yeux de Ben et poussa la lourde
porte vitrée.

Deux barmen en veste noire se tenaient non loin
de là, versant tour à tour champagne, ou whisky, et
une jolie jeune femme accueillait les invités, qui
paraissaient venir de milieux aisés ou du monde de
l'art. Deanna ne tarda pas à constater que les
œuvres exposées étaient celles d'un homme assez
âgé, qu'elle vit un peu plus loin, l'air fier et vain-
queur, entouré de ses amis. Les tableaux étaient
bien présentés et rappelaient un peu le style de Van
Gogh. Puis elle aperçut Ben. Il se tenait dans un
coin, à l'autre bout de la salle, très beau dans un
costume bleu marine à fines rayures. Il la suivit des
yeux tandis qu'elle entrait, et elle le vit sourire et
prendre congé avec grâce du groupe avec lequel il
conversait. L'instant d'après, il était auprès
d'elle.

« Vous êtes donc venue, pour finir ? J'en suis très
heureux. »

Ils demeurèrent un moment à se regarder, et elle

se sentit sourire, d'un sourire qu'elle n'aurait su réprimer. Elle était simplement heureuse de le revoir.

« Champagne ? proposa-t-il.

— Volontiers. »

Elle accepta la coupe que lui tendait l'un des serveurs. Ben la saisit doucement par le coude.

« Il y a dans mon bureau quelque chose que j'aimerais vous montrer.

— Des estampes ? »

Elle sentit le rouge lui monter aux joues.

« Quelle horreur ! fit-elle. Je n'aurais pas dû dire ça.

— Pourquoi donc ? dit-il en riant. En fait, non, il s'agit d'un minuscule Renoir que j'ai acheté hier soir.

— Seigneur ! Où l'avez-vous déniché ? »

Elle traversa derrière lui un long vestibule recouvert d'un tapis beige.

« Je l'ai acheté à un collectionneur privé, un vieux monsieur merveilleux. Il déclare ne l'avoir jamais aimé. Dieu merci. Je l'ai eu à un prix incroyable. »

Il tourna la clef dans la serrure et pénétra dans son bureau d'un pas rapide. Là, appuyé contre le mur du fond, se trouvait un nu ravissant, délicat, dans cette manière si caractéristique qu'on n'avait pas besoin de vérifier la signature.

« Ravissante, n'est-ce pas ? » demanda-t-il en contemplant le tableau comme un enfant dont il aurait été fier. Deanna aperçut cette lumière dans ses yeux.

« Elle est magnifique.

— Merci. »

Il regarda Deanna très intensément, comme s'il voulait en dire davantage, mais n'ajouta rien. Au lieu de cela, il examina la pièce avec un sourire qui invitait la jeune femme à en faire autant. Un autre

Andrew Wyeth était suspendu au-dessus de son bureau, mais celui-ci était très connu.

« J'aime bien cette toile-là, également. Mais pas autant que l'autre.

— Moi non plus. »

Leurs pensées repartirent aussitôt vers Carmel, mais le silence fut interrompu par un coup frappé à la porte. La jeune femme qui accueillait les invités à l'entrée de la galerie faisait des signes à Ben depuis le couloir.

« Ah ! Sally ! Qu'y a-t-il ? Oh ! à propos, je te présente Deanna Duras ; elle va exposer chez nous. »

Les yeux de Sally s'ouvrirent brusquement. Elle s'approcha de Deanna et lui serra aimablement la main.

« Quelle excellente nouvelle !

— Attendez un peu, fit Deanna en lançant un regard embarrassé à Ben. Je n'ai jamais dit cela.

— Non, mais j'espère bien que vous le ferez. Sally, dis-lui combien nous sommes merveilleux, comment nous n'escroquons jamais nos peintres, jamais n'accrochons les tableaux dans le mauvais sens ni ne peignons de moustaches sur les nus. »

Deanna éclata de rire en secouant la tête.

« En ce cas, cette galerie ne me convient pas : j'ai toujours rêvé de voir une moustache sur l'un de mes nus, sans avoir jamais eu le courage d'en peindre une moi-même.

— Eh bien, pour vous, nous le ferons. »

Toujours souriant, Ben les reconduisit dans le vestibule et se mit à questionner Sally. Trois acheteurs s'étaient déjà fait connaître, et elle était revenue discuter avec lui du prix de l'une des toiles. Le peintre souhaitait la vendre plus cher.

« Je vais lui dire que nous nous rattraperons sur une autre œuvre. Il avait déjà donné son accord pour le prix de celle-ci. J'aime bien Gustave, mais c'est lui qui m'a donné tous mes cheveux blancs.

— Sans parler des miens. »

Sally désigna sa chevelure d'un blond pur et disparut dans la foule, cependant que Ben commençait à présenter Deanna aux invités. A sa grande surprise, elle se sentait très à l'aise, allant de l'un à l'autre de par la galerie, faisant la connaissance d'artistes et de collectionneurs. Elle fut étonnée de ne pas voir Kim et en fit allusion à Ben lorsqu'il la rejoignit.

« N'est-elle pas ici ? Je pensais qu'elle serait venue, dit-elle.

— Non. Apparemment, elle doit être en train de s'arracher les cheveux sur une nouvelle publicité pour des yaourts. Franchement, j'aime autant qu'elle ne mélange pas tout. Mieux vaut qu'elle en ait fini avec les yaourts avant de s'attaquer à la peinture, ne croyez-vous pas ? »

Tout en riant, Deanna prit la coupe de champagne qu'il lui offrait.

« Vous savez, poursuivit-il, j'ai infiniment aimé la journée d'hier. Votre travail est d'une qualité exceptionnelle, et je ne cesserai pas de vous harceler jusqu'à ce que vous acceptiez. »

Avant qu'elle ait pu protester, ils furent interrompus par des collectionneurs qui désiraient dire un mot au maître des lieux. Il ne put s'en libérer avant neuf heures ou presque.

Pendant ce temps, Deanna erra à travers la grande salle, observant les éventuels acheteurs et admirant les œuvres de Gustave. Elle était arrêtée devant une toile lorsqu'elle entendit derrière elle une voix familière. La surprise la fit se retourner.

« Tu étudies la technique, Deanna ?

— Jim ! dit-elle en regardant tout droit dans les yeux rieurs de l'Irlandais. Qu'est-ce que tu fais ici ?

— Ne me le demande pas. Je collectionne les œuvres culturelles, probablement. (Il fit un geste vague en direction d'un groupe près de la porte.) Ils m'ont traîné jusqu'ici... mais seulement après plusieurs verres bien tassés.

— Un vrai esthète dans l'âme ! »

Elle arborait son sourire coutumier, mais quelque part au fond d'elle-même elle éprouvait un certain malaise. Elle n'avait guère pensé, ni désiré, rencontrer Jim Sullivan en ce lieu. Elle était venue pour voir Ben... Mais était-ce la vraie raison ? N'était-elle ici que pour admirer la galerie ? Elle n'en aurait pas juré, et peut-être Jim le devinerait-il. Peut-être allait-il remarquer une subtile différence sur son visage, dans ses yeux, dans son âme ? Presque sur la défensive, elle se rabattit sur un sujet familier.

« As-tu des nouvelles de Marc ? »

Il la dévisagea avec circonspection.

« Et toi ? »

Elle fit non de la tête.

« J'ai reçu un télégramme le lendemain de son départ, me disant qu'il n'avait pu m'appeler parce que les horaires ne concordaient pas, et ensuite je suis partie passer le week-end à Carmel... avec Kim, ajouta-t-elle très vite et sans nécessité. Il a peut-être essayé de me joindre. Je suppose qu'il est à Athènes. »

Sullivan approuva d'un signe de tête et tourna les yeux vers l'endroit où se trouvaient ses amis. Deanna suivit son regard et remarqua aussitôt une fille superbe à la chevelure auburn, vêtue d'un fourreau argenté aux reflets chatoyants. Le mannequin de Jim, à n'en pas douter.

« Oui, il doit y être, disait Jim. Bon, il faut que je me sauve. »

Puis, une idée lui venant après coup, au moment de l'embrasser sur la joue, il recula pour la regarder de nouveau :

«... Veux-tu te joindre à nous pour le dîner ? »

Elle secoua la tête précipitamment.

«Je... je ne peux pas... Il faut que je rentre... vraiment. Merci tout de même. »

Bon sang ! Pourquoi était-elle si mal à l'aise ? Elle n'avait rien à cacher. Il n'avait d'ailleurs pas semblé remarquer en elle un quelconque changement. Et pourquoi l'aurait-il dû ? Qu'avait-elle de différent ?

«Tu en es bien sûre ?

— Absolument.

— Très bien. Je te téléphone. »

Il lui donna un petit baiser sur la joue et rejoignit ses amis. Un moment plus tard, ils étaient partis, et elle fixa un regard absent sur la porte. Il ne lui avait pas répondu lorsqu'elle lui avait demandé s'il avait eu ou non des nouvelles de Marc. Il avait répliqué par une autre question, cherchant à savoir si elle-même en avait eu. Elle se demanda pourquoi.

«Vous avez un air terriblement sérieux, Deanna. Êtes-vous en train de songer à signer ce contrat avec nous ? »

Le ton était taquin. Elle se retourna vers Ben, qu'elle n'avait pas entendu approcher.

«Non. Mais je songeais que je devrais rentrer.

— Déjà ? Ne soyez pas stupide. Du reste, vous n'avez pas mangé. Vous plairait-il de dîner avec moi ? Ou bien votre mari y verrait-il une objection ?

— Difficilement. Il est en Grèce pour l'été. »

Leurs yeux se rencontrèrent et ne cherchèrent pas à s'éviter.

«Et puis, j'adorerais aller dîner», ajouta-t-elle.

Et pourquoi pas ? songea-t-elle. Elle sourit et chassa Jim Sullivan de son esprit.

Ben fit signe à Sally qu'il s'en allait et, sans être remarqués des derniers invités, ils passèrent la porte vitrée et sortirent dans le frais brouillard d'été.

« Cela me rappelle Londres, parfois, dit-il. J'avais l'habitude d'aller voir mon grand-père là-bas, étant enfant. Il était anglais. »

Elle rit de l'anonymat qu'il faisait mine de garder.

« Oui, je sais, dit-elle.

— Êtes-vous venue en voiture ? s'enquit Ben. (De la tête, elle désigna la Jaguar.) Ça, par exemple ! Je suis impressionné. La mienne est une petite voiture allemande dont personne ici n'a jamais entendu parler. Elle ne consomme presque pas d'essence et m'emmène partout où je veux. Auriez-vous honte d'être vue dans un engin aussi commun ? Désirez-vous que nous prenions la vôtre ? »

Pendant un instant, elle éprouva une certaine gêne à être venue dans la voiture de Marc, mais elle l'utilisait toujours quand elle sortait le soir. C'était une simple habitude.

« Je préférerais de beaucoup la vôtre.

— A l'Étoile ? dit-il avec hésitation.

— Je crois que j'aimerais mieux un endroit plus en harmonie avec votre véhicule. Quelque chose de simple et tranquille. Je vous soupçonne d'avoir horreur de l'ostentation, sauf en matière d'art.

— Tout à fait. En outre, ma gouvernante me donnerait sa démission si je débarquais un jour en Rolls. Elle pense déjà que toutes ces « saletés » sur les murs sont révoltantes. J'avais jadis suspendu un splendide nu de l'école française, et elle l'a enlevé dès que j'ai quitté Carmel. A mon retour, je l'ai retrouvé enveloppé dans un drap. Il a fallu que je le ramène en ville. »

Il l'emmena dans un petit restaurant italien, bien caché dans une rue transversale, proche de la baie, et la conversation courut sur la peinture durant presque toute la soirée. Elle lui parla de ses années d'errance avec son père à travers l'Europe, de ces années passées à hanter les musées partout où ils allaient; et il lui raconta comment c'était de son père, puis de son grand-père, qu'il avait tout appris sur l'art, en assistant à de grandes ventes aux enchères à Londres, Paris et New York.

«Mais jamais je n'aurais pensé entrer dans le métier.

— Et pourquoi?

— Je voulais faire quelque chose de plus intéressant. Participer à des rodéos, par exemple, ou devenir espion. J'ai eu l'intention de me faire espion jusqu'à l'âge de neuf ans, au moins; mais mon grand-père m'assura que ce n'était pas un métier respectable. Notez bien que je ne suis pas si sûr quelquefois que le nôtre le soit... En fait, lorsque je suis entré à l'Université, je voulais être expert en faux. J'ai étudié quelque temps, mais j'étais toujours dupe des contrefaçons. J'espère que je m'en tire mieux, maintenant .»

Deanna eut un sourire. A en juger par l'aspect de la galerie et de la maison de Carmel, elle en était convaincue.

«Dites-moi, lança-t-il abruptement, depuis combien de temps êtes-vous mariée?»

Elle fut étonnée de cette question si personnelle. Jamais il n'en avait posé jusqu'ici.

«Dix-huit ans. J'en avais dix-neuf.

— Ce qui vous fait donc...»

Il fit mine de compter sur ses doigts, selon le rite, et elle se mit à rire.

«Cent trois en novembre.

— Non, dit-il en fronçant les sourcils. N'est-ce pas plutôt cent deux?

— Au moins. Et vous? Avez-vous été marié?

— Une fois. Très peu de temps, dit-il en détournant le regard. Je crains de n'avoir pas été très habile pour détecter les faux dans ce domaine, non plus. J'ai fait une belle excursion avec elle, j'ai vécu des moments merveilleux, puis ça s'est terminé. »

Il sourit, et ses yeux rencontrèrent ceux de la jeune femme.

« Pas d'enfants ?

— Aucun. C'est la seule chose que j'aie regrettée ; j'aurais aimé un garçon.

— Moi aussi. »

On distinguait une pointe de mélancolie dans sa voix, et il la regarda plus attentivement.

« Mais vous avez une fille ravissante, remarqua-t-il.

— J'ai eu deux garçons. Tous deux sont morts juste après leur naissance. »

C'était une information assez difficile à communiquer à une personne relativement étrangère, au cours d'un dîner, mais il se contenta d'examiner ses yeux et il y vit ce qu'il avait besoin de savoir.

« Je suis navré.

— Je l'étais aussi. Et ensuite, de façon stupide, j'ai ressenti la venue de Pilar comme un coup dur. Les petites filles ne sont pas accueillies avec des applaudissements, dans les familles françaises.

— Vous souhaitiez des applaudissements ? »

Il avait l'air amusé.

« Pour le moins, dit-elle en lui rendant enfin son sourire. Et une fanfare aussi, et un défilé.

— On peut difficilement vous le reprocher. Elle était la troisième ? demanda-t-il à Deanna, qui fit oui de la tête. Êtes-vous très proches l'une de l'autre ?

— Pas en ce moment, mais nous le redeviendrons un jour. Pour l'instant, elle est terriblement déchirée entre ses deux origines, américaine et française. Ce genre de chose peut être très difficile.

— Avoir quinze ans également. »

Il se souvint avec horreur de sa sœur au même âge.

« Vous ressemble-t-elle ? » reprit-il.

Il n'avait pas été capable de le discerner dans les images entrevues de loin sur les toiles de Deanna.

« Pas du tout. Elle est tout le portrait de son père... Elle est très jolie.

— Sa mère également. »

Deanna se tut un moment, puis sourit.

« Merci, monsieur. »

La conversation roula ensuite de nouveau sur l'art. Il évita les sujets personnels et douloureux, mais elle se demandait parfois s'il écoutait. Il semblait ne cesser de la regarder et dire autre chose avec ses yeux. Il était minuit lorsque enfin on les invita à partir.

« J'ai passé une merveilleuse soirée, lui dit-elle avec un sourire heureux, tandis qu'il se garait auprès de la Jaguar.

— Moi de même. »

Il ne dit rien de plus et lui fit signe de la main tandis qu'elle mettait son moteur en marche. Dans le rétroviseur, elle le vit repartir en direction de sa voiture, les mains dans les poches et la tête pensivement inclinée.

Elle était déjà couchée, la lumière éteinte, quand le téléphone sonna. La tonalité lui apprit qu'il s'agissait d'un appel en provenance de l'étranger.

« Deanna ? »

C'était Marc.

« Bonjour, mon chéri. Où es-tu ?

— A Rome, au Hassler, si tu as besoin de moi. Tout va bien ? »

La communication était mauvaise ; on entendait mal.

« Je vais très bien. Que fais-tu à Rome ?

— Quoi ? Je ne t'entends pas...

— Je dis : que fais-tu à Rome ?

— J'y suis pour mon travail. L'affaire Salco. Mais j'irai voir Pilar ce week-end.

— Embrasse-la de ma part. »

Assise dans le noir, elle avait crié pour se faire comprendre.

« Je ne t'entends pas !

— Je t'ai dit de l'embrasser pour moi.

— Bien. D'accord. Je n'y manquerai pas. As-tu besoin d'argent ?

— Non, ça va très bien. (Pendant un moment, elle ne distingua plus qu'un charabia incompréhensible, couvert par un bruit de parasites.) Je t'aime, Marc ! »

Pour une raison obscure, elle éprouvait le besoin de le lui dire et de l'entendre répondre la même chose.

« Je t'aime, Marc ! »

Et, sans qu'elle pût se l'expliquer, elle s'aperçut que ses yeux s'étaient remplis de larmes.

« Je t'aime ! dit-elle une fois encore.

— Quoi ? »

Puis ils furent coupés. Elle composa aussitôt le numéro du standard pour l'étranger et demanda Rome. Mais elle dut attendre vingt-cinq minutes pour que son appel aboutisse. La réceptionniste du Hassler répondit d'un bref *« pronto »* et Deanna demanda le *Signor* Duras. Ils firent sonner dans sa chambre. Pas de réponse. A Rome, il était déjà dix heures du matin.

« Nous regrettons. Le *Signor* Duras est sorti. »

Elle se recoucha dans le noir et se mit à songer à sa soirée avec Ben.

CHAPITRE VII

Marc-Edouard Duras longeait la Via Veneto à Rome en jetant des regards distraits sur les vitrines des magasins, et d'autres, admiratifs à l'occasion, au passage d'une jolie fille. C'était une journée brillamment ensoleillée. Les femmes portaient des T-shirts à fines bretelles, des jupes blanches qui collaient à leurs longues jambes bien faites, et des sandales qui laissaient apparaître des ongles vernis en rouge. Il souriait intérieurement tout en cheminant, sa serviette sous le bras. C'était un peu inconséquent, ce bref séjour en Italie, mais après tout, pourquoi pas? Et puis, il avait promis... *Promis.* Il se demandait parfois comment il pouvait faire des promesses avec tant de désinvolture. Mais il les faisait.

Il s'immobilisa un instant, aristocratique silhouette en complet gris, d'une coupe impeccable, pour attendre que déferle le flot des voitures qui, jaillies telle une décharge de mitraillette, lancées en toutes directions dans un grand tintamarre, faisaient fuir les piétons à la débandade. Il observa en souriant une vieille femme brandissant son ombrelle avant de faire un geste obscène. Il lui adressa de l'autre trottoir un petit salut, et elle réédita son geste, à son intention cette fois. *Ecco, Signora.* Il rit, jeta un coup d'œil à sa montre et se dirigea à pas pressés vers un café. Sous un parasol aux rayures vives, il pourrait échapper aux rigueurs du soleil tout en continuant à admirer l'énergie et cette espèce d'euphorie qui étaient l'essence même de Rome. *Roma* — c'était une cité magique. Peut-être avait-il bien fait de tenir sa promesse, après tout. Pendant un instant, pas plus, sa conversation avortée avec Deanna lui revint insidieusement en mémoire. Il lui avait été presque impossible de l'entendre, et il en était soulagé. Parfois, il devenait au-dessus de ses forces d'avoir affaire à elle, il ne pouvait lui tendre la main ni supporter d'imaginer ses yeux douloureux ou d'entendre la solitude de sa voix. Il savait l'existence de cette douleur et de cette solitude, mais c'était quelquefois plus qu'il ne pouvait assumer. Il parvenait à l'affronter à San Francisco, dans le contexte des occupations quotidiennes, mais pas lorsqu'il se trouvait à l'étranger, assailli par ses problèmes professionnels, ni chez ses parents en France, ni... ici, à Rome. Il secoua lentement la tête, comme pour en chasser le souvenir de cette voix, et se surprit à diriger un regard ardent vers le haut de la rue. Il ne pouvait penser à Deanna maintenant, il ne le pouvait pas. Non, pas maintenant. Sa pensée était déjà à des milliers de kilomètres d'elle, cependant que ses yeux passaient la foule au crible : une jolie blonde, une grande brune, deux hommes à l'épaisse chevelure sombre, aux allures très romaines, et au léger costume de toile, une femme de haute taille, d'aspect florentin, un peu comme dans les tableaux de la Renaissance, et puis il la vit. Elle descendait la rue à grands pas, gaiement, de sa démarche inimitable, et, tout le long du trottoir, sous sa chatoyante jupe turquoise qui lui caressait les cuisses, ses jambes interminables semblaient danser. Elle portait un chemisier de soie du mauve le plus pâle, de fines sandales, et un immense chapeau de paille sous lequel ses yeux disparaissaient presque. Presque, mais pas totalement. Rien n'aurait pu dissimuler ce regard, ces lueurs de saphir qui semblaient varier selon ses humeurs, passant de l'éclat du feu au bleu mystérieux des profondeurs marines. Une épaisse crinière auburn lui couvrait les épaules.

« Alors, chéri ? » dit-elle en français.

Elle s'arrêta à quelques centimètres de lui et ses lèvres sensuelles formèrent un sourire adressé à lui seul.

« Désolée d'être en retard. Je me suis encore attardée à regarder ces stupides bracelets. »

Il se leva pour l'accueillir, et, pour une fois, la froide réserve de Marc-Edouard Duras fut battue en brèche. Son visage avait pris une expression enfantine, mais d'un enfant très amoureux. Elle s'appelait Chantal Martin et avait été mannequin chez Dior. De fait, leur mannequin vedette pendant six ans et demi.

« As-tu acheté les bracelets ? » demanda-t-il.

Des yeux, il caressait son cou. Tandis qu'elle secouait la tête, sa chevelure dansait sous le chapeau qu'il lui avait offert pas plus tard que le matin même. Chapeau frivole mais délicieux. Comme elle.

« Eh bien ? » insista-t-il.

Elle le regarda avec des yeux rieurs et secoua de nouveau la tête.

« Non, cette fois encore je ne les ai pas achetés. »

Et soudain, de manière inopinée, elle lança un petit paquet sur les genoux de Marc.

« Je t'ai acheté ça, à la place. »

Elle s'appuya contre le dossier de sa chaise, attendant qu'il l'ouvrît.

« Tu me gâtes, petite sotte.

— Et toi, tu ne me gâtes pas ? »

Et, sans attendre de réponse, elle fit un signe au serveur :

« *Senta !... Cameriere !...* »

Le serveur s'approcha aussitôt avec une expression amène, et elle commanda un Campari-soda.

« Et toi ?

— Tu m'invites à boire, également ? »

Elle n'attendait jamais qu'il prenne les initiatives. Chantal aimait mener sa barque seule.

« Tais-toi donc. Qu'est-ce que tu prendras ?

— Un scotch. »

Elle le commanda servi comme il l'aimait, et il demeura un long moment à contempler ses yeux. Ils étaient assis sous le parasol, et, l'heure du déjeuner arrivant, la foule habituelle commençait à s'agiter autour d'eux dans un tourbillon de couleurs.

« Seras-tu toujours aussi indépendante, mon amour ?

— Toujours. Maintenant, ouvre ton cadeau.

— Tu es impossible. »

Mais c'était précisément ce qui toujours l'avait fasciné en elle : elle était impossible, et il adorait ça... Telle une jument libre et sauvage courant par les plaines de Camargue. Ils y étaient allés une fois, dans cette terre des cowboys de France, avec ses superbes et farouches chevaux blancs, et depuis c'est toujours ainsi qu'il se l'était représentée. Indomptée, à peine hors de portée, et cependant plus ou moins sienne. Plus ou moins. Il se plaisait à penser que le plus l'emportait sur le moins. Et ainsi en était-il entre eux depuis cinq ans.

Chantal avait vingt-neuf ans. Elle en avait vingt-quatre quand ils s'étaient rencontrés, le premier été où Deanna avait refusé de le rejoindre en France. Il avait éprouvé une sensation étrange à devoir passer la saison sans sa femme ; le malaise de devoir donner une explication à sa famille,

affirmant avec insistance qu'elle ne s'était pas
sentie suffisamment en forme pour voyager cette
année-là. Personne ne l'avait cru, mais ils ne
l'avaient pas dit en sa présence. Ils s'étaient
demandé si elle ne s'apprêtait pas à le quitter, ou si
elle n'avait pas un amant aux États-Unis. Jamais
ils n'auraient pu comprendre la vérité, à savoir
qu'elle les détestait, qu'elle se sentait mal en leur
compagnie, qu'elle avait voulu rester chez elle, être
seule, pour peindre, parce que partager Marc avec
eux lui faisait horreur, et plus encore de regarder
Pilar devenir semblable à eux. Son refus de venir
avait été un choc pour Marc-Edouard, un choc qui
l'avait fait réfléchir à ce que seraient pour lui ces
étés qu'elle ne passerait plus en France avec sa
famille. Il avait décidé de lui envoyer quelque chose
de très beau, accompagné d'une lettre la priant de
revenir sur sa décision. En souvenir de la mélancolique beauté de dix-huit ans qui était venue s'asseoir dans son bureau en ce jour si lointain, il s'était
rendu chez Dior.

Il avait assisté au défilé de la collection dans son
entier, prenant des notes, examinant les mannequins, étudiant avec attention les modèles, s'efforçant de décider lesquels correspondraient le mieux
au style de Deanna, mais son regard errait sans
cesse des tenues aux mannequins. Il avait été
particulièrement attiré par une fille hors du
commun, éblouissante, qui se mouvait d'une
manière qui ne parlait qu'à lui. Elle mettait du
génie dans tout ce qu'elle faisait, tourbillonnant,
virevoltant avec des gestes d'invite de la main —
pour lui seul, semblait-il —, et il était resté cloué sur
sa chaise, le souffle coupé. A l'issue de la présenta-
tion, il avait demandé à la voir, un peu embarrassé,
de façon passagère, mais sans plus. Lorsqu'elle
était sortie à sa rencontre, vêtue d'une étroite et
austère robe de jersey noir, sa chevelure auburn

remontée sur sa tête, ses yeux bleus si particuliers, tour à tour griffant et caressant, il aurait voulu s'emparer d'elle, la voir fondre dans ses bras. C'était un homme rationnel, puissant, maître de lui, qui n'avait jamais éprouvé une telle sensation. Il en fut effrayé et fasciné à la fois. Chantal semblait très bien connaître son pouvoir. Elle l'exerçait avec grâce, mais aussi avec une force implacable.

Et, au lieu d'acheter une robe pour Deanna, Marc avait offert un verre à Chantal, puis un autre, et un autre... Ils avaient terminé par du champagne au bar de l'hôtel George V, et, à son grand étonnement, il s'était entendu lui demander si elle lui permettrait de prendre une chambre. Mais elle s'était contentée d'un petit rire et, avec douceur, lui avait effleuré le visage d'une main longue et délicate.

« Ah ! non, mon amour, pas encore. »

Quand, alors ? Il aurait voulu lui crier ces mots, mais renonça. A la place, il l'avait poursuivie de ses assiduités, comblée de cajoleries, couverte de cadeaux, jusqu'au jour où elle avait enfin accepté, avec réserve, pudiquement, de cette manière qui faisait flamber son cœur et sa chair au contact de Chantal. Ils avaient passé le weed-end dans un appartement qu'il avait emprunté à un ami, près de l'avenue Foch, dans une chambre à coucher miraculeusement romantique, dotée d'un balcon donnant sur des arbres dont le feuillage bruissait doucement.

Il se rappellerait sa vie durant chaque bruit, chaque odeur, chaque instant de ce week-end. Il avait su dès lors qu'il ne se lasserait jamais de Chantal Martin. Elle avait investi tout son être, plus jamais il ne se sentirait lui-même, si ce n'est avec elle. Elle le vampirisait et l'ensorcelait à la fois, le rendait presque fou d'un désir qu'il n'avait jamais éprouvé auparavant. Insaisissable, exotique, exquise Chantal. Cela durait depuis cinq ans. A Paris, Athènes, Rome. Où qu'il aille en Europe, il l'emmenait, et bien sûr la présentait dans les hôtels, les restaurants, les magasins, comme « madame Duras ». Au fil des ans, ils s'y étaient tous deux accoutumés. Cela faisait partie de leur vie, à elle comme à lui. Son associé, Jim Sullivan, était parfaitement au courant, et sa femme, Dieu merci, l'ignorait. Deanna ne saurait jamais. Il n'y avait aucune raison de le lui dire. Elle n'était en rien lésée, se plaisait-il à penser. Elle avait San Francisco, son petit monde à elle. Lui, il avait Chantal, et un autre monde, bien plus vaste. Il possédait tout ce qu'il désirait, aussi longtemps qu'il aurait Chantal. Il priait seulement pour que cela durât toute sa vie. Mais c'était une promesse que Chantal ne voulait pas faire.

« Alors, mon amour, ton cadeau, ton cadeau, ouvre-le ! »

Elle avait son regard taquin. Il sentit son cœur s'enfler dans sa poitrine. Il déchira le papier et ouvrit la boîte à la hâte. C'était la montre de plongée qu'il avait admirée ce matin-là, disant que ce serait amusant de l'avoir pour leurs excursions au bord de la mer et aussi pour ses séjours au cap d'Antibes.

« Mon Dieu, tu es folle ! Chantal ! »

L'objet était horriblement coûteux, mais elle balaya ses objections d'un geste désintéressé. Elle en avait les moyens, maintenant qu'elle ne travaillait plus chez Dior. Trois années plus tôt, elle avait renoncé à la piste et ouvert sa propre agence de mannequins. Elle avait refusé à tout prix qu'il l'installe dans un appartement à Paris, où elle n'aurait rien fait que de l'attendre en se vernissant les ongles. Elle refusait de dépendre de qui que ce soit, et encore plus de lui. Il en ressentait parfois de l'irritation, assortie d'une certaine crainte. Elle n'avait pas besoin de lui ; elle l'aimait seulement ; mais, de cela du moins, il était sûr. Peu importait ce qu'elle pouvait faire lorsqu'il était aux États-Unis, elle l'aimait, il en était convaincu. Et la perfection des instants passés ensemble consolidait cette certitude.

« Est-ce qu'elle te plaît ? »

Elle le lorgna par-dessus son verre de Campari avec une feinte timidité.

« Je l'adore. »

Puis, baissant la voix, il ajouta :

« Mais je t'aime plus encore.

— Vraiment, milord ? »

Elle arqua un sourcil, et il sentit un frémissement intime.

« As-tu besoin d'une preuve ?

— Peut-être. A quoi songeais-tu exactement ? »

Elle le dévisagea d'un air canaille par-dessous son chapeau.

« J'avais l'intention de te proposer de déjeuner quelque part à la campagne, mais peut-être...

— ... pourrions-nous déjeuner dans notre chambre, mon chéri ?

— Excellente idée. »

Il fit un signe au serveur et régla l'addition sans attendre.

Elle se leva avec langueur en laissant doucement son corps se balancer contre le sien pendant un instant qui fut pour Marc un supplice de Tantale, puis se fraya un chemin en ondulant entre les tables pleines de monde, jetant de temps à autre un regard vers lui. Il avait peine à attendre d'être arrivé à destination ; il aurait voulu courir jusqu'à l'hôtel en lui pressant la main, mais elle avançait paisiblement, à son allure, à sa manière, sachant qu'elle avait amené Marc-Edouard Duras précisément où elle le voulait. Il la regardait avec amusement. Dans quelques instants, lui aussi l'aurait amenée où il le voulait. Dans ses bras, dans son lit.

Une fois dans la chambre, il se mit à déboutonner son corsage avec une hâte inquiétante, et elle se fit un jeu de le repousser, de le faire attendre avant de le laisser révéler quelle faim le torturait. D'une main, elle le caressa en le mordillant doucement dans le cou, jusqu'à ce qu'enfin il trouve le bouton de sa jupe, qui tomba à terre, laissant apparaître une lingerie de dentelle rose et transparente. Il lui arracha presque son chemisier. En un instant, elle se trouva nue devant lui ; il gémissait doucement. Elle le déshabilla à son tour, d'une main preste et experte, et ils tombèrent ensemble dans le grand lit. Chaque fois, l'amour était plus beau et leur rappelait toujours la première fois. Leur union laissait Marc assouvi et pourtant affamé, avide de savoir que bientôt ils seraient réunis.

Elle roula sur elle-même pour venir s'appuyer sur un coude, les cheveux emmêlés, mais toujours superbe. Elle le regarda en souriant, sans un mot. Puis elle parla très bas, d'une voix rauque, près de son oreille, tout en jouant de ses doigts sur la poitrine de Marc, puis en laissant descendre sa main plus bas vers le ventre.

« Je t'aime, tu sais. »

Il la regarda avec une ardente attention, s'efforçant de sonder ses yeux.

« Je t'aime aussi, Chantal. Trop peut-être, mais je t'aime. »

C'était un aveu surprenant de la part d'un homme tel que Marc-Edouard Duras. Aucun de ceux qui le connaissaient n'aurait pu le croire, Deanna moins que personne.

Chantal sourit et s'allongea à nouveau sur le dos en fermant les yeux pendant quelques instants. Il fut pris d'une inquiétude.

« Est-ce que ça va ?

— Bien sûr.

— Tu pourrais bien me mentir, je le sais. Réponds-moi sérieusement. Est-ce que ça va, Chantal ? »

Une expression de folle angoisse passa comme une ombre sur son visage, mais elle sourit.

« Je vais très bien.

— Tu as convenablement pris ton insuline aujourd'hui ? »

Il était plein d'une sollicitude toute paternelle, les élans de passion étaient oubliés.

« Oui, je l'ai prise. Cesse de te faire du souci. Si tu essayais ta nouvelle montre dans la baignoire ?...

— Maintenant ?

— Pourquoi pas ? (Elle eut un sourire épanoui, et il se sentit pour une fois totalement rassuré.) Ou bien avais-tu une autre idée en tête ?

— J'ai toujours une autre idée en tête. Mais tu es fatiguée.

— Jamais trop fatiguée pour toi, mon amour. »

Et lui ne l'était jamais pour elle. Les années qui les séparaient s'évanouissaient lorsqu'ils faisaient l'amour.

Il était trois heures quand ils s'allongèrent paisiblement côte à côte.

« Eh bien, ma foi, nous avons bien occupé notre après-midi », dit-elle avec un sourire malicieux.

Il lui répondit par une grimace amusée.

« Tu avais d'autres projets ?

— Absolument aucun.

— Veux-tu faire encore quelques courses ? »

Il adorait lui passer ses fantaisies, la gâter, être avec elle, l'admirer, la dévorer des yeux. Son parfum, ses mouvements, chacun de ses souffles, tout en elle l'excitait. Et elle le savait.

« Il se pourrait que je me laisse tenter par un petit tour dans les magasins.

— Très bien. »

Le voyage à Rome lui était de toute façon consacré. Il allait devoir travailler de manière acharnée cet été, et Athènes ne serait pas très drôle pour elle. Il savait combien elle aimait Rome et se faisait un point d'honneur de toujours l'y emmener. Simplement pour lui faire plaisir. En outre, il allait devoir l'abandonner pour le week-end.

« Qu'est-ce qui ne va pas ? » demanda-t-elle.

Elle l'observait depuis un certain temps avec une grande attention.

« Rien. Pourquoi ?

— Tu as eu l'air soucieux pendant un moment.

— Pas soucieux. Mécontent seulement. Il va falloir que je te quitte un ou deux jours.

— Oh ? fit-elle, et ses yeux se transformèrent en un lac de glace.

— Il faut que je fasse une halte à Antibes pour rendre visite à ma mère et à Pilar avant que nous partions pour la Grèce. »

Elle se redressa sur le lit et le regarda d'un œil courroucé.

« Et qu'as-tu l'intention de faire de moi ?

— Ne prends pas cet air outragé, chérie. Je ne puis faire autrement, tu le sais bien.

— Ne crois-tu pas que Pilar est assez grande maintenant pour résister au choc, et apprendre ce qu'il en est à mon sujet ? Ou me juges-tu toujours aussi peu présentable ? Je ne suis plus le petit mannequin de chez Dior, tu sais. Je dirige la plus grande agence de Paris. »

Mais elle savait fort bien que dans son monde à lui, cela ne comptait pas.

« Là n'est pas la question. Et d'ailleurs, non, je ne pense pas qu'elle soit assez grande. »

Sur tout ce qui avait trait à Pilar, il était étrangement buté, et cela irritait considérablement Chantal.

« Et ta mère ?

— C'est impossible.

— Je vois. »

Elle projeta ses longues jambes à bas du lit, traversa la chambre avec raideur, saisit au passage une cigarette d'un geste vif et ne se retourna pour le regarder que lorsqu'elle eut atteint la fenêtre du mur opposé.

« Je commence à en avoir assez d'être larguée dans des trous pendant que tu rends visite à ta famille, Marc-Edouard.

— Je n'appellerais pas précisément Saint-Tropez un « trou ».

— Quel endroit avais-tu en tête, cette fois ?

— Je me disais peut-être San Remo.

— Comme c'est commode ! Eh bien, je n'irai pas.

— Préférerais-tu rester ici ?

— Non.

— Allons-nous recommencer cette discussion, Chantal ? Ça devient assommant. Et, de plus, je ne comprends pas. Pourquoi est-ce soudain devenu un sujet de controverse, alors que pendant cinq ans tu as trouvé parfaitement acceptable de rester sur la Riviera sans moi ?

— Tu veux savoir pourquoi ? répliqua-t-elle, les yeux flamboyants de rage. Parce que j'ai presque trente ans et que j'en suis encore à jouer avec toi aux mêmes jeux qu'il y a cinq ans. Et je commence à en être un peu fatiguée. Nous faisons semblant d'être M. et Mme Duras sur la moitié de la surface du globe, mais dans les endroits qui importent, Paris, San Francisco, Antibes, je dois me cacher, m'esquiver honteusement, disparaître. Eh bien, j'en ai plein le dos. Tu veux des arrangements à sens unique. Ce que tu attends de moi, c'est que je reste à Paris en retenant ma respiration la moitié de l'année et que je sorte de la naphtaline à ton signal.

114

Je ne l'accepte plus, Marc-Edouard. Du moins, plus pour longtemps. »

Il la regarda fixement, stupéfait. Il n'osa lui demander si elle parlait sérieusement car, pendant une affreuse seconde, il avait su que oui.

« Qu'attends-tu donc de moi ?

— Je n'en sais rien encore. Mais j'y ai beaucoup réfléchi, dernièrement, et je serais tentée de dire : reste pour de bon, ou dégage.

— Je ne trouve pas ça amusant.

— Je ne trouve pas San Remo amusant. »

« Bon Dieu ! » C'était peine perdue. Un soupir lui échappa, et il se passa la main dans les cheveux.

« Chantal, je ne peux pas t'emmener à Antibes.

— Tu ne *veux* pas m'emmener à Antibes. C'est tout différent. »

Et le pire était qu'elle avait ajouté San Francisco à la liste de ses doléances. Cette information ne lui avait pas échappé non plus. Jamais auparavant elle n'avait émis le vœu d'aller aux États-Unis.

« Puis-je m'enquérir de ce qui a amené cette question sur le tapis ? Il ne peut s'agir simplement de ton trentième anniversaire : ce n'est que dans quatre mois. »

Le dos tourné, elle observa une pause tout en regardant par la fenêtre, puis se retourna vers lui.

« Quelqu'un vient juste de me demander en mariage. »

Le temps sembla s'arrêter. Marc-Edouard ouvrit des yeux horrifiés.

CHAPITRE VIII

« DEANNA ? »

Le téléphone avait sonné alors qu'elle était encore au lit. C'était Ben.

« Oui. »

Sa voix ensommeillée le fit sourire.

« Je suis désolé. Vous ai-je réveillée ?

— Plus ou moins.

— Réponse très diplomatique ! Je vous appelle pour vous embêter encore un peu. Je me dis que tôt ou tard je parviendrai à user votre résistance et que vous signerez un contrat avec la galerie, juste pour ne plus m'avoir sur le dos. Que diriez-vous si nous déjeunions ensemble ?

— Maintenant ? »

Dans son demi-sommeil, elle se tourna vers le réveil en se demandant jusqu'à quelle heure elle pouvait avoir dormi, mais déjà Ben riait d'un air moqueur.

« Non, pas à huit heures du matin. Que diriez-vous de midi ou d'une heure ? A Sausalito ?

— Qu'y a-t-il là-bas ?

— Du soleil. Condition atmosphérique dont nous ne bénéficions pas toujours de ce côté-ci du pont. Vous ai-je convaincue ?

— Plus ou moins. »

Elle se mit à rire dans le récepteur. Que lui

prenait-il de l'appeler à huit heures du matin ? Et pourquoi l'inviter si vite à déjeuner ? Ils avaient dîné ensemble la veille, et il avait déjeuné dans son atelier le jour précédent. Elle commençait à se demander si elle avait trouvé un ami, un ardent admirateur et un marchand potentiel pour ses œuvres, ou bien autre chose, et s'il était sage de le revoir si rapidement.

« Oui, ça l'est.

— Qu'est-ce qui l'est ? »

Elle était déconcertée.

« Vous vous demandez si c'est une bonne idée de déjeuner avec moi. Je réponds : oui, ça l'est.

— Vous êtes impossible.

— Alors, allons en ville.

— Non, Sausalito me semble convenir. »

Elle avait accepté sans penser au-delà, et elle se surprit à sourire au plafond tout en continuant à parler :

« On peut me vendre n'importe quoi à cette heure de la journée. Je n'ai encore aucune défense, je n'ai pas bu mon café.

— Bien. Alors pourquoi ne pas signer un engagement avec la galerie demain matin avant le café ?

— Attention, je vais vous raccrocher au nez, Ben. »

Elle riait de tout son cœur. C'était merveilleux de commencer ainsi la journée. Cela ne lui était plus arrivé depuis des années.

« Ne raccrochez pas avant que nous ayons pris les dispositions pour le déjeuner. Voulez-vous que je passe vous prendre vers midi ?

— D'accord, ça ira. »

Qu'est-ce qui irait ? Que lui prenait-il de déjeuner avec cet homme ? Mais elle l'aimait bien. Et un déjeuner à Sausalito promettait d'être amusant.

« Mettez votre jean.

— Entendu. A tout à l'heure, midi. »

Il se gara devant la maison à midi deux très exactement. Il portait un jean et un pul à col roulé et, au moment de monter dans la voiture, elle remarqua sur le siège un panier enveloppé d'un torchon rouge et blanc. D'un côté dépassait le goulot d'une bouteille.

Ben lui ouvrit la porte et transféra l'objet sur la banquette arrière.

« Bonjour, madame, dit-il avec un très large sourire tandis qu'elle se glissait à son côté. J'ai pensé que nous pourrions pique-niquer, à la place. D'accord ?

— Totalement. »

Était-ce raisonnable ? La tête de Mme Duras déclarait que non, tandis que le cœur de Deanna désirait passer un après-midi au soleil. Mais il existait, en ce cas, d'autres solutions : elle avait la terrasse de l'atelier, si vraiment elle avait envie de soleil.

Ben lui jeta un rapide coup d'œil en mettant le moteur en route, et il vit le pli qui s'était formé entre ses sourcils.

« Aurions-nous un problème ?

— Non », dit-elle tout bas tandis qu'il dégageait la voiture du trottoir.

Elle se demandait tout à coup si Margaret les avait vus.

Tandis qu'ils franchissaient le pont du Golden Gate, il l'amusa avec des anecdotes au sujet des artistes les plus pittoresques de sa galerie. Puis il se tut. Tous deux admiraient la splendeur de la vue.

« C'est beau, n'est-ce pas ? dit-il. (Elle acquiesça avec un sourire.) Puis-je vous poser une question bizarre ?

— Pourquoi pas ?

— Comment se fait-il que vous et votre mari

habitiez ici, et non en France ? D'après ce que je sais des Français, ils n'aiment généralement pas vivre loin de chez eux. Sauf contraints et forcés. »

Elle rit. Il ne se trompait pas.

« Il y a beaucoup d'affaires à traiter sur le marché ici. Et de toute manière, Marc n'est pas souvent là ; il voyage la plus grande partie du temps.

— Vous devez vous sentir seule. »

C'était une constatation, pas une question.

« J'ai l'habitude. »

Il n'était pas sûr de devoir la croire.

« Que faites-vous quand vous êtes seule ? »

Ils éclatèrent de rire lorsqu'ils ajoutèrent tous deux à l'unisson : « De la peinture.

— C'est ce que je pensais. Comment se fait-il que vous soyez descendue à Carmel ? »

Il semblait déborder de questions. Jusque-là, il avait été facile d'y répondre.

« A cause de Kim. Elle m'avait assuré que j'avais besoin de changer d'air.

— Avait-elle raison ? »

Il la scruta au moment de prendre l'embranchement qui conduisait au champ de manœuvres militaires, de l'autre côté du pont.

« Aviez-vous besoin de changer d'air ? répéta-t-il.

— Je suppose que oui. J'avais oublié combien Carmel était ravissant. Je ne m'y étais plus rendue depuis des années. Y allez-vous tous les week-end ? »

Elle voulait poser des questions à son tour. Il ne lui plaisait guère de parler de Marc.

« Chaque fois que je le peux, mais ce n'est jamais assez souvent. »

Elle remarqua qu'ils s'étaient engagés sur une étroite route de campagne, le long de bunkers et de bâtiments militaires désaffectés.

« Qu'est-ce que c'est, Ben ? »

On se serait cru tombé par hasard sur le plateau de tournage d'un film sur les années d'après-guerre. De chaque côté de la route s'alignaient des baraquements en ruine barricadés de planches ; des herbes et des fleurs sauvages escaladaient le talus jusque sur la chaussée.

« C'est un ancien poste de l'armée, datant de la dernière guerre. Pour une raison que j'ignore, ils l'ont conservé, bien qu'il soit vide de nos jours. Il y a une plage magnifique tout au bout, là-bas. je viens ici, parfois, juste pour réfléchir. »

Il se tourna vers elle en souriant et, une fois encore, elle fut étonnée de voir combien elle se sentait bien en sa compagnie.

Il avait toutes les caractéristiques d'un ami idéal. Ils gardèrent le silence jusqu'à leur arrivée à destination.

« C'est un endroit étrange, n'est-ce pas ? C'est si joli, et il n'y a personne. »

Sa voiture était la seule lorsqu'ils s'arrêtèrent, non loin de la plage. Elle n'en avait pas vu d'autre depuis qu'ils avaient quitté la route principale.

« Il n'y a personne. Et je n'ai jamais vu âme qui vive dans les environs, non plus. J'aime bien venir seul ici.

— Faites-vous souvent ce genre de choses ? Comme de vous promener seul sur la plage de Carmel ? » demanda-t-elle.

Il fit un signe affirmatif, tout en pivotant pour attraper le panier à l'arrière du véhicule. Il observait Deanna avec une grande attention.

« Je n'aurais jamais pensé vous revoir après cet autre soir sur la plage, dit-il.

— Moi non plus. C'était étrange, de se promener ainsi en parlant peinture. J'avais l'impression que nous nous connaissions depuis des années.

— Moi aussi, mais j'ai pensé que c'était parce que vous ressembliez au Wyeth. »

Elle sourit et baissa les yeux.

« Je ne savais trop que dire le lendemain lorsque je vous ai trouvée dans mon antre. Je ne savais si je devais ou non avouer que nous nous étions rencontrés.

— Qu'est-ce qui vous a déterminé à ne pas le dire ? »

Elle le regarda droit dans les yeux avec un imperceptible sourire.

« L'anneau à votre main gauche. J'ai pensé que cela pourrait vous embarrasser que j'en parle. »

Cela lui ressemblait parfaitement : perspicace et plein de délicatesse, pensa Deanna. Elle le vit froncer un peu les sourcils et s'adosser à son siège.

« Serait-il gênant pour vous que les gens sachent que nous déjeunons ensemble ? demanda-t-il.

— Je ne vois pas pourquoi. »

Mais il vit plus de bravade que de sincérité dans l'expression de Deanna.

« Que dirait votre mari ? »

Sa voix avait une douceur presque insupportable. Deanna aurait aimé pouvoir lui dire qu'elle s'en moquait totalement, mais c'était faux. Le plus triste était qu'en fait elle s'en souciait. Énormément.

« Je ne sais pas. La question ne s'est jamais posée. Il ne m'arrive pas très souvent de déjeuner avec des inconnus.

— Et avec des marchands de tableaux qui veulent exposer vos œuvres ?

— Non, encore moins avec des marchands de tableaux. Je ne déjeune jamais avec eux.

— Pourquoi donc ? »

Elle prit une profonde inspiration et plongea son regard dans le sien :

« Mon mari n'approuve pas mon travail. Il est d'avis que c'est un passe-temps agréable, mais, pour lui, les artistes sont des hippies et des imbéciles.

— Eh bien, ma foi, voilà qui règle leur compte à Manet et à Gauguin. »

Il réfléchit un moment. Lorsqu'il reprit la parole, elle eut la sensation que ses yeux la consumaient jusqu'au fond de l'âme.

« Cela ne vous fait-il pas souffrir ? Cela ne vous contraint-il pas à renier une part essentielle de vous-même ?

— Pas vraiment. Je peins tout de même. »

Mais tous deux savaient que c'était un mensonge. Elle avait été forcée de renoncer à une chose qu'elle désirait.

« Je suppose que le mariage est une sorte d'échange, continua-t-elle. Chacun doit faire des concessions. »

Mais quelles concessions Marc avait-il faites ? A quoi avait-il renoncé ? Elle paraissait triste, pensive, et Ben détourna le regard.

« Peut-être est-ce là qu'a résidé mon erreur lorsque je me suis marié. J'ai oublié les concessions. »

Deanna le considérait avec surprise.

« Étiez-vous exigeant ?

— Peut-être. C'était il y a si longtemps, il m'est difficile d'en être sûr. Je voulais qu'elle soit telle que je le pensais. »

Sa voix retomba.

« C'est-à-dire ?

— Oh ! fidèle, honnête, facile à vivre, amoureuse de moi. Ce qu'on veut dans ces cas-là. »

Tous deux se mirent à rire. Il s'empara du panier et aida Deanna à sortir de la voiture. Il avait apporté une couverture qu'il étala soigneusement pour elle sur le sable.

« Mon Dieu ! Est-ce vous qui avez préparé ce festin ? »

Elle regardait ce qu'il sortait du panier : salade de crabe, pâté, une baguette de pain, une petite boîte de gâteau, et du vin par-dessus le marché. Un second panier, plus petit, était rempli de fruits et parsemé d'une quantité de cerises. Elle saisit deux ou trois cerises et les mit à son oreille droite.

« Vous êtes ravissante avec des cerises, Deanna, mais avez-vous déjà essayé le raisin ? »

Il lui en tendit une petite grappe. Elle rit et en recouvrit son autre oreille.

« On vous dirait sortie d'une corne d'abondance... Ça fait très « fête champêtre ».

— N'est-ce pas ? »

Elle s'inclina en arrière et regarda le ciel avec un sourire radieux. Elle se sentait incroyablement jeune, irrépressiblement joyeuse. Tout était si facile auprès de lui...

« Prête à passer à table ? »

Un bol de salade de crabe à la main, il baissa son regard sur elle.

Elle était d'une beauté saisissante, tranquillement allongée sur la couverture, avec ces fruits sous sa sombre chevelure. A la vue de son sourire, elle se souvint des cerises et du raisin, les ôta et se redressa sur un coude.

« A dire vrai, je meurs de faim.

— Très bien. J'aime les femmes qui ont un solide appétit.

— Et quoi d'autre ? Qu'est-ce que vous aimez d'autre ? »

La question n'était guère opportune, mais elle s'en moquait. Elle voulait devenir son amie. Elle voulait en savoir plus, partager.

« Eh bien, voyons... J'aime les femmes qui dansent... les femmes qui savent lire — et écrire ! Et puis celles qui peignent... les femmes aux yeux verts. Et vous ? »

Sur ces derniers mots, sa voix était devenue à peine audible.

« Quel genre de femmes j'aime ? demanda-t-elle avec un rire moqueur.

— Oh ! taisez-vous ! Tenez, mangez donc quelque chose. »

Il lui offrit la baguette de pain et le pâté ; elle rompit le croûton et le tartina généreusement. C'était un après-midi de rêve, le soleil était haut dans le ciel, la brise soufflait et l'eau venait clapoter doucement sur le sable. De temps à autre, passait un oiseau. Derrière eux se dressaient les bâtiments abandonnés, immobiles comme des sentinelles aveugles. Ils étaient tout un monde à eux seuls.

« Vous savez, reprit-elle en promenant rapidement son regard autour d'elle avant de le poser sur Ben, parfois je souhaiterais peindre des scènes comme celle-ci.

— Pourquoi ne le faites-vous pas ?

— Vous voulez dire comme Wyeth ? Ce n'est pas moi. Chacun fait différemment ce qu'il fait. »

Il approuva sans mot dire, attendant qu'elle continuât.

« Ben, peignez-vous ? »

Il secoua la tête avec un sourire lugubre et sarcastique.

« Pas vraiment. J'ai essayé, dans le temps. Malheureusement, ma destinée est de vendre de la peinture, et non d'en faire. Il m'est arrivé de créer une œuvre d'art, cependant. »

Il avait repris une expression rêveuse, les yeux fixés sur la baie. La brise d'été jouait dans ses cheveux.

« Qu'était-ce ?

— J'ai construit une maison. Une petite maison, mais elle était très jolie. Je l'ai construite moi-même avec un ami.

« — Extraordinaire ! dit-elle, impressionnée. Où ça ?

— En Nouvelle-Angleterre. J'habitais New York à l'époque. C'était une surprise pour ma femme.

— L'a-t-elle aimée ?

— Non. Elle ne l'a jamais vue. Elle m'a quitté trois jours avant que je l'emmène la visiter pour la première fois. »

Deanna demeura un certain temps silencieuse, stupéfaite. La vie leur avait apporté à chacun leur lot de déceptions.

« Qu'en avez-vous fait ?

— Je l'ai vendue. Je m'y suis accroché pendant un temps, mais ça n'a jamais été très plaisant. J'avais toujours un peu trop mal. Alors j'ai emménagé ici en achetant la maison de Carmel... Mais c'était merveilleux de savoir que je pouvais le faire. Je crois que jamais je ne me suis senti aussi bien que le jour où j'ai achevé cette maison. Quelle sensation ! C'était vraiment celle de l'œuvre accomplie.

— Je sais, dit-elle après un instant. J'ai éprouvé ce même sentiment lorsque j'ai eu Pilar, quand bien même ce n'était pas un garçon. »

Il sembla agacé.

« Cela importait-il tant ?

— A l'époque, oui. Cela comptait beaucoup pour Marc, d'avoir un fils. Mais je ne crois pas qu'il s'en soucie encore. Il adore sa fille.

— Je crois que je préférerais avoir une fille plutôt qu'un garçon, dit Ben.

— Pourquoi ?

— Elles se laissent mieux aimer. On n'est pas tenu d'assumer une image, avec toute la panoplie macho et autres sornettes du même style, qui ne signifient rien. On peut les aimer, tout simplement. »

Il semblait regretter de ne pas avoir d'enfant, et elle se prit à se demander s'il se remarierait.

« Non, jamais. »

Il prononça ces mots sans la regarder.

« Jamais quoi ? »

Elle fut une fois de plus déconcertée par sa manière de répondre aux questions qu'elle n'avait pas posées, si ce n'est mentalement.

« Je ne me remarierai pas.

— Vous êtes incroyable. Et pourquoi ?

— Je n'y vois aucun intérêt. Je suis heureux comme ça. Et à présent, je suis trop occupé avec les galeries. Ce ne serait pas honnête, à moins que ce ne soit avec une femme aussi impliquée que moi dans ce domaine. J'étais beaucoup moins passionné par mon travail voici dix ans. Maintenant j'y suis plongé jusqu'au cou.

— Mais vous souhaitez avoir des enfants, n'est-ce pas ? »

Du moins avait-elle compris cela.

« J'aimerais aussi avoir une propriété dans les environs de Vienne. Mais je peux vivre sans, également. Et vous ?

— J'ai déjà un enfant. Voulez-vous dire : si j'en veux d'autres ? »

Elle ne comprenait pas.

« Non, ou peut-être oui, cela aussi. Mais surtout, pensez-vous que vous vous remarierez un jour ? »

Il la regarda franchement, de ses yeux verts et profonds.

« Mais je le suis. Mariée, je veux dire.

— Oui. Mais heureuse ? »

La question était directe et douloureuse. Elle s'apprêta à répondre que oui, puis s'interrompit.

« Quelquefois. J'accepte ce qui m'est donné.

— Pourquoi ?

— Parce que lui et moi avons une histoire derrière nous. (Elle s'aperçut qu'elle ne voulait pas prononcer le nom de Marc devant Ben.) On ne peut remplacer ça, ni le nier ni le fuir. Nous avons un passé.

— Un passé heureux ?

— Par moments. Une fois que j'ai compris les règles du jeu. »

Elle se montrait d'une honnêteté brutale, même envers elle-même.

« Qui étaient... ? »

La voix de Ben avait repris cette douceur insupportable qui lui donnait envie de tendre les bras vers lui et de ne plus parler de Marc. Mais Ben était son ami, et elle n'avait pas le droit de réclamer plus. Seulement son amitié. Autant parler de Marc, après tout.

« Quelles étaient ces règles ? »

Elle soupira avec un léger haussement d'épaules.

« Beaucoup de « Tu ne feras pas ». Tu ne t'opposeras pas aux souhaits de ton mari, tu ne poseras pas trop de questions, tu ne désireras pas de vie personnelle, et surtout pas en tant que peintre... Mais il a été très bon avec moi. A sa mort, mon père m'avait laissée en rade, sans un sou, aux abois. Marc m'a tirée d'affaire. Je ne crois pas, sincèrement, que j'avais besoin de toute l'aide qu'il m'a fournie, mais il l'a fait. Il m'a procuré un foyer, le confort, une famille, la stabilité, et, pour finir, il m'a donné Pilar. »

Elle n'avait pas parlé d'amour.

« Le jeu en a-t-il valu la chandelle ? Et aujourd'hui ? »

Elle s'efforça de sourire.

« Je crois. Puisque je suis restée. Je suis satisfaite de ce que j'ai.

— L'aimez-vous ? »

Son sourire s'effaça lentement tandis qu'elle répondait oui d'un signe de tête.

« Excusez-moi, Deanna. Je n'aurais pas dû vous poser cette question.

— Pourquoi ? Nous sommes amis.

— Oui, dit-il en lui souriant à nouveau. Nous sommes amis. Voulez-vous que nous nous promenions sur la plage ? »

Il était déjà debout, le bras tendu pour l'aider à se relever. Leurs mains se touchèrent fugitivement, puis il se retourna et partit à grandes enjambées rapides en direction du rivage, l'invitant à le rattraper. Mais elle marchait doucement en songeant à ce qu'ils avaient dit. Du moins, tout était bien clair, elle aimait Marc. Maintenant, du moins, elle n'aurait pas de problèmes avec Ben. Elle l'avait craint à certains moments : il avait en lui quelque chose qui lui plaisait beaucoup.

Il lui tendit des coquillages et s'enfonça dans l'eau jusqu'à hauteur des genoux. On eût dit un grand gamin heureux jouant dans les vagues. Elle l'observa en souriant.

« On fait la course ? »

Il la regardait malicieusement tout en revenant vers elle, et elle accepta le défi avec amusement. Si Pilar pouvait voir sa mère en cet instant, en train de courir sur la plage avec un homme, comme une enfant... Mais c'était ainsi qu'elle se sentait, une petite fille martelant de ses pieds le sable humide, les cheveux emmêlés par le vent, hors d'haleine. Elle s'arrêta enfin, riant et à bout de souffle, secouant la tête tandis qu'il la dépassait dans un bruit de tonnerre.

« On abandonne ? » cria-t-il par-dessus son épaule.

Lorsqu'elle avoua sa défaite, il traversa la plage à grands bonds en sens inverse et s'arrêta près de l'endroit où elle s'était écroulée sur le sable. Le soleil jetait des reflets roux sur la chevelure sombre de la jeune femme. Ben se laissa tomber à côté d'elle. Ils restèrent assis côte à côte, à contempler la mer au loin en reprenant leur souffle. Lorsqu'elle se retourna enfin vers lui, elle savait déjà ce qu'elle verrait : ses yeux couleur de mer attendant les siens.

« Deanna... »

Il s'écoula un moment interminable. Ben la regardait. Puis il se pencha lentement vers elle, et c'est dans la masse obscure de ses cheveux balayés par le vent qu'il murmura :

« Oh ! Deanna... je vous aime... »

Une force incoercible sembla le pousser : il sentit ses bras enlacer la jeune femme malgré lui et sa bouche se refermer doucement sur la sienne, mais les bras de Deanna furent aussi prompts à l'enserrer, et sa bouche aussi avide.

Ils demeurèrent longtemps soudés l'un à l'autre, se caressant le visage, les yeux dans les yeux, sans plus parler. Ils n'avaient pas besoin de mots ; ils étaient transportés dans un monde où le temps s'était arrêté. C'est Ben qui se détacha le premier, sans rien dire ; il se leva simplement, tranquillement, avec lenteur, et lui tendit le bras. Ensemble, main dans la main, ils prirent le chemin du retour sur la plage.

Ils restèrent silencieux jusqu'à la voiture.

« Je devrais vous dire que je regrette, Deanna, mais je ne regrette pas.

— Moi non plus. (Elle semblait en état de choc.) Mais je ne comprends pas ce qui s'est passé.

— Peut-être n'est-ce pas nécessaire. Nous pouvons demeurer amis. »

Il la regarda avec ce qui voulait être un sourire, mais nul sourire n'apparaissait dans le regard de Deanna, seulement une lueur hallucinée.

« Je ne me sens pas trahie. Du moins pas par vous. »

Elle voulait qu'il le sache.

« Par vous-même alors ?

— Peut-être bien. Je crois simplement que je ne comprends pas.

— Il est inutile de chercher à comprendre. Vous avez été très claire au sujet de votre vie. Vous n'avez nul besoin de comprendre ni d'expliquer. (Sa voix était toujours mortellement douce.) Nous oublierons, j'en suis certain. »

Mais elle ne voulait pas oublier, et c'était ce qui l'étonnait le plus ; elle refusait absolument d'oublier.

« Pensiez-vous ce que vous avez dit ? »

Elle voulait faire allusion au « Je vous aime », mais elle vit qu'il avait compris et continua :

« J'éprouve le même sentiment. C'est vraiment un peu fou.

— En vérité ! (Il éclata de rire et l'embrassa doucement sur la joue.) C'est peut-être même complètement fou. Mais quels que soient nos sentiments, je ne veux pas gâcher votre vie. Vous avez ce qu'il vous faut, vous n'avez nul besoin que je vienne semer la perturbation. Je crois qu'il vous a fallu ces dix-huit années pour vous accommoder de cette existence (c'était vrai, elle le savait). Deanna, je vous le promets, je ne vous ferai pas de mal.

— Mais qu'allons-nous faire ? »

Elle se sentait comme une enfant, perdue dans ses bras.

« Rien. Nous allons être un grand garçon et une grande fille, tous les deux. Et de bons amis. Cela vous convient-il ?

— Je suppose qu'il le faut bien. »

Mais dans sa voix, en même temps que du regret, on sentait un soulagement. Elle ne voulait pas tromper Marc. Sa fidélité à Marc n'était pas pour elle un vain mot.

Il mit la voiture en marche ; ils roulèrent lentement et parlèrent peu sur le chemin du retour.

C'était une journée qu'elle n'oublierait pas ; une éternité sembla s'écouler avant qu'ils se garent devant chez elle.

« Viendrez-vous déjeuner dans mon atelier de temps en temps ? »

Elle semblait si malheureuse qu'il sentit sa peine s'aviver, mais il sourit :

« Quand vous voudrez. Je vous appellerai très bientôt. »

Elle fit un signe d'approbation et se glissa hors du véhicule. Il avait démarré avant qu'elle ait pu jeter un regard en arrière. Elle monta lentement l'escalier jusqu'à sa chambre et s'étendit sur le lit, puis, regardant par hasard en direction du téléphone, elle vit un message de Marc. Margaret avait reçu la communication dans l'après-midi. Elle se contracta en le lisant : « Veuillez rappeler M. Duras. » Elle n'avait pas envie d'appeler maintenant. Pas tout de suite. Mais elle savait qu'elle devait se forcer à revenir à la réalité, loin du rêve de la plage.

Il lui fallut une demi-heure pour s'armer de courage et passer ce coup de téléphone. Elle composa enfin le numéro de l'opérateur et demanda la chambre de Marc au Hassler, à Rome. Cette fois, il était là.

« Marc ? C'est moi.

— Oui. Bonjour. »

Il avait une voix étrange, froide.

« Deanna », dit-elle.

Elle crut un instant qu'il ne comprenait pas qui était au bout du fil, puis s'aperçut de l'heure qu'il était : deux heures du matin à Rome. Il devait être profondément endormi.

« Oui, oui, je sais. Je dormais.

— Excuse-moi, nous avions été coupés la dernière fois, et Margaret m'a laissé un message. J'ai pensé que ce pouvait être urgent. »

Elle se sentit soudain mal à l'aise. Il n'avait pas la voix de quelqu'un qu'on aurait tiré de son sommeil.

« Bon. Où étais-tu ? »

Mon Dieu, pourquoi était-il si froid ? Pourquoi maintenant, précisément ? Elle avait besoin d'une raison pour ne pas raccrocher, une raison pour ne pas tomber amoureuse de Ben, une raison de lui rester fidèle.

« J'étais sortie. Je faisais des courses. »

Elle détestait ce mensonge, mais que lui dire ? « J'étais en train d'embrasser Ben Thompson sur la plage ? »

« Tout va bien à Rome ?

— Très bien. Écoute..., je te rappellerai.

— Quand ? »

Il lui fallait savoir. Il lui fallait l'entendre, conserver dans son esprit le son de sa voix, cette voix qui la consolerait.

« Quand me rappelleras-tu ?

— Demain. Ce week-end. Je t'appellerai, ne t'inquiète pas, D'accord ?

— Oui, d'accord, très bien. (Mais son ton la blessait au vif.) Je t'aime. »

Ces mots contenaient un appel mais il ne parut pas l'entendre.

« Moi aussi. *Ciao.* »

Et, sans rien ajouter, il raccrocha. Deanna resta immobile, les yeux rivés sur le téléphone.

Deanna dîna seule dans son atelier ce soir-là, puis s'attarda une demi-heure sur la petite terrasse carrelée, à regarder le soleil se coucher sur la baie. Elle aurait pu le voir avec Ben si elle ne l'avait pas renvoyé. Pourquoi l'avait-elle fait ? Afin de pouvoir se sentir fidèle lorsqu'elle appelait Marc à l'autre bout du monde ? Elle sentit des larmes couler sur ses joues.

Le bruit de la sonnette la fit sursauter. Elle décida de ne pas répondre, puis songea que ce pouvait être Kim qui venait voir comment elle allait. Kim avait sans doute repéré de la lumière dans l'atelier. Elle essuya ses larmes avec le bas de son chemisier et descendit l'escalier de service en courant sur ses pieds nus. Elle ne songea pas même à demander qui c'était, elle ouvrit simplement la porte, en jean, nu-pieds, avec son visage de petite fille fatiguée, les cheveux dans les yeux. Elle recula de surprise. C'était Ben.

« Le moment est-il mal choisi ? demanda-t-il (Elle secoua la tête.) Pouvons-nous parler ? »

Aussi troublé qu'elle, il entra dès qu'elle acquiesça.

« Montons dans l'atelier. C'est là que je me trouvais.

— A travailler ?

— Non, je réfléchissais.

— J'ai réfléchi aussi. »

Elle referma doucement la porte derrière eux ; il la suivit dans l'escalier, puis elle l'invita à s'asseoir dans le fauteuil qu'elle préférait.

« Un café, du vin ?

— Rien, merci. »

Il paraissait soudain très nerveux, comme s'il se demandait pourquoi il était venu. Puis il s'adossa au siège, ferma les yeux et se passa une main dans les cheveux.

« C'est vraiment fou, je n'aurais pas dû venir.

— Je suis heureuse que vous soyez là.

— En ce cas, dit-il en ouvrant les yeux et en essayant un sourire, moi aussi. Deanna, je... je sais que tout cela est fou... mais, bon Dieu, je vous aime. Je me sens comme un enfant irresponsable. Je ne devrais même pas me trouver ici. Je n'ai absolument rien d'intelligent à vous dire, sinon ce que je vous ai dit sur la plage. »

Sa voix s'affaiblit jusqu'à n'être plus qu'un chuchotement et il baissa le regard en ajoutant :

« Juste que je vous aime. »

La pièce resta silencieuse un long moment. Deanna l'observait ; des larmes lui montèrent aux yeux. Il l'entendit soupirer :

« Je vous aime aussi.

— Savez-vous ce que je voulais vous dire en venant ? Que j'accepterai n'importe quoi. Un instant, une soirée, un été. Je ne vous encombrerai pas ensuite. J'abandonnerai. Mais je ne puis supporter de nous voir perdre tout cela... »

Il la regarda. Elle avait le visage inondé de larmes qui tombaient doucement sur sa blouse éclaboussée de peinture, mais elle lui sourit en lui tendant la main.

« Cela ne vous semble-t-il pas absurde ? dit-il.

— Si, très. Et à la fin de l'été ?

— Nous nous quitterons.

— Et si nous ne le pouvons pas ?

— Il le faudra. Je le ferai, parce que je sais que cela sera pour votre tranquillité d'esprit. Et vous ?

— Je crois que j'y parviendrai également, dit-elle en l'entourant de ses bras. Je me moque de ce qui arrivera alors, je vous aime, c'est tout. »

Il la serra contre lui en souriant. C'était ce qu'il avait voulu entendre. Il se sentit libre, enflammé, vivant.

« Voulez-vous venir chez moi, Deanna ? Ma maison est dans un désordre épouvantable mais je veux la partager avec vous, vous montrer mes trésors. Je veux vous montrer les objets qui comptent pour moi, vous donner ma vie, vous faire voir mes galeries, comment elles fonctionnent. Je veux

marcher sur la plage de Carmel avec vous, je veux...
oh! Deanna, ma chérie, ma chérie, je t'aime!»

Ils rirent ensemble, tandis qu'il la soulevait dans
ses bras et la portait jusqu'au bas de l'escalier. Un
instant, Deanna se félicita de ce que Margaret fût
en congé ce soir-là, mais elle n'osa pas y penser plus
longtemps. Juste un instant. Elle appartenait à
Ben, à présent, à Ben pour l'été.

CHAPITRE IX

« BONJOUR. »

La voix de Ben parlait doucement à son oreille. Elle ouvrit un œil. La pièce ne lui était pas familière. Deanna découvrait un mur jaune pâle. Quelqu'un avait ouvert les volets des larges fenêtres donnant sur la baie, et le soleil entrait à flots. Des arbres se dressaient devant et elle pouvait entendre des chants d'oiseaux. C'était une splendide journée d'été, plus proche d'un jour de septembre que de juin.

Deanna laissa son regard errer sur le mur jaune et tomba bientôt en extase devant une aquarelle représentant une plage, puis devant un pastel de taille plus petite et enfin une huile. La manière en était tout ensemble très subtile et très ensoleillée, un peu comme Ben. Elle se souleva sur un coude, s'étira avec un bâillement et sourit. Penché sur elle, il la contemplait avec un visage de jeune amoureux.

« Ça fait une heure que je t'attends. J'ai cru que tu ne te réveillerais jamais ! »

Il parlait moins comme un amant que comme un petit garçon, et elle s'en amusa.

« Je crois que j'étais un tantinet fatiguée. »

Elle eut encore un sourire et se glissa de nouveau sous les draps, une main sur la cuisse de Ben. La nuit dans ses bras avait été longue et délicieuse, et ils ne s'étaient pas endormis avant l'aube.

« Est-ce une doléance ?

— Hé ! »

Elle laissa ses lèvres se promener le long de la jambe de Ben, s'arrêta sur la hanche, embrassa la tendre peau blanche où battait une petite veine.

« Bonjour, mon amour », dit-elle.

Elle sourit à la vie qu'elle voyait bouger là, et Ben la reprit doucement dans ses bras.

« T'ai-je déjà dit ce matin combien je t'aime ? » demanda-t-il.

Il la regardait tendrement dans les yeux et elle découvrit sur son visage quelque chose dont elle avait rêvé et qu'elle avait peint, mais que jamais elle n'avait vu, une sorte de passion, une espèce d'amour sans entraves, une chose qu'elle avait ardemment désirée, il y avait très longtemps, et dont elle avait cessé de croire qu'elle pût exister.

« Je t'aime..., Deanna... Je t'aime... »

Ses mots se brisaient sur ses lèvres pendant qu'il l'embrassait, pour la première fois en cette matinée, et laissait son corps se glisser doucement sur le sien. Elle protesta faiblement, tout en s'agitant tandis qu'il la pressait plus fort contre lui.

« Tu as une objection ? » fit-il.

Il avait l'air amusé, surpris, mais résolu, quoi qu'elle pût dire.

« Je ne me suis pas brossé les dents ! Ni peigné les cheveux... ni... », protesta-t-elle.

Sa voix faiblissait, étouffée par les baisers qu'il déposait sur sa bouche, tandis qu'elle riait nerveusement et passait la main dans les courts cheveux emmêlés.

« Ben, il faut que...

— Non, il ne faut pas. Je t'aime ainsi. »

Il semblait très convaincu.

« Mais je...

— Chut !

— Ben ! »

Elle oublia ses dents et ses cheveux ; elle était trop heureuse là où elle se trouvait, emportée, balayée, à la dérive sur une mer de délices tandis que le corps tout entier de Ben semblait lui pénétrer l'âme.

« Tu as sommeil, chérie ? » dit-il dans un murmure.

Près de deux heures s'étaient écoulées, Deanna était pelotonnée, heureuse, dans ses bras, une jambe entremêlée aux siennes.

« Mmmm ?... Ben ?

— Oui ? »

Sa voix était comme une caresse en cette chaude matinée de juin.

« Je t'aime », dit-elle.

Celle de Deanna était presque enfantine.

« Moi aussi. Dors, maintenant. »

Et elle s'endormit pour deux heures encore. Lorsqu'elle rouvrit les yeux, il se tenait au pied du lit, tout habillé, un plateau dans les mains. Elle s'éveilla complètement, étonnée. Il portait un costume bleu rayé, très sérieux.

« Qu'est-ce que tu fais ? »

Elle se sentit soudain nue et négligée dans la suave odeur de leur nuit d'amour qui flottait au-dessus du lit.

« Ai-je dormi longtemps ?

— Pas très. J'aurais la même apparence que toi, si je ne devais pas assister à un buffet organisé à la galerie. J'en ai annulé un hier, et si j'annule également celui-ci, Sally va me donner sa démission. Mais je ne serai pas parti longtemps. »

Il déposa le plateau sur les genoux de Deanna, qui s'était confortablement calé le dos contre les oreillers, dans le grand lit double.

« J'espère que ça te conviendra », dit-il.

Elle vit des croissants, des fruits, du café au lait et un œuf magnifiquement poché.

« Je ne savais pas vraiment ce que tu prends pour le petit déjeuner », ajouta-t-il.

Son sourire lui donnait un air juvénile. Deanna regarda le plateau avec stupéfaction, puis leva les yeux vers lui. Que pouvait-elle dire ? Il était apparu dans sa vie sur une plage à Carmel, et il lui préparait maintenant des croissants et des œufs pochés en s'excusant de ne pas savoir ce qu'elle préférait pour le petit déjeuner. Ils avaient fait l'amour la nuit durant et la plus grande partie de la matinée ; il lui avait dit qu'il l'aimait, et elle lui avait répondu la même chose ; et elle ne se sentait même pas coupable de se réveiller dans le lit de cet homme, et non dans le sien — le lit qu'elle partageait avec Marc depuis dix-huit ans. Elle se fichait d'ailleurs bien de Marc, ce matin. Elle se sentait joyeuse, jeune, amoureuse. Tout ce qu'elle désirait, c'était Ben qui le lui donnait. Elle le regarda avec un sourire émerveillé et poussa un soupir en saisissant un croissant.

« Je vous préviens, monsieur : si vous me gâtez trop, je serai insupportable dans moins d'une semaine.

— Mais non. »

Il avait eu un accent de certitude amusée. Il semblait très adulte, de nouveau.

« Oh ! si ! fit-elle, les yeux clos dans un bonheur parfait, tout en mordant dans le petit pain. Je vais me mettre à exiger des croissants tous les matins, des œufs pochés, du café au lait... (Elle rouvrit des yeux brillants et pleins d'un éclat malicieux.) J'attendrai de toi que tu restes à la maison tous les jours, que tu n'ailles plus au bureau, juste pour que nous puissions faire l'amour.

— Oh ! non.

— Oh! non? Et pourquoi donc?

— Parce que, demain, ce sera à ton tour de me préparer le petit déjeuner. Nous sommes ici en démocratie, Deanna. Nous vivons ensemble, nous faisons les choses à tour de rôle. Nous nous gâtons l'un l'autre. Nous nous faisons mutuellement des œufs pochés. (Il se pencha pour l'embrasser une dernière fois.) D'ailleurs, le mien, je l'aime au plat.

— J'en prends bonne note», dit-elle avec un sourire étudié.

Il se redressa:

«Je te le rappellerai.

— D'accord.»

Elle continua son petit déjeuner, heureuse et décontractée. Elle avait l'impression qu'ils avaient vécu des mois ensemble, sinon des années. Il ne lui semblait nullement étrange de voir son sourire devant sa poitrine nue tandis qu'à petites gorgées elle buvait son café dans une tasse d'un jaune éclatant. Tout entre eux était simple, agréable et vrai. On était loin de la raideur et des rituels en vigueur dans sa propre demeure. Elle s'aperçut qu'elle aimait mieux le style de Ben. L'épaisse tasse jaune dans sa main avait quelque chose de concret, elle donnait une sensation de robustesse, contrairement aux prétentieuses tasses bleues en porcelaine fleurie de la mère de Marc.

«Que vas-tu faire aujourd'hui?

— Je crois que je vais commencer par prendre un bain.»

Elle plissa le nez d'un air dégoûté et ils rirent en chœur.

«Je t'adore telle que tu es.

— Tu n'es qu'un petit cochon.»

Elle tendit les bras vers lui et il l'embrassa, puis s'écarta avec regret.

. « Diable, peut-être va-t-il falloir que j'annule ce repas, finalement.

— On se verra plus tard, à moins que... »

Elle commença à lui demander s'ils se verraient ce soir-là, mais déjà elle devinait la réponse dans ses yeux.

« Non, Deanna, pas « à moins que ». J'en aurai fini avec la galerie à cinq heures. Je me disais que nous pourrions aller dîner dans un endroit tranquille. Peut-être quelque part à Marin ?

— Ce serait super. »

Elle remarqua une ombre d'inquiétude dans les yeux de Ben.

« Quelque chose qui ne va pas ? dit-elle.

— Non, pas pour moi. Mais je... je me demandais si cela ne t'ennuyait pas de sortir. Je ne veux pas te mettre dans des situations difficiles. »

Il s'obligeait à se souvenir qu'elle avait une autre vie, qu'elle ne lui était que prêtée, tel un chef-d'œuvre d'un musée étranger, et non comme une œuvre qu'on peut posséder et accrocher à ses murs. Elle ne lui en serait que plus précieuse pendant les moments qu'ils allaient partager.

« Le fait que nous sortions ensemble ne va-t-il pas te créer de problèmes ?

— Il n'y a pas de raison. Tout dépendra de ce que nous ferons, d'où nous irons, de la manière dont nous nous comporterons. Je crois que ça ne devrait pas poser de problèmes. »

Il se tut, pensif, et elle lui tendit la main. Il la prit en silence et se rassit sur le lit.

« Je ne veux rien faire qui puisse te nuire plus tard.

— Ça n'arrivera pas. Maintenant, cesse de t'inquiéter. Tout ira bien.

— Je suis très sérieux, tu sais, Deanna. J'en serais malade, si tu devais souffrir par la suite.

— Ne crois-tu pas que nous en souffrirons tous
deux ?

— Que veux-tu dire ?

— Je veux dire que cet été va être le plus beau de
ma vie, et de la tienne, je le souhaite. Quand il
s'achèvera, quand nous retournerons chacun à
notre existence personnelle, ne penses-tu pas que
nous allons souffir ? »

Il fit un signe d'assentiment et baissa les yeux
vers la main qu'il tenait serrée dans la sienne.

« Regrettes-tu ce que nous avons décidé ? »
demanda-t-il.

Deanna rejeta la tête en arrière et partit d'un rire
argentin avant de lui poser sur la joue un tendre
baiser.

« Pas un instant ! (Elle redevint grave.) Mais je
pense que nous serions fous de croire que nous ne
souffrirons pas plus tard. Si vraiment tout cela en
vaut la peine, si ces moments sont merveilleux, si
nos sentiments sont vrais... alors nous souffrirons.
Il nous faudra l'accepter.

— J'accepterai. En ce qui me concerne. Mais...

— Mais quoi ? Tu ne veux pas me faire de mal ?
Tu veux que je ne ressente rien ? Tu ne veux pas que
je t'aime ? Ben, ne sois pas absurde. Cela en vaut la
peine.

— Je comprends bien. Tu as raison, je crois. Mais
il faut quand même que nous soyons discrets, je ne
veux pas être la cause de problèmes entre Marc et
toi. »

Elle eut presque un mouvement de recul en
entendant prononcer son nom. Ben se pencha
encore vers elle, lui donna un baiser rapide, et se
redressa :

« Je crois que nous en avons assez dit pour une
matinée », fit-il.

Il préférait ne pas penser à ce qui arriverait à la
fin de l'été ; d'ailleurs, il était difficile d'y croire.

Leurs moments communs venaient seulement de commencer.

« Où seras-tu à cinq heures ? demanda-t-il une fois qu'il eut atteint la porte. Ici ? »

Elle secoua la tête :

« Je ferais mieux de rentrer chez moi.

— Veux-tu que je te prenne là-bas en passant ?

— Non, je te retrouverai ici. »

Il approuva, sourit et disparut. Quelques instants plus tard, tandis qu'elle allait et venait dans la chambre, elle entendit la petite voiture allemande démarrer, puis s'assit nue au bord du lit, une jambe repliée. Elle se sourit à elle-même ; elle aurait voulu chanter. Elle se sentait merveilleusement bien, et amoureuse. Quel homme adorable il était, gentil, intelligent, attentif. Et en plus il l'amusait, il adorait rire, aimait raconter des blagues idiotes et des histoires drôles à n'en plus finir. Il avait passé des heures la nuit précédente à lui parler de souvenirs de jeunesse, à lui montrer des albums de photos où on le voyait enfant, en compagnie de ses parents, de sa sœur et de leurs amis, dont beaucoup étaient des personnalités connues, peintres, acteurs, écrivains, dramaturges. Les albums s'étalaient, toujours ouverts, sur le plancher.

Il avait une petite maison confortable, très différente du cottage de Carmel. La maison de Carmel était plus vaste et arborait les mêmes tons doux et sableux que la plage, des blancs, des beiges, des gris, des bois aux couleurs de poussière, et des laines blanc cassé. La maison en ville était un minuscule bijou niché tout en haut de la colline de Telegraph Hill, pleine à craquer de livres et de tableaux. Le salon, tapissé de volumes joliment reliés, des livres d'art pour la plupart, s'ornait de deux profonds canapés de cuir rouge. Les murs étaient d'un beige clair qui mettait en valeur les deux toiles qu'il y avait accrochées ; le plancher de vieux bois poli était recouvert d'un tapis d'Orient, mais rien d'aussi riche que ceux que Marc lui avait rapportés d'Iran, des années plus tôt. Le petit nid de Ben n'avait rien d'une attraction touristique ; c'était un endroit charmant et chaleureux où, manifestement, il aimait vivre et passer ses soirées avec ses peintres et ses amis. La cheminée, garnie de chenêts de bronze qu'il avait dénichés en France, semblait fréquemment utilisée ; un violon traînait dans un coin. Il possédait aussi un petit piano et une guitare, un bureau ancien de style anglais et un buste de Cézanne en bronze. Partout régnait un désordre bon enfant, une espèce d'usure élégante. Certains des objets avaient de la valeur mais la plupart n'avaient de prix que pour lui et les gens qui l'aimaient. Le salon ressemblait beaucoup à Ben, de même que la petite chambre jaune exposée à l'est, qui donnait sur la baie et resplendissait comme le soleil du matin. Elle s'agrémentait d'une minuscule terrasse couverte d'une impressionnante collection de plantes aux fleurs éclatantes, et dotée de deux confortables fauteuils de toile aux nuances fanées. A tout cela, il fallait ajouter une cuisine et une pièce qui contenait les instruments de travail de Ben : quelques rares tableaux, de nombreux dossiers et un autre bureau. Cette pièce supplémentaire lui permettait de travailler chez lui et, à l'instar de sa voiture, était pratique mais sans recherche. En observant ce qui l'entourait, Deanna prit de nouveau conscience du curieux mélange de style et de confort qu'était cet homme, et de sa manière de marier heureusement l'un et l'autre. Elle enfila le peignoir de bain de soie bleu et noir qu'il avait laissé là et s'aventura sur la terrasse, où elle s'assit dans l'un des fauteuils de toile. Autrefois d'un vert perroquet, le soleil les avait décolorés en un citron vert très pâle. Elle étira ses jambes quelques instants, le visage tourné vers le soleil en se demandant où se trouvait Ben — peut-être déjà à la galerie ? En train de déjeuner ? De signer des chèques avec Sally ? Ou de discuter avec Gustave ? Elle aimait sa façon de mener sa vie, de traiter avec les gens qui l'entouraient — sa manière de la traiter. Elle s'aperçut que même son idée de préparer le petit déjeuner à tour de rôle lui plaisait — une démocratie, avait-il dit. C'était, tout simplement, un mode de vie très agréable. Elle laissa son peignoir s'entrouvrir et sourit en sentant la chaleur du soleil. Dans un moment, elle rentrerait peindre dans son atelier. Mais pas tout de suite. Elle était trop heureuse, assise au soleil comme un chat, à songer à Ben.

« *Grazie, Signore... Signora Duras.* »

Le concierge du Hassler fit une cérémonieuse courbette devant Marc et Chantal, qui s'apprêtaient à quitter l'hôtel, et Marc lui octroya un pourboire plus que substantiel. Une voiture était déjà devant la porte. Leurs sacs avaient été chargés dans le coffre et le chauffeur les attendait pour les mener à l'aéroport.

Tandis qu'ils roulaient, Marc s'arracha à la contemplation de la ville et chercha le regard de la jeune femme.

« Tu es certaine que c'est bien ce que tu veux faire ?

— Absolument. »

Il était inquiet : jamais elle ne s'était montrée si obstinée. Chantal avait insisté pour ne pas rester cachée à San Remo ou dans une autre ville de la Riviera. Elle voulait rentrer l'attendre à Paris pendant qu'il se rendrait au cap d'Antibes. Était-ce pour passer discrètement un week-end avec son amant, l'homme qui l'avait demandée en mariage ? La menace implicite n'avait pas échappé à Marc. Il

se sentit envahi par une vague de jalousie meur-
trière.

« Que comptes-tu faire exactement, toute seule
tout le week-end ? »

Sa voix était tranchante, mais elle lui rendit son
regard appuyé, sans broncher, tandis que la voiture
fonçait à travers la circulation.

« J'irai faire un tour au bureau. Je ne puis tout
laisser peser sur les épaules de Marie-Ange. C'est
déjà bien assez que je doive tout lui laisser sur les
bras chaque fois que nous nous déplaçons. Puisque
j'ai le temps, autant que j'aille voir un peu ce qui se
passe là-bas.

— Je suis très impressionné par ton ardeur au
travail. Voilà qui est nouveau, non ? »

Il lui arrivait rarement d'être sarcastique à
l'égard de Chantal. Mais elle lui répondit sur le
même ton.

« Non, ce n'est pas nouveau. Simplement, tu n'es
pas ici assez souvent pour t'en apercevoir. Que
pensais-tu exactement que j'allais faire ?

— Ta petite nouvelle d'hier n'est pas passée
inaperçue, Chantal.

— J'ai dit que quelqu'un m'avait fait une proposition. Je n'ai pas dit que j'avais accepté.

— Comme c'est réconfortant ! On peut imaginer
cependant qu'il n'a pas fait une pareille proposition
sur la base d'un ou deux déjeuners et d'un cocktail.
J'aurais plutôt tendance à penser que vous vous
connaissez assez bien. »

Chantal ne répondit pas. Elle se contenta de
regarder par la vitre, laissant Marc-Edouard à sa
rage secrète. Bon sang, qu'attendait-elle de lui ? Il
ne pouvait passer davantage de temps avec elle, et
il pouvait difficilement la demander en mariage. Il
avait Deanna.

Mais la voix de Chantal était redevenue étrangement douce lorsqu'elle lui répondit :

146

« Ne t'inquiète pas à ce sujet.

— Merci. »

Il soupira et ses épaules semblèrent se voûter lorsqu'il lui prit la main.

« Je t'aime, chérie. S'il te plaît, je t'en prie, essaie de comprendre.

— J'essaie. Plus que tu ne le crois.

— Je sais que c'est difficile pour toi. Ça l'est pour moi également. Mais, du moins, ne crée pas de concurrence entre toi d'une part et ma mère et Pilar de l'autre. Ce ne serait pas juste. J'ai besoin de les voir aussi.

— Peut-être bien. Moi aussi. »

Il perçut tant de tristesse dans sa voix qu'il ne sut plus que dire. Eût-il été un homme moins raisonnable, peut-être aurait-il décidé de jeter le bon sens aux orties et de l'emmener avec lui. Mais c'était impossible.

« Chérie, je suis vraiment navré. »

Avec douceur, il passa un bras autour de ses épaules et l'attira plus près de lui. Elle n'opposa aucune résistance.

« Je vais essayer de trouver une solution. D'accord ? » dit-il.

Elle fit un signe d'assentiment mais une larme hésitait au bout de ses cils ; il sentit quelque chose se déchirer dans son cœur.

« Ce n'est que pour quelques jours, ajouta-t-il, je serai de retour dimanche soir, et nous pourrons dîner chez Maxim's avant de repartir pour Athènes.

— Quand partons-nous ?

— Lundi ou mardi. »

Elle hocha la tête et il la garda serrée contre lui jusqu'à l'aéroport.

Deanna tourna la clef dans la serrure et s'interrompit un instant pour écouter si elle entendait Margaret. Personne à la maison. C'était encore la journée de congé de la servante. Était-ce possible ? Des semaines ne s'étaient-elles pas écoulées ? Ou des mois, voire des années ? N'était-elle allée chez Ben que la nuit précédente ? Ne s'était-il écoulé que dix-huit heures depuis qu'elle avait quitté la maison ? Son cœur battit la chamade tandis qu'elle refermait la porte sur elle. Tout était si paisible chez lui pendant qu'elle s'était baignée et habillée. Elle avait observé deux moineaux qui jouaient sur la terrasse et, tout en faisant le lit, elle avait écouté l'un de ses disques. Au moment de partir, elle s'était emparée d'une prune dans la corbeille à fruits de la cuisine avec le sentiment d'avoir vécu là depuis des années, que tout ici lui appartenait, aussi bien qu'à lui. Et maintenant, soudain, elle se retrouvait dans la maison de Marc, au foyer de M. et Mme Duras. Elle jeta un coup d'œil sur une photographie d'eux dans un cadre d'argent, lors de leur premier été au cap d'Antibes. Se pouvait-il qu'elle ait été cette femme ? Debout, maladroite, un verre de vin blanc à la main, cependant que Marc bavardait avec sa mère, coiffée de son immense chapeau de paille ? Combien elle se sentait mal à l'aise, à simplement regarder cette image, comme elle se sentait mal à l'aise dans cette pièce... Elle se tenait à l'entrée du salon tendu de soie vert pâle et le fait de le regarder lui donnait des frissons. Mais c'était son foyer. Ce lieu était le sien, et non pas cette minuscule maison sur la colline où elle venait de passer la nuit avec un étranger. Mais que lui arrivait-il donc ?

Elle ôta ses sandales, entra pieds nus dans la pièce verte et glacée, et s'assit avec précaution sur le canapé. Qu'avait-elle fait ? Elle avait trompé Marc pour la première fois en dix-huit ans, et tout avait semblé naturel, normal. Durant toute une nuit, c'était comme si elle ne l'avait même pas connu, comme si elle avait l'été l'épouse de Ben. Elle se pencha pour attraper une photo de Pilar dans un autre cadre d'argent et vit que sa main tremblait. Pilar était en tenue de tennis ; le cliché avait été pris dans le midi de la France. Deanna la fixa presque sans la voir. Elle n'entendit même pas une sonnerie insistante à la porte. Il lui fallut deux ou trois minutes avant de réaliser. Elle sursauta, bondit sur ses pieds et posa la photographie. Ses pensées se bousculaient tandis qu'elle se dirigeait vers le hall. Qui était-ce ? Qui pouvait savoir ? Et si c'était Ben ? Elle ne se sentait pas prête à le voir en cet instant. Ils avaient commis une erreur, il fallait qu'elle le lui dise, qu'elle s'arrête, tout de suite, avant qu'il soit trop tard, avant que sa vie bien ordonnée se défasse aux coutures... Avant que...

« Qui est-ce ? »

Une voix l'informa qu'il y avait un paquet pour elle. A contrecœur elle ouvrit la porte et vit un livreur.

« Mais je n'ai rien commandé... »

Puis elle comprit : c'étaient des fleurs, de la part de Ben. Une seconde, elle voulut les refuser, les renvoyer, faire comme si la nuit précédente n'avait pas existé et ne devait pas se reproduire. Au lieu de cela, elle ouvrit les bras et emporta le bouquet à l'intérieur. Elle en sortit la carte de visite, qu'elle tint un moment avant de la lire.

« Rentre vite, ma chérie. Je te retrouverai à cinq heures. Je t'aime. Ben. »

Je t'aime. Ben. Ses yeux parcoururent le message et s'emplirent de larmes. *Je t'aime. Ben.* Il était déjà trop tard : elle l'aimait aussi.

Elle grimpa en courant jusqu'à sa chambre et remplit un sac de voyage. Puis elle se rendit dans l'atelier. C'était tout ce qu'elle prendrait. Une ou deux toiles, quelques peintures, elle se débrouillerait avec pour quelque temps. Elle n'avait pas besoin de rester plus de quelques jours, voilà tout.

Elle laissa un numéro pour Margaret en expliquant qu'elle allait loger chez une amie. A cinq heures et demie, elle était de retour chez lui. Elle gara la Jaguar un pâté de maisons plus loin et s'avança avec hésitation vers la porte. Avant qu'elle ait pu sonner, il ouvrit avec un profond salut, un sourire et un grand geste du bras.

« Entre donc. J'attends depuis des heures. »

Elle demeura immobile, les yeux hermétiquement fermés pour retenir ses larmes.

« Deanna ? Est-ce que ça va, ma chérie ? »

Elle le rassura d'un signe de tête et il passa lentement ses bras autour d'elle.

« As-tu peur ? » demanda-t-il.

Elle ouvrit les yeux et acquiesça avec un peu d'hésitation. Ben se contenta de sourire et la tint tout contre lui en murmurant dans ses cheveux :

« Moi aussi. »

CHAPITRE X

« ALLEZ, la môme, remue-toi. C'est ton tour. »

Ben lui tapota le creux des reins. Deanna poussa un gémissement.

« Non, c'est moi qui ai préparé le déjeuner hier. »

Elle sourit, le visage enfoui dans l'oreiller.

« Sais-tu que je t'aime, même si tu es une menteuse ? J'ai préparé le petit déjeuner hier et les deux jours qui ont précédé, et quatre jours de suite avant ça. En fait, je crois que tu m'en dois trois d'affilée.

— Tu mens ! dit-elle en pouffant de rire.

— Je mens ? Et puis quoi encore ? Je te l'ai dit, nous sommes ici en démocratie ! »

Riant lui aussi, il s'efforça de retourner ce corps nu qu'il aimait afin de voir le visage de Deanna.

« Je n'aime pas la démocratie !

— Dommage pour toi. Je veux du café, des œufs et du pain grillé.

— Et que se passera-t-il si je ne le fais pas ?

— Alors cette nuit, tu dormiras sur la terrasse.

— Je le savais. J'aurais dû amener Margaret.

— Un ménage à trois ? Ça n'a pas l'air mal. Sait-elle faire la cuisine ?

— Mieux que moi.

— Très bien. Nous la ferons venir dès aujourd'hui. (Il se roula sur le lit avec un sourire satisfait.)

En attendant, remue ton joli derrière et fais-moi à manger.

— Tu es pourri gâté.

— Et ravi de l'être.

— Tu vas grossir. »

Elle s'assit sur le lit et considéra Ben, qui était loin d'être corpulent.

« En outre, continua-t-elle, les œufs sont mauvais pour toi ; ils contiennent des hydrates de carbone ou du cholestérol, ou des chromosomes, ou un truc de ce genre, et... (Il lui désigna la cuisine du doigt, en simulant un regard courroucé.) Je te hais, acheva-t-elle.

— Je sais. »

Et elle disparut en riant dans la cuisine. Ils vivaient ensemble depuis une quinzaine de jours — un instant, une vie. Une pittoresque petite vieille dame venait faire le ménage deux fois par semaine, mais Ben aimait se débrouiller seul, et Deanna découvrait qu'elle se plaisait à partager ces menues tâches avec lui. Ils allaient au marché, préparaient leurs repas, astiquaient les bronzes et arrachaient les mauvaises herbes de la terrasse. Elle le regardait s'absorber dans l'étude de ses catalogues de vente aux enchères, et il l'observait en train d'exécuter ses esquisses, ses pastels ou ses huiles. Ben était la première personne à qui elle accordait de voir ses œuvres en cours de réalisation. Ensemble, ils lisaient des romans à suspense, regardaient la télévision, faisaient des promenades en voiture ; ils s'étaient promenés à minuit sur la plage et étaient par deux fois descendus passer une nuit dans la maison de Carmel. Deanna avait assisté à un autre vernissage dans sa galerie et, lors d'une visite à un nouveau peintre, elle l'avait accompagné en se faisant passer pour sa femme. C'était comme si rien n'avait existé avant et n'existerait après — ils n'avaient jamais vécu que la vie qu'ils partageaient.

Deanna déposa près de lui le plateau avec son petit déjeuner et le journal.

«Tu veux savoir quelque chose? dit-elle. Je t'aime bien. Sans blague.

— Tu as l'air surprise. Craignais-tu donc que la démocratie ne t'épuise?

— Peut-être. (Elle s'assit avec un petit haussement d'épaules heureux.) Je ne me suis jamais occupée de moi-même ni de personne d'autre, je veux dire sur un plan pratique, depuis très longtemps. Je suis responsable du bien-être de tous, mais je ne crois pas avoir préparé de petits déjeuners depuis des années. Ni rien fait de tout ce que nous faisons ici.

— Je n'aime pas dépendre d'autrui, d'une bonne, par exemple. Au fond, ce qui me plaît, c'est une vie très simple.»

Elle eut à part elle une grimace en se souvenant des trois tableaux aux prix extravagants qu'il avait achetés la veille à Los Angeles, mais elle savait qu'il disait vrai. L'opulence n'était pas son genre. Ben en avait trop vu étant enfant, dans la maison de ses grands-parents puis de son père, et se trouvait plus heureux dans sa petite maison sur la colline à San Francisco ou dans le cottage sans prétention de Carmel.

Il s'inclina vers elle pour embrasser le bout de son nez puis s'adossa contre ses oreillers, face au déjeuner qu'elle avait concocté, et qui l'attendait toujours sur son plateau.

«Je t'aime, Deanna.»

Puis il eut un sourire malin:

«Bon, maintenant, quand signes-tu ce contrat avec la galerie?

— Tu ne vas pas recommencer? Ah! Voilà! Voilà qui explique tout. Tu veux simplement que

j'accepte d'être engagée par la galerie ! Je le savais !
Je le savais ! (Elle rit lorsqu'il piqua du nez pour
éviter l'oreiller qu'elle lui lança à la tête.) C'est
incroyable jusqu'où certaines personnes peuvent
aller pour engager de nouveaux peintres !

— Eh bien ? Ai-je réussi ?

— Certainement pas ! Il faudra que tu fasses
mieux que ça !

— Mieux ? »

D'un air de mauvais augure, il posa de côté le
plateau.

« Qu'entends-tu exactement par « mieux » ? Parce
que je... (Il posa la bouche sur la sienne et ses mains
cherchèrent son corps.) Mieux... ? »

Ils se désunirent et reprirent leur souffle une
demi-heure plus tard.

« Eh bien, était-ce mieux ? demanda Ben.

— Beaucoup.

— Bien, dit-il, toujours étendu, en levant les yeux
vers elle d'un air joyeux. Et maintenant, le
signeras-tu, ce contrat ?

— Ma foi... »

Elle posa la tête sur sa poitrine et le considéra
avec un bâillement :

« Peut-être que si tu pouvais juste recommencer
une petite fois...

— Deanna ! »

Il roula sur lui-même pour la recouvrir de tout son
corps, en lui enserrant la gorge des deux mains d'un
air menaçant :

« J'exige que tu t'engages chez moi ! tonna-t-il.

— D'accord.

— Quoi ? »

Il s'assit brusquement, avec une expression de
totale stupéfaction.

« J'ai dit « d'accord ». D'accord ?

— Tu parles sérieusement ?

— Oui. Tu veux toujours de moi ? Pour la galerie, je veux dire. »

Elle le considéra d'un air interrogateur. Peut-être n'avait-ce été qu'un jeu. Mais il l'examinait comme si elle était devenue folle.

« Bien sûr que je te veux, espèce d'idiote ! Tu es la meilleure artiste sur laquelle j'aie mis la main en quinze ans ! »

Elle roula sur elle-même et le regarda avec une mine de chatte :

« Dis-moi un peu, sur qui as-tu mis la main ces quinze dernières années ?

— Tu sais ce que je veux dire. Je veux dire comme Gustave. (Cette pensée les fit rire tous deux.) Tu parles vraiment sérieusement, Deanna ? Tu vas signer ? »

Elle opina du chef.

« Tu n'es pas obligée, tu sais. Je t'aime, même si tu ne me laisses jamais exposer tes tableaux.

— Je le sais. Mais je t'ai regardé travailler durant des semaines, et je ne peux plus le supporter. Je veux participer moi aussi. Je veux avoir ma propre exposition. »

Il rit.

« La tienne, hein ? Pas d'autres peintres ? Entendu, tu l'auras. Quand ?

— Quand ça t'arrangera.

— Je vérifierai notre programme avec Sally. Peut-être dans quelques semaines. »

Il attaqua son petit déjeuner avec un sourire béat. On eût dit qu'elle venait de lui donner un fils.

« Veux-tu que je te prépare autre chose ? demanda-t-elle tandis qu'il dévorait le pain grillé refroidi.

— Tout ce qu'il te reste à faire, c'est de m'apporter tes toiles et de me laisser les exposer. Dorénavant, c'est moi qui préparerai le petit déjeuner.

Tous les jours. Non... cinq fois par semaine. Tu feras les week-ends. Ça te va?

— Magnifique. Je savais bien qu'une reddition présentait certains avantages. Ben? Crois-tu que je ne commets pas une erreur? »

Il savait ce qui l'attendait. Les doutes de Deanna se lisaient sur son visage. Mais il n'allait pas la laisser faire machine arrière.

« Tais-toi. Si tu commences comme ça, nous faisons le vernissage la semaine prochaine. Tu es bien assez bonne. Tu es fantastique, tu es fabuleuse. Pour l'amour du Ciel, Deanna, tu es le meilleur peintre de cette ville, et de Los Angeles aussi, probablement. Alors, tais-toi et laisse-moi m'occuper de l'exposition. D'accord?

— D'accord. »

Elle demeura un temps très silencieuse, pensant à Marc. Comment allait-elle lui apprendre sa décision? Était-il nécessaire qu'il le sût? Il lui avait dit, voici des années, de mettre ses rêves artistiques de côté, que Mme Duras ne pouvait jouer au « peintre hippie ». Mais elle n'en était pas un, zut! Et quel droit avait-il de...?

« A quoi penses-tu?

— A pas grand-chose, dit-elle. Seulement à l'exposition.

— En es-tu certaine? Tu avais l'air de quelqu'un sur le point d'être battu.

— Oui, j'avais précisément l'impression d'être battue. J'essayais d'imaginer... ce que j'allais dire à Marc.

— Faut-il absolument que tu le lui dises?

— Sans doute le devrais-je. Je suppose que cela va te sembler absurde, au point où nous en sommes, mais je ne veux pas me montrer malhonnête envers lui. Pas plus qu'il n'est nécessaire.

— En effet, cela paraît absurde, mais je comprends ce que tu veux dire. Il ne serait pas content que tu exposes, c'est bien ça?

— Évidemment! Mais je crois que je devrais le lui dire, néanmoins.

— Et s'il refuse?»

Ben avait un air si triste que Deanna baissa les yeux.

«Il ne refusera pas.»

Mais ils savaient très bien que ce serait le cas.

Marc entra sans bruit dans l'appartement. C'était son second week-end sans Chantal, mais ses séjours dans le Midi avec sa famille étaient sacrés. Elle l'avait toujours compris, auparavant. Pourquoi créait-elle des problèmes, à présent? Elle lui avait à peine adressé la parole lorsqu'il s'en était allé, le vendredi précédent. Il déposa son bagage dans le vestibule et jeta un regard autour de lui. Elle n'était pas là. Il était pourtant plus de neuf heures. Où diable était-elle? Sortie? Sortie avec qui? Il poussa un long soupir de lassitude en s'asseyant sur le canapé. Elle ne lui avait pas laissé de message. Il consulta de nouveau sa montre et, cette fois, tendit la main vers le téléphone. Il devait être midi à San Francisco, le moment rêvé pour donner à Deanna des nouvelles de Pilar. Il composa le numéro par l'automatique et attendit la sonnerie. Il ne lui avait pas parlé depuis une semaine: trop d'occupations. La seule fois où il avait pu appeler, Margaret lui avait dit qu'elle était sortie.

«Allô?»

Deanna avait gravi en courant l'escalier de l'atelier, et répondit, hors d'haleine. Ben venait juste de la déposer. Elle lui avait promis de passer chez elle pour choisir vingt-cinq de ses toiles préférées, ce qui l'accaparerait plusieurs jours.

«Oui?» dit-elle.

Elle n'avait toujours pas repris sa respiration, ni même remarqué les bourdonnements caractéristiques des appels de l'étranger.

« Deanna ?

— Marc ! »

Elle fixa le téléphone avec stupéfaction, comme si elle entendait un fantôme du passé.

« Il n'y a pas de quoi te montrer si surprise ! Ça ne fait pas si longtemps que nous nous sommes parlé.

— Non, non, excuse-moi. C'est juste que... je pensais à autre chose.

— Des problèmes ?

— Non, bien sûr que non. Comment se porte Pilar ? »

Elle lui sembla distraite, comme si elle ne savait pas de quoi lui parler.

« L'as-tu vue dernièrement ? continua-t-elle.

— Aujourd'hui même. Je rentre à peine d'Antibes. Elle va bien. Elle t'embrasse. (C'était un mensonge, mais un mensonge qu'il faisait souvent.) Et ma mère t'embrasse elle aussi. »

La dernière affirmation fit sourire Deanna.

« Est-ce que Pilar va bien ? »

Avec Ben, elle ne pensait qu'à lui et à elle-même ; à ses tableaux, à ses galeries, à leurs nuits ensemble, à leurs moments de bonheur. Elle redevenait une femme, une jeune fille. Mais la voix de Marc la rappela à son rôle de mère, comme si elle l'avait passagèrement oublié.

« Oui, Pilar va bien.

— Elle n'a pas acheté la moto, j'espère ? »

Il y eut un long silence. Trop long.

« Deanna...

— Marc ? L'a-t-elle achetée ?... Elle l'a achetée, je le sais !

— Ce n'est pas vraiment une moto, Deanna. C'est plutôt, plutôt une... »

Il chercha le mot, mais renonça, fatigué. Et où diable était passée Chantal? Il était dix heures moins le quart.

«Sincèrement, reprit-il, tu n'as pas à te faire de souci. Tout ira bien. Je l'ai vue rouler; elle est extrêmement prudente. Mère ne lui permettrait pas de la prendre si elle ne l'était pas.

— Ta mère ne voit pas comment elle conduit lorsqu'elle est loin de la maison. Elle n'a pas plus d'autorité sur elle que toi ou moi. Marc, je t'avais dit expressément...»

Des larmes commencèrent à lui picoter les yeux. Elle avait encore perdu face à eux. Elle perdait toujours. Et cette fois, il s'agissait de quelque chose de dangereux, quelque chose qui pouvait...

«Bon sang de bon sang, Marc! Pourquoi n'écoutes-tu jamais ce que je te dis?

— Calme-toi. Elle n'aura pas de problème. Qu'est-ce que tu as fait, toi?»

Impossible d'y changer quoi que ce soit, elle le savait. Le dossier de Pilar et de sa moto était clos.

«Pas grand-chose, dit-elle d'une voix glaciale.

— Je t'ai appelée une fois; tu étais sortie.

— J'ai commencé à peindre dans un atelier.

— Ne peux-tu travailler à la maison?»

On sentait Marc irrité, déconcerté. Deanna ferma les yeux.

«J'ai trouvé un endroit où je travaille plus facilement.»

Elle pensa à Ben et son cœur se mit à battre plus vite. Et si Marc pouvait lire ses pensées? Et s'il savait? Si quelqu'un les avait vus ensemble? Si...

«Maintenant que nous sommes tous les deux partis, je ne vois pas pourquoi tu ne peins pas à la maison. Et qu'est-ce que c'est que cette nouvelle frénésie de travail?

— Quelle frénésie? Je peins autant que d'habitude.

— Deanna, vraiment, je ne comprends pas. »

Le ton sur lequel il avait prononcé ces mots lui fit l'effet d'une gifle.

« J'aime mon travail, répliqua-t-elle en guise de provocation.

— Je ne pense pas, sincèrement, que tu doives appeler ça un travail. »

Il poussa un soupir dans le récepteur en consultant sa montre.

« J'appelle ça travail parce que c'en est un. Je vais exposer dans une galerie le mois prochain. »

Son ton était plein de défi ; elle sentait son cœur battre de plus en plus fort. Il ne répondit pas tout de suite, puis lança :

« Tu vas faire quoi ?

— Exposer dans une galerie !

— Je vois. »

Il y avait comme un amusement méchant dans sa voix, et pendant un instant elle le haït.

« On s'offre un été bohème, si je comprends bien ? fit-il. Eh bien, ma foi, ça te servira peut-être de leçon.

— Peut-être bien. »

« Salaud... il n'a jamais compris ! »

« Est-il nécessaire que tu t'affirmes en faisant cette exposition ? Pourquoi ne pas t'en dispenser ? Tu peux travailler dans ton autre atelier, contente-toi de ça. »

« Merci, papa. »

« Cette exposition est importante pour moi.

— Alors, elle peut attendre. Nous en discuterons à mon retour.

— Marc... »

« J'aime un autre homme. »

« Marc..., je vais faire cette exposition.

— Bon. Attends seulement jusqu'à l'automne, alors.

— Pourquoi ? Pour que tu puisses me persuader d'y renoncer lorsque tu rentreras ?

— Mais non, je ne ferai pas ça. Nous en reparlerons.

— Ça ne peut pas attendre. J'ai déjà trop attendu.

— Sais-tu, chérie, tu as passé l'âge de faire des caprices, et tu es trop jeune pour une ménopause. Je crois que tu te montres déraisonnable. »

Elle aurait voulu le frapper, et en même temps elle avait envie de rire. Cette conversation était ridicule ; Deanna prit conscience qu'elle s'exprimait comme Pilar. Elle secoua la tête :

« Tu as peut-être raison. Je vais te dire une chose : tu te débrouilles pour remporter ton procès à Athènes, moi j'agis comme je l'entends pour ma peinture, et rendez-vous à l'automne.

— Est-ce une manière de me dire de m'occuper de mes oignons ?

— Cela se pourrait. Peut-être chacun de nous ferait-il mieux de faire ce qui lui convient dès à présent. »

« Oh ! Seigneur, qu'est-ce que tu fabriques ? Tu es en train de lui dire... »

Elle retint sa respiration.

« Bon. Eh bien, en tout cas, il faut du moins que tu écoutes ton mari, et il faut que ton mari aille dormir ; aussi, pourquoi ne pas laisser tout cela se décanter quelque temps ? Nous en reparlerons dans quelques jours. D'accord ? En attendant, pas d'exposition. C'est compris ? *Capisce ?* »

Elle aurait voulu montrer les dents. Elle n'était plus une enfant, et il avait toujours le même comportement : Pilar avait obtenu sa moto. Deanna n'aurait pas son exposition, et on reparlerait de tout ça « quand j'aurai le temps ». Comme il le voulait, toujours comme *il* le voulait. Mais c'était terminé.

« Je comprends, Marc, mais je ne suis pas d'accord.

— Tu n'as pas le choix. »

Il cachait mieux son jeu, d'ordinaire. Il devait être très fatigué.

« Peu importe, dit-il. Excuse-moi. Nous discuterons une autre fois.

— Très bien. »

Elle attendit, silencieuse, se demandant ce qu'il dirait ensuite.

« Bonsoir », fit-il.

Et il raccrocha. « Bonsoir. » Et cette fois, elle ne s'était pas même mise en peine de lui dire qu'elle l'aimait. « Pas d'exposition. » Les mots résonnaient dans sa tête. Pas d'exposition. Elle eut un soupir oppressé et se laissa tomber dans son fauteuil. Qu'arriverait-il si elle le bravait ? Si elle exposait en dépit de tout ? Pouvait-elle lui faire ça ? Se le faire à elle-même ? Aurait-elle suffisamment de courage pour aller jusqu'au bout et réaliser ce qu'elle voulait ? Pourquoi pas ? Il n'était pas là, et elle avait Ben. Mais ce n'était pas pour Ben, c'était pour elle-même. Son regard erra longuement dans la pièce ; elle savait que sa vie entière était là, tournée face à ces murs, cachée sur ces toiles que nul n'avait vues ni ne verrait jamais, à moins de faire ce qu'elle devait, sans attendre. Marc ne pouvait l'en empêcher, et Ben ne pouvait l'y obliger. Elle devait se décider maintenant. Il le fallait, pour elle-même.

En reposant le combiné, Marc consulta encore sa montre. Presque dix heures. La communication avec Deanna n'avait rien fait pour apaiser sa nervosité. Bon sang, il avait fallu qu'il lui parle de la moto ! Ce n'était pas son intention. Et sa satanée exposition ! Pourquoi diantre ne pouvait-elle renoncer à ces inepties ? Et où était passée

Chantal ? La jalousie commençait à lui dévorer les entrailles. Il se versa un whisky. Lorsqu'il entendit la sonnette tinter, il alla jusqu'à la porte et l'entrouvrit. C'était le vieux petit monsieur de l'appartement d'à côté, M. Moutier. Il était très gentil, lui avait dit Chantal. Sa fille et une bonne s'occupaient de lui. Lui aussi avait été avocat, mais était âgé de quatre-vingts ans. Il avait un petit faible pour Chantal ; une fois, il lui avait même envoyé des fleurs.

« Oui ? »

Marc le considéra d'un air interrogateur, se demandant si le vieil homme était malade. Pourquoi frapper à leur porte à une heure pareille ?

« Quelque chose qui ne va pas ? s'enquit Marc.

— Je..., non. Je..., je regrette. Je voulais vous poser la même question. Comment va Mademoiselle ?

— Très bien, merci, sinon que, pour autant que je puisse constater, elle tarde un peu à rentrer ce soir. »

Il sourit au vieux monsieur en veste d'intérieur et pantoufles au petit point œuvre de sa fille, sans aucun doute.

« Voulez-vous entrer ? » dit Marc.

Il s'écarta pour le laisser passer, afin de retrouver son whisky, mais le vieil homme refusa.

« Non, non... »

Il regarda Marc d'un air désolé. Il ne comprenait que trop bien : l'homme qui était toujours en voyage, jamais présent. Il avait été ainsi, jadis. Sa femme était morte, et il l'avait appris trop tard.

« Elle n'est pas en retard, monsieur. On l'a transportée à l'hôpital la nuit dernière. »

Il vit l'horreur se peindre sur les traits de Marc.

« Chantal ? Mon Dieu ! Où ça ?

— A l'Hôpital américain. Elle était en état de choc. Le chauffeur de l'ambulance a dit...

— Oh ! Seigneur ! »

Marc lui lança un regard terrifié, se précipita à l'intérieur pour empoigner sa veste posée sur une chaise, revint aussitôt et claqua la porte de l'appartement, tandis que le vieil homme s'écartait.

« Il faut que j'y aille. »

Oh ! mon Dieu... Oh ! Chantal... Oh ! non...

Elle n'était donc pas avec un autre homme. Il dévala l'escalier, le cœur battant à tout rompre, se précipita dans la rue et héla un taxi.

CHAPITRE XI

Le taxi s'arrêta devant le numéro 92 du boulevard Victor-Hugo à Neuilly. Marc glissa quelques billets dans la main du chauffeur et s'engouffra à l'intérieur. Les heures de visite étaient largement passées, mais il s'avança avec détermination vers le bureau de renseignements et demanda à voir Mlle Chantal Martin. Chambre 401, admise à la suite d'un choc insulinique, état actuel satisfaisant. Elle pourrait sortir dans deux jours. Marc, en plein désarroi, dévisagea l'infirmière, puis, sans plus discuter, prit l'ascenseur jusqu'au quatrième étage. Une infirmière assise à son poste, l'air sévère, l'examina lorsqu'il en sortit.

« Oui, monsieur ?

— Mlle Martin. »

Il s'efforçait à un ton autoritaire mais se sentait terrifié. Comment cela était-il arrivé, et pourquoi ? Brusquement, il se sentit coupable d'être allé à Antibes.

« Il faut que je la voie », dit-il.

La femme secoua la tête.

« Demain.

— Est-elle endormie ?

— Vous pourrez la voir demain.

— Je vous en prie. Je... je viens de... (Il allait

dire du Midi, puis, ayant une meilleure idée, il ouvrit son porte-cartes d'une pichenette)... de San Francisco, aux États-Unis. J'ai pris le premier avion lorsque j'ai appris.»

Il y eut une longue pause.

«Très bien. Deux minutes. Ensuite vous devrez vous en aller. Vous êtes... son père?»

Marc se contenta d'un signe de tête négatif. C'était le coup de grâce.

L'infirmière le conduisit jusqu'à une chambre non loin de là. Une veilleuse brûlait à l'intérieur. Elle laissa Marc-Edouard à la porte; il hésita un instant sur le seuil avant d'entrer sans bruit.

«Chantal?»

Sa voix n'était qu'un murmure dans la pièce obscure. Allongée dans son lit, elle semblait très jeune et d'une pâleur extrême. Une perfusion intraveineuse lui plongeait dans le bras, reliée à une bouteille d'aspect sinistre.

«Chérie...»

Il s'approcha, se demandant ce qu'il avait fait: il avait pris en charge cette enfant et ne lui avait donné que la moitié de sa vie. Il fallait la cacher à sa mère, à sa fille, à sa femme, parfois à lui-même. Quel droit avait-il de la traiter ainsi? Debout auprès d'elle, ses yeux avaient un éclat un peu trop vif.

«Chérie, que s'est-il passé?»

Un sixième sens lui avait déjà appris que le choc insulinique n'était pas un accident. Chantal souffrait d'un genre de diabète avec lequel on ne plaisantait pas. Mais, du moment qu'elle prenait son insuline, mangeait correctement, dormait suffisamment et ne tombait pas enceinte, rien ne devait lui arriver.

Elle ferma les yeux, laissant filtrer des pleurs sous ses paupières.

« Je m'excuse. Je suis désolée... J'ai arrêté de prendre mon insuline.

— Exprès ? »

En la voyant acquiescer, il eut la sensation qu'on lui décochait un coup en plein cœur.

« Oh ! mon Dieu ! Chantal, ma chérie... comment as-tu pu ? »

Il la dévisagea avec une terreur subite. Et si elle en était morte ? Si... ? Il ne pourrait supporter de la perdre, il ne le pourrait pas. Brusquement, toute la force de cette évidence le frappa de plein fouet. Il lui prit la main et la pressa très fort. Sa voix s'éleva, désespérée :

« Ne refais jamais ça, jamais ! Tu m'entends ? »

Elle hocha la tête ; des larmes se mirent à couler sur le visage de Marc. Il s'assit auprès d'elle.

« Je mourrais sans toi. Le sais-tu ? » demanda-t-il.

Il ne vit pas de réponse dans ses yeux. Non, elle ne savait pas ; mais c'était la vérité. Il venait lui-même de le découvrir pour la première fois. Elles étaient deux, maintenant, Deanna, et Chantal, deux à qui il devait son existence entière, et il était seul. Il ne pourrait se supporter lui-même s'il écartait Deanna de sa vie, et il ne pouvait respirer sans Chantal. Tout le poids de cette vérité vint le frapper.

Il s'aperçut qu'elle l'examinait. Il était couleur de terre.

« Je t'aime, Chantal. Je t'en supplie, je t'en supplie, ne refais jamais une chose comme ça. Promets-le-moi ! »

Il serra encore plus fort la main délicate.

« Je te le promets », murmura-t-elle.

L'atmosphère de la pièce était électrique. Luttant contre les sanglots qui lui soulevaient la poitrine. Marc-Edouard l'enveloppa tendrement dans ses bras.

A la fin de la journée, Deanna avait sélectionné onze tableaux. Choisir parmi ceux qui restaient allait être une rude tâche. Elle rassembla les onze toiles sur l'un des côtés de la pièce, puis revint dans la partie principale de la maison, en songeant encore à sa conversation avec Marc. L'aurait-elle pareillement bravé, au sujet de l'exposition, s'il n'avait pas autorisé Pilar à acheter la moto? Il était étrange de voir comment les événements s'imbriquaient. Leur mariage était plein de ces petites revanches. Elle monta dans sa chambre et jeta un coup d'œil interrogateur dans la penderie. De quoi avait-elle besoin? Un autre peignoir de bain, quelques jeans, sa jupe de daim champagne que Ben aimerait, elle en était sûre. Mais que faisait-elle là, à organiser, dans la chambre de Marc, sa vie avec un autre homme? Étaient-ce les signes avant-coureurs de la ménopause, ou simple puérilité, comme il l'avait suggéré, ou était-elle complètement folle? Le téléphone sonna alors qu'elle se tenait, perplexe, devant la penderie. Elle ne se sentait même plus coupable, sauf quand elle parlait à Marc. Le reste du temps, elle avait le sentiment de n'appartenir qu'à Ben. La sonnerie retentissait toujours. Elle n'avait envie de parler à personne.

« Allô?

— Puis-je venir te chercher? Es-tu prête? »

C'était Ben, et il n'était que quatre heures et demie.

« Si tôt? dit-elle en souriant.

— Tu désires travailler encore un peu? »

Comme si son travail comptait pour lui,

comme s'il était important, comme s'il comprenait! Mais elle fit un signe de tête négatif.

«Non, non. J'ai terminé. J'en ai choisi onze aujourd'hui. Pour l'expo.

— Je suis si fier de toi que c'en est presque insupportable. J'en ai parlé à Sally aujourd'hui: nous allons te faire une superbe publicité.»

«Oh! Seigneur, pas de publicité. Que faire à propos de Kim?»

Lorsqu'elle reprit la parole, elle avait l'impression de suffoquer.

«Faut-il vraiment une affiche?

— Tu me laisses m'occuper de mes affaires, et tu t'occupes des tiennes. A ce sujet, j'aimerais bien m'occuper de...»

Sa voix s'était faite très douce au bout du fil. Deanna rougit.

«Veux-tu te taire!

— Pourquoi?

— Parce que tu es à ton bureau et que je... je suis ici.

— Eh bien, si c'est tout ce qui te retient, sortons vite de ces endroits répressifs. Je passe te prendre dans dix minutes. Tu es prête?

— Je t'attends désespérément.»

Elle était impatiente de sortir de la maison. Chaque instant l'oppressait.

«Assez désespérément pour faire le chemin jusqu'à Carmel?

— J'adorerais ça. Mais... ta gouvernante?

— Mme Meacham? Elle ne sera pas là.»

Il n'aimait guère se cacher ainsi, mais Deanna estimait n'avoir pas le choix: elle n'était toujours pas libre.

«De toute façon, dit-il, peu importe Mme Meacham. Je te prends dans dix minutes. Et à propos, Deanna... (Il se tut et elle attendit; il avait eu un ton très solennel; puis sa voix s'infléchit et elle put deviner, même de loin, son expression tendre et taquine :)... Je t'aime. »

Avec un sourire radieux, elle ferma les yeux.

« Moi aussi. »

Le week-end à Carmel fut un enchantement. C'était celui du 4 juillet, la fête nationale. Ils passèrent trois jours à errer sur la plage, à rester allongés au soleil, chercher des coquillages et ramasser les morceaux de bois rejetés par la mer. Ils bravèrent à une ou deux reprises les eaux encore glacées de l'océan pour faire quelques brasses.

Elle avait un secret sourire tandis qu'il s'étendait auprès d'elle sur la couverture, frissonnant de son bain de mer. Elle était restée, quant à elle, au soleil pour dorer sa peau déjà couleur de miel.

« Qu'est-ce qui vous fait sourire, Belle au Bois Dormant ? »

Le corps de Ben à côté du sien était humide et frais, et le contact de sa peau délicieux. Elle laissa courir ses doigts sur le bras de Ben.

« J'étais en train de me dire que ceci ressemble beaucoup à une lune de miel. Ou à un excellent mariage.

— Je ne saurais te dire. Je n'ai jamais eu ni l'un ni l'autre.

— N'es-tu pas parti en lune de miel ?

— Pas vraiment. Nous l'avons passée à New York. Elle était actrice et jouait dans une pièce, aussi avons-nous dormi une nuit au Plaza à New York. Quand la pièce a quitté l'affiche, nous sommes montés jusqu'en Nouvelle-Angleterre.

— Est-ce que la pièce a tenu longtemps ?

— Trois jours. »

Tous deux éclatèrent de rire. Ben se tourna sur le côté pour pouvoir la contempler.

«Étais-tu heureuse avec Marc avant que je débarque?

— Je le croyais. Quelquefois. Et, quelquefois aussi, je me sentais terriblement seule. Notre relation ne ressemble en rien à celle que j'ai avec toi. En un sens, nous ne sommes pas vraiment amis. Nous nous aimons mais... c'est très différent.»

Elle se souvint de leur dernière conversation, le jour où il lui avait ordonné de ne pas exposer ses œuvres. C'était toujours la voix de l'autorité.

«Il ne me respecte pas comme toi, dit-elle. Je veux dire : mon travail, mon temps, mes idées. Mais il a besoin de moi ; je compte beaucoup pour lui. Il m'aime, à sa manière.

— Et tu l'aimes, toi?»

Il scruta son visage ; elle ne répondit pas immédiatement.

«Je croyais que nous ne devions pas parler de ce genre de choses. C'est *notre* été.

— Mais c'est aussi *notre* vie. Il est des choses qu'il faut que je sache.»

Il paraissait étrangement grave.

«Tu les sais déjà. Ben.

— Que veux-tu dire?

— Qu'il est mon mari.

— Que tu ne veux pas le quitter?

— Je ne sais pas. Ne peux-tu te dispenser de me demander ça maintenant? Ne pouvons-nous simplement prendre ce qui nous est accordé, et ensuite...

— Ensuite, quoi?

— Je ne sais pas encore, Ben.

— Et j'ai promis que je ne le demanderais pas. Mais je trouve cela de plus en plus difficile.

— Que tu me croies ou non, moi aussi. Mon

esprit ne cesse de vagabonder vers la fin de cet été, je me pose des questions auxquelles je ne peux répondre. J'espère sans cesse une intervention divine, un miracle, quelque chose qui nous déchargerait du soin de trouver ces réponses.

— Moi aussi. (Il lui sourit, se pencha pour embrasser ses lèvres, puis recommença.) Moi aussi. »

CHAPITRE XII

« BEN ! »

Il eut pour lui-même un sourire en entendant la voix de Deanna, depuis la chambre d'ami. C'était un dimanche, tard dans la soirée, et ils venaient de rentrer d'un nouveau week-end à Carmel.

« Qu'y a-t-il ? Tu as besoin d'aide ? »

Tout ce qu'il entendit fut un cri, et un rire qui lui rappela étrangement un gloussement. Elle était là-dedans depuis plus d'une heure. Il descendit du lit et alla voir ce qui se passait. Lorsqu'il ouvrit la porte, il la vit en train de tituber en luttant pour retenir une pile de toiles, posées en équilibre instable sur une montagne de cartons entassés contre le mur, et qui avaient commencé de glisser.

« Au secours ! C'est une avalanche ! »

Un pinceau coincé entre les dents, les deux bras tendus dans un effort pour prévenir la chute des tableaux, elle lui lança un regard implorant.

« J'avais oublié d'en signer certains, j'étais venue pour le faire, et... »

Il repoussa les cadres de côté à mesure qu'il les lui ôtait des bras ; puis, les mains toujours chargées de sa montagne de tableaux, il baissa la tête pour lui déposer un baiser sur le bout du nez.

« Ôte ce pinceau de ta bouche.

— Quoi ? » fit-elle en le regardant avec une expression heureuse et absente à la fois.

Elle pensait toujours aux deux tableaux qu'il lui restait à signer.

« J'ai dit... (Il posa les tableaux avec précaution, et tendit une main vers le pinceau)... retire ce truc de ta bouche.

— Pourquoi ? De cette façon, mes mains sont libres pour chercher... »

Mais il la fit taire aussitôt avec un baiser.

« Voilà pourquoi, dégourdie. A présent, viens-tu te coucher ? »

Il l'attira tout près et elle se nicha contre lui avec un sourire.

« Dans une minute. Puis-je terminer ce travail ?

— Je n'y vois pas d'objection. »

Il s'installa dans le vieux fauteuil confortable, devant le bureau, et la contempla en train de fouiller dans le tas de toiles, cherchant celles où la signature faisait défaut.

« Êtes-vous aussi surexcitée que moi à l'idée de cette exposition, chère madame ? »

Il ne restait plus que quatre jours. Jeudi. Il allait enfin la lancer dans le monde artistique. Elle aurait dû exposer depuis des années. Avec une joie mêlée de fierté, il la regarda piquer le pinceau dans ses cheveux pour avoir les mains libres. Elle arborait un sourire resplendissant, qui ne voltigeait pas seulement sur sa bouche, mais brillait dans ses yeux.

« Surexcitée ? Tu plaisantes ? J'en suis à moitié folle. Je ne dors plus depuis des jours. »

Il la soupçonna de dire la vérité. Tous les soirs, au moment de dormir, il la regardait dans les yeux, l'air ensommeillé après les heures passées à faire l'amour, et la dernière chose dont il se souvînt était toujours ce sourire. Et, brusquement, depuis peu, elle était en pleine activité dès le matin. Elle sautait du lit, lui préparait son déjeuner, puis disparaissait dans la chambre d'ami, où elle avait entreposé ses œuvres. Elle lui avait apporté ses trésors pour qu'il les garde jusqu'au grand jour. Elle ne voulait même pas qu'on les installe dans la galerie avant la veille de l'ouverture.

Elle signa enfin la dernière pièce et se tourna vers Ben avec un grand sourire.

« Je ne sais pas si je tiendrai jusqu'à jeudi soir.

— Mais si. »

Il la considéra, rayonnant. Quelle femme superbe ! Elle semblait plus jolie encore, ces derniers temps ; son visage avait revêtu une beauté lumineuse et ses yeux flamboyaient d'une espèce de passion brûlante. D'elle émanaient tendresse et feu tout à la fois, comme une flamme de velours. Et les moments qu'ils passaient ensemble avaient une sorte de magie. Le cottage de Carmel bourdonnait littéralement de sa présence quand elle inondait de fleurs chaque pièce ou rapportait d'énormes morceaux de bois flottant, sur lesquels ils posaient la tête, tout en se rôtissant les pieds auprès du feu sur « leur » dune, juste devant la maison. Elle emplissait ses rêves, ses bras, ses jours, il ne pouvait plus imaginer la vie sans elle.

« A quoi penses-tu ? » dit-elle.

Elle inclina la tête de côté et s'appuya sur sa pile de tableaux.

« Je pense... combien je t'aime.

— Oh !... »

Elle sourit, et son regard s'adoucit en plongeant dans le sien. Elle ajouta :

« J'y pense beaucoup, moi aussi.

— A mon amour pour toi ? »

Il sourit, et elle l'imita.

« Oui. Et à mon amour pour toi. Que faisais-je donc avant que tu arrives ?

— Tu vivais dans l'opulence et jamais ne faisais ton petit déjeuner.

— Quelle horreur ! »

Elle s'approcha de lui et il l'assit sur ses genoux.

« Tu dis ça seulement parce que tu es surexcitée par cette exposition et que tu ne peux pas dormir. Tu verras, attends encore un mois ou deux... »

Il eut un silence douloureux ; il avait failli dire « une année » ; mais ils ne disposeraient pas d'une année... Plus que cinq ou six semaines.

« Tu en auras bientôt assez de préparer le petit déjeuner, reprit-il. Tu verras. »

Elle voulait voir, précisément, pas durant un mois, mais durant toute sa vie.

« Je ne me lasserai jamais. »

Elle enfouit son visage contre la poitrine de Ben avec cette sensation chaude et rassurante de l'enfance. Leur week-end à Carmel leur avait bruni la peau. Deanna frotta sur le sol ses pieds encore couverts de sable.

« Tu sais ce que je pense ? demanda-t-elle.

— Que penses-tu ? »

Il ferma les yeux et huma la fraîche odeur de ses cheveux.

« Que nous avons beaucoup de chance. Que pourrions-nous demander de plus ? »

Un avenir, mais il ne le dit pas. Il ouvrit les yeux et regarda la jeune femme assise sur ses genoux.

« Ne t'arrive-t-il jamais de désirer un autre enfant ?

— A mon âge ? Fichtre ! Pilar a presque seize ans.

— Qu'est-ce que cela a à voir ? Et que veux-tu dire : « à mon âge » ? Beaucoup de femmes ont des enfants après la trentaine.

176

— Mais j'ai trente-sept ans. C'est délirant. »

Il fit un signe de tête négatif. Deanna eut l'air un peu déroutée.

« Ce n'est pas trop vieux pour un homme, pourquoi le serait-ce pour une femme ? dit-il.

— En vérité, mon chéri, ce sont deux choses très différentes. Et tu le sais fort bien.

— Absolument pas. J'aimerais tant que nous ayons un enfant ! Ou même deux. Et je ne pense pas que tu sois trop vieille. »

« Un bébé ? Maintenant ? » Elle le regarda encore avec stupéfaction, mais il était sérieux. Il l'entourait toujours de ses bras.

« Tu penses vraiment ce que tu dis ?

— Certainement. »

Pendant un long moment, il observa ses yeux sans trop savoir ce qu'il y voyait : trouble, étonnement, mais aussi chagrin et douleur.

« Ou alors es-tu supposée ne plus avoir d'enfant, Deanna ? »

Jamais il ne lui avait posé cette question. Elle secoua la tête.

« Non, il n'y a aucune raison, mais... je ne crois pas que je pourrais repasser par tout ça. Pilar a été comme un cadeau après les deux garçons. Je ne peux pas recommencer.

— Savent-ils pourquoi c'est arrivé ?

— Juste deux coups de malchance extraordinaires, à ce qu'ils ont dit. Deux drames inexplicables. Les chances pour que ça se produise deux fois dans une même famille sont minimes... mais c'est arrivé.

— Alors, cela ne se reproduira plus. »

Deanna s'écarta un peu de lui.

« Essaies-tu de me persuader d'avoir un bébé ? »

Elle écarquilla les yeux, les traits figés.

« Je ne sais pas. Peut-être. Ça en a tout l'air, n'est-ce pas ? »

Elle fit un signe de tête affirmatif, subitement très grave :

« N'essaie pas.

— Pourquoi pas ?

— Je suis trop vieille. »

« Et j'ai déjà un enfant, et un mari. »

« C'est l'unique raison que je refuse catégoriquement d'entendre ! C'est totalement absurde ! »

Il semblait presque en colère, et elle se demanda pourquoi. En quoi cela importait-il, qu'elle fût ou non trop âgée pour avoir un enfant ?

« Si, je le suis. J'ai presque quarante ans. Et, quand j'y pense, c'est relativement incroyable, mais je me sens redevenue une enfant. J'agis comme si j'avais dix-sept ans, et non trente-sept.

— Et qu'y a-t-il de mal à cela ? »

Il sonda son regard, et elle capitula.

« Absolument rien. Je suis aux anges.

— Parfait. Alors, viens te coucher. »

L'ayant soulevée dans ses bras, il la déposa dans le confortable lit de la chambre d'à côté. L'édredon était encore froissé, là où ils s'étaient allongés en revenant de Carmel, et la chambre n'était éclairée que d'une lampe. Les couleurs étaient douces et chaudes, et le grand vase plein des marguerites qu'elle avait cueillies le vendredi après-midi sur la terrasse donnait à la pièce un air rustique. A cette maison, Deanna apportait quelque chose d'extraordinaire, elle lui donnait une saveur qu'il avait longtemps désirée, des années durant. Jamais il n'avait vraiment su ce qui lui manquait, mais maintenant qu'elle était là, il savait : ce qui manquait était Deanna, ses yeux verts et ses cheveux bruns ramassés au sommet de sa tête, ses jambes nues pointant hors du lit, ou croisées en tailleur sur le sol, ses carnets à dessin sur les genoux, environnée de fleurs. Deanna, avec son tas de tableaux et ses pinceaux plantés dans toutes ses tasses à café, avec les chemises qu'elle lui «empruntait» et éclaboussait de peinture, et ses innombrables petites attentions — ses cravates lavées, ses costumes rangés, les petits cadeaux qu'elle lui achetait, les livres qu'elle lui apportait et dont elle savait qu'il les aimerait, le rire et les taquineries, et ses yeux tendres qui comprenaient toujours. Elle s'était glissée insensiblement dans sa vie comme un rêve, et il ne voulait plus se réveiller. Pas sans Deanna.

«Ben?»

Elle avait une toute petite voix dans le noir.

«Quoi, mon amour?

— Et si j'ai de mauvaises critiques?»

Elle parlait tellement comme une enfant effrayée qu'il eut envie de rire, mais il s'en abstint. Il savait combien elle avait peur.

«Mais tu n'en auras pas.»

Il l'entoura de ses bras sous l'édredon, un cadeau offert à sa mère, des années plus tôt, par la femme d'un peintre.

«Les critiques seront fantastiques. Je te le promets.

— Qu'en sais-tu?

— Je le sais parce que ce que tu fais est très, très bon. (Il l'embrassa dans le cou et frémit au toucher de sa peau nue contre ses jambes.) Et parce que je t'aime tant...

— Tu es stupide.

— Comment? fit-il en la regardant avec un sourire féroce. Je te dis que je t'aime, et tu me trouves stupide? Viens un peu ici, toi...»

Il l'attira plus près de lui, sa bouche se colla sur la sienne, et ils disparurent ensemble sous l'édredon.

Le lendemain matin, elle se réveilla à six heures et se volatilisa dans la chambre d'ami. Elle s'était souvenue d'un tableau qui n'aurait pas dû s'y trouver. Puis elle s'en rappela un autre qui n'était sans doute pas dans le cadre qui lui convenait. Après le café, deux autres encore lui revinrent en mémoire, qu'elle n'avait toujours pas signés, et cela dura les quatre derniers jours. L'approche de l'exposition la plongeait dans un état de nervosité extrême, et, tout ce temps, Ben sourit, aima, cajola. Il l'emmena dîner, l'entraîna au cinéma, lui donna rendez-vous sur la plage ; il la força à nager un peu, lui fit l'amour tard dans la nuit. Le jeudi, il l'emmena déjeuner au restaurant.

« Je ne veux pas en entendre parler, dit-il, la main levée.

— Mais, Ben, si...

— Non. Pas un mot au sujet de l'exposition jusqu'à demain matin.

— Mais...

— Non ! »

Il posa son doigt sur les lèvres de la jeune femme ; elle le repoussa, torturée par l'inquiétude. Mais il se contenta de rire.

« Comment trouves-tu le vin ? demanda-t-il.

— Quel vin ? »

Elle regarda autour d'elle, ahurie, et il lui désigna son verre.

« Le vin que tu ne bois pas. Comment le trouves-tu ?

— Je ne sais pas, et ce que je voulais te demander, c'est... »

Il se boucha les oreilles et elle partit d'un rire moqueur.

« Ben ! Arrête !

— Quoi ? »

Il lui adressa un sourire joyeux depuis l'autre côté de la table. Elle riait.

« Écoute-moi ! Je voulais te demander quelque chose au sujet de ce soir. »

Il se mit à fredonner tout doucement. Deanna ne pouvait plus s'arrêter de rire.

« Tu es infect et je te hais !

— Oh ! non, tu ne me hais pas. Tu ne peux t'empêcher de mettre tes mains sur moi, et tu ne cherches qu'à m'attirer à l'écart pour me sauter dessus. Exact ?

— En fait, maintenant que tu le dis... »

Elle sourit largement et but une gorgée de vin ; ils plaisantèrent tout au long du repas. Il avait pris son après-midi. Les tableaux étaient tous disposés à la perfection pour le vernissage du soir. Sally s'occupait de la galerie. Il avait pensé que ce serait une bonne idée de rester avec Deanna, avant qu'elle ne change d'avis ou craque complètement. Et puis, il avait une surprise pour elle, cet après-midi. En chemin vers la voiture, après le repas, il consulta sa montre.

« Deanna, cela ne t'ennuie pas si je m'arrête chez *Saks* ?

— Maintenant ? dit-elle, surprise. Non, ça ne me dérange pas.

— Cela ne prendra pas longtemps. »

Il se gara devant le magasin avec un sourire énigmatique.

« Veux-tu venir avec moi ? demanda-t-il.

— Non, je t'attends.

— Tu es sûre ? »

Il ne la forçait pas, mais il savait qu'elle ne souhaitait pas rester seule aujourd'hui, même pour un bref moment.

« D'accord, je viens. »

Elle avait été facile à convaincre, et c'est l'air satisfait qu'il entra avec elle dans le magasin.

« Que dois-tu y faire ? s'enquit Deanna.

— Prendre une robe. »

Il articula ces mots avec une totale assurance et une complète décontraction.

« Une robe ?

— Pour Sally. Elle m'a dit qu'elle n'aurait pas le temps. Aussi, je lui ai proposé d'aller la chercher et de la lui apporter à la galerie ce soir, à temps pour qu'elle puisse se changer. A propos, que vas-tu te mettre ? »

Elle avait été si occupée avec ses cadres et ses signatures qu'il n'était même pas certain qu'elle y ait songé.

« Je ne sais pas. Je pensais mettre ma robe noire. »

Elle avait apporté de chez elle deux ou trois tenues habillées, suspendues dans sa penderie avec ses jeans, ses chemisiers tachés de peinture, plusieurs pantalons de toile et une demi-douzaine de pulls à col montant en cachemire. Il aimait voir ses vêtements près des siens.

« Pourquoi ne mettrais-tu pas la robe verte ?

— Trop habillée. »

Elle lui répondait, mais son esprit était à des lieues de là.

« Dis-moi, sais-tu quels critiques vont venir ? enchaîna-t-elle en le fixant soudainement dans les yeux.

— Je ne crois pas qu'elle soit trop habillée, dit-il, amusé.

— As-tu entendu ma question ? »

Sa voix avait un accent de détresse.

« Non. Alors, au sujet de la robe verte ?

— Au diable la robe verte, je voulais te demander... »

Il lui déposa sur la bouche un baiser passionné qui la laissa sans souffle lorsqu'ils sortirent de l'ascenseur au deuxième étage.

« Ben ! »

Mais personne alentour ne pouvait avoir vu ce qu'il venait de faire.

« Ben, veux-tu m'écouter ?

— Non. »

Il saluait déjà la vendeuse, qui apporta la robe.

« Parfait », dit-il.

Il lui sourit encore et se tourna vers Deanna.

« Qu'en penses-tu ?

— Hein ? »

Deanna était désespérément dans la lune, mais son attention fut retenue par la robe, de laine bleu bruyère, presque mauve, avec un col haut, de longues manches, et nue dans le dos. Elle s'accompagnait d'un manteau assorti, d'une coupe magnifique.

« Elle est jolie, dit-elle. Est-ce la robe de Sally ? »

Elle fit un pas en avant pour palper le fin lainage. C'était un tissu français et le modèle était fabriqué en France ; ce vêtement devait coûter une fortune.

« C'est une splendeur, dit-elle. Peut-être devrais-je porter la verte, après tout.

— Je ne crois pas. Pourquoi ne pas mettre celle-ci ? »

Il avait un air innocent qui plongea Deanna dans la plus totale perplexité.

« Mettre la robe de Sally ? Ne sois pas stupide.

— Tu pourrais lui prêter ta verte.

— Chéri, je t'aime, mais je crois que tu dérailles. »

Elle sourit à la vendeuse et commença à s'éloigner, mais Ben la saisit par le bras et lui murmura à l'oreille :

« Je crois que tu es folle ; maintenant, va essayer ta nouvelle robe. »

Elle le regarda, frappée de stupeur.

« Tu veux plaisanter ? Elle est pour moi ? »

Il fit un signe de tête affirmatif.

« Elle te plaît ?

— Je... oh ! Ben, je ne peux pas. Elle est magnifique. »

Elle se retourna pour la regarder et ses yeux s'écarquillèrent. Ben avait fait cela pour elle ? Lui, l'homme qui conduisait une voiture allemande anonyme et préférait les spaghetti au caviar ? L'homme qui s'enorgueillissait de ne pas avoir de bonne à la maison, mais seulement une femme de ménage une ou deux fois par semaine, alors que son grand-père avait vécu entouré d'une armée de serviteurs et que son père avait pris sa retraite dans un *palazzo* près de Rome ? Cet homme-là lui avait acheté cette robe ? C'était le genre de choses qu'elle aurait hésité à demander même à Marc.

« Mon Dieu !

— Tais-toi donc, et va l'essayer. Je veux voir ! »

Elle l'essaya, et il vit. Tout était parfait, la coupe, le style, la couleur. Elle s'avança vers lui, l'air majestueux, le manteau jeté sur le bras. Son bronzage faisait ressortir le bleu profond et la robe moulait parfaitement ses épaules et son dos nu.

« Que porteras-tu avec ?

— Mes boucles d'oreilles de diamant et des sandales de soie noire. Et mes cheveux relevés.

— Seigneur, c'en est trop ! »

Il eut un sourire si émerveillé que même la vendeuse se mit à rire.

Lorsqu'elle enfila la robe ce soir-là, Ben était assis sur le lit. Ils échangèrent un sourire, et il remonta ce qu'il y avait dans le dos de fermeture. Éclair à remonter. Elle mit ses boucles de diamant et noua ses cheveux très haut sur sa tête en les lissant. Elle était magnifique ; il en demeura un instant le souffle coupé. Puis, avec un sourire, il lui ôta doucement les boucles d'oreilles.

« Que fais-tu donc ?

— Je te les retire. »

Elle n'y comprenait rien.

« Pourquoi ? Elles ne te plaisent pas ? (Peut-être était-ce parce qu'il s'agissait d'un cadeau de Marc ?) Je n'en ai pas d'autres ici qui puissent convenir.

— Ça ne fait rien. »

Il mit la main dans sa poche et en sortit un petit sachet de soie bleue. Il l'ouvrit et en sortit deux grosses perles de toute beauté, avec, sous chacune, un minuscule diamant ; les boucles d'oreilles étaient superbes et avaient l'air très anciennes.

« Je veux que tu portes celles-ci, dit-il.

— Oh ! Ben ! »

Deanna les contempla, émerveillée.

« Qu'as-tu fait ? »

La robe, les boucles, l'exposition. Il lui donnait tant. Tout...

« Elles appartenaient à ma grand-mère. Je veux que tu les prennes, Deanna. Cette nuit est une nuit particulière. »

Elle avait des larmes dans les yeux lorsqu'elle les leva vers lui. Tendrement, il lui prit le visage dans ses mains :

« Je veux que ce soit la plus belle nuit de ta vie. C'est ton entrée dans le monde de l'art, Deanna. Et je veux que tout le monde sache combien tu es merveilleuse. »

Il y avait plus d'amour dans son regard qu'elle n'en avait jamais vu, et son cœur trembla tandis qu'elle l'entourait de ses bras.

« Tu es si bon avec moi...

— Nous sommes bons l'un pour l'autre, et c'est un don du ciel très spécial.

— Je ne puis garder les boucles d'oreilles. »

Elle ne le pouvait pas, non, à moins de rester avec Ben. Mais, dans un mois, il faudrait retourner à Marc.

« Si, tu peux les garder. Je veux qu'elles soient à toi. Quoi qu'il advienne. »

Il comprenait. Il comprenait toujours. Et d'une certaine manière, cela rendait les choses plus difficiles. Des larmes débordèrent et se mirent à couler tristement sur les joues de Deanna. Bientôt, elle fut secouée de sanglots.

« Chérie, non !

— Oh ! Ben... je ne veux pas te quitter.

— Tu n'as pas à le faire. Pas encore. Réjouissons-nous, profitons de ce que nous avons. »

Il n'avait jamais tenu de discours si résigné, et elle se demanda s'il n'avait pas fini par accepter ce qui devait arriver.

« Je t'aime », dit-elle.

Sa voix était tendue. Elle s'accrocha à lui, et il ferma les yeux.

« Moi aussi, je t'aime. Maintenant, si on allait à ton fameux vernissage ? »

Il s'écarta pour la regarder et elle fit un petit sourire d'approbation. Avec douceur, il prit une boucle et l'attacha à son oreille. Puis, s'arrêtant au passage pour lui donner un baiser, il fixa la seconde.

« Tu es exquise. Et je suis si fier de ce que ce vernissage soit le tien !

— Très souvent, j'ai l'impression que je vais me réveiller, que tout n'aura été qu'un rêve. Je me réveillerai sur la plage de Carmel, comme dans l'histoire de Rip Van Winkle, et Kim sera en train de m'attendre à l'hôtel. Mais chaque fois que j'ai cette sensation, je regarde autour de moi et tu es là, bien réel. »

Elle le considéra avec délices, émerveillement, et il se mit à rire.

« Et comment ! Et j'aimerais beaucoup te le prouver, ma chérie. Mais je crains que nous n'en ayons plus le temps. »

Avec une courbette, il lui offrit le bras.

« Y allons--nous ?

— Mais bien sûr. »

« Es-tu prête ? »

Ils venaient de se garer devant la galerie.

« Oh ! mon Dieu, non ! »

Elle tendit les bras vers lui, les yeux écarquillés, mais il ne la pressa contre lui qu'un instant, puis la poussa à l'intérieur. Un photographe attendait et un nombre considérable d'invités étaient déjà assemblés. Les critiques d'art étaient là aussi, et elle vit même Kim, en chaleureuse conversation avec un de ces messieurs de la presse. Sally vint rôder auprès d'eux, mise en émoi par la magnifique robe bleu bruyère.

Tout dans la soirée fut une totale réussite. La galerie vendit sept de ses tableaux. Un moment, elle eut l'impression de se séparer de vieux amis, elle ne voulut pas abandonner ses œuvres, et Ben la taquina à ce sujet alors qu'il la présentait à ses admirateurs. Ben fut merveilleux avec elle : il était toujours à proximité, et cependant jamais trop proche, la soutenant, mais sans rien laisser paraître dans son comportement. Il était Benjamin Thompson III, directeur d'une galerie d'exception. Nul n'aurait pu se douter de leur liaison. Il était aussi discret que cet autre matin avec Kim, et Deanna savait qu'elle n'avait rien à craindre. Elle avait eu peur, à un certain moment, de ce que Marc aurait pu entendre. On ne savait jamais qui fréquentait ces expositions, qui les verrait ou ce qu'on devinerait. Mais nul ne devina rien cette nuit-là, pas même Kim, qui lui avait envoyé chez elle un énorme bouquet de fleurs. Elle se sentait personnellement responsable du mariage entre Deanna et Ben — d'un point de vue professionnel, naturellement, puisqu'elle n'en connaissait pas d'autre. Elle s'était néanmoins demandé si Deanna avait parlé à Marc de ce vernissage. Mais plus tard dans la soirée, Deanna lui apprit qu'elle l'avait fait.

« Qu'a-t-il dit ?

— Pas grand-chose. Mais il n'était pas content.

— Il s'en remettra.

— Je suppose que oui. »

Deanna n'avait rien dit de plus ; elle ne lui avait pas avoué que Marc s'était opposé à cette exposition et avait fini par lui raccrocher au nez. Cela faisait « arriviste et vulgaire », mais, pour la première fois depuis leur mariage, elle avait tenu bon. Avait-il cédé, lui, à ses instances au sujet de Pilar et de la moto ?

« Juste Ciel ! Qu'est-ce qui te fait froncer les sourcils, chérie ? »

Ben parlait tout bas afin que personne n'entende. Deanna redescendit sur terre.

« Rien. Excuse-moi. Je... c'est seulement que... tant de choses se sont produites.

— Tu peux même le dire encore une fois : Sally vient juste de vendre deux autres de tes toiles. »

Il semblait heureux comme un enfant. Deanna eut envie de l'enlacer et de le serrer contre elle, mais se contenta de le caresser des yeux.

« Que dirais-tu d'un petit dîner pour célébrer l'occasion ?

— Seulement si c'est dans une pizzeria, dit-elle

avec un sourire taquin, connaissant ses préfé-
rences.

— Pas cette fois, madame. Le grand jeu.

— Des hamburgers?

— Va au diable », dit-il.

Et, sans autre cérémonie, il passa un bras
autour de ses épaules et l'embrassa sur la joue. Ce
geste n'était pas mal venu de la part d'un directeur
de galerie le soir du premier succès d'un de ses
artistes, mais en les voyant, Kim se prit soudain à
se demander s'il n'y avait pas quelque chose de
plus. A un certain moment, Deanna avait chu-
choté à l'oreille de Ben, et en réponse, Kim avait
entendu celui-ci : « Je suis content qu'elles te
plaisent. » Deanna avait touché les perles à ses
oreilles et s'était éloignée joyeusement. Tandis que
Kim les observait, une idée lui vint, qui ne lui était
pas venue jusqu'alors.

CHAPITRE XIII

« Bon. Ça va, je suis prête. Dis-moi la vérité. »

Deanna était assise sur le lit dans la chambre jaune, les yeux clos, les poings serrés, un oreiller sur la tête.

« On dirait que tu attends un tremblement de terre », dit Ben en la regardant en riant.

Il était juché sur le lit à côté d'elle, le journal à la main.

« Qu'aimerais-tu que je te lise, chérie ? Les cours de la Bourse ? Les bandes dessinées ? Oh ! Je sais !

— Tu vas lire, oui ou zut ! Je ne tiendrai pas une minute de plus. »

Elle montra les dents, et il rit encore, tout en cherchant la page des critiques de l'exposition. Mais il savait déjà ce qu'il allait y trouver. Il faisait ce métier depuis trop longtemps pour être surpris. Il pouvait dire en général ce qu'on lui réservait, et, en survolant l'article, il sut qu'une fois de plus il ne s'était pas trompé.

« Bien, maintenant, es-tu prête ?

— Ben !... Lis, nom d'un chien ! »

Elle avait parlé entre ses dents. Son visage se décomposa de terreur lorsqu'il commença.

« ...un style lumineux et délicat, qui témoigne non seulement d'années d'études entièrement consacrées à son œuvre, mais aussi d'un genre de talent que l'on rencontre trop rarement...»

Sa voix continuait à bourdonner tandis que les yeux de la jeune femme s'écarquillaient et qu'elle soulevait l'oreiller.

«Tu inventes!»

Elle tenta d'agripper le journal, mais il le maintint hors d'atteinte et poursuivit sa lecture jusqu'à la fin de l'article.

«Je ne veux pas y croire. Ce n'est pas possible.

— Pourquoi donc? Tu es excellente, je te l'ai déjà dit. Je le sais, ils le savent, les gens qui ont acheté tes tableaux le savent. Tout le monde le sait, sauf toi, espèce de grosse idiote abrutie et modeste...»

Penché vers elle, il la chatouilla.

«Arrête! Je suis célèbre! Tu ne peux plus me chatouiller, dorénavant! (Mais elle riait trop pour le faire cesser.) Arrête! Je suis une vedette.

— Ah! oui? Et qui a fait de toi une vedette? Qui t'a dit qu'il fallait absolument que tu aies une exposition? Qui t'en a suppliée? Qui a voulu exposer tes toiles dès la première fois qu'il les as vues? Hein? Dis-le moi, dis-le moi!»

Elle était entortillée au creux de ses bras, et sa chemise de nuit rose pâle remontait jusqu'à sa taille. Il s'immobilisa quelques instants pour la contempler, couchée dans ses bras. Jamais elle n'avait semblé si belle, si délicate; il aurait voulu la tenir ainsi pour l'éternité. Il aurait voulu que le temps s'arrête.

«Qu'y a-t-il, chéri?»

Elle avait remarqué l'expression dans ses yeux.

«Qu'est-ce qui ne va pas? insista-t-elle.

— Rien. Tu es incroyablement belle.

191

— Et entièrement tienne. »

Elle se glissa contre lui, et avec un sourire heureux, posa la bouche sur la sienne pour un long et tendre baiser. Moins d'une minute après, la chemise de soie rose gisait sur le sol. Ils ne se relevèrent qu'à midi.

Debout devant la porte qui s'ouvrait sur la terrasse, Deanna eut un bâillement ensommeillé. Elle était encore nue, sa longue chevelure lui tombait dans le dos comme un fleuve sombre, et il la contemplait depuis le lit ; il aurait voulu qu'elle demeurât là à jamais.

« Tu sais, je crois que tu es en train de ruiner ma carrière. »

Il continua à la fixer tandis qu'elle se tournait dans sa direction. Elle paraissait si jeune, si fragile ; son apparence démentait la résistance qu'il décelait en elle, ce quelque chose de dur comme l'acier sans lequel elle n'aurait jamais pu survivre à la solitude de ses années avec Marc.

« Pourquoi dis-tu que je ruine ta carrière ? Je croyais que j'allais te faire faire fortune avec mes chefs-d'œuvre.

— Tu le ferais s'il m'arrivait de retourner à mon bureau... C'est une bonne chose que j'aie averti Sally de ne pas s'attendre à me voir aujourd'hui. Sais-tu que je n'ai jamais rien fait de tel dans toute mon existence ? »

Mais il ne semblait pas mécontent de son nouveau style de vie ; il s'enveloppa dans une serviette de bain, lui lança sa robe de chambre et la suivit sur la terrasse, où ils s'installèrent confortablement dans les fauteuils de toile verte.

« Avec toi, je me sens heureux, paresseux, jeune et tout excité.

— Précisément comme je me sens avec toi. (Elle se pencha vers lui et ils s'embrassèrent.)

J'ai impression d'avoir vingt et un ans. Disons vingt-deux.

— Parfait. Alors, marions-nous et faisons une douzaine d'enfants. »

Elle lui jeta encore un rapide coup d'œil et, pendant un court instant, faillit croire qu'il ne plaisantait pas.

« Cela nous donnerait quelques nouveaux problèmes, n'est-ce pas ? » dit-elle.

Elle essayait de conserver un ton léger : pas question de revenir sur ce sujet avec lui. Elle ne le pouvait pas, ce n'était pas honnête. Aussi enchaîna-t-elle :

« Qu'allons-nous faire, ce week-end ? »

Elle offrit son visage au soleil et ferma les yeux avec contentement. Comme il était délicieux d'être avec lui, de vivre avec lui ; d'aller à Carmel ou de rester en ville ; de se réveiller le matin et s'endormir le soir à son côté ! Elle avait le sentiment qu'ils vivaient ensemble depuis cent ans, et non sept semaines. Sept semaines déjà ? Leurs existences s'étaient-elles si vite soudées l'une à l'autre ? Tant de choses s'étaient produites en un temps si bref !

« Veux-tu que nous descendions à Carmel, ou en as-tu assez ?

— Je n'en aurai jamais assez. C'est l'endroit le plus paisible, le plus enchanteur qui soit.

— J'en suis heureux, dit-il en lui prenant la main. J'ai le même sentiment. Mais je me dis quand même que tu préférerais peut-être quelque chose de plus exotique.

— Quoi, par exemple ? »

L'idée l'amusa. Athènes ? Elle s'efforça de chasser Marc de son esprit.

« Je ne sais pas... Nous pourrions aller jusqu'à Beverly Hills. Je n'y suis pas descendu depuis des semaines. »

Il s'y rendait d'ordinaire pour la journée et rentrait à temps pour le dîner.

«Ou bien nous pourrions même pousser jusqu'à New York un de ces jours», reprit-il.

Il ne s'éloignait jamais beaucoup de son travail; les autres galeries, les autres marchands, les ventes aux enchères, les peintres. A sa manière, sa passion pour son métier ne différait guère de celle de Marc, à ceci près qu'il y incluait Deanna, et que cette passion, elle la partageait.

«Quoi qu'il en soit, ma chérie, que voudrais-tu faire ce week-end?

— Je te l'ai dit. Un petit tour à Carmel.»

Elle ouvrit les yeux et lui adressa un chaud sourire.

«Va pour Carmel.

— Ça me fait penser... Je voudrais récupérer quelques petites choses à la maison.»

Elle n'y était pas passée depuis des jours et se demandait parfois ce que pouvait penser Margaret. Elle lui avait expliqué qu'elle travaillait dans l'atelier d'une amie et qu'il était plus pratique d'y dormir la plupart du temps. Mais ses passages occasionnels le matin pour défaire et froisser le lit ne pouvaient tromper personne, encore moins une femme qui était à son service depuis des années. Mais que lui dire? «J'aime un autre homme»? Aussi se taisait-elle et évitait-elle les yeux perspicaces de la vieille servante.

Il était deux heures de l'après-midi lorsque Ben la déposa à un pâté de maisons de chez elle. Elle voulait examiner le courrier et signer quelques chèques, payer Margaret et lui laisser un peu d'argent pour les provisions, bien qu'elle ne mangeât plus à la maison. Corps et cœur, elle vivait en d'autres lieux à présent. Elle ne travaillait même plus dans son atelier et peignait toutes ses toiles chez Ben, y compris celle à laquelle elle œuvrait en cachette lorsqu'il était sorti.

Deanna appela pour savoir s'il y avait quelqu'un. Mais Margaret ne se trouvait pas là. Pourquoi y aurait-elle été ? Deanna était toujours absente, et il y avait peu à faire. Elle trouva l'habituel paquet de factures et d'invitations sans intérêt ; pas de lettre de Pilar, rien de Marc. Il ne lui écrivait jamais. Il téléphonait. Pas de courrier pour lui non plus. Lorsqu'il voyageait à l'étranger, Dominique venait à la maison trois fois par semaine pour ramasser les lettres qui le concernaient et les lui faire suivre par la valise diplomatique en même temps que des documents officiels.

Elle monta lentement à sa chambre, le courrier dans une main, et s'arrêta en haut des marches. Revenir en ce lieu la déprimait ; c'était s'éveiller d'un rêve, redevenir adulte, loin de l'homme qui lui parlait de mariage et de douze enfants. Cette pensée la fit sourire, et elle poussa un soupir en entendant le téléphone sonner. Elle décida de ne pas répondre, puis se dit que ce pouvait être Ben ; il se serait arrêté dans une cabine publique en l'attendant. Tout se passait comme si plus personne n'existait, si ce n'est elle et lui. Elle ne pouvait imaginer que ce fût quelqu'un d'autre que Ben.

« Oui ? »

On sentait un sourire dans sa voix lorsqu'elle répondit.

« Allô ? »

« *Oh ! Seigneur !* » C'était Marc.

« Allô ? répéta-t-il.

— Marc ? »

Elle cherchait à gagner du temps.

« Évidemment, et j'aimerais que tu m'expliques

ce que c'est que cette absurde histoire d'exposition. Dominique vient de m'appeler.

— Comme c'est pratique !

— Je t'avais dit ce que j'en pensais ; ce que tu as fait est de très mauvais goût. »

Au son de sa voix, on le devinait livide.

« Au contraire, je t'assure que tout était du meilleur goût.

— Cela, ma chère, est certainement discutable. Tu sais parfaitement bien que je t'avais interdit cette exposition. Et la publicité ! Nom d'un chien, Deanna, tu vas te faire prendre pour une hippie.

— Certainement pas. La lecture des critiques donne plutôt l'impression d'une artiste sérieuse. Et il se pourrait bien d'ailleurs que j'en sois une.

— Je croyais cette question résolue depuis pas mal de temps.

— Pour toi peut-être, mais pas pour moi. »

Que le diable l'emporte ! Il ne comprenait pas. Jamais il n'avait compris.

« Je vois. En tout cas, j'ose espérer que la nouvelle petite Deanna ne va pas se laisser aller chaque jour à des fantaisies aussi voyantes.

— Ce serait difficile. J'aurai de la chance si je peux exposer tous les cinq ans.

— En ce cas, je suis désolé d'avoir raté cette occasion.

— Non, tu ne l'es pas. »

La fureur l'emporta ; elle ne voulait pas entrer dans son jeu.

« Je te demande pardon ?

— J'ai dit que tu n'es pas désolé de n'avoir pas été ici. J'en ai plus qu'assez de ton hypocrisie. Comment oses-tu dénigrer mon travail ?

— Deanna ! fit-il, scandalisé.

— Je regrette, je... »

196

Mon Dieu, que se passait-il ? Elle ne pouvait plus contenir ce qui l'étouffait.

« Je ne sais pas, Marc... Je crois que je suis fatiguée.

— Je crois que tu dois l'être, en effet. T'ai-je appelée à un mauvais moment ? »

Sa voix était froide et suait le sarcasme. Il n'aimait pas son attitude. Il aurait dû l'obliger à aller passer l'été au cap d'Antibes.

« Non. Je m'apprêtais à partir pour Carmel.

— Encore ?

— Oui, avec Kim. »

« Oh ! Dieu ! encore une fois. » Elle détestait lui mentir.

« C'est que je n'ai pas grand-chose à faire, tu sais, quand tu es parti. »

Elle savait que cela devrait lui clouer le bec.

« Eh bien, ce ne sera plus pour très longtemps.

— Combien de temps ? »

Elle ferma les yeux et retint sa respiration. « Faites que ce soit longtemps, par pitié, qu'il ne revienne pas... »

« Un mois environ. »

Deanna hocha la tête sans mot dire. Il leur restait un mois, c'était tout.

Une demi-heure plus tard, ils fonçaient sur la route de Carmel. Deanna se montrait plus silencieuse qu'à l'ordinaire. Ben jeta un coup d'œil vers elle, belle et tourmentée, les cheveux claquant au vent.

« Qu'est-ce qui ne va pas ? demanda-t-il. Tu as eu de mauvaises nouvelles à la maison ?

— Non. »

Après une longue hésitation, elle tourna les yeux vers le paysage qui défilait.

« Il a appelé.

— Comment ça s'est passé ? »

«As-tu demandé le divorce...?»

«Comme d'habitude. Il m'a mise en colère. Il était furieux au sujet de l'exposition. Sa secrétaire a appelé Paris spécialement pour l'en informer.

— Cela te fait quelque chose?» demanda-t-il.

Elle haussa les épaules.

«Es-tu toujours aussi contrariée de le mettre en colère?

— A certains égards, il est comme mon père. Marc a été pour moi durant des années l'image de l'autorité.

— As-tu peur de lui?

— Je n'y avais jamais pensé auparavant, mais peut-être ai-je peur, oui. Je croyais simplement le respecter, mais... qui sait?...

— Quelle est la pire chose qu'il puisse te faire?

— Me quitter — ou du moins était-ce ce que je pensais.

— Et tu n'as plus la même impression?»

Elle secoua la tête. Non. De façon étrange, elle souhaitait presque qu'il la quittât. Tout deviendrait si simple; mais, bien sûr, il y aurait toujours Pilar. Pilar ne lui pardonnerait jamais. Le front de Deanna se plissa. Ben lui toucha la main.

«Ne te fais pas tant de souci. Tout finira par s'arranger.

— J'aimerais savoir comment. Ben, je... je ne sais pas quoi faire.»

Elle le savait, mais ne pouvait s'y résoudre: le perdre ou quitter Marc.

«Et... j'ai des devoirs envers Pilar également, ajouta-t-elle.

— Oui, et des devoirs envers toi-même. Ton premier devoir est envers toi-même, le second envers ton enfant. Pour le reste, c'est à toi de décider. »

Deanna approuva d'un hochement de tête, mais ne dit rien pendant un moment. Elle semblait moins tourmentée qu'au début.

« C'est étrange, dit-elle enfin. La majeure partie du temps, j'oublie jusqu'à son existence. Tout au long de dix-huit années, il a été le centre de ma vie, et soudain, en l'espace d'un mois et demi, on dirait qu'il s'est volatilisé, c'est comme si je ne l'avais jamais connu. Je me sens devenue autre, une autre personne. Mais il existe, Ben. Il téléphone, il est bien réel, et il attend de moi que je lui parle, et d'une certaine façon je ne le peux plus.

— Eh bien, ne lui parle plus, pour le moment. »

« Seigneur, il ne comprend pas. Par pitié, qu'il ne devienne pas possessif. Par pitié, pas encore... »

Mais Ben continua :

« Pourquoi ne pas te détendre, simplement, profiter de ce qui est ? Tu te soucieras plus tard de ce qui arrivera.

— C'est ce que tu fais, toi ? »

Elle lui glissa une main autour du cou et l'embrassa sur la joue. Elle avait vu l'inquiétude sur son visage, la crainte dans ses yeux, son anxiété quand il croyait qu'elle ne le regardait pas.

« Tu ne t'inquiètes pas le moins du monde, vraiment ?

— Moi ? dit-il en secouant la tête avec une telle assurance qu'elle en éclata de rire.

— Tu mens. Tu es aussi inquiet que moi. Ne me raconte pas d'histoires. Avant, je pensais que tu étais si calme que rien ne pouvait t'atteindre. Mais, vois-tu, j'ai appris, depuis lors...

— Ah ! oui ? »

Il la considéra avec, dans les yeux, un mélange de rire et de défi. Mais il tremblait à l'idée de ce qui se produirait à l'automne. C'était la seule vérité qu'il ne pût regarder en face.

« Enfin, il m'a dit qu'il ne rentrerait pas avant un mois.

— Un mois ? »

Deanna hocha la tête et ils poursuivirent leur route.

CHAPITRE XIV

« DEBOUT, marmotte. Allez ! Il est presque dix heures. »

Elle ouvrit un œil, poussa un grognement à l'adresse de Ben et lui tourna le dos. Il lui administra une petite tape sur les fesses, puis, se penchant au-dessus d'elle, lui donna un baiser.

« Allez ! Tu as rendez-vous avec un acheteur éventuel aujourd'hui. Il faut que tu sois à la galerie à onze heures.

— Et toi ? lança-t-elle des profondeurs de son oreiller.

— J'y vais dès à présent. Chérie, veux-tu te lever ?

— Non.

— Deanna, est-ce que ça va ? » demanda-t-il en s'asseyant auprès d'elle.

Il lui était arrivé à plusieurs reprises de se sentir fatiguée au cours des quinze jours qui avaient suivi le vernissage.

« Ça va. »

Mais elle n'allait pas bien. Elle avait la tête lourde, et son corps lui donnait la sensation d'être pris dans du ciment. Il aurait été plus simple de rester au lit, de laisser en somnolant la journée s'enfuir.

« Comment se fait-il que tu aies si peu d'entrain ces jours-ci ?

— Ce doit être que je deviens vieille.

— Selon toute apparence. J'espère seulement que le succès ne va pas se révéler trop lourd à supporter pour toi, parce qu'il semble bien que tu sois en passe d'en avoir beaucoup. »

Il continua à bavarder par-dessus son épaule tout en se dirigeant vers la cuisine.

« Veux-tu un toast ? »

L'idée de pain grillé ne la séduisit pas. Elle fit un geste de refus en refermant les yeux et enfouit sa tête dans l'oreiller.

« Non, merci ! »

Il reparut cependant avec du café, et pour la première fois depuis des années, ce breuvage non plus ne lui dit rien.

« Deanna ? Es-tu certaine que ça va ?

— Mais oui. Je suis simplement fatiguée. »

Et malade d'appréhension à propos du retour de Marc. Ce devait être la raison de son état. Penser à lui et à Pilar la vidait de sa substance. Il était stupide de les laisser gâcher ses dernières semaines avec Ben, mais elle n'y pouvait rien.

« Vraiment, chéri, je vais très bien. Tu n'as pas à te faire de souci. »

Elle le gratifia d'un sourire radieux et avala une gorgée de son café, mais eut presque un haut-le-cœur lorsque les effluves chauds vinrent lui caresser le visage. Elle pâlit sensiblement et reposa sa tasse.

« Tu es malade ! dit Ben, mi-accusateur, mi-effrayé.

— Je te dis que non, alors arrête. Je suis très bien, je suis merveilleusement bien, je suis en pleine forme et je t'adore. »

Avec un lumineux sourire, elle allongea les bras pour l'atteindre et il la pressa contre lui. Il ne voulait pas qu'il lui arrive quoi que ce soit; une folle terreur de la perdre le saisit soudain. Il y pensait des milliers de fois par jour. Elle pouvait tomber malade, avoir un accident, être emportée par les vagues à Carmel; elle pouvait mourir dans un incendie... *Elle pouvait retourner vivre avec Marc.*

« Qui est cet acheteur que nous devons rencontrer aujourd'hui?

— Il s'appelle Junot; il est suisse ou français, l'un ou l'autre, je n'en suis pas très sûr. »

Français? Peut-être connaissait-il Marc. Mais, avant qu'elle ait pu ouvrir la bouche, Ben avait déjà la réponse.

« Non. Il vient d'arriver en ville cette semaine; il est passé devant la galerie, et ton travail lui a plu. Voilà, c'est tout simple. Ça te satisfait?

— Parfait, grand lecteur de pensées.

— Bon. Alors, je te retrouve là-bas à onze heures. »

Il la regarda en s'arrachant un sourire et referma la porte avec un signe de la main. Tous deux étaient atteints à présent, et il le savait. Ils étaient pris à la gorge. Elle faisait des cauchemars et se cramponnait désespérément à lui lorsqu'ils s'endormaient, et, maintenant, c'étaient cet épuisement et ces malaises. Ils souffraient des mêmes terreurs, s'interrogeaient sur ce que cette fin d'été apporterait, tremblaient par avance de la perte qu'ils allaient subir. Il leur restait deux semaines encore; trois peut-être, si Marc venait à être retardé. Il ramènerait Pilar avec lui. Qu'adviendrait-il ensuite? Ni l'un ni l'autre ne détenait la réponse. Du moins pas encore. Et le miracle que tous deux attendaient ne s'était toujours pas produit.

Deanna arriva à la galerie ponctuellement, à onze heures, toute vêtue de soie, d'un ensemble couleur crème et d'un chemisier ivoire, souliers et sac assortis dans des tons vanille. Elle portait les perles de sa mère et les boucles d'oreilles que Ben lui avait offertes avant l'exposition. M. Junot semblait frappé de stupeur et d'admiration. Il fit les offres qui convenaient, avec de grands gestes, irradiant de charme. Il acheta non pas une, mais deux de ses toiles, parmi les meilleures. Après son départ, Ben et elle se serrèrent la main avec allégresse. Le montant de la vente s'élevait à huit mille dollars, dont près de la moitié reviendrait naturellement à Ben. Il prenait quarante pour cent, comme il était d'usage. Certains marchands allaient jusqu'à cinquante. Elle avait déjà gagné une jolie somme au cours des semaines précédentes ; de fait, près de douze mille dollars depuis le vernissage.

« Que vas-tu faire de tout ça ? demanda Ben, l'œil amusé tandis qu'elle contemplait gaiement le chèque.

— Acheter mon indépendance », lâcha-t-elle brusquement, en se souvenant de ce qu'avait dit Marc avant son départ.

C'était, selon lui, la raison pour laquelle elle continuait à peindre : pouvoir vivre seule si jamais elle y était obligée un jour. Peut-être n'avait-il pas tort. Ce n'était certainement pas l'unique raison, mais le sentiment d'avoir quelque chose qui lui appartînt en propre lui donnait la sensation de renaître.

« Voudrais-tu prouver ton indépendance en m'emmenant déjeuner ? »

Ben l'observait avec admiration, mais bien qu'elle fût particulièrement en beauté ce jour-là, il devinait qu'elle n'était pas tout à fait elle-même.

« Alors, qu'en penses-tu ? Ce repas ? »

Il était follement impatient de sortir en sa compagnie, de l'emmener chez lui, d'être seul avec elle, de profiter de chacune des minutes qui leur restaient. Cela tendait à devenir une obsession. Mais elle secoua la tête d'un air de regret.

«J'aimerais bien, mais je ne peux pas: je déjeune avec Kim.

— Zut! Bon, ça va, je ne te demanderai pas d'annuler. Mais à cinq heures, madame, lorsque je sortirai d'ici, vous serez tout à moi.

— Oui, monsieur, dit-elle en le regardant avec amour.

— Promis?

— Cette promesse sera facile à tenir.

— Bon, eh bien, c'est d'accord. »

Il la reconduisit jusqu'à la porte de la galerie, lui octroya un petit baiser peu compromettant sur la joue, et la regarda traverser la rue et rejoindre sa Jaguar. Quelle élégance était la sienne! Et elle lui appartenait! Il sourit de fierté en regagnant son bureau.

«Alors, comment se porte mon peintre préféré, aujourd'hui? La nouvelle Mary Cassatt... »

Kim arbora un large sourire tandis que son amie prenait place. Elles se retrouvaient au Trader Vic's, comme à l'accoutumée. Deanna n'y avait pas mis les pieds depuis près de deux mois.

«Me croiras-tu si je te dis que nous avons vendu deux autres tableaux ce matin?

— Je te crois. Dieu merci, Ben Thompson a su te pousser juste quand il le fallait. Je pensais ne jamais voir le jour où tu céderais. »

Mais elle savait que cette décision avait été grandement facilitée par l'absence de Marc. Deanna n'aurait jamais accepté d'exposer si Marc avait été là pour la rabrouer.

« En tout cas, je suis enchantée que ce soit fait, reprit Kim. Il était grand temps. (Elle fit un signe au garçon et commanda du champagne en dépit des rires et des protestations de Deanna.) Pourquoi pas ? Nous nous sommes à peine vues depuis Carmel, nom de nom ! Et nous avons pas mal de choses à fêter. »

Deanna eut un petit rire intérieur : plus que Kim ne s'en doutait !

« Alors, quoi de neuf... en dehors du fait que te voilà devenue une artiste célèbre. »

Kim plongea dans ses yeux un regard inquisiteur, mais Deanna se contenta de sourire.

« Tu as l'air du chat qui vient d'avaler un canari.

— Je ne vois pas pourquoi.

— Mon œil ! Et peut-être même que moi, je sais pourquoi. Alors, vas-tu me le dire, ou as-tu décidé de me tenir en haleine jusqu'à ce que mort s'ensuive ?

— Tu veux dire que j'ai la possibilité de choisir ?

— Ne t'occupe pas de ça. Allons, Deanna, sois gentille... raconte-moi. »

C'était un jeu pour Kim, mais Deanna était subitement devenue grave.

« On dirait que tu sais déjà. Mon Dieu, j'espère que ce n'est pas si évident.

— Ça ne l'est pas. J'ai seulement commencé à m'interroger, brusquement, ce soir-là, au vernissage. Mais je ne crois pas que quiconque ait pu deviner. »

Leurs regards finirent par se rencontrer, et Deanna se tut pendant un instant.

« Il est tout à fait extraordinaire, Kim, et je l'aime, dit-elle enfin. Énormément. »

Kim laissa échapper un lent soupir et attendit.

« Il a l'air d'un homme charmant. Est-ce sérieux ? » demanda-t-elle enfin.

Deanna opina d'un signe de tête tandis que Kim avalait une gorgée de champagne.

« J'aimerais te dire que je l'ignore, mais je sais... Il faut que je revienne à Marc ; Ben le sait lui aussi. Je ne puis tout recommencer à zéro, j'en suis incapable. Je suis trop vieille, j'ai presque quarante ans et... et j'ai toute une vie avec Marc ; je l'ai toujours aimé. Et... et puis, il y a Pilar... »

Mais elle dut s'interrompre ; ses yeux étaient noyés de larmes. Il lui fallut se moucher. Kim aurait voulu l'entourer de ses bras, lui suggérer une solution magique, mais elles savaient qu'il n'en existait pas.

« N'y a-t-il pas d'autre moyen ? Qu'en pense Ben ? »

Deanna prit une profonde inspiration avant de répondre.

« Il est aussi inquiet que moi, mais je ne pourrai jamais rompre là et tout recommencer à zéro. Je ne peux pas... Je suis trop vieille.

— Si c'est là tout ce qui t'arrête ! Tu sais pertinemment que tu ne l'es pas. Enfin, bon sang ! Il y a des femmes qui refont leur vie à soixante ans, à la mort de leur mari. A trente-sept ans, tu serais complètement folle de jeter aux orties un avenir que tu désires vraiment.

— Mais ce ne serait pas bien. Et puis, enfin, Kim, je suis réellement trop vieille. Il veut des enfants, tu te rends compte ? Et j'ai une fille qui est presque adulte.

— Raison de plus. Pilar sera bientôt partie. Si tu veux d'autres enfants, c'est maintenant qu'il faut les avoir.

— Tu es aussi dingue que lui. »

Deanna s'efforça de sourire, mais ce n'était pas un sujet plaisant. Elle avait l'impression que sous ses yeux s'évanouissaient déjà les deux prochaines semaines.

« Es-tu heureuse avec Ben, Deanna ?

— Je n'ai jamais été si heureuse de ma vie, et je n'y comprends rien. J'ai vécu près de vingt ans avec Marc, nous nous connaissons très bien, et tout à coup... Oh ! mon Dieu, Kim, c'est à peine si je puis me souvenir de ses traits ou de sa voix. C'est comme si mon existence tout entière tournait maintenant autour de Ben. Au début, je me sentais coupable ; je me disais que j'étais ignoble d'agir comme je le faisais. Mais à présent je n'ai même plus de remords. Je l'aime, un point c'est tout.

— Et tu crois être capable d'y renoncer ? demanda Kim, affligée par ce qu'endurait son amie.

— Je l'ignore. Peut-être pourrons-nous encore nous voir. Peut-être... Kim, je ne sais vraiment pas. »

Et Kim n'en savait pas davantage, mais elle soupçonnait Ben Thompson de n'être pas le genre d'homme à pouvoir souffrir longtemps de partager avec un autre.

« Vas-tu en parler à Marc ?

— Jamais ! Jamais il ne comprendrait. Il aurait le cœur brisé. Je... enfin, nous verrons bien. Ben doit aller passer quelques semaines à New York en septembre. Cela me donnera le loisir de voir quelle tournure prendront les événements.

— Si je puis faire quoi que ce soit, Deanna... Si tu as besoin d'un coup de main ou d'un soutien, je suis toujours là pour toi. J'espère que tu le sais.

— Je le sais. »

Elles échangèrent un sourire et abordèrent un autre sujet, mais, longtemps après l'avoir quittée, Kim demeura hantée par le visage de son amie, par ce qu'elle y avait vu.

Deanna, de son côté, était montée dans sa

voiture, et avait lentement repris le chemin de sa maison. Elle voulait jeter un coup d'œil sur le courrier et régler quelques factures, puisqu'elle ne devait pas retrouver Ben avant cinq heures. Ils avaient projeté de dîner dans un endroit tranquille, puis de faire une promenade peut-être, ou d'aller au cinéma, enfin le genre de choses que font d'ordinaire les gens sans enfants ni autres contraintes, et à qui le temps n'est pas compté. Elle voulait passer ces deux semaines comme ils avaient passé les deux mois précédents, simplement, paisiblement, ensemble, et c'était ce que Ben souhaitait également.

« Madame Duras ? »

Lorsqu'elle eut tourné sa clef dans la serrure, elle constata que Margaret l'attendait. La femme de ménage semblait extrêmement tendue.

« Margaret ? Est-ce que vous allez bien ? »

Elle la trouva pâle. En atteignant la table de l'entrée, elle s'aperçut que la gouvernante avait toujours les yeux fixés sur elle.

« Qu'est-ce qui ne va pas, Margaret ? »

Son ton s'était fait plus insistant ; elle posa un regard appuyé sur la vieille femme en uniforme bleu marine. Pouvait-elle avoir découvert, au sujet de Ben ? Les avait-elle vus ?

« Qu'y a-t-il ?

— Il y a eu deux appels... »

La voix de Margaret se brisa, comme si elle ne savait que dire de plus. Elle n'était sûre de rien, elle n'avait pas le droit d'alarmer Mme Duras, mais elle avait cependant un pressentiment.

« De M. Duras ? demanda Deanna en se raidissant de tout son corps.

— De Mme Duras, sa mère.

— Qu'a-t-elle dit ? s'enquit Deanna avec un froncement de sourcils. Qu'est-ce qu'il y a ?

— Je ne sais pas, elle a seulement parlé à la

standardiste de Paris. Mais elle veut que vous la rappeliez. Tout de suite.

— A Paris ? Vous voulez dire Antibes. »

Pour Margaret, Deanna le savait, c'était une seule et même chose ; mais la gouvernante secoua la tête avec énergie.

« Non. C'était Paris. Ils m'ont laissé un numéro. »

Margaret fouilla dans le carnet, à la recherche du message, qu'elle remit à Deanna. Elle avait raison, c'était bien Paris. Il s'agissait du numéro de la maison de la rue François-Ier. Quelque chose n'allait pas. Peut-être la vieille dame était-elle malade et désirait-elle renvoyer Pilar plus tôt à la maison. Marc ! Il était arrivé quelque chose à Marc ! Un millier de catastrophes se déroulèrent dans son esprit tandis qu'elle montait l'escalier en courant pour téléphoner de sa chambre. Il serait un peu plus de minuit là-bas. Trop tard ? Ferait-elle mieux d'attendre le lendemain matin ?

La standardiste lui passa la communication très rapidement, et elle entendit aussitôt la sonnerie, devenue familière, des téléphones français. Durant des années, elle n'avait pu se défaire de l'impression qu'il s'agissait de la tonalité « occupé », mais elle avait fini par s'y habituer.

« Il se peut qu'ils mettent quelque temps à répondre, veuillez m'excuser.

— Ça n'a pas d'importance », répondit la standardiste.

Elle avait un accent californien et ne semblait pas pressée. Deanna sourit. Puis elle entendit la voix de sa belle-mère à l'autre extrémité de la ligne.

« Allô ? Oui ?

— Mamie ? »

Elle avait toujours éprouvé des difficultés à

utiliser ce terme d'affection. Au bout de près de vingt années, elle était toujours tentée de l'appeler madame Duras.

« Mamie ? »

La liaison n'était pas très bonne, mais Deanna parvenait à comprendre. Elle parla elle-même plus fort pour que sa voix fût distincte. Mme Duras ne semblait ni endormie ni affable : elle ne l'était jamais.

« C'est Deanna. Je suis absolument désolée de vous déranger si tard, mais j'ai pensé que...

— Deanna, il faut que tu viennes... »

Oh ! non ! Pas en français, avec une liaison aussi mauvaise ! Mais la vieille dame continua à toute allure dans cette langue. Deanna entendait à peine.

« Attendez, attendez, je ne comprends pas. Pourriez-vous me le dire en anglais, s'il vous plaît ? Il est arrivé quelque chose ?

— Oui. »

Le mot se prolongea en un gémissement désolé, et un silence s'installa. Deanna attendit. Qu'était-il arrivé ? C'était Marc, elle le savait !

« Pilar..., reprit la voix. Elle a eu... un accident... sur la moto. »

Deanna sentit son cœur cesser de battre.

« Pilar ? (Elle cria dans le récepteur et n'entendit pas Margaret entrer dans la pièce.) Pilar ? (Le son s'affaiblissant, elle cria plus fort encore.) Mamie ? Vous m'entendez ? Que s'est-il passé ?

— Sa tête... ses jambes...

— Oh ! mon Dieu ! Est-ce qu'elle va bien ? »

Les larmes ruisselaient sur son visage tandis qu'elle essayait désespérément de maîtriser sa voix.

« Mamie ? Comment va-t-elle ?

— Ses jambes... paralysées. Et sa tête... nous ne savons pas.

— Où est-elle ? »

Deanna hurlait, à présent.

« A l'Hôpital Américain. »

La vieille dame sanglotait.

« Avez-vous prévenu Marc ?

— Nous n'arrivons pas à le joindre. Il est en Grèce. Sa société est en train d'essayer de savoir où il se trouve. Ils pensent qu'il sera là demain. Oh ! je t'en prie, Deanna... tu vas venir ?

— Ce soir. Immédiatement. »

Tout son bras tremblait tandis qu'elle consultait sa montre. Quatre heures moins dix. Elle savait qu'il y avait un vol en partance à sept heures et demie ; Marc le prenait tout le temps. Avec le décalage horaire, elle serait là-bas à quatre heures trente, heure de Paris, le jour suivant.

« J'arrive... dans l'après-midi. Je me rendrai directement à l'hôpital. Qui est son médecin ? (Elle griffonna le nom en toute hâte.) Comment puis-je le joindre ? »

Mme Duras lui donna le numéro personnel du médecin.

« Oh ! Deanna. La pauvre petite... J'avais dit à Marc que la moto était trop grosse pour une enfant. Pourquoi ne m'a-t-il pas écoutée ? Je lui ai dit...

— Moi aussi.

— Mamie, y a-t-il quelqu'un auprès d'elle ? »

C'était la première chose à laquelle elle avait pensé : son enfant était seule dans un hôpital à Paris.

« Nous avons des infirmières, naturellement. »

Voici qui ressemblait plus à la Mme Duras qu'elle connaissait.

« Personne d'autre ? »

Sa voix était horrifiée.

« Il est plus de minuit, ici.

— Je ne veux pas qu'elle reste seule.

— Très bien. Je vais y envoyer Angéline sur-le-champ, et j'irai moi-même demain matin. »

Angéline, la servante la plus vieille sur toute la surface de la terre! Angéline! Comment osait-elle?

« J'arrive le plus vite possible. Dites-lui que je l'aime. Au revoir, Mamie. A demain. »

Au désespoir, Deanna revint à la standardiste:

« Le docteur Hubert Kirschmann, personnellement. C'est une urgence. »

Mais le docteur Kirschmann ne répondait pas, et un appel à l'Hôpital Américain ne lui apprit pas grand-chose de plus.

Bien qu'encore dans un état critique, Mlle Duras reposait tranquillement; elle était consciente, et il se pouvait qu'on l'opère dans la matinée. Il était trop tôt pour le dire. Elle n'était arrivée de Cannes par avion que dans la soirée, et si Madame voulait avoir l'obligeance d'appeler le docteur demain matin... Oh! qu'ils aillent au diable! Pilar était incapable de recevoir des appels téléphoniques, et Deanna ne put rien faire de plus. Sauf sauter dans le premier avion.

Elle demeura un moment assise, dans une totale immobilité, retenant ses larmes, la tête entre les mains; et soudain un sanglot lui échappa, se forçant un chemin depuis les tréfonds de son cœur.

« Pilar... Oh! mon Dieu! »

Et soudain l'uniforme bleu fut près d'elle: Margaret la réconforta en l'entourant de ses bras.

« Est-ce très grave? murmura-t-elle dans la pièce trop silencieuse.

— Je ne sais pas. Ils disent que ses jambes sont paralysées et qu'elle a quelque chose à la tête.

Mais je n'ai pu obtenir de quiconque une réponse intelligente. Je vais prendre le prochain avion.

— Je vous prépare un sac de voyage.»

Deanna approuva d'un signe de tête et s'efforça de canaliser ses pensées. Il fallait qu'elle appelle Ben. Et Dominique. Machinalement, ses doigts composèrent le numéro de la secrétaire au bureau. La voix qu'elle n'aimait pas fut prompte à lui répondre.

«Où est M. Duras?

— Je n'en ai aucune idée.

— Vous vous moquez de moi! Notre fille vient d'avoir un accident et on ne parvient pas à le retrouver. Où est-il?

— Je... madame Duras, je suis vraiment désolée... Je vais faire mon possible pour savoir où il est d'ici demain matin, et je lui demanderai de vous rappeler.

— Je m'en vais à Paris ce soir. Dites-lui simplement de m'y retrouver. Et téléphonez à sa mère. Pilar est à l'Hôpital Américain à Paris. Et pour l'amour du Ciel, faites-moi une faveur, Dominique, voulez-vous? Trouvez-le.»

Sa voix tremblait à chaque mot.

«Je ferai mon possible. Et je suis vraiment, sincèrement désolée. Est-ce grave?

— Nous l'ignorons.»

Elle contacta la compagnie aérienne et la banque. Après avoir vérifié ce que Margaret avait mis dans son sac, elle composa rapidement le numéro de Ben afin de le joindre avant qu'il quitte la galerie. Il lui restait une heure avant son départ pour l'aéroport. Il répondit aussitôt.

«Je dois m'en aller ce soir.

— Qu'as-tu donc fait cet après-midi? Un hold-up?»

Son ton était gai et malicieux. Il attendait

impatiemment la soirée à venir, mais il ne tarda pas à pressentir que quelque chose n'allait pas.

« Pilar a eu un accident. Oh ! Ben... »

Et les pleurs jaillirent ; elle sanglotait de douleur et de peur, et de colère contre Marc qui lui avait permis d'acheter cette moto.

« Calme-toi, chérie. J'arrive à l'instant. Ne vois-tu pas d'inconvénient à ce que je vienne chez toi ?

— Non. »

Margaret lui ouvrit la porte sept minutes plus tard. Deanna l'attendait dans sa chambre. Elle portait encore le même ensemble qu'au déjeuner, ainsi que les boucles d'oreilles que Ben lui avait données. Elle les mettait pour aller en France. Il la regarda brièvement et la prit dans ses bras.

« Allons, allons, ma chérie, allons. Tout ira bien. »

Elle parla alors des jambes paralysées.

« Ce n'est peut-être qu'une réaction temporaire à sa chute, dit-il, tu ne connais pas encore les détails. Peut-être n'est-ce pas aussi grave que ça en a l'air. Veux-tu boire quelque chose ? »

Bien que d'une pâleur alarmante, elle refusa d'un signe de tête. Tout ce qu'il voyait était son visage, et l'immense chagrin qui s'y peignait. Elle se remit à pleurer et se réfugia encore dans ses bras.

« J'ai pensé à des choses si horribles...

— Je te le défends. Tu ne sais rien. Il faut simplement que tu tiennes bon jusqu'à ton arrivée là-bas. Veux-tu que je vienne ? »

Elle soupira avec un pâle sourire.

« Oui. Mais c'est impossible. Je t'aime encore plus pour me l'avoir tout de même proposé. Merci.

— Si tu as besoin de moi, appelle, et je viendrai. Tu me le promets ? » demanda-t-il.

Elle acquiesça d'un signe de tête.

« Veux-tu contacter Kim et lui dire où je suis partie ? Je viens d'essayer de la joindre, mais elle est sortie.

— Elle ne va pas avoir de soupçons si c'est moi qui l'en informe ?

— Non, dit-elle en souriant. Je lui ai parlé de nous aujourd'hui, lorsque nous avons déjeuné ensemble. Elle avait déjà deviné, ne me demande pas comment. Lors du vernissage en tout cas. Mais elle pense que tu es quelqu'un de formidable, et je crois qu'elle a raison. »

Elle le tint tout contre elle. Ce serait la dernière fois avant quelque temps ; le serrer, être à lui.

« J'aurais aimé retourner à la maison avant, dit-elle. Simplement être là-bas... cela m'apaise tant. »

Elle voulait parler de la villa de Ben, pas de la sienne, mais il comprit.

« Bientôt, tu seras de retour chez nous.

— Promis ? dit-elle en cherchant ses yeux.

— Promis. Maintenant, viens, nous ferions mieux d'y aller. As-tu tout ce qu'il te faut ? » demanda-t-il.

Elle hocha la tête et referma très vite les yeux. Pendant une fraction de seconde, elle avait été prise d'un étourdissement.

« Est-ce que ça va ?

— Oui, oui, très bien. »

Elle le suivit dans l'escalier et donna une accolade à Margaret avant de sortir. Ils avaient une demi-heure pour atteindre l'aéroport. Quarante-cinq minutes plus tard, elle serait dans l'avion. Et douze heures après, elle serait à Paris — avec son enfant, Pilar.

Durant le trajet vers l'aéroport, Deanna se mit en silence à prier pour la trouver en vie.

CHAPITRE XV

« Quoi ? oh ! mon Dieu ? Dominique, en êtes-vous sûre ?

— Absolument. J'ai également parlé à votre mère et au médecin.

— Comment s'appelle-t-il ? »

Elle donna le renseignement à Marc, qui faisait de grands gestes frénétiques pour avoir un stylo. Chantal lui tendit le sien.

« Quand l'ont-ils opérée ? questionna-t-il.

— Ce matin, heure de Paris. Il y a trois heures, je crois. Elle est un petit peu mieux, pense-t-on, mais elle n'a pas encore repris conscience. Ce qui les inquiète surtout, c'est son crâne, et... et ses jambes. »

Tandis qu'il écoutait Dominique, les larmes avaient commencé à couler sur les joues de Marc-Edouard.

« Je vais envoyer un télégramme. Je serai là-bas ce soir. »

Il appela aussitôt le concierge de l'hôtel et lui donna des ordres laconiques :

« Duras à l'appareil. Trouvez-moi une place sur un avion. Paris. Immédiatement. »

Il raccrocha, s'essuya le visage et posa sur Chantal un regard étrange.

« C'est Pilar ? demanda-t-elle. Est-ce très grave ? »

S'asseyant près de lui sur le canapé, elle prit ses mains dans les siennes.

« Ils ne savent pas. Ils ne savent pas... »

Il ne put se résoudre à prononcer les mots, à lui dire que c'était lui qui lui avait offert la moto, et fut de nouveau secoué de sanglots.

A l'aéroport Charles-de-Gaulle, Deanna descendit de l'avion dans une brume cotonneuse due à la terreur, à l'épuisement et à la nausée. Elle avait passé la nuit les yeux braqués sur les ténèbres devant elle, les poings serrés. Elle appela l'hôpital depuis le terminal, mais ils n'avaient aucune nouvelle. Elle héla un taxi qui attendait juste devant l'aérogare et demeura silencieuse durant le trajet, qu'ils firent à grande vitesse. Elle avait indiqué au chauffeur l'adresse de l'Hôpital Américain et avait seulement dit : « Aussi vite que possible. »

De manière typiquement française, il l'avait prise au mot. Les arbres au bord de la route n'étaient guère plus qu'une tache confuse dans un coin des yeux de Deanna. Elle gardait le regard fixé devant elle, observant les manœuvres de l'homme, qui virait sur les chapeaux de roue et accélérait brusquement pour dépasser chaque obstacle. Elle sentait chaque palpitation de son corps, chaque battement de son cœur... vite... vite... VITE ! Il lui sembla que des heures s'étaient écoulées avant qu'ils atteignent le boulevard Victor-Hugo et s'arrêtent dans un crissement de pneus devant les grandes doubles portes. Deanna chercha rapidement dans son porte-monnaie l'argent qu'elle avait échangé contre des dollars à l'aéroport. Sans réfléchir elle tendit à l'homme un billet de cent francs et ouvrit brusquement la portière.

« Votre monnaie ! »

Il la regarda d'un air interrogateur ; elle lui répondit par un geste négatif. Elle se moquait bien de sa monnaie ! Ses lèvres n'étaient plus qu'une mince ligne tendue, perdue quelque part dans la blancheur d'ivoire de son visage angoissé. Il avait compris sur-le-champ lorsqu'elle lui avait donné l'adresse de l'Hôpital Américain ; il avait su immédiatement.

« Votre mari ?

— Non. Ma fille. »

Une fois encore, les larmes lui étaient montées aux yeux. Le chauffeur avait hoché la tête, compatissant.

Il ramassa sur le siège son petit sac de voyage en cuir brun, ouvrit sa porte et sortit du véhicule. Il se tint là quelques instants, le sac à la main, à la regarder, cherchant quelque chose à ajouter. Lui aussi avait une fille, et il voyait la souffrance dans les yeux de la jeune femme. Sa femme avait eu ces yeux-là une fois, lorsqu'ils avaient failli perdre leur fils. Il lui remit le sac en silence. Leurs regards se rencontrèrent une fraction de seconde, puis elle se détourna et entra à grands pas rapides dans l'hôpital.

Une infirmière en chef, d'aspect revêche, trônait devant un bureau.

« Oui, madame ?

— Pilar Duras. Quel est le numéro de sa chambre ? »

« Oh ! mon Dieu, simplement son numéro de chambre, je vous en supplie. Faites qu'ils ne me disent pas que... Faites... »

« 425. »

Deanna faillit laisser échapper un long soupir angoissé, mais se contenta de remercier d'un brusque signe de tête et suivit la direction indiquée par l'écriteau. Deux hommes et une femme, à destination d'autres étages, se trouvaient avec elle dans l'ascenseur. Ils avaient l'air d'hommes d'affaires européens; peut-être des amis de malades, peut-être leurs maris ou leurs femmes, mais aucun ne semblait particulièrement affecté ni bouleversé. Deanna les considéra avec envie tout en attendant de parvenir à son étage. Le long voyage en avion, plein de terreurs nocturnes, avait laissé ses marques sur elle; elle avait vécu une longue nuit blanche, et ses pensées n'avaient cessé de courir de Ben à Pilar, et de Pilar à Ben. Et si elle avait accepté qu'il l'accompagne? Elle eut soudain besoin de ses bras, de sa chaleur, de ses consolations, de son soutien, de la douceur de ses paroles.

Au quatrième, les portes de l'ascenseur s'ouvrirent et elle fit un pas hésitant à l'extérieur. Des infirmières s'affairaient à leurs tâches, et elle remarqua de vieux messieurs distingués, rassemblés en petits groupes, l'air songeur. Des médecins. Mais, tout à coup, Deanna se sentit perdue. Elle était à dix mille kilomètres de chez elle, à la recherche d'une fille qui pouvait aussi bien être morte. Soudain, elle n'était même plus sûre de savoir encore parler français, ni de pouvoir jamais retrouver Pilar dans ce labyrinthe. Des larmes lui brûlaient les paupières. Elle lutta contre une sensation de vertige accompagnée d'une vague de nausée, puis se dirigea lentement vers le bureau.

« Je cherche Pilar Duras. Je suis sa mère. »

Elle n'essaya même pas de le dire en français. Elle ne pouvait pas. Elle pria seulement pour que quelqu'un la comprenne. La plupart des infirmières étaient françaises, mais quelqu'un parlerait bien sa langue. Quelqu'un saurait... quelqu'un allait tout arranger, la conduirait auprès de Pilar, lui montrerait qu'elle n'était pas grièvement blessée...

« Duras ? »

L'infirmière sembla se troubler en levant les yeux vers Deanna, puis examina un graphique d'un air renfrogné. Deanna sentit tout se liquéfier en elle avant de devenir dur comme de la pierre.

« Oh ! oui ! dit l'infirmière en se demandant si la jeune femme si tragiquement pâle qui se tenait en face d'elle était malade. Madame Duras ?

— Oui », parvint à articuler Deanna, mais ce n'était qu'un murmure.

Tout à coup, la fatigue accumulée à chaque instant du voyage s'abattit sur elle. A bout de force, elle se prit même à souhaiter la présence de Marc.

« Vous sentez-vous bien, madame Duras ? »

La jeune femme en uniforme blanc avait un fort accent, mais parlait couramment l'anglais. Deanna se contenta de la dévisager fixement. Mais, même de cela, elle n'était pas très sûre : elle avait une impression étrange, comme si elle allait s'évanouir.

« Il faut que je... Je crois que... Puis-je m'asseoir ? »

Elle regarda alentour d'un œil vague, puis eut une expression hagarde de fascination ; autour d'elle, tout vira au gris, puis sembla se rétrécir. C'était comme de contempler une image s'effaçant peu à peu sur l'écran d'un téléviseur détraqué, à mesure que lentement... très lentement... le décor s'estompait. Pour finir, elle n'entendit plus qu'un bourdonnement. Plus tard, elle sentit une main sur son bras.

« Madame Duras ? Madame Duras ? »

C'était la même voix de jeune fille, et Deanna se sentit sourire. Elle avait un timbre si agréable... si jeune... Une torpeur insurmontable l'envahissait. Tout ce qu'elle aurait voulu était de se laisser aller, mais la main continuait à tirer son bras par petits coups. Soudain, elle éprouva le contact de quelque chose de froid sur son cou, puis sa tête. L'image réapparut sur l'écran. Une dizaine de visages l'entouraient, penchés sur elle. Elle commença à s'asseoir, mais une main la retint aussitôt, et deux jeunes hommes s'adressèrent l'un à l'autre en français sur un ton insistant. Ils voulaient la transporter aux urgences, mais Deanna fit immédiatement un signe de refus.

« Non, non, je vais très bien. Réellement. Je viens de faire un très long voyage depuis San Francisco, et je n'ai pas mangé de la journée. Sincèrement, je suis seulement très fatiguée et... »

Une fois encore des larmes lui montèrent aux yeux, qu'elle essaya de refouler à force de volonté. Bon Dieu, pourquoi voulaient-ils la transporter aux urgences ?

« Il faut que je voie ma fille. Pilar... Pilar Duras. »

A ces mots, ils s'interrompirent ; les deux hommes la considérèrent en hochant la tête. Ils avaient compris. Un moment plus tard, aidée d'une main sous chaque coude, elle était de nouveau sur pied, cependant qu'une jeune femme l'aidait à ajuster sa jupe. Quelqu'un apporta une chaise, et la première infirmière revint avec un verre d'eau. Peu après, la foule se dispersa, et seules restèrent la plus jeune personne et la vieille infirmière.

« Je suis extrêmement confuse, dit Deanna.

— Bien sûr que non, je vous en prie. Vous êtes

très fatiguée, vous avez fait un long voyage. Nous comprenons très bien. Nous vous emmènerons voir Pilar dans un instant. »

Les deux employées échangèrent un coup d'œil, et la plus âgée eut un imperceptible signe de tête.

« Merci. (Deanna but une dernière gorgée d'eau et rendit le verre.) Le docteur Kirschmann est-il là ? »

L'infirmière secoua la tête :

« Il est parti en début d'après-midi. Il était resté avec Pilar toute la nuit. Ils ont effectué une intervention chirurgicale, vous savez.

— Sur ses jambes ? »

Deanna se remit à trembler.

« Non, sa tête.

— Comment va-t-elle ? »

Il y eut un silence interminable.

« Elle va mieux. Venez, vous verrez par vous-même. »

Elle s'écarta un peu pour l'aider à se lever mais Deanna était plus stable à présent, et furieuse contre elle-même d'avoir perdu tout ce temps.

On la conduisit le long d'un vestibule couleur pêche, puis elles s'arrêtèrent enfin devant une porte blanche. L'infirmière posa sur elle un long regard chargé de sens, puis ouvrit doucement la porte. Deanna fit quelques pas à l'intérieur et sentit l'air se solidifier dans ses poumons. Il lui semblait ne plus pouvoir respirer.

Pilar était là, enveloppée de bandages, couverte de toutes sortes de tuyaux et de dispositifs. Une infirmière d'aspect sévère était assise en silence dans un coin, et trois moniteurs au moins enregistraient impassiblement de mystérieuses informations. Pilar elle-même était à peine visible sous les pansements, et son visage terriblement déformé par les divers tuyaux.

Mais cette fois Deanna ne s'évanouit pas. Elle laissa tomber le sac de voyage et traversa la chambre d'un pas ferme, en souriant, sous l'œil des infirmières qui l'avaient amenée.

Elle échangea un regard avec la femme de garde dans la pièce, qui s'approcha sans que Deanna s'en aperçût. Elle poursuivit sa progression vers le lit, priant pour avoir la force et refoulant ses larmes avec un sourire.

« Bonjour, mon tout-petit, c'est maman. »

Un faible gémissement s'éleva du lit ; les yeux de son enfant suivirent ses pas. Il était clair que Pilar comprenait et la reconnaissait.

« Tout va aller très bien. Très bien... », continua Deanna, debout auprès du lit.

Elle alla chercher la main intacte de Pilar et, doucement, légèrement, au point d'à peine la toucher, elle la prit dans les siennes, la souleva jusqu'à ses lèvres et embrassa les doigts de sa petite fille.

« Tout va bien, ma chérie, tu vas te rétablir. »

L'enfant émit un son épouvantable.

« Chut !... tu me parleras plus tard. Pas maintenant. »

La voix de Deanna était à peine plus qu'un murmure, mais restait ferme. Pilar secoua la tête :

« Je...

— Chut... »

Deanna semblait violemment émue, mais les yeux de Pilar insistaient, pleins des mots qu'elle voulait prononcer.

« Est-ce quelque chose que tu veux ? » »

Deanna l'observa attentivement sans pouvoir déchiffrer de réponse dans son regard. Elle jeta un bref coup d'œil à l'infirmière. Est-ce qu'elle souffrait? La femme s'approcha. Toutes deux attendirent, les yeux fixés sur Pilar, qui faisait une nouvelle tentative.

« Con... t... ente que t... u s... ois là... »

Ce n'était qu'un tout petit filet de voix, mais il emplit le cœur de Deanna de tendresse et de larmes. Ses yeux la picotèrent, et elle se contraignit à sourire tout en conservant dans la sienne la main de l'adolescente.

« Je suis contente d'être là. A présent tais-toi, ma jolie. S'il te plaît. Nous parlerons plus tard. Nous aurons beaucoup de choses à nous raconter. »

Cette fois, Pilar se contenta d'un petit signe d'acquiescement, puis, enfin, ferma les yeux. Lorsqu'elles furent sorties dans le couloir, l'infirmière dit à Deanna qu'en dehors du moment de l'opération, où elle était anesthésiée, l'enfant était demeurée éveillée sans relâche, comme si elle attendait quelqu'un, ou quelque chose, et il était facile à présent de voir ce qui la soutenait.

« Le fait que vous soyez là va faire une énorme différence, vous savez, madame Duras. »

La femme qui s'occupait de Pilar parlait un anglais irréprochable et semblait terriblement brusque, mais ses paroles soulagèrent le cœur de Deanna d'un grand poids. Ainsi donc, Pilar l'avait attendue; elle l'aimait encore. Il était ridicule que cela dût importer en un moment pareil, mais cela importait cependant. Elle avait craint que, même dans des circonstances extrêmes, Pilar puisse la rejeter, et Pilar ne l'avait pas fait. Ou bien avait-elle plutôt attendu Marc? Cela ne faisait rien. Elle rentra doucement dans la chambre et s'assit.

Plus de deux heures passèrent avant que l'enfant s'éveillât. Pilar resta alors simplement allongée, à regarder sa mère, sans détacher les yeux de son visage. Enfin, après qu'elles se furent contemplées, semblait-il, pendant des heures, elle crut voir Pilar sourire. Elle s'approcha du lit et reprit dans sa main celle de sa fille.

« Je t'aime, ma chérie. Et tu t'en sors très bien. Pourquoi n'essaies-tu pas de dormir encore un peu ? »

Mais les yeux de Pilar dirent non et restèrent ouverts pendant une heure encore, regardant, regardant toujours, fixés sur le visage de sa mère, le buvant, comme si elle cherchait à trouver, avec les mots qu'elle ne pouvait dire, la force de parler. Une heure encore s'écoula avant qu'elle ouvrît la bouche de nouveau.

« Mon Toutou... (Deanna eut l'air interloquée, et Pilar fit un nouvel effort.) As-tu... apporté mon... Toutou ? »

Cette fois, Deanna ne put s'empêcher de pleurer. Toutou, le trésor de ses années d'enfance, Toutou, si vieux et si sale, si dépenaillé, et pour finir remisé sur une lointaine étagère quelque part au fond de la maison. Deanna ne s'était jamais sentie capable de le jeter. Toutou lui rappelait trop de souvenirs de Pilar petite fille. Elle l'examina, se demandant si Pilar savait toujours où elle était, ou si elle avait dérivé vers quelque lieu, très loin, vers son enfance, vers Toutou.

« Il t'attend à la maison.

— D'accord », dit Pilar en inclinant la tête avec un faible sourire.

Le mot n'avait pas plus pesé qu'une plume sur ses lèvres alors qu'elle sombrait à nouveau dans le sommeil.

« Toutou. » Deanna se trouvait ramenée douze ans en arrière, assise sur sa chaise étroite, les pensées errant du côté du temps où Pilar avait trois, quatre, cinq, neuf ans... et puis, trop vite, douze, et maintenant presque seize. Elle était adorable lorsqu'elle était enfant, si fine et gracieuse, petite fille aux boucles blondes et aux yeux bleus. Tous les mots délicieux qu'elle avait eus ; les danses qu'elle exécutait pour ses parents, par jeu ; les goûters qu'elle organisait pour ses poupées ; les histoires qu'elle écrivait, ses poèmes, ses pièces ; le chemisier qu'elle avait fait une année pour l'anniversaire de Deanna dans deux torchons de cuisine d'un vert éclatant... et Deanna l'avait porté, avec le plus grand sérieux, pour aller à l'église.

«Madame Duras ?»

Deanna fut brutalement ramenée à la réalité, à une très longue distance, par le son peu familier d'une voix féminine. Surprise, elle jeta un coup d'œil circulaire, et vit une nouvelle infirmière.

«Oui ?

— Souhaitez-vous vous reposer ? Nous pouvons vous installer un lit dans la chambre d'à côté.»

L'infirmière avait une figure très douce, et des yeux rieurs et pleins de sagesse. Elle tapota le bras de Deanna.

«Vous êtes là depuis très longtemps, ajouta-t-elle.

— Quelle heure est-il à présent ?»

Deanna avait l'impression d'avoir vécu dans un rêve depuis une éternité.

«Presque onze heures.»

Il était deux heures de l'après-midi à San Francisco. Elle avait quitté la maison depuis moins de vingt-quatre heures qui lui semblaient autant d'années. Elle se leva et s'étira.

«Comment va-t-elle ? demanda-t-elle en regardant le lit avec intensité.

— Toujours pareil, dit l'infirmière après une hésitation.

— Quand le docteur doit-il revenir ? »

Et pourquoi donc n'était-il pas passé durant les cinq heures où elle était demeurée au chevet de Pilar ? Et où était Marc, bon sang ? Ne venait-il pas ? Il secouerait un peu ces crétins et les choses commenceraient à bouger. Deanna jeta un regard mauvais aux moniteurs, irritée contre les hiéroglyphes qu'ils traçaient.

« Le docteur sera de retour dans quelques heures. Vous pourriez vous reposer un peu en attendant. Vous pourriez même rentrer chez vous pour la nuit. Nous avons fait une autre piqûre à votre fille. Elle va dormir un petit bout de temps. »

Deanna n'avait pas envie de s'en aller, mais il lui sembla qu'il était temps de faire une apparition chez sa belle-mère. Elle pourrait ainsi apprendre s'ils étaient parvenus à savoir où se trouvait Marc, et voir ce qui se passait avec ce médecin. Qui, et où était-il ? Qu'avait-il à dire ? La seule chose qu'elle ait pu découvrir était que Pilar était dans un état critique. Elle se sentait désespérée, sans secours, condamnée à rester assise là pendant des heures, à attendre une explication, un signe qui lui fût un encouragement, ou lui annonçât l'arrivée de bonnes nouvelles... quelqu'un qui lui dise que ce n'était rien. Mais elle l'aurait difficilement cru.

« Madame ? »

L'infirmière la considérait d'un air navré. Deanna ramassa son sac. Elle était presque aussi blême que son enfant.

« Je vais vous laisser un numéro où vous pourrez me joindre, dit-elle ; mais je serai bientôt de retour. Combien de temps pensez-vous qu'elle dormira ?

— Quatre heures au moins, peut-être même cinq ou six. Mais elle ne sera pas éveillée avant trois heures. Et je vous le promets... s'il y a un problème, ou si elle se réveille et vous réclame, je vous appellerai. »

Deanna approuva, et inscrivit rapidement le numéro de la mère de Marc. Elle plongea un regard angoissé dans les yeux de l'infirmière :

« Appelez-moi immédiatement si... s'il est bon que je vienne. »

Elle ne parvint pas à en dire plus, mais l'infirmière comprit ; elle accrocha le numéro de Deanna à la feuille de température et sourit à la jeune femme aux yeux battus.

« Je vous appellerai. Mais il faut que vous preniez un peu de sommeil. »

Deanna ne pouvait se souvenir d'avoir été aussi fatiguée de toute sa vie, mais la dernière chose qu'elle voulait faire était de dormir. Elle devait appeler Ben. Parler au médecin. Voir ce qu'il en était de Marc. Ses pensées se bousculaient. Elle eut un nouveau vertige, s'appuya contre le mur pour conserver son équilibre, mais ne s'évanouit pas. Elle demeura simplement debout un long moment, à contempler Pilar. Puis, les yeux noyés de larmes, elle sortit de la chambre, son bagage à la main, son manteau sur le bras, traînant son cœur après elle.

Elle trouva un taxi garé à une tête de station juste en face de l'hôpital, de l'autre côté de la rue, et s'enfonça dans le siège avec un soupir si sonore qu'on eût dit une plainte. Chaque parcelle de son corps était lasse et douloureuse, chaque fibre tendue et sans force, et son esprit semblait ne pouvoir cesser de s'agiter. Les images se succédaient. Pilar lorsqu'elle était bébé... Pilar l'année dernière... Pilar à sept ans... Pilar dans sa chambre. A l'école. A l'aéroport. Avec une

nouvelle coiffure. Ses premiers pas. Un ruban
rouge. C'était le film sans fin qu'elle avait vu
défiler tout au long de la journée, tantôt accompagné de la bande-son, tantôt sans, mais c'était
une vision à laquelle elle ne pouvait échapper,
même maintenant, tandis que le taxi fonçait à
travers Paris en direction de la rue François-Ier.

Elle se situait dans un quartier élégant et
commode, non loin de chez Christian Dior. L'une
des plus jolies rues de la ville, très proche des
Champs-Élysées. Lorsqu'elle était plus jeune,
Deanna s'était souvent esquivée dans l'après-
midi pour faire du lèche-vitrines et prendre un
espresso dans un café avant de retrouver l'atmosphère austère qui régnait dans la maison de sa
belle-mère ; mais les souvenirs des jours anciens
étaient aujourd'hui bien loin de son esprit. Elle
se laissait aveuglément emporter, et son état
d'épuisement lui procurait la curieuse sensation
d'être enveloppée dans une couverture trempée
dans de l'éther.

Le chauffeur fumait une Gitane maïs et
fredonnait une vieille chanson ; il était trop
joyeux pour remarquer la statue de tristesse
assise à l'arrière, et, lorsqu'il s'arrêta à l'adresse
indiquée, il lança à Deanna un regard charmeur,
assorti d'un sourire, mais elle n'y fit pas
attention. Elle lui tendit simplement son argent
et sortit. Le chauffeur haussa les épaules et
repartit, cependant qu'elle se dirigeait vers la
porte d'un pas lent, un peu mécanique.

Elle n'avait pas manqué de noter que sa belle-
mère n'avait pas paru à l'hôpital de toute la
soirée. L'infirmière lui avait dit qu'elle avait
passé deux heures avec Pilar dans la matinée.
Deux heures ? C'était tout ? Et elle l'avait abandonnée seule ensuite, dans l'état effroyable où
elle se trouvait ? Voilà qui prouvait tout ce que

Deanna avait toujours pensé: Mme Duras n'avait pas de cœur.

Elle sonna de deux petits coups secs et rapprochés, et le lourd portail en bois s'ouvrit devant elle. Elle enjamba le seuil surélevé et referma la porte derrière elle, pour s'avancer d'un pas vif en direction de la minuscule et élégante cage d'ascenseur. «Cage» était le mot: elle avait toujours eu le sentiment qu'un canari y aurait été plus à sa place que des personnes; mais ses pensées aujourd'hui n'étaient pas aussi légères tandis qu'elle pressait le bouton du septième. C'était, tout en haut, un luxueux appartement; Mme Duras était propriétaire de l'étage tout entier.

Une servante anonyme, en tenue de service, attendait à la porte.

«Oui, madame?»

Elle détailla Deanna des pieds à la tête avec un déplaisir non dissimulé, voire un certain dédain.

«Je suis madame Duras.»

Jamais son accent n'avait été si prononcé, mais elle s'en moquait bien.

«Ah! bon. Madame vous attend dans le salon.»

Comme c'était charmant! En train de servir le thé, sans doute? Deanna sentit ses dents grincer, mais suivit la servante jusqu'au salon d'un pas énergique. Rien n'était différent des autres jours, tout était à sa place. Nul n'aurait pu croire que la petite-fille de Mme Duras gisait, mourante peut-être, dans un hôpital à trois kilomètres de là. Tout semblait en ordre, y compris Mme Duras, lorsque la bonne introduisit Deanna dans la pièce. Sa belle-mère, impeccablement coiffée, vêtue de soie vert foncé, s'avança vers elle d'un pas ferme, la main tendue. Seuls ses yeux trahissaient son inquiétude. Elle serra la main de la jeune femme et l'embrassa sur les deux joues, découvrant avec effarement l'expression de son visage.

« Tu viens d'arriver ? »

D'un regard, elle ordonna à la bonne de se retirer sur-le-champ.

« Non. Je suis restée toute la soirée auprès de Pilar. Et je n'ai pas encore pu voir le docteur. »

Deanna ôta sa veste et se laissa presque choir dans un fauteuil.

« Tu as l'air très fatiguée. »

La vieille dame la regardait de son visage de pierre. Seuls les vieux yeux rusés laissaient penser que quelqu'un vivait réellement derrière ce granit.

« Que je sois ou non fatiguée, c'est hors de propos. Qui donc est ce Kirschmann, et où est-il ?

— C'est un chirurgien très réputé dans la France entière. Il était auprès de Pilar jusque tard dans l'après-midi ; il reviendra la voir dans quelques heures. Deanna... (elle hésita, puis d'un ton plus doux) il ne peut rien faire de plus. En tout cas, pas pour le moment.

— Pourquoi donc ?

— Pour le moment, il faut attendre. Elle doit retrouver ses forces. Elle doit... vivre. »

La vieille dame eut une expression douloureuse en prononçant le mot, et Deanna se passa une main devant les yeux.

« Voudrais-tu manger quelque chose ? »

Deanna fit un signe de refus :

« Juste une douche et un peu de repos. Et... (elle releva les yeux d'un air angoissé) je suis désolée de débarquer ainsi au pas de charge, sans aucune des formules adéquates, « comment allez-vous ? », « contente de vous revoir », mais, Mamie, je regrette, ça m'est impossible.

— Je comprends. »

Comprenait-elle vraiment ? Deanna s'interrogeait. Mais quelle importance, maintenant, qu'elle comprît ou non ?

« Je pense sincèrement que tu devrais manger, ma chère Deanna, disait Mme Duras. Tu es extrêmement pâle. »

Elle se sentait pâle mais n'avait pas faim. Quoi qu'on pût lui dire, elle n'aurait pu se forcer à manger. Pas ce soir, pas après avoir vu Pilar brisée, avachie, dans ce lit, réclamant son Toutou, trop faible pour tenir la main de sa mère.

« Je vais simplement prendre une douche, me changer, puis j'y retournerai. La nuit risque d'être très longue. A propos, avez-vous eu des nouvelles de Marc ? dit-elle en plissant le front.

— Il sera là dans une heure. »

Une heure... une heure. Après plus de deux mois d'absence, Deanna n'éprouvait rien, sinon sa peur pour sa fille.

« Il revient d'Athènes. Il est complètement bouleversé.

— C'est le moins qu'il puisse faire. (Deanna regarda sa belle-mère droit dans les yeux.) C'est lui qui lui a acheté la moto. Je l'avais supplié de ne pas le faire. »

Mme Duras se rebiffa immédiatement :

« On ne peut lui faire de reproches, Deanna ; je suis certaine qu'il a déjà suffisamment de remords.

— J'en suis certaine aussi. »

Elle regarda dans une autre direction, puis se leva :

« Il atterrit dans une heure ?

— Oui. Vas-tu aller l'attendre ? »

Deanna s'apprêtait à dire non, mais quelque chose en elle vacilla. Elle songeait à Pilar, à l'état dans lequel elle se trouvait... à l'épreuve que ce serait pour Marc d'entrer, comme elle-même l'avait fait, et de la voir pour la première fois. Il lui semblait cruel de le laisser affronter ce moment seul. Pilar était l'enfant, le trésor de Marc. Elle l'était pour Deanna également, bien sûr, mais pour Marc, Pilar était presque une idole. Deanna ne pouvait le laisser recevoir cette image de plein fouet.

« Connaissez-vous le numéro de son vol ? Alors, je vais y aller. Je vais juste me laver la figure. Pas la peine de me changer. Pourriez-vous m'appeler un taxi ?

— Certainement, dit-elle d'un air ravi. J'en serais très heureuse. Fleurette va vous préparer un sandwich. »

Fleurette, la cuisinière de Mme Duras, personne extrêmement replète, avait toujours paru comique à Deanna, mais pas cette nuit-là. Plus rien n'était comique. Elle adressa un petit salut un peu sec à sa belle-mère et s'engagea dans le couloir d'un pas rapide. Elle allait tourner pour entrer dans la chambre d'ami lorsqu'elle remarqua le tableau dans un sombre passage. Abandonné là, indésirable, mal aimé, privé d'admiration, oublié, c'était son portrait de Pilar et d'elle-même. Mme Duras ne l'avait jamais beaucoup apprécié. Sur le coup, sans penser plus loin, Deanna se dit que, cette fois, elle le remporterait chez elle, où était sa place.

Une fois dans la chambre qui, de longue date, lui était familière, elle jeta un regard circulaire. Tout en nuances raffinées d'un beige de sable, toute de damas et de soie, entièrement meublée en Louis XV, cette pièce lui avait toujours semblé froide, même lorsqu'elle y avait dormi avec Marc lors de leur lune de miel. Elle se donna un coup de peigne et s'efforça de penser à lui. Qu'allait-elle éprouver à le revoir, à voir son visage, à toucher sa main... après Ben? Comment se faisait-il que Ben lui semblât plus réel maintenant? N'était-il pas qu'un rêve? Était-elle une fois de plus engloutie toute vive par ce monde aux teintes ocres, pour ne jamais revenir? Elle désirait désespérément téléphoner à San Francisco, mais il était trop tard. Il fallait arriver à l'aéroport à temps pour intercepter Marc à sa sortie de l'avion, ou elle l'aurait manqué définitivement. Elle se demanda s'il existait une possibilité de laisser un message lui annonçant sa venue, mais elle savait par expérience que de tels avis finissaient toujours par s'égarer. Un homme avec un filet de voix se posterait dans un coin de l'aéroport en murmurant pour lui-même: «Monsieur Duras... Monsieur Duras», cependant que Marc passerait à grands pas sans même remarquer sa présence. Et, si le message lui parvenait, cela raviverait plus que nécessaire ses frayeurs au sujet de Pilar. Elle pouvait tout de même lui épargner cela.

La bonne frappa à la porte pour la prévenir que le taxi était arrivé et, tout en parlant, tendit à Deanna un petit paquet. Deux sandwichs au jambon et un morceau de poulet. Peut-être Monsieur aurait-il faim également. Faim? Mon Dieu! Qui aurait songé à manger?

A l'inverse de son trajet depuis l'aéroport, qui lui avait paru interminable, celui-ci sembla beaucoup trop court. Elle se surprit à piquer du nez, dans un demi-sommeil, à l'arrière du véhicule, et cependant qu'ils traversaient la nuit à toute allure, ses pensées confuses et décousues allaient de Pilar à Ben, puis à Marc. Quelques instants seulement semblaient s'être écoulés lorsque le taxi s'immobilisa en faisant grincer ses pneus.

« Voilà », dit le chauffeur.

Elle marmonna un « merci » distrait, régla sa course en y ajoutant un bon pourboire et pénétra en toute hâte dans le terminal, lissant sa jupe tout en courant. Elle commençait à avoir la sensation de n'avoir pas changé de vêtements depuis une semaine, mais se souciait relativement peu de son apparence ; elle avait trop d'autres choses en tête. Elle jeta un rapide coup d'œil au grand tableau où figurait la liste des numéros de vols et des portes de débarquement, et se mit à courir dans la direction d'où elle savait qu'il arriverait. L'avion venait juste d'atterrir. Les passagers commenceraient à descendre dans une minute ou deux. Elle avait juste le temps. Les premières classes débarquaient d'abord, et Marc voyageait toujours en première.

Elle fila comme une flèche entre les autres voyageurs, manqua trébucher sur les valises de quelqu'un, mais elle parvint à proximité de la porte juste à temps pour voir les premiers passagers sortir du poste de contrôle des douanes, et, avec un soupir, se recula dans un coin pour observer. L'idée folle lui était venue de lui faire une surprise, de lui montrer qu'elle tenait à lui, en dépit de sa trahison de l'été. En ces temps d'horreur et d'angoisse au sujet de leur enfant, elle voulait offrir quelque chose à Marc, pour que l'épreuve lui fût plus facile. Elle le rattraperait simplement, lui prendrait la main en souriant. Elle pouvait encore faire ce geste pour lui, elle pouvait lui donner un petit instant de plaisir au milieu de tant de souffrance. Elle se serra plus fort dans sa veste et baissa les yeux sur la cravate de son chemisier de soie ivoire. Sept ou huit personnes étaient déjà passées devant elle, mais toujours aucun signe de Marc.

Puis soudain elle le vit, grand et mince, long et soigné dans son costume sans un pli et impeccablement ajusté, même après le long voyage. Elle observa avec surprise qu'il semblait moins éperdu qu'elle ne l'avait craint. Il ne saisissait manifestement pas encore la gravité de l'état de Pilar, ou peut-être... Puis, au moment où elle faisait un pas hors de sa cachette, Deanna sentit son cœur s'arrêter.

Il était en train de se retourner avec un lent et tendre sourire, le sourire qu'il avait jadis en l'appelant « Diane », et non Deanna. Elle le vit tendre le bras et saisir la main d'une jeune femme qui bâillait d'un air ensommeillé ; il fit glisser ses doigts jusqu'à son épaule et l'attira plus près de lui. La femme dit quelque chose et lui tapota le bras. Deanna les regardait, muette de stupéfaction, se demandant qui était cette fille, mais sans être touchée véritablement. Ce qu'elle voyait était la pièce manquante du puzzle, la réponse aux questions de tant d'années. Ce n'était pas là une vague connaissance, une fille qu'il aurait cueillie dans l'avion. C'était quelqu'un avec qui il se sentait pleinement à l'aise, qui lui était familier, quelqu'un qu'il connaissait bien. A leur façon de marcher, de bouger, de se parler et de partager, Deanna comprit tout.

Elle demeura clouée sur place dans son coin, la main devant sa bouche entrouverte, en un geste horrifié, et les regarda s'éloigner à travers le vaste hall jusqu'au moment où ils disparurent de sa vue. Alors la tête baissée, sans voir personne, souhaitant désespérément ne pas être vue, elle se précipita vers la sortie et héla un taxi.

CHAPITRE XVI

AFFOLÉE, hors d'haleine. Deanna indiqua au chauffeur l'adresse de l'hôpital. Elle posa sa tête contre le siège et ferma les yeux. Elle pouvait entendre son cœur battre jusque dans ses oreilles. Tout ce qu'elle désirait était de prendre la fuite, de mettre le plus de distance possible entre elle et l'aéroport. Elle eut un moment la sensation de devenir folle, d'être emportée par une vague, d'être entrée dans la chambre de quelqu'un et de l'avoir vu nu, d'avoir découvert ce qu'elle n'aurait jamais dû savoir. Mais était-ce bien exact? Était-ce vraiment ça? Peut-être n'était-ce qu'une femme avec qui il avait fait le trajet dans l'avion. Et si ses hypothèses n'étaient que pure démence, ses conclusions simple folie? Non, non, les choses allaient plus loin que ce qu'elle avait vu. Elle l'avait su à l'instant où ils étaient apparus. Au tréfonds d'elle-même, elle avait su, sans l'ombre d'un doute. Mais qui était cette femme? Et depuis combien de temps cela durait-il? Une semaine? Un mois? Un an? Était-ce l'affaire d'un été ou quelque chose de plus profond? De beaucoup, beaucoup plus profond?...

« Voilà, madame. »

Le chauffeur se retourna vers elle en jetant un coup d'œil à son compteur. Deanna l'entendit à peine. Son esprit courait dans vingt directions à la fois. Elle n'avait pas, tout au long du trajet depuis l'aéroport, pensé même une fois à Ben; il ne lui était pas venu à l'esprit qu'elle avait fait la même chose; tout ce qu'elle savait était qu'elle avait vu son mari avec une autre femme et qu'elle tenait encore à lui. Beaucoup. La surprise et la douleur l'aveuglaient.

« Madame ? »

Le chauffeur la regarda fixement tandis que, l'œil terne et vague, elle consultait le compteur.

« Je m'excuse », dit-elle.

Elle lui tendit très vite l'argent et sortit en jetant un coup d'œil circulaire. Elle était de retour à l'hôpital, mais comment était-elle arrivée ici ? Quand lui avait-elle donné cette adresse ? Son idée avait été de rentrer à l'appartement pour reprendre ses esprits, mais au lieu de cela elle était venue ici. Mais c'était tout aussi bien. Marc irait à la maison pour déposer ses affaires et voir sa mère, puis viendrait voir Pilar. Deanna avait ainsi gagné un peu de temps. Elle n'était pas encore prête à le voir. Chaque fois qu'elle l'imaginait, debout devant elle, elle voyait aussi la jeune et jolie tête qui s'inclinait vers la sienne, la main sur son bras, leurs yeux s'accompagnant tandis qu'il passait le bras autour de ses épaules. Et elle avait l'air si jeune ! Les yeux de Deanna s'emplirent de larmes. Elle poussa les lourdes portes vitrées pour se retrouver dans le hall d'entrée de l'hôpital. Elle prit une profonde inspiration. L'odeur du lieu lui était déjà devenue familière. Sans y penser, elle sentit son doigt presser le bouton de l'ascenseur pour le quatrième étage. Elle n'était plus qu'un robot animé de mouvements programmés, sans intelligence : elle se sentait fonctionner, mais ne comprenait pas ses gestes. Elle ne pouvait penser qu'à ce visage près de celui de Marc, Marc qui semblait alors si heureux, si jeune...

« Crois-tu que tu seras bien ? »

Marc la regardait avec des yeux las tout en s'emparant de son pardessus. Chantal était allongée sur le lit.

« Je serai très bien. Tu as suffisamment de quoi penser sans avoir à t'inquiéter de moi. »

Mais elle savait qu'il détestait la voir fatiguée. Après qu'elle eut frôlé la mort, le médecin lui avait conseillé de veiller à ne pas s'épuiser. Depuis lors, Marc la traitait comme un père protecteur un enfant délicat. Il voulait qu'elle se repose beaucoup, mange bien, prenne grand soin d'elle-même, afin que son diabète ne devienne jamais impossible à contrôler et que ses sinistres éventualités ne puissent jamais se réaliser.

« Tu seras bien, c'est sûr ? »

Elle lui ouvrit les bras, mécontente de le voir s'en aller et de savoir qu'elle ne pouvait rien pour lui. Mais elle savait aussi qu'il lui était impossible de l'accompagner à l'hôpital. Deanna y serait. C'était une chose que d'insister pour qu'il l'emmène au cap d'Antibes lorsque tout allait bien, et une autre que de commettre la folie de l'accompagner maintenant. Le moment était mal venu... Chantal le comprenait. Elle avait toujours su faire les choses en temps et heure.

« Tu m'appelleras pour me dire comment elle va ? »

Ses yeux exprimaient une véritable sollicitude dont Marc lui fut reconnaissant.

« Dès que je saurai quelque chose, je te le promets. Et ma chérie... (Il s'assit, et la serra contre lui.) Merci, je... je n'aurais pas pu faire ce voyage sans toi. J'ai passé la nuit la plus difficile de ma vie.

— Elle va se rétablir, Marc-Edouard. Je te le promets. »

Il la tint pressée très fort. Lorsqu'il s'en détacha, il s'essuya les yeux et s'éclaircit la gorge.

« J'espère.

— Oui, oui. Je le sais. »

Mais comment pouvait-elle savoir? Qui le lui avait dit? Et si elle se trompait?

« Je reviendrai prendre mon sac de voyage.

— Tu me réveilleras si je dors? »

Il y avait, tapi au fond de ses yeux, un petit sourire mutin, et il rit.

« On verra. »

Mais déjà, il l'avait quittée, ses pensées allaient ailleurs. Ils n'étaient arrivés de l'aéroport que dix minutes plus tôt, mais il avait déjà le sentiment de s'être trop attardé. Il enfila son imperméable.

« Marc-Edouard! »

Au son de sa voix, il s'arrêta et se retourna près de la porte.

« N'oublie pas que je t'aime..., dit-elle.

— Moi aussi! »

La porte se referma sans un bruit sur ces mots.

Il se rendit à l'hôpital dans la minuscule Renault de Chantal et la gara au bas de la rue. Il eût mieux valu prendre un taxi, mais pas question de perdre une minute de plus. Il voulait être là-bas, à ses côtés, voir ce qui était arrivé, essayer de comprendre. Pendant le vol en provenance d'Athènes, il avait examiné la question sous toutes ses faces. Le pourquoi et le comment, le moment où était survenu le drame, rien ne semblait avoir de sens. Il y avait des instants où il lui semblait que rien n'était arrivé, qu'ils revenaient simplement à

Paris, comme d'ordinaire, après ses rendez-vous d'affaires en Grèce... et puis, soudain, tout redevenait limpide, et il se rappelait Pilar. Il n'aurait jamais été capable de garder son sang-froid dans l'avion si Chantal n'avait pas été là.

Le hall d'entrée était silencieux. Lorsqu'il l'avait eue au téléphone, Dominique lui avait déjà communiqué le numéro de la chambre de Pilar. Marc était parvenu de son côté à joindre le docteur Kirschmann avant de quitter Athènes. Il était trop tôt pour savoir. Les dommages au cerveau étaient considérables, ceux aux jambes définitifs ; elle avait eu la rate défoncée et un rein écrasé. Elle était très atteinte.

Marc sentit sa poitrine serrée dans un étau lorsqu'il entra dans l'ascenseur et appuya sur le bouton du quatrième ; son esprit demeura vide tandis que l'appareil s'élevait. Puis, avec un petit bourdonnement, les portes s'ouvrirent, et il sortit. Il regarda autour de lui, perdu pendant un instant, impuissant et effrayé, se demandant où trouver son enfant. Il aperçut l'infirmière en chef à son bureau et s'approcha d'un air sombre.

« Pilar Duras, s'il vous plaît ? »

La femme entreprit de lui expliquer comment se rendre à la chambre, mais il l'interrompit d'un geste :

« D'abord, comment va-t-elle ?

— Elle est dans un état critique, monsieur, dit-elle avec un regard solennel.

— Mais est-elle un peu mieux qu'avant ? »

Pour toute réponse, il n'eut qu'un signe de tête négatif.

« Et le docteur Kirschmann ? Est-il ici ?

— Il est venu, puis reparti. Il sera de retour dans un moment. Il la surveille de très près. On lui fait subir tous les contrôles possibles... Nous faisons tout ce que nous pouvons. »

Cette fois, Marc se contenta de hocher la tête. Il s'éclaircit la gorge et se tamponna les yeux de son mouchoir tout en se dirigeant d'un pas décidé vers l'autre extrémité du couloir. Il lui fallait se ressaisir, il la réconforterait, il lui donnerait son courage. Chantal était oubliée ; il n'avait plus à l'esprit que sa petite fille.

Par la porte entrebâillée, il jeta un coup d'œil à l'intérieur. La pièce semblait pleine à craquer de machines diverses. Il vit deux infirmières, l'une vêtue d'une de ces blouses vertes stériles que l'on porte en salle d'opération, et l'autre en blanc. Elles scrutèrent son visage. Sans un bruit, il pénétra dans la chambre.

« Je suis son père. »

Ces mots murmurés avaient un accent d'autorité ; elles lui firent un signe d'acquiescement. Il balaya la salle du regard et la trouva immédiatement, perdue, minuscule dans ce lit, au milieu des tuyaux et des moniteurs qui tressautaient avec précision à chacune de ses respirations. L'espace d'un instant, il sentit un grand froid l'envahir lorsqu'il regarda son visage. Elle avait un teint de cendre et ne ressemblait à personne. S'avançant plus près, il reconnut les traits déformés de son enfant. Les tuyaux, la douleur et les bandages l'avaient métamorphosée, mais c'était encore Pilar. Il contempla longuement ce pauvre corps étendu là, les yeux fermés ; à pas de loup, il s'approcha encore et tendit le bras pour, avec une extrême délicatesse, lui toucher la main, qui remua très faiblement. Elle ouvrit les yeux. Mais aucun sourire ne vint, à peine un très vague signe de reconnaissance.

« Pilar, ma chérie, c'est papa. »

Il devait lutter pour retenir ses pleurs. Il ne dit rien de plus ; il resta simplement immobile, le regard fixé sur elle, sans lâcher sa main, la dévisageant jusqu'au moment où elle referma ses yeux bleus et lumineux. Il avait la sensation que tout l'air de la pièce avait été évacué, tant il lui était difficile de penser, de voir, de respirer. Comment une chose pareille pouvait-elle arriver ? Comment ? Et à son enfant ? Il sentit que ses genoux tremblaient et fut pris d'une passagère envie de vomir, mais il ne bougea pas, la regardant toujours, caressant la petite main pâle. Même ses ongles étaient marbrés d'une étrange couleur ; l'air ne lui arrivait pas en quantité suffisante. Il demeura debout, sans parler, se contentant de contempler sa petite fille.

Silencieuse sur sa chaise, dans un coin de la pièce, Deanna l'observait. Elle n'avait rien dit à son entrée, et il ne l'avait pas vue, dissimulée comme elle l'était derrière les machines géantes.

Vingt minutes déjà s'étaient écoulées quand il remarqua enfin le visage familier, et ces yeux qui le regardaient d'un air de désespoir. Il parut surpris de la voir, comme s'il ne comprenait pas. Pourquoi n'avait-elle rien dit ? Quand était-elle arrivée ? Peut-être était-elle en état de choc ? Son visage était ravagé, presque aussi pâle que celui de Pilar.

« Deanna... »

C'était un murmure presque imperceptible. Elle ne le quittait pas des yeux.

« Bonjour, Marc. »

Il fit un petit salut de la tête et son regard revint se poser sur Pilar.

« Quand es-tu arrivée ?

— A cinq heures.

— Tu es restée ici toute la nuit ?

— Oui.

— Y a-t-il eu un changement ? »

Deanna garda le silence. Marc la regarda avec la même question dans les yeux.

« Elle a l'air un peu plus mal. Je suis sortie un petit moment, un peu plus tôt... Il fallait que je... je suis allée déposer mes bagages chez ta mère. Je n'ai été absente que deux heures, et... et quand je suis revenue, elle semblait avoir beaucoup de mal à respirer. Kirschmann était là. Il a dit que, si elle n'était pas mieux dans deux heures, ils devraient l'opérer à nouveau. »

Elle soupira et baissa les yeux. C'était comme si elle les avait perdus tous les deux durant ce laps de temps. Pilar et Marc.

« Je viens juste d'arriver », dit-il.

« Menteur. C'est faux. Tu es arrivé depuis deux heures. Où es-tu allé ? » Mais Deanna ne dit rien.

Ils restèrent ainsi pendant près d'une heure, puis l'infirmière leur demanda de bien vouloir sortir, juste pour quelques minutes : on devait changer certains pansements. Deanna se redressa lentement et quitta la pièce. Marc resta un peu en arrière et quitta son enfant à contrecœur. Les pensées de Deanna revenaient à la scène de l'aéroport. Tout était si bizarre, tout à coup ! Elle ne l'avait pas vu depuis deux mois, et à peine s'étaient-ils dit bonjour. Elle n'aurait su jouer le jeu des retrouvailles. Il était trop tard. Mais lui non plus ne le jouait pas ; peut-être était-il trop bouleversé au sujet de Pilar.

Deanna erra dans le couloir, l'air grave, la tête baissée, cherchant à rassembler des bribes de prières qu'elle avait sues étant enfant. Elle n'avait pas à perdre de temps à penser à Marc ; elle devait concentrer toute son énergie sur Pilar. Elle entendit ses pas juste derrière elle, mais ne se retourna pas et continua d'avancer, un pied après l'autre, le long du corridor, jusqu'à atteindre le bout, et là, elle s'immobilisa et fixa un regard vide sur une fenêtre qui ne donnait que sur un mur tout proche. Le reflet dans la glace lui montra qu'il se tenait debout derrière elle.

« Deanna, puis-je t'aider ? (Il parlait à voix basse ; on le sentait épuisé. Elle secoua lentement la tête.) Je ne sais quoi te dire. (Sa voix se brisa et il se mit à pleurer.) J'ai eu tort de lui donner la...

— Ça n'a plus d'importance, maintenant. Tu l'as fait, et ce qui est fait est fait. Cela aurait pu arriver de dix mille façons. Elle a eu un accident, Marc. Quelle différence cela fait-il, à présent, que ce soit ta faute ou celle d'un autre, que ce soit toi qui lui aies offert la moto... »

La voix de Deanna était mal assurée.

Elle le vit prendre son visage dans ses mains, puis se redresser et inspirer profondément.

« Mon Dieu, si seulement elle pouvait s'en sortir ! Et si jamais elle ne pouvait plus marcher ?

— Alors, nous lui apprendrons à vivre le mieux possible, dit Deanna. C'est cela que nous lui devons maintenant. Notre amour, notre soutien, dans tout ce qu'elle aura à affronter... »

« Si du moins la chance nous en est donnée. » Pour la première fois depuis vingt ans, Deanna fut envahie par une atroce vague de terreur... « Et si elle venait à... ? »

Elle sentit les mains de Marc sur ses épaules. Il la fit se retourner lentement vers lui. Il avait les yeux de Pilar, mais son visage était celui d'un vieil homme fatigué.

« Pourras-tu jamais me pardonner ?

— Quoi ? demanda-t-elle d'une voix froide et distante.

— Ça. Ce que j'ai fait à notre enfant. De ne pas t'avoir écoutée quand je l'aurais dû. De...

— Je suis venue te chercher à l'aéroport cette nuit, Marc. »

Il vit dans ses yeux quelque chose qui lui dit

qu'elle était morte, et il sentit une partie de lui-même se glacer.

« Tu as dû me manquer », dit-il.

Mais il y avait une question dans sa voix. Il essayait de sonder son visage.

« Non. Je suis partie. Je... cela m'a expliqué beaucoup de choses, Marc. J'aurais dû m'en douter. Depuis longtemps déjà. Mais je n'ai rien deviné. Je suppose que j'ai été stupide. Cependant, puis-je me permettre de te féliciter ? Elle a l'air non seulement jolie, mais jeune. »

Dans sa voix transparaissaient amertume et tristesse.

« Deanna, dit-il, et elle sentit les mains se crisper sur ses épaules... Deanna, tu tires très vite de curieuses conclusions. Je ne crois pas que tu comprennes. »

Mais tout sonnait faux ; il était trop fatigué pour proposer une histoire plausible. Il sentait sa tête bourdonner.

« C'était un voyage éprouvant et cette journée a été invraisemblable, tu le sais bien toi-même. La jeune femme et moi avons commencé à bavarder et, vraiment...

— Ça suffit, Marc. Je ne veux rien entendre. (Elle savait, c'était tout. Et elle ne voulait pas de mensonges rassurants.) S'il te plaît, pas ce soir.

— Deanna... »

Mais il ne put aller plus loin. En une autre occasion il en aurait peut-être été capable, mais pas maintenant. Il lui était totalement impossible d'inventer une histoire plausible.

« Je t'en prie, dit-il en se détournant, pour ne plus voir cette souffrance dans ses yeux, ce n'est vraiment pas ce que tu crois. »

Mais il se détestait de prononcer ces mots : c'était exactement ce qu'elle pensait, dans les moindres détails. Et il se sentait traître à Chantal en la reniant. De quelque côté qu'il se tournât, il était condamné.

« Ce n'est pas ce que tu crois, répéta-t-il.

— Si, Marc. C'était clair comme le jour. Ce que tu pourrais me dire n'y changera rien. Rien n'effacera ce que j'ai vu, ce que j'ai ressenti, ce que j'ai compris. Tu as dû me juger vraiment stupide, toutes ces années.

— Qu'est-ce qui te fait penser qu'il s'agisse d'années ? »

Bon Dieu, comment pouvait-elle savoir ?

« Votre façon de bouger ensemble, votre façon de marcher, la manière qu'elle avait de te regarder. Il est difficile d'atteindre un tel degré de complicité en peu de temps. Tu avais plus l'air d'être son mari que tu ne l'as jamais paru avec moi. »

Mais, soudain, elle s'interrogea. N'avait-elle pas eu l'air mariée à Ben ? Et en très peu de temps. Néanmoins, au retour de l'aéroport, ce soir-là, elle avait eu une certitude ; tout lui était revenu : ses absences, son comportement distant, ses voyages incessants, le numéro de téléphone à Paris qui apparaissait trop souvent sur leurs notes, les quelques histoires bizarres qui n'avaient jamais totalement concordé avec le reste. Et ce soir, l'expression de son regard. Si ce n'était pas cette fille, c'était quelqu'un d'autre, et depuis des années. Elle en était sûre.

« Que veux-tu que je te dise ? demanda-t-il en lui faisant face.

— Rien. Il ne reste plus rien à dire.

— Veux-tu laisser entendre que c'est terminé ? Que tu me quitterais parce que tu m'as vu à l'aéroport avec une femme ? Mais c'est démentiel, Deanna, tu es folle.

— Vraiment ? Sommes-nous tellement heureux ensemble ? Te plais-tu en ma compagnie, Marc ? Es-tu impatient de me revenir lorsque tu es au loin ? Ou est-ce plutôt que nous avons des relations profondes, riches de sens, et que nous respectons chacun les besoins, les qualités et les sentiments de l'autre ? Ou peut-être qu'après toutes ces années nous partageons un bonheur sans mélange...

— Peut-être est-ce que je t'aime encore. »

Ses yeux se remplirent de larmes lorsqu'il prononça ces mots.

« Que tu m'aimes importe peu. »

Il était trop tard. Ils avaient suivi chacun un chemin différent.

« Qu'est-ce que tu dis, Deanna ? »

Il était devenu livide.

« Je ne suis pas tout à fait sûre. D'abord, sortons de cette épreuve avec Pilar. Ensuite, nous pourrons reparler de nous.

— Nous réussirons. Je sais que nous nous en sortirons. »

Il la considéra avec détermination, et elle sentit son immense fatigue la submerger comme une vague.

« Qu'est-ce qui te fait croire ça ? Pourquoi devrions-nous réussir ?

— Parce que je le veux. »

Mais il n'en semblait pas absolument sûr.

« Vraiment ? Pour quelle raison ? Parce que tu aimes avoir une épouse en même temps qu'une maîtresse ? J'aurais mauvaise grâce à te le reprocher. Ce doit être une situation bien confortable. Où habite-t-elle, Marc ? Là-bas ? Ça doit s'arranger merveilleusement. »

Et voilà pourquoi il n'avait pas voulu qu'elle l'accompagne dans son voyage en Grèce.

« Deanna, arrête, veux-tu ! »

Il lui saisit le bras, mais elle se dégagea.

« Laisse-moi tranquille. »

Pour la première fois de sa vie, elle le haïssait, lui, ce qu'il était, ce qu'il lui faisait, et tout ce qu'il ne comprenait pas. Dans un moment de douleur aveuglante, elle se prit à désirer la présence de Ben. Mais Marc était-il si cruel, après tout ? Était-elle différente, meilleure ?

« Je ne veux pas discuter de cela ce soir, dit-elle. Nous avons assez d'autres soucis. Nous pourrons en reparler lorsque Pilar sera tirée d'affaire. »

Il approuva d'un signe de tête, délivré d'un poids : il avait besoin de temps pour réfléchir. Il trouverait les mots qu'il fallait dire, redresserait la situation.

Presque au même instant, l'infirmière leur fit un signe depuis l'autre bout du couloir, et tous leurs problèmes furent oubliés tandis qu'ils se hâtaient dans sa direction.

Marc fut le premier à l'interroger :

« Y a-t-il eu un changement ?

— Non. Mais elle s'est réveillée, et elle vous réclame tous les deux. Allez donc lui parler un petit peu, mais prenez garde à ne pas trop la fatiguer. Elle a besoin de toutes les rares forces dont elle dispose. »

Deanna remarqua une subtile transformation lorsqu'ils pénétrèrent dans la chambre. Pilar n'avait pas plus de couleurs, mais ses yeux étaient plus animés. Ils semblaient courir nerveusement d'un visage à l'autre, à la recherche de quelqu'un, fouillant partout, s'élançant ici et là.

« Bonjour, mon ange. Nous sommes là. Papa est ici aussi. »

Deanna se plaça près d'elle et lui caressa la main avec une extrême douceur. En fermant les yeux, elle pouvait s'imaginer que Pilar était encore une toute petite fille.

« Je... suis... contente... »

Le regard de Pilar glissa vers son père, et elle essaya de sourire, mais sa respiration était laborieuse, et elle refermait les yeux de temps à autre.

«Bonjour, papa... comment... était... la Grèce?»

Elle paraissait plus consciente de ce qui se passait autour d'elle que quelque temps auparavant, et soudain aussi plus agitée.

«Je... J'ai soif...»

Deanna lança un coup d'œil interrogateur à l'infirmière, qui fit du doigt un signe de refus.

«Non.

— De l'eau?

— Dans un petit moment, ma chérie.»

Deanna continua à parler sur un ton apaisant; Marc restait immobile auprès d'elle, paralysé par l'angoisse. Il semblait avoir perdu l'usage de la parole, Deanna voyait à ses yeux brillants et au tremblement de ses lèvres qu'il menait une lutte acharnée contre les larmes.

«Ça va?» dit-il.

Il avait enfin parlé. Pilar tenta à nouveau de sourire, mais se limita à un petit hochement de tête.

«Ça va.»

Mais qui donc aurait pu aller dans l'état où elle se trouvait? Puis, comme si elle comprenait dans quelles affres il était, elle regarda son père avec insistance et lutta pour articuler ses mots.

«Je... j'allais... beaucoup trop... vite... Ma faute, papa... pas la tienne... (Elle ferma les yeux et serra la main de Deanna.) Pardon.»

Les pleurs coulèrent sans retenue sur les joues de Marc. Calmement, il se détourna. Les yeux de Pilar restèrent clos.

«Ne t'inquiète pas, ma chérie, peu importe qui est responsable... Mais ta mère avait raison, dit-il en regardant Deanna.

— Maman...?»

Sa voix semblait s'affaiblir.

« Chhhut. Ne parle pas...

— Tu te souviens de la petite maison de toile que j'avais... dans le jardin ? Je n'arrête pas d'en rêver... de ça... et de mon petit chien. Augustin. »

C'était un amusant petit terrier, Deanna s'en souvenait ; il avait été ensuite remplacé par un carlin, puis par un chat, et ensuite par un oiseau, jusqu'au jour où il n'y avait plus eu d'animaux à la maison. Marc-Edouard n'aimait guère en avoir chez lui.

« Où... as-tu envoyé... Augustin ? »

Ils l'avaient confié à une famille qui vivait à la campagne.

« Il est parti à la campagne. Je crois qu'il en était très heureux. »

Deanna continua à bavarder, mais ses yeux cherchaient ceux de Marc. Qu'est-ce que cela pouvait signifier ? Son état s'améliorait-il ou empirait-il ? Elle lui rappelait tout d'un coup le minuscule petit garçon qui avait tant remué dans ses bras quelques heures avant de mourir. Philippe-Edouard. Était-ce la même chose, ou était-ce le signe d'un progrès ? Ils ne le savaient ni l'un ni l'autre.

« Maman ?... pourrais-je avoir... de nouveau... Augustin ?... Demande à papa... »

Elle parlait comme une enfant. Deanna ferma les yeux et prit une brève inspiration.

« Je demanderai à papa. »

Les yeux de Marc se remplirent subitement de larmes. Il regarda sa fille, puis Deanna.

« Nous trouverons un chien, chérie... Tu vas voir. Un adorable petit chien, avec des oreilles qui tombent et une queue qui remue. »

Il cherchait désespérément tout ce qui lui passait par la tête, juste pour avoir des mots à mettre dans sa bouche.

«Mais... c'est Augustin... que je veux.»

Sa voix avait pris un ton plaintif. L'infirmière leur fit signe qu'ils devaient s'en aller. Pilar avait sombré à nouveau, sans remarquer qu'ils quittaient la chambre.

Cette fois, ils firent les cent pas dans le couloir sans rien dire. Distraitement, Deanna saisit la main de Marc.

«Quand donc va revenir Kirschmann? fit-elle.

— Ils ont dit bientôt. Crois-tu qu'elle soit plus mal?»

Deanna fit un signe de tête affirmatif:

«Elle a l'air nerveuse, anxieuse...

— Mais elle parle. C'est peut-être bon signe.

— Peut-être», dit Deanna.

Mais la terreur emplissait leurs cœurs. Tout en allant et venant dans le corridor, il lui passa un bras autour des épaules et elle ne chercha pas à le repousser. Elle avait besoin de lui, tout à coup, comme il avait besoin d'elle. Il était la seule personne qui pût comprendre, partager ses sentiments, qui pût savoir ce qu'elle éprouvait.

«Marc?»

Il la dévisagea avec de l'angoisse dans les yeux, mais elle se contenta de secouer la tête. Des larmes lui coulaient sur les joues, et il la prit sans un mot dans ses bras. Il n'avait rien à dire, pas de paroles de réconfort à prononcer, seulement ses larmes à joindre aux siennes.

Ils parcoururent encore le couloir de bout en bout, sept ou huit fois, et s'assirent pour finir sur deux chaises aux dossiers droits. La fatigue donnait aux yeux de Deanna un aspect vitreux. Elle regardait fixement l'ourlet de sa jupe froissée.

«Tu te souviens, lorsqu'elle avait cinq ans et que nous lui avons acheté ce chien?»

Elle sourit à ce souvenir. Ils avaient caché le

chiot dans une botte et l'avaient enfermé dans l'armoire de Pilar, à qui ils avaient ordonné d'ouvrir immédiatement la porte et de ramasser ses vêtements. Et il était là, passant le museau hors de la botte. Pilar avait poussé des cris de ravissement.

Marc souriait également en se remémorant la scène :

« Je me rappellerai toujours sa tête, dit-il.

— Moi aussi. »

Deanna leva les yeux vers lui, souriant à travers ses larmes, et chercha son mouchoir pour se dégager le nez.

C'était étrange : à peine une heure plus tôt, ils se battaient et elle faisait allusion au divorce... Mais cela n'avait plus d'importance. Quoi qu'il y ait eu de douloureux entre eux, ils partageaient encore Pilar. C'était comme s'ils se cramponnaient l'un à l'autre, sans lâcher prise, tout en continuant à bouger, à parler, à espérer, à prier... Ainsi, Pilar resterait là, elle ne pourrait pas mourir. Deanna regarda Marc, qui lui tapota la main.

« Essaie de te détendre. »

Elle soupira encore et se cacha les yeux, mais avant qu'elle ait pu dire un mot, l'infirmière fut auprès d'eux.

« Le docteur Kirschmann voudrait vous voir. Il est avec elle. »

Ils se levèrent d'un bond et coururent presque jusqu'à la chambre. Le médecin se tenait au pied du lit, examinant tour à tour l'adolescente et les machines. Il leur sembla que des heures s'écoulèrent avant qu'ils ressortent dans le couloir.

« Alors, docteur ? » demanda Marc.

Kirschmann semblait très ennuyé.

« Je veux lui laisser encore un petit bout de temps. Si les choses n'ont pas meilleure apparence dans une heure, nous la ramènerons à la salle d'opération et verrons ce que nous pouvons faire.

— Quel est votre avis ? » dit Marc.

De lui, il voulait des mots, des promesses, des garanties.

« Je ne sais pas. Elle résiste. C'est tout ce que je puis vous dire. »

Il aurait pu leur parler des chances qu'elle avait de son côté, mais elles étaient minces, aussi préféra-t-il ne pas se hasarder.

« Voulez-vous rester assis près d'elle un moment ?

— Oui. »

Deanna avait parlé la première. Elle reprit son poste au chevet de Pilar. Marc la rejoignit. Ils demeurèrent ainsi près d'une heure, cependant que Pilar continuait à dormir en produisant d'étranges sons, remuant de temps à autre, à la recherche de sa respiration. Marc avait posé une main sur le lit. Il sentait tout près de lui le petit corps fragile et ne quittait pas des yeux ce visage. Deanna tenait la main de l'enfant, attendait... quelque chose... un espoir. L'heure était presque passée lorsque enfin elle se réveilla.

« Soif...

— Dans un petit moment, chérie. »

Les mots de Deanna n'étaient qu'un murmure enrobé d'un sourire. Elle tâta le front de l'enfant d'une main qui se fit très légère.

« Dans un moment, mon amour, répéta-t-elle. Dors, maintenant. Papa et maman sont là, ma chérie. Dors... tu vas te sentir beaucoup mieux, très bientôt. »

Pilar sourit alors, et ce fut un vrai sourire, en dépit des tuyaux. Marc et Deanna eurent le cœur déchiré.

« Je me sens... mieux... déjà.

— J'en suis très contente, ma chérie. Et tu te

sentiras encore mieux demain, maman a raison »,
dit Marc d'une voix très douce.

Pilar sourit encore et ferma les yeux. Un
moment plus tard, le médecin recula d'un pas et
leur fit signe de se retirer. Il leur chuchota
quelques mots avant qu'ils sortent.

« Nous allons la préparer pour l'opération. Vous
pourrez revenir dans un instant. »

Puis il se retourna, et ils s'éloignèrent. Deanna
sentit le souffle lui manquer, comme si elle devait
elle aussi lutter pour respirer. Le corridor était à la
fois trop froid et trop étouffant, et elle devait se
tenir à Marc pour ne pas chanceler. Il était quatre
heures du matin, et ni l'un ni l'autre n'avait dormi
depuis deux jours.

« Elle a dit qu'elle se sentait mieux. (Marc
voulait lui offrir ce maigre espoir ; Deanna
approuva silencieusement.) J'ai trouvé qu'elle
avait repris un peu de couleurs, aussi. »

Deanna allait parler, mais le docteur Kirschmann réapparut, venant à leur rencontre, à l'autre
extrémité du couloir.

« Merde, dit Marc. Il ferait mieux de passer son
temps auprès de Pilar, bon sang, au lieu de nous
chercher. »

Il commença à s'avancer vers l'homme, mais
Deanna s'arrêta. Elle savait déjà. Elle agrippa le
bras de Marc. Elle savait, et elle ne pouvait faire
un pas de plus. La terre s'était arrêtée. Pilar était
morte.

CHAPITRE XVII

Le soleil venait de se lever lorsqu'ils sortirent de l'hôpital. Il leur avait fallu plus d'une heure pour signer les documents et prendre les dispositions nécessaires. Marc avait décidé que l'enterrement aurait lieu en France. Cela était égal à Deanna. L'un de ses bébés était inhumé en Californie, l'autre en France. Cela n'avait plus d'importance. Et elle pensait que Pilar elle-même aurait préféré qu'il en fût ainsi. Le docteur Kirschmann s'était montré compatissant. Il n'avait rien pu faire. L'état de Pilar était déjà trop grave lorsqu'on l'avait ramenée du Midi. Le coup qu'elle avait reçu sur la tête avait été trop violent, et il s'étonnait même qu'elle ne fût pas morte dans les minutes qui avaient suivi l'accident.

« Aah !... les motos ! » dit-il.

Marc se contracta visiblement.

On leur avait offert du café, qu'ils avaient refusé, et ils en avaient enfin terminé.

Marc lui prit le bras et la guida vers la rue. Deanna avait l'impression qu'au cours de l'heure précédente son cerveau avait cessé de fonctionner. Elle ne pensait plus, ne bougeait plus, ne sentait même plus. Elle avait rempli toutes les formalités, mais d'une manière mécanique ; elle avait la sensation d'être morte.

Marc se dirigea vers la petite Renault bleue et fit jouer la clef dans la portière.

« A qui est cette voiture ? »

C'était une étrange question en une telle matinée ; tandis qu'elle parlait, ses yeux restaient braqués sur lui, presque sans le voir.

« Peu importe, monte donc. Rentrons. »

Jamais il n'avait éprouvé une telle fatigue, une telle solitude, une telle impression d'être perdu. Tous ses espoirs, toutes ses joies, tous ses rêves étaient anéantis. Peu lui importait à présent d'avoir Deanna, et même Chantal. Il avait perdu Pilar. Les larmes ruisselaient lentement sur ses joues tandis qu'il mettait le moteur en route, et il les laissa couler librement. Il s'en moquait.

Deanna appuya sa nuque contre le dossier et ferma les yeux. Elle sentait un nœud dans sa poitrine et une boule dans sa gorge. Toute une vie de pleurs réprimés l'étouffait, mais, pour l'instant, rien ne pouvait sortir.

Ils traversèrent lentement Paris ; les balayeurs nettoyaient les rues et le soleil luisait trop fort sur les trottoirs. Cela aurait dû être un jour de pluie ou d'épais brouillard ; il n'en était rien. Le soleil trop brillant semblait infliger un démenti à l'horrible réalité. Comment pouvait-elle être partie par une journée pareille ? Mais elle était partie... elle l'était. La pensée obsédait Marc-Edouard — partie — cependant que Deanna fixait un regard d'aveugle à travers la vitre.

Lorsqu'ils arrivèrent à l'appartement des Duras, la bonne était déjà à la porte, encore enveloppée dans son peignoir de bain. Elle avait entendu l'ascenseur. L'expression de Marc-Edouard lui apprit tout. Elle se mit à pleurer sans bruit.

« Dois-je réveiller Madame ? »

Marc secoua la tête. Non. Il n'y avait aucune

raison de le faire, les mauvaises nouvelles pouvaient attendre.

« Voulez-vous du café, monsieur ? »

Il acquiesça d'un signe de tête et referma doucement la porte, près de laquelle Deanna se tenait immobile, égarée. Il la regarda un moment, s'essuya les yeux et lui tendit la main. Sans un mot, elle la prit et ils marchèrent lentement jusqu'à leur chambre.

Les stores étaient baissés, les volets clos, le lit entrouvert, mais Deanna ne voulut pas se coucher. Elle n'aurait pu affronter cela : être allongée, penser, et savoir que Pilar était morte. Marc-Edouard se laissa tomber dans un fauteuil et se prit le visage dans les mains. Les sanglots lui vinrent doucement. Deanna s'approcha et le saisit aux épaules ; mais elle ne pouvait rien de plus pour lui. Quand il eut pleuré tout son soûl, elle l'aida à se coucher.

« Tu devrais essayer de dormir, lui murmura-t-elle.

— Et toi ? dit-il d'une voix rauque.

— Plus tard. N'as-tu pas apporté de sac de voyage ? »

Aucune de ses affaires n'était là.

« J'irai le chercher plus tard. »

Il ferma les yeux. Aller rechercher son sac signifiait voir Chantal ; il faudrait lui apprendre la nouvelle, comme il faudrait le dire à sa mère, et à leurs amis. Il ne pouvait supporter cette idée. Le dire rendrait le fait plus réel. Des larmes filtrèrent de nouveau au coin de ses paupières, et il sombra enfin dans le sommeil.

Deanna but seule le café. Elle emporta sa tasse dans le salon, du haut duquel elle regarda les toits de Paris tout en songeant à son enfant. Elle se sentait paisible, assise là, solitaire, contemplant la bordure d'or du ciel matinal. Pilar avait représenté tant de choses ; elle avait souvent été difficile les dernières années, mais elle aurait fini par grandir ; elles seraient devenues amies... *Seraient devenues.* Un temps difficile à imaginer. Elle avait l'impression que Pilar était là, tout près, et non irrémédiablement perdue. Elle ne parvenait pas à concevoir que plus jamais elles ne parleraient ensemble, ne riraient, ne se disputeraient, que plus jamais elle ne verrait Pilar rejeter en arrière, comme une crinière, sa longue chevelure blonde, ouvrir tout grands ses beaux yeux bleus pour obtenir tout ce qu'elle voulait, qu'elle ne lui emprunterait plus ses pantoufles, que son rouge à lèvres ne disparaîtrait plus, que sa robe de chambre préférée ne se volatiliserait plus en même temps que son meilleur manteau... Tandis qu'elle agitait ces pensées, les larmes lui vinrent enfin et se mirent à couler à torrents. Elle *savait*, enfin, que Pilar n'était plus.

« Deanna ? »

La vieille dame se tenait debout au milieu de la pièce, semblable à une statue dans sa robe de chambre d'un bleu glacé.

« Alors, Pilar ? »

Deanna secoua la tête et ferma les yeux. Mme Duras se rattrapa à une chaise.

« Oh ! mon Dieu... mon Dieu, dit-elle. (Puis, regardant alentour, les joues baignées de larmes :) Où est Marc ?

— Il dort, je crois. Au lit. »

Sa belle-mère inclina la tête et sortit en silence. Elle ne pouvait bien sûr rien dire, mais Deanna la détesta une fois encore pour n'avoir même pas essayé. C'était une grande perte pour elle, mais elle devait à Deanna quelques mots, au moins.

C'est sur la pointe des pieds qu'elle retourna dans leur chambre. Craignant de réveiller Marc, elle ouvrit la porte sans bruit. Il dormait toujours, en ronflant légèrement. Cette fois, elle ne vit plus en lui aucune trace de jeunesse. Le chagrin semblait avoir distendu son visage, et, même dans son sommeil, Deanna pouvait déceler qu'il n'était pas en paix.

Elle s'assit et s'attarda un peu à le regarder, en se demandant ce qui allait advenir, ce qu'ils feraient. Tant de choses avaient changé en un jour : Pilar, la femme qu'elle avait vue à l'aéroport. Elle comprenait que c'était probablement de là que provenait la voiture, là qu'il avait déposé son bagage. Elle aurait aimé le haïr, mais elle s'en moquait. Elle se rendit soudain compte qu'elle devait appeler Ben. Un coup d'œil sur la montre de Marc lui apprit qu'il était huit heures et demie passées. Minuit à San Francisco. Peut-être serait-il encore debout ; il fallait l'appeler tout de suite, pendant qu'elle le pouvait.

Deanna se passa une main dans les cheveux, remit sa veste et s'empara de son sac à main. Elle téléphonerait du bureau de poste, plus haut dans la rue, pour que son numéro n'apparût pas sur la facture de Mme Duras.

Elle se sentait anesthésiée tandis qu'elle descendait dans le minuscule ascenseur et marchait jusqu'à la poste toute proche, comme un automate, jusqu'à la cabine dont elle referma la porte sur elle.

La sonnerie ne retentit que deux fois ; la liaison s'était effectuée rapidement. Deanna se sentit trembler, puis elle entendit une voix au timbre ensommeillé, et elle comprit qu'il devait déjà être au lit.

« Ben ?

— Deanna, ma chérie, est-ce que tu vas bien ?

— Je... »

Et elle s'arrêta. Elle ne pouvait aller plus loin.

« Deanna ? »

Un tremblement violent l'empêchait de parler.

« Oh ! ma chérie... est-ce... ? Va-t-elle vraiment mal ? J'ai pensé à toi chaque seconde depuis que tu es partie... (Deanna ne put émettre en guise de réponse qu'un bref sanglot convulsif.) Deanna ! S'il te plaît, mon ange, essaie de te calmer et parle-moi. »

Mais soudain un frisson de peur lui parcourut l'échine.

« Mon Dieu, est-elle... Deanna ? »

Sa voix s'était faite très douce.

« Oh ! Ben, elle est morte ce matin. »

Et pendant l'interminable moment qui suivit ces paroles, elle ne put rien articuler.

« Oh ! Seigneur, non ! Chérie, es-tu seule ? Où es-tu ?

— A la poste.

— Pour l'amour du Ciel, que fais-tu à la poste ?

— Je voulais t'appeler.

— Est-ce que... est-il à Paris également ?

— Oui, dit-elle en essayant de reprendre son souffle. Il est arrivé la nuit dernière.

— Je suis vraiment désolé. Pour vous deux. »

Elle se remit à sangloter. Avec Ben, elle pouvait se laisser aller, elle pouvait chercher secours auprès de lui et lui montrer combien elle avait besoin de lui. Auprès de Marc, elle gardait toujours une façade. Il fallait se comporter comme il l'attendait, être ce qu'il pensait qu'elle devait être.

« Veux-tu que je vienne te rejoindre ? Je pourrais prendre le premier avion demain matin. »

Pour faire quoi ? se demanda-t-elle. Il était trop tard pour Pilar.

« J'aimerais beaucoup que tu viennes, mais ça ne servirait à rien. Je serai de retour dans un jour ou deux.

— Tu en es certaine ? Je ne veux pas te causer de problèmes, mais, si cela peut être utile, j'arrive immédiatement. Crois-tu que cela puisse t'aider ?

— Oh ! oui, beaucoup, dit-elle en souriant à travers ses larmes. Mais il ne vaut mieux pas. »

Il essaya de ne pas paraître trop inquiet, trop bouleversé.

« Et... pour le reste ?

— Je ne sais pas. Il faudra que nous discutions. »

Il savait qu'elle voulait parler de Marc.

« Bon, ne te fais pas de souci à ce sujet pour l'instant. Passe d'abord ce cap, et nous pourrons nous inquiéter du reste par la suite. Est-ce que... allez-vous faire ça ici ?

— L'enterrement ? »

Deanna aurait voulu mourir en prononçant le mot. Sa main tremblait d'une horrible façon. Elle resserra sa prise sur le combiné.

« Non, Marc veut qu'il ait lieu ici. C'est sans importance. Je pense que Pilar l'aurait sans doute préféré également. De toute manière, je serai de retour dans deux ou trois jours.

— J'aimerais pouvoir t'épargner tout ça.

— Ça... (elle dut s'interrompre un moment) ne compte pas. Je m'en sortirai très bien. »

Si bien, vraiment ? Elle n'en était pas si sûre ; jamais de sa vie elle ne s'était sentie aussi faible.

« Enfin, souviens-toi, si tu as besoin de moi, j'accours. Je n'irai nulle part, les jours qui viennent, sans laisser un numéro de téléphone afin que tu puisses me joindre. D'accord ?

— D'accord. (Elle essaya de sourire en le disant, mais l'effort qu'elle fit déclencha ses larmes.) Peux-tu... Pourrais-tu appeler...

— Kim ?

— Oui, dit-elle d'une petite voix triste et rauque.

— Je lui téléphone immédiatement. Maintenant, je veux que tu rentres à la maison et que tu te reposes un peu. Chérie, tu ne peux tenir ainsi éternellement. Il faut que tu te reposes. Va dormir. Et, dès ton retour, nous irons à Carmel. Quoi qu'il puisse arriver. Je me moque de ce qui se passera ensuite, mais je t'emmène là-bas avec moi. Nous marcherons sur la plage et nous serons ensemble. »

Elle fut secouée de violents sanglots. Jamais plus ils ne seraient ensemble ; jamais plus elle ne marcherait sur cette plage ni sur aucune autre ; elle resterait prisonnière de ce cauchemar pour l'éternité, seule.

« Deanna, écoute-moi un peu, disait Ben. Veux-tu bien essayer de penser à Carmel pendant toute cette épreuve, et te souvenir que je t'aime ? »

Elle acquiesça tristement, incapable d'articuler un mot.

« Mon amour, je suis avec toi à chaque instant. Sois forte, ma chérie. Je t'aime.

— Je t'aime aussi. »

Mais sa voix n'était qu'un murmure. Elle reposa le combiné, puis se dirigea vers le comptoir, où elle paya sa communication à l'employée — et elle s'écroula sur le sol, évanouie.

CHAPITRE XVIII

« Où donc étais-tu passée ? »

A son retour, Marc était assis dans le salon, le visage décomposé, avec dans sa tenue un désordre inhabituel.

« Cela fait des heures que tu es partie », reprit-il.

C'était une accusation ; il la regardait fixement, de ses yeux rougis, par-dessus sa tasse de café. Elle n'avait pas l'air beaucoup mieux en point que lui ; en fait, beaucoup moins bien.

« Où étais-tu donc passée ?

— Je suis allée me promener. Excuse-moi. J'avais besoin de prendre l'air. Comment va ta mère ?

— Tu peux l'imaginer. J'ai appelé le médecin voici une heure, il lui a fait une piqûre. Elle va probablement dormir jusqu'à midi. »

Un instant, Deanna l'envia. Comme c'était facile ! Mais elle n'exprima pas sa pensée.

« Et toi ? demanda-t-elle.

— Nous avons beaucoup à faire aujourd'hui. »

Il la dévisagea d'un air lugubre, puis remarqua des traînées sales sur sa jupe.

« Qu'est-il arrivé ? Tu es tombée ? »

Elle détourna la tête.

« Je devais être fatiguée. J'ai trébuché. Ce n'est rien. »

Il s'approcha, passa un bras autour d'elle.

« Tu devrais aller te coucher.

— Oui, j'y vais. Mais pour les préparatifs ?

— Je m'en occuperai. Inutile que tu fasses quoi que ce soit.

— Mais je veux... »

Elle se sentait à nouveau dessaisie de tout pouvoir, comme si elle n'avait pas son mot à dire.

« Non, je veux que tu dormes un peu. (Il la conduisit jusqu'à la chambre et la fit asseoir sur le lit.) Veux-tu que je fasse venir le médecin pour toi ? »

Elle refusa et s'allongea en levant vers lui un regard si désespéré qu'il en eut le cœur déchiré.

« Deanna...

— Parle-moi de ton amie.

— Peu importe.

— Peut-être le moment n'est-il pas bien choisi, mais, tôt ou tard, il faudra que nous en discutions.

— Peut-être pas.

— Qu'est-ce que ça veut dire ? » dit-elle en le regardant durement.

Il lui fit face.

« Ça veut dire que ce n'est pas ton affaire et que je ferai mon possible pour la régler de mon côté.

— Définitivement ? »

Il sembla longtemps hésiter, puis hocha la tête paisiblement, les yeux dans ceux de Deanna :

« Oui. »

Chantal entendit sa clef tourner dans la serrure alors qu'elle sortait de la douche. Elle n'avait pas osé appeler la maison rue François-Ier. Son dernier coup de téléphone anonyme à l'hôpital lui avait seulement appris que l'état de Pilar était stationnaire. Elle avait eu l'intention de rappeler après le café, mais Marc-Edouard était arrivé entre-temps, avec l'air de n'avoir pas dormi de la nuit. Chantal releva les yeux et lui sourit depuis la salle de bain. Elle s'essuyait les jambes avec une serviette jaune pâle.

« Bonjour, mon chéri. Comment va Pilar ? »

Avec une expression plus grave, elle se redressa, la serviette à la main. Elle avait vu dans son regard quelque chose d'effrayant. Il ferma les yeux et se cacha le visage dans les mains. Un long moment s'écoula.

« Elle... elle est morte. A quatre heures ce matin. »

Il s'assit lourdement dans l'un des fauteuils du salon. Chantal s'empara d'un peignoir rose et s'approcha.

« Oh ! Marc-Edouard... Oh ! mon chéri, je suis sincèrement désolée. »

Elle s'agenouilla près de lui et l'attira tendrement dans ses bras, entourant ses épaules et le serrant très fort, comme un enfant.

« Oh ! mon pauvre chéri, Marc-Edouard... Quelle horreur... »

Il ne pleura pas ; il resta simplement assis, les yeux clos, éprouvant un certain soulagement à se trouver là.

Elle avait envie de lui demander si quelque chose d'autre n'allait pas. Cette question semblait totalement absurde, stupide, après ce qui était arrivé, mais elle le trouvait bizarre, différent, étrange. Peut-être était-ce seulement l'épuisement, le choc. Elle ne le lâcha que le temps de lui verser une tasse de café, puis se rassit à ses pieds, le corps recroquevillé sur le tapis blanc, drapée dans le peignoir rose qui ne cachait que l'essentiel et laissait apparaître de longues jambes lisses. Il la dévisagea cependant qu'elle allumait une cigarette.

« Puis-je quoi que ce soit ? »

Il secoua la tête.

« Chantal, Deanna nous a vus la nuit dernière. Elle est venue me chercher à l'aéroport, et elle nous a vus descendre ensemble de l'avion. Et elle a compris. Tout. Les femmes sont troublantes, quelquefois. Elle m'a dit qu'à la façon dont nous bougions, elle avait su que nous nous connaissions depuis longtemps.

— Ce doit être une femme très intelligente. »

Chantal l'étudia avec attention, se demandant ce qu'il dirait ensuite.

« Elle l'est, à sa manière tranquille.

— Et ensuite ? Qu'a-t-elle dit ?

— Pas grand-chose. Pas encore. Trop d'événements se sont produits. Mais elle est américaine ; elle ne prend pas très bien ce genre d'errements. Aucune Américaine ne les prend bien. Elles croient à la fidélité éternelle, au mariage parfait, aux maris qui font la vaisselle, aux enfants qui lavent la voiture ; et tout le monde va à l'église le dimanche et vit heureux avec beaucoup d'enfants jusqu'à l'âge de cent neuf ans. »

Il semblait amer, fatigué.

« Et toi ? Y crois-tu ?

— C'est un joli rêve, en tout cas. Mais pas très réaliste, tu le sais aussi bien que moi.

— Alors, qu'allons-nous faire ? Ou, plus exactement, que vas-tu faire ? »

Elle ne voulait pas demander « elle ou moi ? » mais cela revenait au même, et ils le savaient.

« Il est trop tôt pour savoir, Chantal. Tu vois ce qui vient d'arriver... Et elle est dans un état épouvantable : tout est resté refoulé à l'intérieur.

— C'est encore trop récent. »

Il fit un signe d'assentiment et se détourna. Il était venu dire adieu à Chantal, en finir, expliquer qu'il ne pouvait faire cela à Deanna — ils venaient de perdre leur unique enfant — mais, en la voyant assise auprès de lui, tout ce qu'il désirait était l'attirer dans ses bras, laisser courir ses mains sur son corps, la serrer contre lui, maintenant et toujours, encore et encore. Comment abandonner ce qu'il aimait si fort et dont il avait tant besoin ?

« A quoi penses-tu, Marc-Edouard ? »

Elle pouvait lire sur son visage les tourments qui l'agitaient.

« A toi, dit-il très doucement.

— De quelle manière ?

— Je pensais — il la regarda de nouveau droit dans les yeux — que je t'aime et qu'en cet instant précis, ce que je veux par-dessus tout, c'est faire l'amour avec toi. »

Elle demeura assise un long moment à le considérer, puis se releva et lui tendit une main. Il la suivit en silence dans la chambre. Elle sourit en laissant glisser le vêtement rose de ses épaules.

« Chantal, tu ne sauras jamais combien je t'aime. »

Pendant les deux heures qui suivirent, il le lui prouva, de toutes les façons qu'il put imaginer.

CHAPITRE XIX

L'ENTERREMENT fut court, solennel et atroce. Deanna portait une robe de lainage noir et un chapeau de même couleur orné d'une voilette. La mère de Marc était en grand deuil également, jusqu'à ses bas. Marc lui-même avait mis un costume sombre et une cravate noire. Tout se passa selon les traditions françaises les plus compassées dans une jolie église du seizième arrondissement; l'*Ave Maria* fut chanté par la maîtrise de la paroisse. Ces voix d'enfants s'élevant au-dessus des notes étaient déchirantes, et Deanna s'efforçait désespérément de ne pas entendre. Mais il était impossible d'y échapper. Marc avait tout organisé à la française : l'office, la musique, le panégyrique, le petit cimetière à la campagne avec un autre prêtre, puis la réunion des parents et amis à la maison. C'était l'affaire de tout un jour, comprenant des kyrielles de poignées de main et de condoléances, d'explications et d'expressions de tristesse partagée. Pour certains, c'était indubitablement un soulagement que de marquer ainsi leur deuil, mais pas pour Deanna. Une fois de plus, elle avait le sentiment qu'on lui avait volé Pilar, mais peu importait, à présent. C'était la toute dernière fois.

Elle appela Ben de la maison en P.C.V.

«Excuse-moi. Je ne resterai pas longtemps. J'avais seulement besoin de te parler. Je suis à la maison.

— Est-ce que tu tiens bon ?

— Je ne sais pas. Je crois que je suis anesthésiée. On dirait une mascarade. Il a même fallu que je me batte contre eux : ils voulaient un cercueil ouvert. Dieu merci, j'ai du moins gagné ce combat. »

Il n'aima pas le son de sa voix : elle semblait nerveuse, fatiguée et hypertendue. Mais il n'y avait guère lieu de s'en étonner.

« Quand vas-tu revenir ?

— Dans les deux jours, j'espère. Mais je n'en suis pas certaine. Nous allons en discuter ce soir.

— Envoie-moi un télégramme dès que tu le sauras. »

Elle poussa un soupir.

« D'accord. Bon, maintenant, je crois que je ferais mieux de retourner à nos macabres festivités.

— Je t'aime, Deanna.

— Moi aussi. »

Elle n'osa pas prononcer les mêmes mots, de crainte que quelqu'un n'entrât à ce moment dans la pièce, mais elle savait qu'il comprendrait.

Elle rejoignit les cinquante ou soixante invités qui piétinaient dans l'appartement de sa belle-mère, bavardant, commérant, discutant de Pilar, consolant Marc. Jamais Deanna ne s'était sentie aussi étrangère qu'en cet instant. Il lui semblait n'avoir pas vu Marc depuis des heures. Il vint la retrouver enfin dans la cuisine.

« Deanna ? Qu'est-ce que tu fabriques ici ?

— Rien. »

Elle le considéra de ses grands yeux désolés. Il avait meilleure mine, en vérité ; tandis qu'elle, jour après jour, avait plus mauvaise apparence. Elle ne se sentait pas bien, d'ailleurs, mais n'y avait fait aucune allusion, pas plus qu'au fait qu'elle s'était évanouie deux fois au cours des quatre derniers jours.

« Je suis simplement venue souffler un peu.

— Je suis navré que la journée ait été si longue. Ma mère n'aurait pas compris que nous procédions autrement.

— Je sais. Je comprends. »

Soudain, en le regardant, elle se rendit compte qu'il comprenait vraiment, et qu'il voyait à quel point toute cette cérémonie l'avait éprouvée.

« Marc, quand rentrons-nous à la maison ?

— A San Francisco ? Je ne sais pas. Je n'y ai pas encore réfléchi. Es-tu pressée ?

— Je désire simplement rentrer. C'est... plus dur pour moi ici.

— Bon. Mais j'ai du travail à terminer par ici. Il me faut au moins deux semaines encore. »

Oh ! non, Seigneur ! Elle ne pourrait survivre deux semaines de plus sous le toit de sa belle-mère — et sans Ben.

« Je n'ai pas de raison particulière de rester, n'est-ce pas ?

— Que veux-tu dire ? Tu veux rentrer seule ? Je ne veux pas que tu fasses ça, je veux que tu rentres avec moi. »

Marc y avait déjà réfléchi. Il serait trop dur pour elle d'affronter seule le retour à la maison : la chambre de Pilar avec toutes ses affaires. Il fallait qu'elle l'attende.

« Je ne pourrais patienter deux semaines. »

Cette idée sembla la mettre dans tous ses états. Il remarqua de nouveau combien elle était lasse, excédée.

« Nous verrons.

— Marc, il faut que je rentre. »

Sa voix tremblait, devenait plus aiguë.

« Entendu, mais d'abord, voudrais-tu faire quelque chose pour moi ?

— Quoi ? » dit-elle en le dévisageant de manière étrange.

Tout ce qu'elle désirait était fuir au plus vite.

« Voudrais-tu partir avec moi deux jours ? N'importe où, un week-end dans un endroit calme où nous pourrions tous deux nous reposer. Nous avons besoin de parler. Cela n'a pas été possible ici, et je ne veux pas que tu repartes avant que nous ayons discuté. Tranquillement. Et seuls. Veux-tu faire cela pour moi ? »

Elle attendit un long moment puis le regarda.

« Je ne sais pas.

— S'il te plaît. C'est tout ce que je te demande. Seulement ça. Deux jours, et tu pourras t'en aller. »

Elle se détourna pour regarder les toits à l'extérieur. Elle pensait à Ben et à Carmel. Mais elle n'avait pas le droit de se précipiter vers lui, de l'autre côté de l'Océan, simplement pour se sentir mieux. Elle devait bien quelque chose à leur mariage, fût-ce seulement deux journées. Elle fit face à Marc et inclina lentement la tête.

« D'accord. Je viendrai. »

CHAPITRE XX

« MERDE alors ! qu'est-ce qu'il te faut, encore ? Ma fille est morte voici trois jours, et tu voudrais que j'annonce à Deanna que je demande le divorce ? Ça ne te semble pas un peu précipité, Chantal ? Et t'est-il venu à l'esprit que tu profitais de la situation ? »

Il se sentait déchiré entre deux femmes, deux mondes. Une fois encore, il ressentait une pression de la part de Chantal, une sorte de chantage affectif qui lui laissait présager qu'il y aurait tragédie si Chantal devait le perdre. L'une et l'autre voulaient qu'il fît un choix, un choix douloureux, il en avait mieux pris conscience cette semaine. On eût dit que Deanna désirait le quitter sur-le-champ. Elle ne lui avait pas encore pardonné ce qu'elle avait vu à l'aéroport la nuit de la mort de Pilar. Or il ne voulait pas la perdre, elle était sa femme, elle lui était nécessaire, il la respectait, il était habitué à elle... Et elle représentait son dernier lien avec Pilar. Quitter Deanna eût été comme abandonner sa patrie. Mais il ne pouvait renoncer à Chantal non plus — sa flamme, sa passion, sa joie. Il la regarda avec exaspération en se passant une main dans les cheveux.

« Pourquoi ne veux-tu pas comprendre ? Il est trop tôt !

— Ça fait cinq ans ! Et maintenant, elle sait. Et peut-être n'est-ce pas trop tôt, peut-être est-ce justement le moment idéal.

— Pour qui ? Pour toi ? Bon Dieu, Chantal, sois un peu patiente, veux-tu ? Laisse-moi le temps de débrouiller les choses.

— Et combien ça te prendra-t-il ? Encore cinq ans, durant lesquels tu vivras là-bas, et moi ici ? Tu dois en principe rentrer dans deux semaines... Et ensuite ? Qu'est-ce que je fais ? Je reste assise ici à attendre ton retour dans deux mois ? Et après ? J'avais vingt-cinq ans quand nous nous sommes rencontrés, j'en ai presque trente. Et après, j'en aurai trente-cinq, puis trente-sept, puis quarante-cinq. Le temps passe vite, surtout de cette manière. Il s'écoule beaucoup, beaucoup trop vite. »

Elle avait raison, il le savait, mais il n'était pas d'humeur à aborder ce sujet.

« Écoute, ne pourrions-nous simplement mettre la question de côté pour quelque temps ? Par simple décence, j'aimerais lui laisser le loisir de se remettre de la perte de sa fille avant de détruire sa vie. »

Un instant, il ressentit de la haine pour Chantal, parce qu'il tenait à elle, parce qu'il ne voulait pas la perdre — et parce que cela lui donnait l'avantage sur lui. Et elle le savait.

« Qu'est-ce qui te fait croire que le fait que tu la quittes doive détruire sa vie ? Peut-être a-t-elle un amant.

— Deanna ? Ne sois pas ridicule. En fait, je pense que tout ton comportement à propos de cette question est absurde. Je m'en vais pour le weekend. Nous devons discuter de beaucoup de problèmes ; je lui parlerai, je verrai la tournure qu'ont les choses, et, dans quelque temps, je prendrai la mesure qui convient.

— Quelle mesure ? »

Marc eut un soupir imperceptible et se sentit soudain très vieux. Il fallait en arriver là.

« Celle que tu souhaites. »

Mais alors que, deux heures plus tard, il hélait un taxi pour rentrer à l'appartement de sa mère, où l'attendait Deanna, il s'interrogea. Pourquoi fallait-il que Chantal commence à exercer ces pressions sur lui ? D'abord la dispute à propos du cap d'Antibes, ensuite cette nuit atroce où elle avait voulu partir — pour toujours peut-être — lorsqu'elle avait cessé de prendre son insuline. Et maintenant, ses exigences. Mais pourquoi ? Pourquoi maintenant ? Pour une raison bizarre, qu'il ne pouvait comprendre, il n'en avait que plus envie de courir retrouver Deanna pour la protéger d'un monde qui promettait de lui être cruel.

Ils prirent la route de la campagne dans la matinée. Perdue dans ses pensées, Deanna était étrangement silencieuse tandis qu'ils sortaient de la ville. Marc avait voulu l'emmener dans un endroit anonyme où elle ne serait plus assaillie par des souvenirs de Pilar. Ils avaient assez eu à les affronter dans la maison de Mme Duras. Un ami lui avait proposé sa maison près de Dreux.

Il jeta un regard éperdu sur Deanna, concentra son attention sur la route, mais ne tarda pas à repenser à Chantal. Il lui avait parlé le matin même.

« Vas-tu le lui dire ce week-end ? avait-elle demandé.

— Je ne sais pas. Il faudra que je voie. Si je la conduis à une dépression nerveuse, ça ne nous fera du bien ni à l'un ni à l'autre. »

Mais Chantal s'était montrée irascible et puérile. Subitement, après tant d'années de patience, elle lui échappait. Pourtant, elle avait été le pivot de toute sa vie durant cinq ans; il ne pouvait renoncer à elle. Mais aussi, pouvait-il si facilement abandonner Deanna? Il jeta un nouveau coup d'œil dans sa direction. Elle gardait toujours les yeux clos et n'avait pas encore articulé une parole. L'aimait-il? Il l'avait toujours cru, mais après cet été passé avec Chantal, il n'en était plus si sûr. Il lui était impossible de le savoir, de comprendre — et au diable Chantal, qui essayait de le pousser. Voilà deux jours à peine, il avait promis à sa femme de mettre fin à cette liaison, et il venait de faire la même promesse à Chantal au sujet de Deanna.

« Est-ce très loin ? »

Deanna battit des paupières et ouvrit les yeux, mais sa tête resta immobile. Elle se sentait écrasée par cette lassitude qui ne l'avait pas quittée depuis des jours.

« Non. C'est à une heure d'ici environ. Et c'est une très jolie maison. Je n'y suis pas allé depuis que j'étais enfant, mais je me souviens que c'était toujours merveilleux. (Il lui sourit et vit les cernes sous ses yeux.) Tu as l'air terriblement fatiguée, sais-tu ?

— Je sais. Peut-être me reposerai-je un peu ce week-end.

— N'as-tu pas demandé un somnifère au médecin de ma mère ? »

Il le lui avait conseillé la dernière fois que le praticien était venu à la maison. Elle secoua la tête.

« Je me débrouillerai toute seule. »

Il fit une grimace qui, pour la première fois, arracha un sourire à la jeune femme.

Ils parvinrent à destination avant qu'elle ait

prononcé un autre mot. C'était un endroit superbe, une vieille demeure de pierre, de vastes dimensions, avec un air de grandeur, presque à la manière d'un château, entourée de jardins somptueusement tracés et magnifiquement entretenus. Au loin, sur des kilomètres, s'étendaient des vergers.

« C'est joli, n'est-ce pas ? » dit-il avec hésitation.

Leurs yeux se rencontrèrent.

« Très joli. Merci d'avoir organisé cette sortie. »

Puis, tandis qu'il attrapait les valises, elle parla d'une manière presque inaudible :

« Je suis heureuse que nous soyons venus ici.

— Moi aussi. »

Il la regarda avec circonspection, et ils finirent par sourire tous les deux.

Il transporta les bagages dans la maison et les déposa dans l'entrée principale. Les meubles étaient pour la plupart anglais ou provenant des provinces françaises, et tout, dans les diverses pièces, avait gardé fidèlement un aspect dix-septième siècle, période où avait été bâtie la demeure. Deanna erra dans les longs couloirs, admirant les splendides planchers marquetés et jetant de temps à autre un regard sur les jardins par les hautes fenêtres. A l'extrémité d'un corridor, elle s'arrêta enfin dans une véranda garnie de plantes et de confortables fauteuils. S'asseyant, elle contempla le domaine en silence. Un moment passa avant qu'elle entendît les pas de Marc résonner dans le couloir.

« Deanna ?

— Je suis là. »

Il pénétra dans la pièce et s'arrêta quelques instants sur le seuil pour admirer le paysage, tout en jetant de temps en temps un coup d'œil sur sa femme.

« C'est joli, non ? »

Il parlait d'un air distrait. Elle leva les yeux vers lui avec un signe d'approbation. Elle ne voulait pas poser la question, mais elle le devait, tout en sachant que cela ne lui plairait pas.

« Comment va ton amie ? »

Il se tut, longtemps.

« Je ne sais pas ce que tu veux dire.

— Oh ! si, tu le sais. (Elle se sentit prise de nausée en sondant son regard.) Comment as-tu décidé de t'y prendre ?

— Ne crois-tu pas qu'il est un peu tôt pour entamer cette discussion ? Nous venons à peine de descendre de voiture.

— Comme c'est français ! Quelle était ton idée, chéri ? Que nous laissions passer le week-end en nous disant des amabilités et que nous en discutions sur le chemin du retour, dimanche soir ?

— Ce n'est pas pour cela que je t'ai amenée ici. Nous avions tous deux besoin de nous évader. »

Elle hocha la tête. Elle était d'accord. Ses yeux s'emplirent de larmes.

« Oui, nous en avions besoin (ses pensées étaient revenues aussitôt à Pilar) mais nous avons réussi à aborder ce sujet. Tu sais, je me demande tout d'un coup pourquoi nous sommes restés mariés. »

Elle leva la tête et le regarda. Il s'avança dans la pièce et s'assit lentement.

« Es-tu devenue folle ?

— Peut-être le suis-je. »

Elle chercha son mouchoir et s'essuya le nez.

« Deanna, je t'en prie... »

Il lui jeta un bref regard, qu'il porta ensuite dans une autre direction.

« Comment ? Tu veux faire comme si rien ne s'était produit ? Marc, c'est impossible. »

Trop de choses avaient eu lieu au cours de l'été. Elle avait rencontré Ben, et elle savait à présent que Marc avait quelqu'un de son côté. Mais, dans le cas de Marc, cela devait durer depuis des années.

« Mais ce n'est pas le moment de t'en inquiéter.

— Pourrait-il y avoir meilleur moment ? Notre douleur est déjà si grande, autant percer l'abcès complètement. Si nous ne le faisons pas, il continuera à nous élancer et à nous faire souffrir cependant que nous essaierons de faire croire qu'il n'existe pas.

— As-tu été si malheureuse depuis si longtemps ? »

Très lentement, elle fit un signe de tête affirmatif, tout en se tournant vers l'extérieur de la pièce. Elle pensait à Ben.

« Je ne m'étais jamais aperçue, jusqu'à cet été, à quel point je me suis toujours sentie seule, à quel point je l'ai été... combien nous faisons peu de choses ensemble, combien nous avons peu partagé. Et combien tu comprenais mal ce que je désirais.

— Et qu'est-ce que tu désires ? dit-il d'une voix grave et douce.

— Ton temps, ton affection. Des rires, des promenades sur la plage... Je voudrais que tu aies de la considération pour mon travail, parce qu'il est important à mes yeux. Je veux être avec toi, Marc, et non toute seule dans un coin à la maison. Que crois-tu qu'il va se passer, maintenant que Pilar s'en est allée ? Tu vas voyager des mois durant, et que ferai-je ? Je resterai assise à t'attendre ? Je ne puis plus le supporter — et je ne le veux pas.

— Que suggères-tu, alors ? »

Il voulait qu'elle le dise elle-même, il voulait qu'elle demande le divorce.

« Je ne sais pas. Nous pourrions considérer que c'est terminé ; ou alors, si nous décidons de rester mariés, les choses devraient être différentes, tout particulièrement à présent. »

Seigneur, que faisait-elle ? Si elle demeurait avec lui, elle ne pourrait plus avoir Ben. Cependant, il était son mari, l'homme avec qui elle vivait depuis dix-huit ans.

Il sembla agacé.

« Cela signifie que tu veux m'accompagner dans mes voyages ?

— Pourquoi pas ? Elle voyage bien avec toi, non ? Alors, pourquoi ne le pourrais-je pas ?

— Parce que... parce que ce n'est pas raisonnable, et puis ce n'est pas commode... et cela revient très cher. »

Et parce qu'il ne pourrait pas emmener Chantal.

« Cher ? dit Deanna en levant un sourcil avec un petit sourire haineux. Elle paie donc ses billets ?

— Deanna ? Je refuse de discuter de cela avec toi !

— Alors, pourquoi sommes-nous venus ici ? »

Ses yeux étaient devenus féroces dans son petit visage livide.

« Nous sommes venus pour nous reposer. »

C'étaient les paroles d'un monarque, de son roi. Le dossier était clos.

« Je vois. Tout ce qu'il nous reste donc à faire est de passer tranquillement ce week-end, nous montrer courtois, et rentrer à Paris en faisant comme si de rien n'était. Tu retournes voir ta petite amie, et, dans deux semaines, nous rentrons aux États-Unis et continuons comme par le passé. Et combien de temps exactement as-tu l'intention de rester ici cette fois, Marc ? Trois semaines ? Un mois, six semaines ? Pour repartir après, d'ailleurs, et pour combien de temps, et avec qui, pendant que je resterai seule dans ce musée qui nous sert de maison, à attendre que tu veuilles bien revenir? Seule encore, tu comprends? Seule!

— Ce n'est pas vrai.

— Ça l'est et tu le sais. Et ce que je suis en train de te dire, c'est que j'en ai assez. En ce qui me concerne, tout ça, c'est terminé. »

Elle se leva brusquement, se disposant à quitter la pièce, mais, une fois debout, elle fut prise d'un malaise. Elle s'arrêta un instant, les yeux baissés, cramponnée à sa chaise. Il la regarda sans rien dire, puis avec une lueur d'inquiétude dans les yeux :

« Qu'est-ce qui ne va pas?

— Rien. (Elle se redressa et lui décocha un regard furieux.) Je suis seulement très fatiguée.

— Eh bien, va te reposer. Je vais te montrer où est la chambre. »

Il lui tint le coude jusqu'à ce qu'il fût certain qu'elle était solide sur ses jambes, puis la précéda dans le long couloir qui menait à l'autre bout de la maison. Ils avaient pris la chambre principale, une splendide suite tendue de soies dans les tons crème et framboise.

Allonge-toi donc un moment, Deanna. (Elle semblait plus mal à chaque instant.) Moi, j'irai me promener un peu. »

Elle s'étendit et lui adressa un pauvre regard :

« Et ensuite?... Ensuite, que ferons-nous? Je n'accepte pas de continuer ainsi. Je ne peux plus jouer à ce jeu. »

Il fut tenté de lui demander : « Quel jeu? », de tout nier, mais il ne dit rien. Deanna continua, en plongeant son regard dans le sien :

« Je veux savoir ce que tu éprouves, ce que tu penses, ce que tu as l'intention de faire, ce qui va être différent pour moi, en dehors du fait que nous n'avons plus Pilar. Je veux savoir si tu vas continuer à voir ta maîtresse. Je veux savoir toutes ces choses que tu juges inconvenant de dire. Dis-les maintenant, Marc, j'ai besoin de savoir.»

Il hocha la tête silencieusement et traversa la pièce pour aller se placer devant une fenêtre qui s'ouvrait sur les collines.

«Il ne m'est pas facile de parler de ces choses.

— Je sais, dit-elle d'une voix douce. Durant la moitié du temps où nous avons été mariés, je n'ai pas même été sûre que tu m'aimais.

— Je t'ai toujours aimée. (Il parlait sans se retourner et tout ce qu'elle pouvait voir de lui était son dos.) Je t'aimerai toujours, Deanna.»

Elle sentit des larmes lui brûler les paupières.

«Pourquoi? dit-elle avec difficulté. Pourquoi m'aimes-tu? Parce que je suis ta femme? Par habitude? Ou parce que tu tiens vraiment à moi?»

Il ne répondit pas et se contenta de se tourner vers elle avec une expression de douleur intense.

«Devons-nous vraiment nous faire tout ce mal? Maintenant... si tôt après... la mort de Pilar?»

Deanna se tut. Le visage de Marc tremblait.

«Deanna, je... je ne peux pas.»

Et il sortit à grands pas de la pièce, sans ajouter une parole. Elle le vit un peu plus tard, marchant la tête baissée dans le jardin. Les larmes lui vinrent aux yeux. Ces quelques jours lui avaient paru les derniers de sa vie. Pendant un instant, elle ne pensa même plus à Ben, mais uniquement à Marc.

Il ne revint qu'une heure plus tard et la trouva endormie, avec des yeux cernés qui laissaient deviner son épuisement; pour la première fois depuis des années, elle n'était pas maquillée, et son visage semblait presque verdâtre auprès de la soie framboise du couvre-lit. Il regagna la grande entrée sans trop savoir où il allait et pénétra dans un bureau de l'autre côté du hall. Il s'y assit un moment, les yeux rivés sur le téléphone. Puis, comme s'il ne pouvait s'en empêcher, il commença à composer un numéro.

Elle répondit à la troisième sonnerie.

« Marc-Edouard ?

— Oui. »

Il y eut un silence.

« Comment vas-tu ? » reprit-il.

Et si Deanna se réveillait ? Pourquoi donc l'avait-il appelée ?

« Tu as une drôle de voix. Il y a quelque chose ?

— Non, non. Je suis très fatigué. Nous le sommes tous les deux.

— C'est compréhensible. Avez-vous parlé ? »

Elle était implacable. C'était un aspect de Chantal qu'il ignorait.

« Pas vraiment. Seulement un peu.

— J'imagine que ce n'est pas facile. »

Il perçut un soupir.

« Non, ça ne l'est pas. (Il se tut. Il avait entendu des pas dans le couloir.) Écoute, je te rappellerai.

— Quand ?

— Plus tard. Je t'aime.

— Bien, mon chéri. Moi aussi. »

Sa main tremblait en reposant le combiné, tandis que les pas se rapprochaient. Mais ce n'était que le gardien, venu voir s'ils étaient confortablement installés. L'homme repartit satisfait et Marc s'enfonça doucement dans un fauteuil. Cela ne marcherait jamais. Il ne pourrait éternellement user de ces faux-semblants, téléphoner à Chantal, apaiser Deanna, faire ses aller et retour entre la France et la Californie, se cacher, s'excuser en les comblant toutes deux de cadeaux inspirés par ses sentiments de culpabilité. Deanna avait raison. Certes, cela avait déjà été presque impossible durant des années. Mais Deanna ne savait rien alors. Maintenant elle savait, cela rendait les choses bien différentes. Il se sentait beaucoup plus coupable. Il ferma les yeux, et ses pensées revinrent immédiatement à Pilar, à la dernière fois qu'il l'avait vue. Ils avaient marché sur la plage, elle l'avait taquiné. Il avait ri et lui avait fait promettre d'être prudente avec sa moto. Elle avait ri également... Des larmes lui envahirent la gorge, et brusquement la pièce fut pleine de ses sanglots. Il n'entendit pas Deanna entrer, silencieuse comme un chat sur ses pieds nus. Elle s'approcha lentement de lui et saisit dans ses bras ses épaules animées de soubresauts.

« Allons, Marc, calme-toi. Je suis là. »

Elle avait des larmes sur le visage, elle aussi, et lorsqu'elle posa sa joue sur son dos, il en sentit la chaude humidité.

« Calme-toi, Marc.

— Si tu pouvais savoir combien j'aimais Pilar... Pourquoi ai-je fait ça ? Lui acheter cette maudite machine ! J'aurais dû savoir !

— Cela n'a plus d'importance. Cela devait arriver. Tu ne peux te torturer le restant de tes jours.

— Mais pourquoi ? »

Sa voix tremblait sous l'effet de sa souffrance. Il se tourna vers sa femme :

« Pourquoi elle ? Pourquoi nous ? Nous avons déjà perdu deux garçons, et maintenant le seul enfant que nous avions, Deanna, comment peut-on supporter ça ? »

Elle ferma très fort les yeux :

« Nous n'avons pas le choix. J'ai cru... j'ai cru que j'allais mourir moi aussi lorsque les deux bébés sont morts... J'ai cru que je ne pourrais vivre un jour de plus. Jour après jour, je voulais abandonner, me terrer dans un coin. Mais je ne l'ai pas fait. J'ai continué... Je ne sais comment. En partie à cause de toi, en partie pour moi-même. Et puis, nous avons eu Pilar, et j'ai oublié ce qu'était cette souffrance-là. J'ai cru... j'ai cru que plus jamais je n'éprouverais cette horreur ; mais aujourd'hui je me souviens de ce que c'était ; seulement, cette fois, c'est bien plus atroce. »

Elle baissa la tête. Il lui ouvrit les bras et la serra contre lui.

« Je sais. Si tu savais combien je voudrais en ce moment que nous ayons encore les deux petits garçons... Nous n'avons... nous n'avons plus d'enfants... »

Deanna hocha la tête en silence ; elle ressentait de façon plus aiguë que jamais la douleur qu'exprimaient ces mots.

« Je ferais n'importe quoi pour qu'elle revienne », ajouta-t-il.

Ils restèrent un long moment agrippés l'un à l'autre. Puis ils sortirent pour une promenade et ne revinrent qu'à l'heure du dîner.

« Veux-tu que nous allions manger au village ? »

Il la regardait avec une terrible expression de chagrin et de lassitude.

« Pourquoi ne pas plutôt nous faire quelque chose ici ? Y a-t-il du ravitaillement dans le garde-manger ?

— Le gardien m'a dit que sa femme nous avait laissé du pain, du fromage et des œufs.

— Bien. Ça te va ? »

Il acquiesça, indifférent. Elle ôta le pull qu'elle avait mis pour leur promenade, le posa sur une grande chaise de style Louis XIV et se dirigea vers la cuisine.

Vingt minutes plus tard, elle était de retour avec des œufs brouillés, du brie et des toats, et deux tasses de café fumant. Elle se demandait s'ils se sentiraient mieux après avoir dîné, si cela ferait la moindre différence. Tout au long de cette semaine, on leur avait répété de se nourrir, comme si cela devait les aider. Elle n'avait préparé ce repas que parce qu'il les tiendrait occupés. Ni l'un ni l'autre n'avait envie de parler, alors qu'ils avaient tant à se dire...

Ils mangèrent en silence. Après le repas, ils s'en allèrent chacun de leur côté, elle dans les longs couloirs et les galeries examiner la collection de tableaux, et Marc dans la bibliothèque. A onze heures, ils se couchèrent, toujours sans parler, et, au matin, il se leva dès qu'elle remua. A onze heures, ils n'avaient toujours pas échangé un mot. Assise sur une chaise dans le vestiaire, Deanna se sentait une envie de vomir.

« Ça ne va pas ? dit-il en la regardant avec un froncement de sourcils inquiet.

— Si, si, ça va.

— Tu n'en as pas l'air. Veux-tu que j'aille te chercher du café ? »

La seule idée de café lui donna mal au cœur. Elle secoua la tête, presque exaspérée.

« Non, vraiment, merci.

— Crois-tu que tu couves quelque chose ? Cela fait des jours que tu as très mauvaise mine. »

Elle s'efforça de sourire, mais en vain.

« Désolée de te le dire, mais toi aussi. »

Il haussa les épaules.

« Tu ne crois pas que tu pourrais avoir un ulcère, Deanna ? »

Elle en avait eu un après la mort de son premier garçon, mais il n'était jamais réapparu.

« Je n'ai mal nulle part. Je suis seulement à bout de forces en permanence et j'ai des nausées de temps à autre. Ce n'est qu'une grande fatigue, dit-elle avec un sourire forcé. Rien d'étonnant ; ni l'un ni l'autre n'avons beaucoup dormi. Nous sommes en train de ressentir les effets des décalages horaires, de nos longs trajets en avion, du choc... Ce qui est surprenant, je crois, c'est que nous tenions encore debout. Je suis sûre que ce n'est rien. »

Mais Marc n'en était pas certain. Lorsqu'elle se leva, il la vit vaciller un moment. Les fortes émotions pouvaient provoquer de curieux symptômes. Et tandis que Deanna disparaissait vers la douche, ses pensées revinrent à Chantal. Il avait envie de la rappeler, mais ce qu'elle attendait était un rapport ; elle voulait des nouvelles, et il n'en avait aucune à lui annoncer, sinon qu'il passait un week-end avec sa femme — et qu'ils se sentaient tous deux au plus mal.

Sous la douche, Deanna se tenait la tête renversée et laissait l'eau ruisseler dans son dos, pensant à Ben. Il était deux heures du matin à San Francisco ; Ben devait dormir. Elle voyait si nettement son visage, ses cheveux bruns embroussaillés, une main sur sa poitrine, et l'autre posée sur elle... Non, il était probablement à Carmel... Et elle se prit à songer à leurs week-ends là-bas, combien différents de ces journées avec Marc... C'était comme si Marc et elle n'avaient plus rien à se dire. Le passé était tout ce qui leur restait.

Elle ferma le robinet et contempla pensivement le jardin par les fenêtres ouvertes, tout en se séchant avec une épaisse serviette rose vif. Cette maison était à cent mille lieues de celle de Carmel. Un château en France, et un cottage à Carmel. Soies framboise et vieux lainages confortables. En apercevant le dessus-de-lit de soie chiffonné, dans la pièce d'à côté, elle pensa à la chaude couverture écossaise qui ornait le lit rustique de Ben comme au symbole du contraste entre ses deux existences. Là-bas, la réalité simple et facile de la vie avec Ben, dans sa « démocratie » où ils prenaient leur tour pour faire le petit déjeuner et sortir les poubelles derrière la maison ; et ici, seulement la sempiternelle splendeur de sa vie avec Marc. Elle se passa la brosse dans les cheveux avec un long soupir.

Là-bas dans la chambre, Marc lisait le journal d'un air maussade.

« Veux-tu venir à l'église avec moi ? »

Il jeta un coup d'œil par-dessus sa revue alors qu'elle émergeait de la salle de bain, le peignoir soigneusement fermé, et allait à la penderie, où elle prit une jupe et un pull noirs. Ils portaient tous deux le grand deuil, selon la coutume. Les seuls accessoires qu'elle laissât de côté étaient les bas noirs.

Deanna semblait étrangement ordinaire dans tout ce noir que rien ne venait adoucir, avec sa sombre chevelure sévèrement ramassée en chignon sur sa nuque. Une fois encore, elle n'était pas maquillée, comme si elle ne se souciait plus de son apparence.

« Tu es terriblement pâle.

— Ce n'est que par contraste.

— En es-tu certaine ? »

Avant de sortir, il la dévisagea fixement, mais elle se contenta de sourire. Il se comportait comme si elle allait mourir. Ils avaient déjà tellement perdu, tous les deux...

Ils roulèrent en silence jusqu'à la minuscule église rurale de Sainte-Isabelle. Deanna se glissa sans bruit sur le banc à côté de Marc. La petite église, chaude et ravissante, était pleine de paysans et de quelques Parisiens descendus pour le week-end. Elle se souvint soudain que l'on était encore en été, pas tout à fait fin août. Aux États-Unis, ce serait bientôt *Labor Day*, la Fête du Travail, qui annonçait toujours l'arrivée de l'automne. Elle avait perdu tout sens du temps, de la semaine passée.

Elle ne parvenait pas à concentrer son attention sur l'office et pensait à Carmel, à Ben, à Marc, puis à Pilar, à ses longues promenades à la campagne étant enfant ; et elle se mit à regarder avec fixité la nuque de la personne devant elle. L'atmosphère était étouffante, le sermon s'égrenait sans fin sur un ton monotone. Elle finit par toucher doucement le bras de Marc. Elle commença à lui chuchoter qu'elle avait trop chaud, mais soudain Marc se mit à tourner devant ses yeux, et tout sombra dans l'obscurité.

CHAPITRE XXI

« MARC ? »

Elle tendit la main vers lui tandis qu'on l'aidait à la transporter dans la voiture.

« Reste tranquille, chérie, ne parle pas. »

La sueur coulait sur son visage livide.

« Repose-moi. Vraiment, je vais très bien.

— Laisse-moi faire. »

Il remercia l'homme qui l'avait aidé et se fit préciser une nouvelle fois l'itinéraire jusqu'à l'hôpital le plus proche.

« Quoi ? Sois un peu raisonnable. C'est cette chaleur qui m'a incommodée, c'est tout.

— Il ne faisait pas chaud, il faisait même plutôt frais. Et je refuse de discuter. »

Il claqua la portière de la jeune femme et s'installa au volant.

« Marc, je n'irai pas à l'hôpital. »

Elle posa une main sur son bras, les yeux implorants, mais il secoua la tête. Elle avait le teint gris, opaque. Il mit la voiture en marche.

« Je me moque de ce que tu veux ou ne veux pas faire. »

Il ne tenait pas à retourner dans un hôpital, ne souhaitait pas en entendre les bruits ni en sentir les odeurs autour de lui, jamais... jamais plus. Il sentit les battements accélérés de son cœur. Et si

c'était grave ? Si elle était sérieusement malade ?
Si... Il jeta un coup d'œil dans sa direction, en
essayant de dissimuler ses craintes, mais elle
regardait ailleurs, à travers la vitre, le paysage
sans doute. Il vit son profil, puis, plus bas, ses
épaules, ses mains, le tout voilé de tant de noir.
Vision austère, qui semblait le symbole de tout ce
qui leur arrivait actuellement, de tout ce qu'ils
s'étaient dit. Pourquoi ne pouvaient-ils échapper à
cette réalité ? Pourquoi n'était-ce pas simplement
un dimanche ordinaire à la campagne, d'où ils
seraient revenus détendus et heureux, pour
retrouver Pilar et son sourire éclatant ? Il regarda
sa femme une fois encore et laissa échapper un
soupir, ce qui attira son attention.

« Ne sois donc pas stupide, Marc. Je t'assure, je
vais parfaitement bien.

— On verra.

— Ne préférerais-tu pas que nous retournions à
Paris ? »

La main qu'elle avait posée sur la sienne
trembla, et il la scruta. Paris... et Chantal. Oui, il
désirait rentrer. Mais il fallait d'abord s'assurer
que Deanna allait bien.

« Nous retournerons à Paris lorsque tu auras vu
un docteur. »

Comme elle se disposait à protester, elle fut prise
d'un vertige et reposa la tête sur le dossier. Il
appuya sur l'accélérateur. Elle ne discuta plus :
elle n'en avait pas la force.

Dix minutes s'écoulèrent avant qu'ils se garent
devant un petit bâtiment d'aspect fonctionnel,
surmonté d'une pancarte signalant « Hôpital
Saint-Gérard ». Sans un mot, Marc lui ouvrit la
portière, mais elle ne fit aucun geste pour sortir.

« Peux-tu marcher ? »

La terreur était réapparue dans ses yeux. Et si
c'était un début d'attaque ? Que ferait-il alors ?

Elle demeurerait paralysée, et il faudrait rester auprès d'elle à tout jamais. Mais c'était insensé : il *voulait* rester avec Deanna, non ? Son cœur battit à se rompre tandis qu'il l'aidait à s'extraire du véhicule.

Elle faillit lui répéter qu'elle allait très bien, mais ils savaient qu'il n'en était rien. Elle inspira profondément et se leva avec un petit sourire. Elle voulait lui prouver qu'elle saurait se débrouiller, que c'était seulement nerveux. Cependant qu'ils pénétraient dans l'hôpital, elle se sentit mieux un moment et se demanda ce qu'ils étaient venus faire là. Durant une minute, elle marcha comme à l'habitude, de son grand pas égal et tranquille. Puis, alors qu'elle allait le faire remarquer à Marc-Edouard avec fierté, on poussa à côté d'eux un vieil homme sur un lit roulant. Il était très âgé, ridé, et dégageait une odeur nauséabonde, la bouche ouverte et la peau du visage relâchée. Elle tendit une main vers Marc et tomba évanouie sur le sol.

Il poussa un cri et la souleva dans ses bras. Deux infirmières et un homme en blouse blanche arrivèrent en courant. En moins d'une minute, ils l'installèrent dans une petite salle où planait une odeur d'antiseptique, et elle retrouva bientôt ses esprits. Elle promena son regard autour d'elle, déconcertée, puis aperçut Marc, debout dans le coin, épouvanté.

« Je suis désolée, mais cet homme...

— Ça suffit, dit Marc en s'approchant lentement, l'interrompant d'un geste. Ce n'était pas l'homme, pas plus que la température dans l'église. »

Il s'arrêta près d'elle, très grand, très sévère, et subitement très vieux.

« Essayons de découvrir de quoi il s'agissait — de quoi il s'agit, en fait. D'accord ? »

Elle ne répondit pas. Sur un signe du médecin, il sortit.

Il erra dans le couloir, étrangement peu à sa place, jetant sans cesse des regards vers le téléphone. Devait-il appeler ? Pourquoi pas ? Qu'est-ce que cela changerait ? Qui pouvait le voir ? Mais il n'en avait guère envie pour l'instant. Ses pensées étaient avec Deanna. Elle était sa femme depuis dix-huit ans, et ils venaient de perdre leur seule enfant. Et maintenant peut-être... L'idée était intolérable. Il passa de nouveau devant le téléphone, sans s'arrêter cette fois.

Il lui sembla que des heures s'étaient écoulées avant qu'une jeune femme médecin vînt le retrouver.

Et alors, il sut. Il sut aussi qu'il pouvait dire la vérité à Deanna ou qu'il pouvait lui mentir — un tout petit mensonge. Il se demanda s'il devait le lui dire, lui dire qu'il savait — ou si, au contraire, Deanna lui devait quelque chose, à lui.

CHAPITRE XXII

Deanna se redressa sur son lit, le teint plus pâle que le mur blanchi à la chaux derrière elle.

« Tu te trompes. C'est faux ! »

Marc la dévisageait fixement avec un imperceptible sourire, très calme.

« Certainement pas. Et dans six mois d'ici, je le crains, tu auras beaucoup de mal à en convaincre qui que ce soit.

— Mais c'est impossible.

— Et pourquoi donc ?

— Je t'en prie ! Je suis trop vieille pour être enceinte.

— A trente-sept ans ? Ne dis pas d'absurdités. Tu pourras probablement avoir un enfant pendant quinze ans encore, n'importe quand.

— Je suis trop vieille, je te le dis ! »

Elle criait d'une voix suraiguë, au bord des larmes. Pourquoi ne l'avaient-ils pas prévenue la première, afin de lui donner le temps d'absorber le choc avant d'affronter Marc.

Mais non, ce n'était pas ainsi qu'on procédait en France, où le patient était toujours le dernier à savoir. Et elle pouvait très bien imaginer la scène que Marc avait dû faire, en homme volontaire, en personnage important qui voulait être informé le premier de l'état de Madame ; il souhaitait que l'on ne troublât pas sa femme ; ils sortaient tout juste d'une période si dure, d'une telle tragédie...

« Ne fais pas l'idiote, chérie », disait Marc.

Il s'avança vers le bord du lit ; avec douceur, il posa la main sur la tête de Deanna et caressa lentement sa longue chevelure noire et soyeuse.

« Tu n'es pas trop vieille. Absolument pas. Puis-je m'asseoir ? »

Elle acquiesça et il s'installa sur le bord du lit.

« Mais... deux mois ? »

Elle le regarda, les yeux pleins de désespoir. Elle aurait désiré que ce fût l'enfant de Ben. Elle y avait songé aussi, pour la première fois, juste avant de s'endormir. L'idée lui en était venue et elle l'avait repoussée, mais elle s'était soudain interrogée, tandis qu'elle sombrait dans le sommeil... la tête qui lui tournait, les nausées, son constant besoin de dormir... Elle n'avait pu penser qu'à Ben. Elle ne voulait pas qu'il fût de Marc. Elle le regarda avec amertume et douleur : enceinte de deux mois, cela signifiait que l'enfant était le sien, pas celui de Ben.

« Cela a dû arriver la dernière nuit avant mon départ. Un petit au revoir, ajouta-t-il en français.

— Ça n'a rien de comique. »

Des larmes lui emplirent les yeux. Elle était loin d'être heureuse. Il comprenait désormais, plus encore qu'elle ne pouvait savoir. Il comprenait maintenant que non seulement il y avait un autre homme, mais un homme qu'elle aimait. Cela ne faisait rien. Elle l'oublierait. Une tâche importante allait l'occuper dans les mois à venir : elle devait un fils à Marc.

« Je ne comprends pas, reprit-elle.

— Chérie, ne sois pas naïve.

— Je ne suis pas tombée enceinte depuis des années. Pourquoi maintenant ?

— Avec ces choses, on ne sait jamais. De toute

façon, ça ne fait aucune différence. Nous avons une chance toute neuve... une autre famille, un enfant.

— Nous en avons déjà eu un.»

Assise en tailleur sur son lit d'hôpital, essuyant ses larmes de la paume de sa main, on eût dit une petite fille irascible.

«Je ne veux plus d'enfant», continua-t-elle.

«Du moins, pas le tien.» Maintenant, elle aussi connaissait la vérité. Si elle l'avait vraiment aimé, elle aurait désiré son bébé. Et ce n'était pas le cas : elle désirait un enfant de Ben.

Marc semblait si heureux que cela en était gênant, et sa patience lui était insupportable.

«Il est normal que tu te sentes comme ça pour commencer. Toutes les femmes en passent par là. Mais quand il arrivera... tu te souviens de Pilar ?»

Les yeux de Deanna lui lancèrent un éclair :

«Oui, je me souviens de Pilar. Et des autres. Je suis déjà passée par là, Marc. Je ne recommencerai pas. A quoi bon ? Pour avoir encore le cœur brisé, encore souffrir ? Pour que tu sois absent encore dix-huit ans ? Attends-tu de moi qu'à mon âge j'élève seule un enfant ? Un autre sang-mêlé, un autre demi-Américain tout entier français ? Tu voudrais que je repasse par tout ça, que je me batte à nouveau avec toi pour élever notre enfant ? Eh bien, mon Dieu, certainement pas !

— Oh ! que si ! Tu le feras, répliqua-t-il d'une voix tranquille, dure comme l'acier.

— Rien ne m'y oblige ! Nous ne sommes plus au Moyen Age ! Je peux me faire avorter, si je veux !

— Non, tu ne le peux pas !

— Et comment !

— Deanna, je refuse d'en discuter avec toi. Tu es en colère.»

Elle se coucha sur le lit, en larmes, la tête enfouie

dans son oreiller. « En colère » était inadéquat pour exprimer ce qu'elle éprouvait.

« Tu te feras à cette idée, poursuivit Marc. Tu seras contente, pour finir.

— Tu veux dire que je n'ai pas le choix ? C'est ça ? dit-elle en lui décochant un regard furieux. Que me feras-tu si je m'en débarrasse ? Tu divorceras ?

— Ne dis pas de sottises.

— Alors, cesse d'essayer de m'intimider.

— Je n'essaie pas de t'intimider. Je suis très heureux. »

Il lui sourit, les bras tendus, mais ses yeux avaient une expression différente. Elle ne répondit pas à son invite. Un instant s'écoula, puis il lui prit les mains et les porta à ses lèvres, l'une après l'autre :

« Je t'aime, Deanna. Et je veux notre enfant. Notre bébé, à toi et à moi. »

Elle ferma les yeux et eut presque un mouvement de recul, en proie à une impression de déjà vu. Mais il ne dit rien ; il se leva simplement, la prit dans ses bras et lui donna une petite caresse sur les cheveux. Puis il s'écarta. Elle le regarda s'éloigner, l'air pensif et troublé.

Une fois seule dans l'obscurité, elle pleura un long moment, s'interrogeant sur ce qu'il convenait de faire. Cela venait tout changer. Comment ne s'était-elle pas rendu compte ? Comment n'avait-elle pas deviné ? Elle aurait dû le comprendre plus tôt, mais elle n'avait sauté qu'un mois et avait pensé que c'était dû à son état de nervosité. Il y avait eu son vernissage à la galerie, ses constants rapports avec Ben, puis les nouvelles de Pilar, le voyage... Elle croyait que ce n'était que l'affaire d'une quinzaine de jours. Mais deux mois ? Comment était-ce possible ? Et, Seigneur ! cela signifiait qu'elle était enceinte de Marc tout le temps qu'elle avait passé avec Ben. Garder cet enfant était comme de renier tout ce qu'elle avait vécu avec lui, et cela lui déchira le cœur. Ce bébé était là comme pour confirmer qu'elle était mariée à Marc.

Toute la nuit, elle demeura étendue sur le lit sans dormir. Le lendemain matin, Marc-Edouard la fit sortir de l'hôpital. Ils rentraient à Paris, chez Mme Duras, avant qu'il reparte pour Athènes le lendemain.

« Et voilà. Je m'en vais cinq ou six jours. Ensuite, je ferai tout emballer, là-bas en Grèce, et dans une semaine nous quittons Paris, nous rentrons chez nous et nous y restons.

— Ce qui veut dire ? Que je resterai là-bas et que tu voyageras ?

— Non. Cela veut dire que je resterai avec toi autant que je le pourrai.

— Cinq jours par mois ? Cinq jours par an ? Quelque chose comme ça ? »

Elle garda les yeux fixés sur le pare-brise, avec la sensation d'avoir été condamnée à rejouer les dix-huit années de sa vie de femme mariée.

« Quand te verrai-je, Marc ? Deux fois par mois à dîner, quand tu seras dans les parages et que tu n'auras pas à dîner ailleurs ?

— Ce ne sera plus comme ça, Deanna. Je te le promets.

— Et par quel miracle ? Il en a toujours été ainsi, auparavant.

— C'était différent. J'ai appris quelque chose depuis lors.

— Vraiment ? Quoi donc ?

— J'ai appris que la vie peut être très courte, qu'elle passe si rapidement... Nous en avions déjà fait l'expérience tous les deux, par deux fois, mais j'avais oublié. Maintenant, je sais. Les événements se sont chargés de me le rappeler. (Deanna courba la tête sans mot dire, mais il sut qu'il avait atteint son but.) Après Pilar, après les autres, pourrais-tu vraiment te faire avorter?»

Il avait lu dans ses pensées, et elle en ressentit un choc. Elle demeura un long moment sans répondre.

«Je n'en suis pas très sûre.

— Je suis sûr que non, moi. Cela t'anéantirait. (Elle fut effrayée par son ton de voix. Peut-être savait-il, après tout.) La douleur, le sentiment de culpabilité, cela t'achèverait. Jamais plus tu ne serais capable de vivre, de penser, d'aimer, ou même de peindre. Je te le garantis.»

Cette seule idée la terrifia. Il avait probablement raison.

«Une telle insensibilité n'est pas dans ton caractère, ajouta-t-il.

— En d'autres termes, je n'ai pas le choix», soupira-t-elle.

Il ne répondit pas.

Ils se couchèrent dès neuf heures et demie ce soir-là, et aucun mot ne fut ajouté. Il l'embrassa doucement sur le front avant de la laisser seule dans leur chambre. Il prendrait un taxi pour se rendre à l'aéroport.

«Je t'appellerai tous les soirs.»

Il semblait inquiet pour elle, mais en même temps indéniablement enchanté. Son regard ne trahissait plus la terrible angoisse de naguère. La seule tristesse qui y demeurât était due à la mort de Pilar.

«Je te le promets, ma chérie, répéta-t-il. Je t'appellerai tous les soirs.

— Te laissera-t-elle le faire?»

Il tenta de ne pas relever la remarque, mais, du lit, elle le dévisagea avec insistance:

«Tu m'as entendue, Marc. Je suppose qu'elle part avec toi. Ai-je tort?

— Ne sois pas ridicule. Il s'agit d'un voyage d'affaires.

— Et la dernière fois, ce n'en était pas un ?

— Tu es en colère, voilà tout. Pourquoi ne pas arrêter ce jeu ? Je n'ai pas envie de me battre avec toi juste avant de m'en aller.

— Pourquoi ? Tu as peur que je perde le bébé ? »

Un instant, elle voulut lui dire qu'il n'était pas de lui, mais elle était enceinte de deux mois.

« Deanna, je veux que tu te reposes pendant mon absence. »

Il la regarda avec une espèce de tendresse paternelle, lui envoya de loin un baiser et referma silencieusement la porte.

Elle demeura quelque temps allongée, à écouter les bruits dans la maison de sa belle-mère. Jusqu'ici, personne ne savait. C'était « leur secret », comme avait dit Marc.

Lorsqu'elle s'éveilla le matin suivant, rien ne bougeait dans la maison. Elle resta longtemps étendue sur le lit, perdue dans ses pensées, se demandant que faire. Elle pouvait prendre l'avion pour San Francisco pendant que Marc était en Grèce, elle pouvait se libérer en avortant, mais elle savait qu'il avait dit vrai. Un avortement la détruirait tout autant que lui-même. Elle avait déjà trop perdu. Et s'il avait raison, après tout ? Si c'était un don de Dieu ? Ou si... si l'enfant était de Ben ? Une dernière lueur d'espoir tremblota, puis mourut. Deux mois, avait-il dit, et la jeune et timide gynécologue avait approuvé silencieusement. Il ne pouvait être de Ben.

Toute une semaine donc, elle attendrait, dans ce cocon de soie beige, que Marc revînt et la ramenât à la maison pour recommencer, ensemble, à jouer la même comédie. La panique la saisit à cette pensée ; et soudain elle n'eut plus que l'envie de fuir. Elle descendit du lit mais, prise d'un étourdissement, dut lutter quelques secondes pour conserver son équilibre. Puis elle s'habilla tranquillement. Il fallait sortir, se promener un peu, réfléchir.

Elle s'engagea dans des rues qu'elle connaissait à peine et découvrit de petites places, des jardins, des parcs qui l'enchantèrent. Elle s'assit sur des bancs, souriant aux passants, de drôles de vieilles dames aux chapeaux de guingois, de vieux messieurs jouant aux échecs, des enfants babillant avec leurs camarades, et ici et là, une jeune fille poussant un landau. Une jeune fille... elles semblaient toutes n'avoir que vingt-deux, vingt-trois ans tout au plus... pas trente-sept. Deanna observait les gens tout en se reposant. Le médecin lui avait ordonné de ne pas se fatiguer, de se promener, certes, mais de faire une halte de temps à autre ; de sortir, mais de revenir faire un petit somme ; de ne pas sauter de repas, de se coucher tôt ; et ainsi, elle se sentirait mieux d'ici à quelques semaines. Mais elle allait déjà mieux. Tout en arpentant les rues de Paris, elle s'arrêtait souvent, et pensait. A Ben. Voilà des jours qu'elle ne l'avait pas appelé.

L'après-midi était déjà avancé lorsqu'elle pénétra dans un bureau de poste. Elle ne pouvait rester loin de lui plus longtemps. Elle indiqua le numéro à l'employée qui eut l'air surpris : « L'Amérique ? » Une éternité parut s'écouler avant qu'elle entendît Ben, mais en réalité, ce ne fut qu'une minute. Il était huit heures du matin à San Francisco.

« Étais-tu en train de dormir ? »

Sa voix résonnait très fort, même à près de dix mille kilomètres de distance.

« Presque. Je viens juste de me réveiller. Quand rentres-tu ? »

Elle serra les paupières en refoulant ses larmes :

« Bientôt. »

« Avec Marc et son bébé. » Elle sentit un sanglot l'étrangler, mais continua :

« Tu me manques terriblement. »

Les larmes se mirent à couler lentement sur son visage.

« Pas autant que tu me manques, ma chérie. »

Il écouta, tendant l'oreille. Il y avait quelque chose qu'elle ne disait pas, quelque chose qu'il ne comprenait pas :

« Est-ce que tu vas bien ? »

Il savait qu'elle était encore accablée par la mort de Pilar, mais à sa manière de parler, il devina qu'il y avait autre chose.

« Est-ce que ça va ? Réponds-moi. »

Elle se tut. Debout dans la cabine, elle laissa couler ses larmes en silence.

« Deanna ? Chérie ?... Allô ! »

De toute son attention concentrée, il écouta, certain qu'elle était toujours au bout du fil.

« Je suis là, dit-elle d'une petite voix rauque et triste.

— Oh ! ma chérie... Et si je venais te rejoindre ? Serait-ce possible ?

— Pas vraiment.

— Et que dirais-tu de passer le week-end prochain à Carmel ? C'est celui de la Fête du Travail. Penses-tu être de retour ? »

C'était à des années-lumière. Elle s'apprêtait à lui dire non, mais s'interrompit. Le week-end prochain à Carmel. Pourquoi pas ? Marc serait en Grèce. Si elle partait dès ce soir, ils auraient jusqu'à la fin de la semaine avant son retour, peut-être même un jour de plus. Une semaine ensemble à Carmel. Puis ce serait fini, comme ils l'avaient présagé. Ce serait la fin de l'été. Elle réfléchit très vite :

« Je serai à la maison demain.

— C'est vrai ? Oh ! mon amour... à quelle heure ? »

Elle fit un rapide calcul mental.

« Vers six heures du matin, heure de là-bas. »

Toute droite dans la cabine téléphonique, elle rayonna soudain à travers ses larmes.

« En es-tu bien sûre ?

— Totalement. (Elle lui indiqua la compagnie aérienne sur laquelle elle volerait.) Je t'appellerai si je ne puis prendre cet avion, mais sinon, compte sur moi. »

Et tandis qu'elle riait dans le récepteur, elle sentit les larmes lui picoter de nouveau les yeux.

« Je reviens à la maison, Ben. »

Cela faisait si longtemps qu'elle était partie, semblait-il. Il n'y avait pourtant qu'une semaine.

Ce soir-là, elle laissa pour sa belle-mère un mot où elle expliquait seulement qu'elle avait été rappelée à San Francisco et s'excusait de s'en aller si précipitamment. En passant, elle n'avait pu résister à son désir de reprendre le portrait qu'elle avait fait de Pilar et d'elle-même, certaine que sa belle-mère comprendrait. Elle demanda à la bonne d'informer Marc qu'elle était sortie lorsqu'il appellerait. C'était tout. Elle gagnerait ainsi une journée au moins. Mais il ne pouvait rien faire, en réalité. Il fallait qu'il termine son travail en Grèce, songea-t-elle dans l'avion. Marc la laisserait en paix pendant une semaine. Pour quelle raison interviendrait-il, d'ailleurs ? Il serait fâché qu'elle soit partie sans lui, rien de plus. Elle était libre, maintenant, pour une semaine, et ne pouvait penser à rien d'autre.

Une heure déjà avant d'atterrir, elle ne tenait plus en place. Elle se sentait comme une petite fille. Même la montée de nausées, de temps à autre, ne pouvait refroidir son enthousiasme. Elle se contentait de demeurer immobile quelques minutes, les yeux clos, et le malaise se dissipait. Sa pensée ne quittait pas Ben.

A San Francisco, elle fut l'une des premières à quitter l'avion, après une descente à la dérive à travers les nuages, dans une folle course avec le soleil, tandis que tout alentour devenait rose et or. C'était une splendide matinée, mais même toute cette beauté n'avait pu chasser Ben de son esprit. Il occupait encore toutes ses pensées alors que l'appareil s'immobilisait enfin devant la porte de débarquement et qu'elle attendait impatiemment d'être délivrée de son siège. Arborant déjà un demi-sourire, elle jeta sur ses épaules sa veste de velours noir, par-dessus son chemisier de soie blanche. Un pantalon immaculé, un visage couleur d'ivoire et sa chevelure d'ébène complétaient cette symphonie en blanc et noir. Elle était beaucoup plus pâle qu'à son départ, et son regard s'était chargé de tous les récents événements, mais il dansait cependant tandis qu'elle suivait la foule en direction de la sortie.

Tout à coup, elle le vit qui l'attendait, là-bas, au-delà de la barrière de la douane, seul dans le terminal à six heures du matin, une veste sur le bras et le sourire aux lèvres. Dès qu'elle apparut, ils coururent l'un vers l'autre, et elle se jeta dans ses bras.

« Oh ! Ben ! »

Dans ses yeux, des larmes se mêlaient aux rires, mais il ne dit rien et la pressa plus fort contre lui.

Une éternité sembla s'écouler avant qu'il desserre son étreinte.

« J'étais terriblement inquiet à ton sujet, Deanna. Je suis si heureux que tu sois là...

— Je le suis aussi. »

Il chercha son regard, mais ne sut trop déchiffrer ce qu'il y trouva. Une seule certitude : il y voyait de la douleur ; pour le reste, il n'aurait su dire. Elle s'approcha de lui à nouveau et l'enlaça étroitement.

« On va à la maison ? »

Elle fit un signe d'acquiescement, et ses yeux s'emplirent de larmes une fois encore. A la maison. Une semaine.

CHAPITRE XXIII

« Te sens-tu bien ? » s'inquiéta Ben.

Elle était allongée, les yeux fermés, un léger sourire flottant sur son visage. Elle était de retour depuis quatre heures, et ils n'avaient pas quitté leur lit. Il n'était que dix heures du matin, mais Deanna n'avait pas dormi dans l'avion, et Ben ne savait si c'était ce long voyage qui l'avait pareillement marquée, ou si la semaine depuis la mort de Pilar l'avait éprouvée plus encore qu'il ne l'aurait pensé. Elle lui avait montré le tableau en défaisant ses valises.

« Deanna, te sens-tu bien ? »

Il était en train de l'observer lorsqu'elle ouvrit les yeux.

« De ma vie, je ne me suis sentie mieux. »

Il vit à son sourire qu'elle ne plaisantait pas.

« Quand partons-nous pour Carmel ? ajouta-t-elle.

— Demain. Ou après-demain. Quand tu voudras.

— Pourrions-nous partir aujourd'hui ? »

Il y avait une parcelle de désespoir tapie quelque part, mais où, il n'avait pu encore le déceler, et cela le préoccupait.

« Peut-être. Je pourrais essayer de voir comment je peux m'arranger avec Sally. Si elle ne voit pas d'objection à s'occuper sans aide de la galerie pendant mon absence, alors ce serait d'accord.

— J'espère qu'elle le pourra. »

Elle avait parlé avec douceur, mais son ton était grave.

« Tu le désires tant que ça ? » demanda-t-il.

Elle se contenta de hocher la tête, et il alla préparer le petit déjeuner.

« Demain, ce sera ton tour », lui cria-t-il de la cuisine.

Elle traversa la pièce en riant, nue, et le regarda, debout sur le pas de la porte. Il lui importait peu qu'ils fassent l'amour avec l'enfant de Marc-Édouard en son sein. Ils l'avaient fait tout l'été, et ça lui était égal à présent. Elle voulait s'unir à Ben : elle aurait besoin de ce souvenir.

« Deanna ? »

Elle sourit en penchant un peu la tête de côté :

« Oui, monsieur ?

— Qu'est-ce qui ne va pas ? Je veux dire, hormis ce qui tombe sous le sens... Pilar. Y a-t-il autre chose ? »

Elle allait lui répliquer que c'était bien suffisant, mais ne put lui mentir.

« Certains faits sont apparus pendant que j'étais en France.

— Rien que tu puisses me dire ? »

Comme Marc, il avait des doutes au sujet de sa santé : elle avait l'air si fragile...

Lentement, de la tête, elle fit signe que non. Il n'avait pas besoin de savoir en ce qui concernait le bébé. C'eût été différent s'il s'était agi du sien.

« Quel genre de faits se sont produits ? »

Ses yeux pétillaient lorsqu'il ajouta :

« Brouillés ou sur le plat ?

— Plutôt brouillés, si tu veux bien. »

La simple idée des œufs au plat lui donnait la nausée, mais elle pourrait les avaler brouillés, du moment qu'elle n'avait pas à humer de trop près le café qu'il se préparait.

« Pas de café, ajouta-t-elle.

— Comment se fait-il ? dit-il, interloqué.

— J'y ai renoncé... pour faire carême.

— Je crois que tu as six ou sept mois d'avance. »

Sept mois... sept mois. Elle essaya de détacher son esprit de cette pensée et sourit à sa tentative de plaisanterie.

« Peut-être bien.

— Alors ? Qu'y a-t-il donc ?

— Oh ! je ne sais pas. (Elle pénétra dans la cuisine et noua les bras autour de lui, en s'appuyant contre son dos.) Je ne sais pas... je ne sais pas. J'aimerais seulement que ma vie soit un petit peu plus simple.

— Quoi d'autre ? »

Il fit demi-tour, toujours enveloppé de ses bras, et se retrouva face à elle, tous deux nus devant la cuisinière.

« Je t'aime, c'est tout », dit-elle.

Pourquoi fallait-il que cela fût maintenant ? Pourquoi fallait-il qu'elle ait à lui parler si tôt ? Les yeux baignés de larmes, elle se contraignit à le regarder en face. Elle le lui devait.

« Et... les choses ne vont pas s'arranger aussi facilement que je le pensais.

— Pensais-tu réellement que ce serait facile ? dit-il en soutenant son regard.

— Non. Mais plus facile quand même.

— Et à quel point est-ce difficile ?

— Je ne puis le quitter, Ben. »

Voilà. Elle l'avait dit. Mon Dieu, elle l'avait dit... Elle le dévisagea pendant un temps infini, des larmes plein les yeux.

« Pourquoi ne le peux-tu pas ?

— Je ne peux pas, simplement. Pas maintenant.»

«Et pas même plus tard, pas après avoir eu son enfant. Appelle-moi dans dix-huit ans...»

«L'aimes-tu, Deanna?

— Non. Je croyais l'aimer. J'en étais convaincue. Je sais que c'était vrai autrefois, et je suppose que je l'aime encore d'une certaine manière. Il m'a certainement donné quelque chose au cours de ces dix-huit ans, à sa façon à lui. Mais c'est... C'est terminé depuis des années. Cependant, je ne l'ai compris que cet été; et je le comprends mieux encore, après cette semaine... Il y avait même des moments, avec toi, où je me demandais vraiment si je devais le quitter ou non. Je ne savais pas. Il me semblait que je n'en avais pas le droit. Je pensais aussi que, peut-être, je l'aimais encore.

— Et tu ne l'aimes pas?

— Non.»

C'était comme un petit sanglot étouffé. Elle se détourna et s'essuya les yeux de ses mains.

«Je ne l'ai compris que voici quelques jours. Quelque chose s'est produit... et j'ai su», dit-elle.

«Parce que je ne veux pas de son bébé, Ben, je veux un enfant de toi!»

«Alors pourquoi restes-tu avec lui? A cause de Pilar?»

Étrangement calme, il lui parlait presque comme un père à sa fille.

«Pour ça et pour d'autres raisons. Les raisons importent peu. Je reste, voilà tout. Veux-tu que je m'en aille?»

Il se contenta de lui lancer un regard fixe et sortit sans un mot. Elle l'entendit un moment dans le salon, puis il claqua violemment la porte de la chambre, aussi fort qu'il le pouvait. Elle resta immobile dans la cuisine, pétrifiée et songeuse.

Elle savait qu'elle devait le quitter sur-le-champ. Ils n'iraient pas à Carmel. Mais tous ses vêtements étaient enfermés avec lui, dans sa chambre. Elle n'avait pas le choix, sinon d'attendre qu'il en sorte, ce qu'il fit une heure plus tard.

Il vint sur le seuil, les yeux rouges, l'air éperdu. Sur le coup, elle ne sut discerner s'il était dans une colère folle, ou simplement bouleversé.

« Qu'essaies-tu de me dire exactement, Deanna ? Que tout est fini ?

— Je... non... je... Oh! mon Dieu! »

Elle crut, de manière fugace, qu'elle allait s'évanouir, mais elle ne pouvait pas, non, pas maintenant. Elle inspira deux fois très profondément et s'assit sur le rebord du canapé, laissant pendre ses longues, fines jambes nues.

« Il me reste une semaine.

— Et ensuite ?

— Je disparais.

— Dans cette vie solitaire, à nouveau ? Dans ce mausolée qui te servait de maison, et, en plus, sans Pilar dorénavant ? Comment peux-tu te traiter ainsi ?

— Peut-être ne puis-je faire autrement, Ben.

— Je ne comprends pas. »

Il allait repartir vers sa chambre, mais s'arrêta et se tourna dans sa direction :

« Deanna, je t'ai dit... je t'ai dit que ce pourrait n'être que l'histoire d'un été et que je comprendrais. C'est ce que je t'avais dit. Je n'ai pas le droit d'y changer quelque chose, n'est-ce pas ?

— Tu as tous les droits d'être furieux, ou très, très blessé. »

Elle remarqua que ses yeux brillaient de larmes, mais il soutint son regard.

« Je suis l'un et l'autre. Mais c'est parce que je t'aime énormément. »

Elle hocha la tête, et, ne pouvant articuler une

parole, elle se réfugia dans ses bras. Il leur sembla demeurer enlacés des heures.

« Veux-tu que nous levions l'ancre pour Carmel aujourd'hui ? » demanda Ben.

Il était étendu sur le ventre et regardait le visage de Deanna tout proche. Après une sieste de trois heures, elle venait de se réveiller. Cinq heures allaient presque sonner. Il n'était pas allé à la galerie : il avait expliqué qu'il serait parti toute la semaine et que Sally devrait se débrouiller seule.

« Que veux-tu, franchement ?

— Être avec toi, dit-elle solennellement mais avec une expression de bonheur dans les yeux.

— N'importe où ?

— N'importe où.

— Alors, en route pour Tahiti.

— Je préférerais Carmel.

— Pour de bon ? »

Il fit courir un doigt le long de sa cuisse. Elle sourit.

« Pour de bon.

— D'accord. Eh bien, allons-y. Nous pouvons dîner là-bas ce soir.

— Absolument. Il est deux heures du matin. A l'heure où nous dînerons, je serai prête pour le petit déjeuner.

— Seigneur ! J'avais oublié ça. Te sens-tu à demi morte ? »

Elle paraissait très fatiguée, mais avait repris quelques couleurs, semblait-il.

« Non, je me sens très bien, je suis heureuse et je t'aime.

— Pas à moitié autant que moi. »

Il lui prit le visage entre ses mains et l'attira vers lui. Il voulait l'embrasser, la toucher, l'étreindre, avoir d'elle autant qu'il le pourrait pendant les quelques jours qui leur restaient. Soudain, une idée lui vint à l'esprit:

« Au fait, et tes tableaux ?

— Quoi, mes tableaux ?

— Continuerons-nous à travailler ensemble à la galerie ? Continuerai-je à t'exposer ? »

Il aurait voulu la voir s'enthousiasmer, s'écrier: « Bien évidemment », mais elle se tut un long moment. Et il comprit.

« Je ne sais pas. Il faudra voir. »

Mais comment aller le voir à la galerie dans quelques mois, lorsqu'elle serait visiblement enceinte de l'enfant de Marc-Edouard ?

« C'est bon, dit-il. N'en parlons plus. »

La douleur qu'elle perçut dans ses yeux fut plus qu'elle ne pouvait supporter. Elle éclata en sanglots.

« Qu'est-ce qui ne va pas, mon amour ?

— Tu vas me juger comme elle, l'autre, le faux jeton, la femme que tu avais épousée. »

Il s'agenouilla auprès d'elle.

« Tu n'es pas un faux jeton, Deanna. Rien en toi n'a jamais été faux. Nous avons seulement entrepris une chose difficile et, maintenant, il faut nous montrer à la hauteur de la tâche. Ce n'est pas facile, mais c'est honnête. Cela a été honnête d'un bout à l'autre. Je t'aime plus que je n'ai jamais aimé personne. Je veux que tu t'en souviennes éternellement. Si jamais tu veux revenir, je serai toujours là pour toi. Toujours. Même lorsque j'aurai quatre-vingt-treize ans. (Il espérait la faire rire, mais échoua.) Veux-tu que nous fassions un autre marché, maintenant ?

— Quoi ? »

Elle détesta Marc-Edouard et se détesta plus encore. Mieux valait se faire avorter. Tout, pourvu qu'elle puisse demeurer avec Ben. Ou peut-être accepterait-il l'enfant de Marc, si elle lui disait toute la vérité, depuis le commencement ? Mais elle savait qu'elle ne pourrait jamais tout lui raconter. Jamais, il ne comprendrait.

« Je veux que nous fassions un autre marché. Je veux que nous promettions de ne jamais nous dire qu'il s'agit de notre dernière semaine. Vivons chaque journée, aimons chacune de ces journées, profitons de chaque instant et faisons face à l'épreuve quand elle viendra. Si nous en parlons sans cesse, nous allons gâcher le temps qui nous reste. Marché conclu ? »

Il lui saisit le visage et l'embrassa doucement sur la bouche. De son chignon un peu lâche au sommet de sa tête, sa chevelure tombait, souple, autour de son visage.

« Marché conclu ? répéta-t-il.

— Marché conclu.

— Parfait », fit-il, solennel.

Il lui donna encore un baiser et sortit de la chambre.

Une heure plus tard, ils se mettaient en route pour Carmel, mais il leur était difficile de ne pas se sentir écrasés sous une chape de plomb. Rien n'était plus comme avant. Les jours de leur amour étaient presque achevés et, qu'ils en parlent ou non, tous deux le savaient. L'issue était beaucoup trop proche. L'été s'acheminait vers une fin amère.

CHAPITRE XXIV

« Tu es prête, ma chérie ? »

Il était minuit, dans la nuit du lundi. La Fête du Travail. C'était la fin. Le moment de rentrer chez soi. Elle parcourut d'un ultime regard la salle de séjour et prit la main de Ben dans la sienne. Les lumières étaient déjà éteintes ; la femme sur la plage, dans le tableau de Wyeth, dissimulait son visage au clair de lune. Pour la dernière fois, Deanna laissa glisser ses yeux sur elle avant de sortir de la maison. Il faisait extrêmement frais, mais la lune brillait et le ciel était rempli d'étoiles.

« Je t'aime », murmura-t-elle en montant dans la voiture.

Il lui toucha la joue, puis l'embrassa.

« Moi aussi, je t'aime. »

Ils souriaient tous deux ; soudain, il n'y avait plus lieu d'être tristes : ils avaient partagé une joie, une paix, un amour semblables à nul autre, et ce lien, personne ne pourrait le leur enlever. Il était à eux pour la vie.

« Es-tu aussi calme que moi, Deanna ? Je ne sais pourquoi je me sens si bien, sinon parce que tu me rends heureux et que tu le feras toujours. Quoi qu'il puisse arriver.

— Je ressens la même chose. »

« Et je le ressentirai toujours. » Elle s'accrocherait à ses souvenirs au long de la longue nuit hivernale que serait son existence avec Marc. Elle songerait à Ben lorsqu'elle tiendrait le bébé, pensant qu'il aurait pu être le sien. S'il l'avait été ! Et soudain elle le souhaita, plus qu'elle n'avait jamais rien souhaité.

« A quoi penses-tu ? »

Ils étaient sur le chemin du retour vers San Francisco car ils avaient prévu d'arriver vers deux heures du matin. Le lendemain, ils feraient la grasse matinée puis, après le petit déjeuner, il la ramènerait chez elle. Marc devait rentrer cet après-midi-là. Mardi, à trois heures. C'était tout ce que disait son télégramme. Margaret le lui avait lu au téléphone lorsqu'elle avait appelé pour s'assurer que tout allait bien à la maison. Mardi, à trois heures.

« Je t'ai demandé à quoi tu pensais.

— Il y a une minute, je pensais que j'aurais aimé avoir un fils de toi. »

Elle sourit à la nuit d'un air rêveur.

« Et une fille de moi ? Tu en aurais bien voulu, également ? »

Il lui rendit son sourire.

« Combien d'enfants envisagerais-tu, exactement ?

— Un nombre pair, c'est mieux. Douze, peut-être. »

Elle rit franchement et se blottit contre son épaule, se souvenant de la première fois où il avait prononcé ces paroles, le matin qui avait suivi son exposition. Ce matin-là reviendrait-il ?

« Moi, je m'en serais tenue à deux. »

Il n'aima pas ce conditionnel qui lui rappelait ce qu'il voulait ignorer. Ou oublier. Surtout cette nuit.

« Depuis quand as-tu décidé que tu n'étais plus trop vieille ?

— Je crois encore l'être, mais... on peut toujours rêver.

— Enceinte, tu serais à croquer. (Cette fois, elle ne dit mot.) Fatiguée ?

— Juste un petit peu. »

Elle l'avait été trop souvent, cette semaine. C'était bien sûr à cause de la tension ; néanmoins, il n'aimait pas ces cernes sombres sous ses yeux, ni la pâleur de son visage, le matin, au réveil. Mais il n'aurait plus à s'inquiéter. Demain, c'en serait fini.

« Et toi, maintenant, à quoi penses-tu ? »

Elle leva vers lui un regard empreint de gravité.

« A toi.

— C'est tout. »

Il n'avait pas envie de jouer :

« C'est tout.

— Et quoi, à propos de moi ?

— Je pensais que j'aurais voulu un enfant de toi. »

Un sanglot lui obstrua la gorge et elle se détourna vivement.

« Tais-toi, Ben.

— Je suis navré. »

Il l'attira plus près de lui et ils continuèrent à rouler.

« Et qu'est-ce que je dois comprendre ? »

Chantal décocha un regard furieux à Marc, debout à l'autre extrémité de la chambre. Il boucla sa valise, qu'il jeta sur le sol.

« C'est pourtant clair. Ça dit exactement ce que ça veut dire, Chantal. Allons, ça suffit, cesse de jouer. J'ai passé près de trois mois ici, cet été ; maintenant, j'ai du travail là-bas.

— Pendant combien de temps ? »

Elle était livide, et on voyait qu'elle avait pleuré.

« Je te l'ai dit. Je l'ignore. Bon, maintenant, sois gentille, allons-y.

— Non, tant pis. Je me fiche que tu rates ton avion. Tu ne vas pas me quitter comme ça. Pour qui me prends-tu ? Tu me crois idiote ? Tu vas la retrouver, un point c'est tout. Pauvre, pauvre petite femme, avec son petit cœur brisé d'avoir perdu sa fille, son petit mari chéri va la consoler. Alors non ! Merde ! Et moi, qu'est-ce que je deviens, là-dedans ? »

Elle avança vers lui d'un air menaçant, et il sentit un muscle se raidir dans sa mâchoire.

« Je te l'ai dit. Elle est malade.

— De quoi ?

— De différentes choses. Et puis, cela n'a rien à voir, Chantal. Elle ne va pas bien, c'est tout.

— Par conséquent, tu ne peux pas la quitter en ce moment. Quand le pourras-tu, alors ?

— Bon Dieu, ça fait une semaine qu'on ne cesse d'en parler. Pourquoi faut-il que tu remettes ça sur le tapis quand j'ai un avion à prendre ?

— Au diable ton avion ! Je ne te laisserai pas m'abandonner. »

Sa voix était devenue dangereusement aiguë et ses yeux parcouraient la pièce comme des animaux affolés.

« Tu ne peux pas partir ! Non, Marc-Edouard, non ! »

Elle fondit en larmes. Il s'assit avec un soupir.

« Chantal, chérie, je t'en prie. Je te l'ai dit, ça ne durera plus longtemps. Je t'en prie, ma chérie. Essaie de comprendre. Je ne t'ai jamais vue comme ça, auparavant. Pourquoi faut-il que tu te montres aussi peu raisonnable ?

— Parce que trop c'est trop ! J'en ai assez ! Quoi qu'il puisse se passer, tu restes marié avec elle.

Année après année, sans fin. Eh bien, merde, j'en ai marre !

— Et il faut que tu en aies marre précisément maintenant ! dit-il en regardant sa montre avec désespoir. Je te l'ai dit hier soir, s'il apparaît que je doive être retenu trop longtemps, je te ferai venir. D'accord ?

— Pour combien de temps ?

— Oh ! Chantal ! dit-il avec l'expression irritée qu'il n'avait eue jusqu'ici qu'avec Deanna. Attendons de voir comment les choses vont tourner. Si tu viens me rejoindre aux États-Unis, tu pourras y rester un petit bout de temps.

— Quelle longueur, le bout ? »

Elle commençait à jouer, ce dont il s'aperçut.

« La longueur de mon pied. Ça te va ? Maintenant, allons-y. Je te téléphonerai presque tous les jours. Je vais essayer de revenir dans quelques semaines. Sinon, c'est toi qui viendras. Satisfaite ?

— Presque.

— Presque ? » s'écria-t-il.

Elle renversa un peu la tête pour un baiser auquel il ne put résister.

« Toi alors ! » dit-il.

Il l'embrassa et ils se précipitèrent en riant dans la chambre à coucher, se taquinant, se touchant, avides l'un de l'autre.

« Je vais rater mon avion, tu sais.

— Et alors ?... Et ensuite allons dîner chez Maxim's. »

On aurait aisément pu croire que c'était elle qui était enceinte, mais ils savaient avec la plus absolue certitude qu'il n'en était rien. Ils l'avaient cru un jour mais avaient eu tellement peur, en raison du diabète dont elle souffrait, qu'ils avaient décidé de ne plus en prendre le risque. La vie de Chantal était en jeu. Et, d'ailleurs, avoir un enfant ne lui avait jamais particulièrement tenu à cœur. Pas même un enfant de Marc.

Ben arrêta la voiture à mi-hauteur de la rue.
« Ici ? »
Elle fit un signe affirmatif ; c'était comme si la terre allait cesser de tourner, comme si quelqu'un venait de leur annoncer l'apocalypse. Ils savaient que c'était pour bientôt, ils savaient même quand... mais qu'adviendrait-il après ? Où aller ? Que faire ? Comment vivrait-elle sans lui, jour après jour ? Comment pourrait-elle survivre sans les moments passés ensemble à Carmel ? Comment pourrait-elle ne plus se réveiller dans leur chambre jaune, en essayant de calculer si c'était à lui ou à elle de préparer le petit déjeuner ? Pourrait-elle le supporter ? Elle le contempla longuement, intensément, puis le serra très fort dans ses bras, sans se soucier d'être vue. Eh bien, qu'ils voient. Personne ne la surprendrait plus en train de le presser sur son cœur. Ils croiraient avoir été les jouets d'un mirage. Et, fugitivement, elle se demanda si elle aussi le croirait, dans des années. Tout cela lui semblerait-il un rêve ?

« Prends bien soin de toi, mon amour. Je t'aime... »

Ces mots, elle les lui avait murmurés à l'oreille.

« Je t'aime aussi. »

Ils se tinrent enlacés en silence. A la fin, il ouvrit la porte d'un geste soudain.

« Je ne veux pas que tu t'en ailles, Deanna. Mais, si tu t'attardes, je serai incapable... de te laisser partir. »

Elle vit que les yeux de Ben brillaient d'un éclat excessif, et sentit les siens s'emplir de larmes. Elle baissa le regard, puis le releva aussitôt. Elle avait besoin de le voir, de savoir qu'il était encore là. Ses bras se nouèrent à nouveau autour de lui.

« Ben, je t'aime. »

Elle se colla à lui, puis lentement se détacha et le fixa un long, terrible, moment.

« Puis-je te dire que ces mois ont donné un sens à ma vie tout entière ? poursuivit-elle.

— Tu le peux. (Il sourit et déposa un baiser sur le bout de son nez.) Et puis-je te dire de sortir de ma voiture, et plus vite que ça ? »

Elle le considéra avec surprise, puis se mit à rire.

« Non, je ne te le permets pas.

« Ma foi, je crois que, de quelque façon qu'on s'y prenne, ce ne sera pas facile ; alors, autant en rire un bon coup. »

Et elle rit, mais, dans le même temps, commença à pleurer.

« Seigneur ! Je suis une loque !

— Ah ! ça, oui ! dit-il d'un air de connaisseur, avec un sourire qui fit bientôt place à une expression plus réfléchie. Et moi aussi. Mais, très franchement, ma chère, je crois que nous avons beaucoup de style. »

Puis avec une triste grimace, il se pencha pour l'embrasser une fois encore, la regarda avec intensité et dit :

« Va-t'en. »

Elle acquiesça et lui effleura le visage. Les poings fermés, elle se glissa hors de la voiture, le regarda pendant un laps de temps interminable, se retourna et s'éloigna. A peine se fut-elle détournée de lui, alors qu'elle fouillait dans son sac à la recherche de ses clefs, qu'elle l'entendit démarrer. Mais elle ne se retourna pas, ne regarda pas, ne voulut pas voir, elle l'ensevelit seulement au plus profond de son cœur et pénétra dans la maison qu'elle partagerait le reste de ses jours avec Marc.

CHAPITRE XXV

« Bonjour, chérie. As-tu bien dormi ? »

Il baissa les yeux sur la forme allongée sur le lit.

Aucune allusion à la semaine précédente, ni au fait qu'elle s'était littéralement enfuie de Paris.

« Tu as raté ton avion ?

— Eh oui ! Bêtement. Impossible de trouver un taxi, et puis j'ai été pris dans un embouteillage... une foule de petits incidents, et il a fallu que j'attende six heures pour avoir le vol suivant. Comment te sens-tu ?

— Pas trop mal.

— Pas mieux que ça ? »

Pour toute réponse, elle haussa les épaules. Elle se sentait aussi mal que possible, elle aurait voulu être morte. Tout ce qu'elle désirait, c'était Ben. Mais pas ainsi, pas avec le bébé de Marc-Edouard.

« Il faut que tu voies le docteur aujourd'hui même, dit Marc. Veux-tu que je demande à Dominique de te prendre un rendez-vous, ou veux-tu le faire toi-même ?

— N'importe. »

Pourquoi se montrait-elle si docile ? Il n'aimait guère ce qu'il voyait. Elle était hâve et pâle, triste et nerveuse, et pourtant indifférente à tout ce qu'il disait.

« Il faut que tu le voies aujourd'hui, répéta-t-il.

— Bien. Puis-je y aller seule, ou veux-tu que Dominique m'accompagne ? »

Ses yeux jetaient des éclairs.

« Aucune importance. Mais tu iras aujour-d'hui ?

— Oui, ne te fais pas de souci. Et toi, où vas-tu aujourd'hui ? A Rome ou à Athènes ? »

Elle passa devant lui et se dirigea vers la salle de bain, où elle s'enferma. Ces huit mois allaient être merveilleux, songea Marc, lugubre. Lorsque le bébé arriverait, un mois plus tard que prévu, il lui dirait simplement que l'enfant prenait son temps. Cela se produisait sans arrêt, que des bébés naissent avec trois semaines de retard. Marc n'avait cessé d'y penser durant sa traversée en avion.

Il parla d'une voix ferme devant la porte close de la salle de bain :

« Si tu as besoin de moi, je serai au bureau. Et n'oublie pas d'aller chez le docteur. Aujourd'hui. Compris ?

— Oui. Parfaitement. »

Elle parvint à empêcher sa voix de trembler, afin qu'il ne sache pas qu'elle pleurait. Elle ne pouvait continuer ainsi. Elle ne pourrait s'y habituer. C'était au-dessus de ses forces. Il fallait qu'elle le quitte, qu'elle trouve un moyen de revenir à Ben, avec ou sans ce maudit gosse. Elle eut une idée. Lorsqu'elle entendit claquer la porte d'entrée, elle sortit et se dirigea droit sur le téléphone. L'assistante lui répondit que le docteur était occupé, mais lorsqu'elle eut obtenu qu'on explique qui était au bout du fil, il prit la communication.

« Deanna ? »

Il semblait surpris. Elle n'appelait plus que rarement.

« Bonjour, docteur Jones. »

Au simple fait de l'entendre, elle sentit que sa voix devenait moins tendue. Il allait l'aider. Il l'avait toujours fait.

« J'ai un problème, poursuivit-elle. Un très gros problème. Puis-je venir vous voir ? »

Il devina à son ton que c'était urgent.

« Qu'entendez-vous par là, Deanna ? Aujourd'hui ?

— Me détesterez-vous si je dis oui ?

— Je ne vous détesterai pas, mais il se pourrait que je m'arrache les derniers cheveux qui me restent. Cela ne peut-il attendre ?

— Non. Ou je deviendrai folle.

— Très bien. Soyez là dans une heure. »

Elle arriva à l'heure exacte ; il se cala dans l'énorme fauteuil de cuir rouge que, dans son esprit, elle lui associait toujours étroitement.

« Eh bien ?

— Je suis enceinte. »

Il ne cilla pas. Rien dans son visage ne bougea.

« Et quel est votre sentiment à ce sujet ?

— Je suis horrifiée. C'est le mauvais moment... Rien dans cette histoire ne me convient.

— Et Marc a le même sentiment ? »

Qu'avait-il à y voir ? Quelle importance ? Mais elle se devait d'être honnête.

« Non. Il est content. Mais, pour tout un tas de raisons, je pense que ce n'est pas bien. Et tout d'abord, je suis trop vieille.

— En principe non. Mais vous sentez-vous trop âgée pour vous occuper d'un tout-petit ?

— Ce n'est pas tellement cela, mais... simplement, je suis trop vieille pour repasser par tout ça une nouvelle fois. Si le bébé venait à mourir, s'il arrivait encore quelque chose de ce genre?

— Si c'est cela qui vous inquiète, vous avez tort, et vous le savez. Vous savez aussi bien que moi que les deux incidents n'avaient aucun rapport entre eux; ce n'étaient que deux tragiques accidents. Cela ne se produira plus. Mais je crois que ce que vous essayez de me dire, Deanna, c'est simplement que vous ne voulez pas de cet enfant. Peu importent les raisons. Ou bien y a-t-il des raisons que vous ne voulez pas me confier?

— Je... oui. Je... Je ne veux pas d'enfant de Marc.»

Pendant quelques secondes, il resta abasourdi.

«Y a-t-il à cela une raison particulière, ou est-ce l'effet d'un caprice passager?

— Il ne s'agit pas d'un caprice. J'ai songé tout l'été à le quitter.

— Je vois. Le sait-il?»

Elle secoua la tête.

«Et voilà qui vient compliquer les choses, n'est-ce pas? reprit-il. Le bébé est bien de lui?»

Jamais il ne lui aurait posé une telle question dix ans auparavant, mais les choses étaient apparemment différentes aujourd'hui, et il parla avec tant de gentillesse qu'elle ne s'en offusqua pas.

«Oui, le bébé est de lui... Parce que je suis enceinte de deux mois. Si c'était plus récent, il ne serait pas de lui.

— Comment savez-vous que cela date de deux mois?

— Ils me l'ont dit en France.

— Ils peuvent s'être trompés, mais il est probable que non. Pourquoi ne voulez-vous pas de cet enfant? Parce que c'est celui de Marc?

— En partie. Et puis je ne veux pas lui être attachée plus que je ne le suis déjà. Si j'ai ce bébé, je ne pourrai pas m'en aller aussi facilement.

— Pas très facilement, mais vous le pourriez. Mais que feriez-vous alors ?

— Ma foi, je pourrais difficilement retourner vers l'autre homme avec le petit de Marc.

— Vous le pourriez.

— Non, docteur, je ne pourrais faire ça.

— Non, mais vous n'êtes pas tenue de rester avec Marc parce que vous attendez son enfant. Vous pouvez très bien vous débrouiller seule.

— Comment ?

— Vous trouverez un moyen, si c'est ce que vous désirez vraiment.

— Je ne le désire pas. Je veux... je veux autre chose.

— Avant que vous ne me l'expliquiez, laissez-moi vous demander quelle est la place de votre fille dans tout ça. Dans un cas ou dans l'autre, que penserait-elle si vous aviez un autre enfant ? »

Deanna gardait les yeux baissés, lugubre. Enfin, elle le regarda :

« Cela n'a plus d'importance. Elle est morte en France voici deux semaines. »

Tout sembla s'arrêter quelques instants, puis il se pencha et lui prit la main.

« Mon Dieu, Deanna. Je suis vraiment désolé.

— Nous aussi, docteur.

— Et malgré cela, vous ne voulez pas d'autre enfant ?

— Pas de cette façon. Pas maintenant. Cela m'est vraiment impossible. Je voudrais avorter. C'est pourquoi je suis ici.

— Croyez-vous pouvoir le supporter ? Vous

savez, on ne peut revenir en arrière. C'est une situation qui presque toujours amène les remords et un sentiment de culpabilité. Vous le ressentirez très longtemps.

— Dans mon corps?

— Dans votre cœur... dans votre esprit. Il faut que vous vouliez vous en débarrasser à toute force, si vous voulez ne pas regretter. Et s'ils avaient commis une erreur de disgnostic en France, s'il y avait une chance que l'enfant soit de l'autre? Désireriez-vous toujours avorter?

— Je ne puis prendre ce risque. Il faut que je m'en défasse, pour le cas où il serait de Marc. Et il n'y a aucune raison de croire à une erreur.

— L'erreur est humaine. J'en fais quelquefois moi-même. Après ce qui est arrivé à Pilar, vous sentez-vous capable de faire face?

— Il le faut. Le ferez-vous?

— Si c'est ce que vous voulez. Mais je veux d'abord vous examiner et m'assurer par moi-même. Peut-être n'êtes-vous même pas enceinte, après tout... »

Mais elle l'était. Et il convint que cela datait probablement de deux mois, bien qu'il fût toujours difficile d'être précis en début de grossesse. Puisque Deanna semblait si déterminée, mieux valait opérer au plus vite.

« Demain? lui demanda-t-il. Venez à sept heures du matin, et vous serez de retour chez vous à cinq. En parlerez-vous à Marc? »

Elle secoua la tête:

« Je lui dirai que je l'ai perdu.

— Et ensuite?

— Je ne sais pas. Il faut que j'y réfléchisse.

— Et si vous décidez par la suite de rester avec Marc et d'avoir un autre enfant, et que vous découvriez qu'après cette intervention vous ne le pouvez plus? Alors, Deanna? Vous voulez vous gâcher la vie en vous sentant coupable?

— Non. Je ne puis imaginer cette situation, mais, si cela arrivait, il faudrait que je m'en accommode. Et je m'en accommoderai.

— En êtes-vous certaine?

— Tout à fait.»

Elle se leva. Il griffonna l'adresse de l'hôpital où il l'envoyait.

«Est-ce dangereux?»

Elle n'avait même pas songé à s'en enquérir jusqu'alors. Elle s'en souciait assez peu, en vérité. De toute façon, elle aurait mieux aimé mourir que d'être enceinte de Marc.

Mais le docteur Jones secoua la tête d'un air rassurant et lui tapota le bras:

«Non, ce n'est pas dangereux.»

«Où vas-tu à cette heure-ci?»

Marc souleva la tête et regarda sa femme se glisser hors du lit, fâché contre elle-même de l'avoir réveillé.

«A l'atelier. Je ne parviens pas à dormir.

— Tu devrais rester couchée.»

Mais déjà ses paupières s'étaient refermées.

«Je vais passer beaucoup de temps couchée aujourd'hui.»

Cela du moins était vrai.

«D'accord.»

Le temps pour elle de s'habiller, et il était déjà rendormi. Elle lui laissa une note: elle ne rentrerait que dans l'après-midi. Il se mettrait en colère, mais il ne pourrait deviner, et lorsqu'elle rentrerait, il serait trop tard. En montant dans la voiture, elle eut un coup d'œil pour son jean et ses sandales. La dernière fois qu'elle les avait portés, c'était à Carmel avec Ben. Tout en patientant pour que le moteur chauffe, elle se prit à penser en regardant le ciel pâle du matin. La dernière fois qu'elle avait vu un ciel pareil, c'était avec lui. Et puis, sans raison, elle se souvint de ce que lui avait demandé le médecin : si le bébé était celui de Ben ? Mais cela ne se pouvait. Deux mois plus tôt, c'était avec Marc qu'elle avait fait l'amour. Cependant, elle avait rencontré Ben à la fin du mois de juin ; ce pouvait être le sien également. Pourquoi ne pouvait-elle avoir de certitude ? Pourquoi n'était-elle pas enceinte d'un mois, au lieu de deux ?

« Merde ! »

Elle prononça le mot tout haut, appuya sur l'accélérateur, et exécuta une marche arrière pour atteindre la rue. Mais si l'enfant était pourtant de lui ? Elle aurait voulu lui parler, tout lui dire, lui demander son avis, mais c'était une idée folle. Elle alla droit à l'adresse indiquée ; la tête commençait à lui tourner.

Lorsqu'elle arriva, elle avait le teint pâle et les traits tirés. Le docteur Jones l'attendait déjà. Il était doux et calme, comme toujours. Il lui toucha le bras.

« Êtes-vous bien certaine ? » demanda-t-il.

Elle fit un signe affirmatif, mais il distingua dans ses yeux quelque chose qu'il n'aima pas.

« Parlons un peu, proposa-t-il.

— Non. Allons-y.

— Bien. »

Il donna des ordres à l'infirmière, et l'on conduisit Deanna dans une petite pièce où on lui fit enfiler une blouse de l'hôpital.

« Où vont-ils m'emmener ?

— Au bout du couloir. Vous ne reviendrez pas ici de toute la journée. »

Brusquement, pour la première fois, elle eut

peur. Si elle avait mal? Si elle mourait? Si elle avait une hémorragie sur le chemin du retour? Si... Comme l'infirmière continuait à lui expliquer la technique d'aspiration, elle se sentit devenir blanche.

« Comprenez-vous?

— Oui. »

C'était tout ce qui lui venait à l'esprit. Et, tout à coup, elle désira désespérément que Ben soit là.

« Avez-vous peur? »

L'infirmière essayait de paraître douce, mais sans y parvenir.

« Un petit peu.

— Il ne faut pas. Ce n'est rien. J'en ai eu trois. »

« Seigneur! pensa Deanna. N'est-ce pas merveilleux? On vous a fait un prix? »

Deanna attendit, assise dans sa petite chambre. Elle fut enfin conduite au bout du corridor et introduite dans une pièce où on la fit grimper sur une table stérile. On sangla ses pieds dans les étriers. Tout y était semblable à ces salles d'accouchement où elle était passée pour ses deux premiers bébés, et pour Pilar enfin. Une salle d'accouchement — pas d'avortement. Elle sentit la sueur l'inonder. Ils l'abandonnèrent seule pendant près d'une demi-heure, et elle demeura là, les jambes en l'air, luttant contre son envie de pleurer et se répétant que bientôt ce serait fini. Terminé. Éliminé. Ils le lui arracheraient avec cette machine. Elle regarda alentour, se demandant quelle pièce de cet appareil aux allures sinistres était « la Pièce », mais toutes paraissaient également terrifiantes. Ses jambes se mirent à trembler. Des heures semblèrent s'écouler avant que le docteur Jones pénètre dans la chambre. Elle sursauta.

«Deanna, nous allons vous faire une piqûre pour vous décontracter.

— Je ne veux pas.»

En essayant de s'asseoir bien droite, elle se débattit, les jambes en l'air.

«De la piqûre? Mais ce sera beaucoup plus facile si on vous la fait. Croyez-moi. C'est beaucoup plus pénible autrement.»

Il semblait plein d'une immense compassion, mais elle secoua la tête.

«Je n'en veux pas. Pas de la piqûre, de l'avortement. Je ne peux pas.»

Si le bébé était de Ben? Cette idée l'avait taraudée pendant toute la dernière heure. Ou alors était-ce seulement une excuse pour le garder? Elle n'avait aucune certitude.

«En êtes-vous sûre, Deanna? Ou est-ce seulement la peur?

— Les deux. Tout... Je ne sais plus.»

Ses yeux étaient baignés de larmes.

«Et si ce bébé était à vous, et à personne d'autre? Si aucun homme n'avait rien à y voir... Si vous pouviez avoir ce bébé pour vous toute seule... Voudriez-vous de lui?»

Elle leva les yeux vers lui et inclina la tête. Oui.

Il lui détacha les jambes.

«Alors rentrez, ma petite, et cherchez la solution. Vous pouvez faire cet enfant toute seule, si telle est votre volonté. Nul ne peut vous le retirer. Il vous appartiendra entièrement.»

Elle se prit à sourire à cette idée.

Lorsqu'elle rentra, Marc était sous la douche; elle monta sans bruit dans son atelier et ferma la porte à clef. Qu'avait-elle fait? Elle avait pris la décision de garder l'enfant, et ce qu'avait dit le docteur était vrai : elle pouvait l'avoir seule, et le faire sien. C'était possible, non ? Ou bien serait-il celui de Marc ? *Comme Pilar l'avait été.* Soudain, elle sut qu'elle ne pourrait jamais s'échapper. Cet enfant appartenait à Marc. Elle n'avait pas encore le courage de l'avoir seule. Et puis, quelle importance ? N'avait-elle pas déjà perdu Ben ?

CHAPITRE XXVI

« Bonjour, Deanna. »

Marc lui jeta un coup d'œil en s'asseyant. La sélection habituelle de journaux s'étalait en bon ordre sur la table ; le café était chaud, et Deanna était occupée à manger un œuf.

« Tu as faim ce matin ? » dit-il.

Cela faisait des semaines qu'il ne l'avait pas vue manger.

« Pas beaucoup. Tiens, tu peux prendre mon toast. »

Elle poussa vers lui l'assiette de porcelaine bleue de Limoges, fine comme une dentelle. La nappe de ce matin était également d'un bleu pâle et délicat, en harmonie avec son humeur mélancolique.

Marc l'observa attentivement tandis qu'elle jouait distraitement avec son œuf.

« Es-tu souffrante ? »

Elle haussa les épaules et, après un moment, releva les yeux.

« Non.

— Je pense que tu ferais peut-être mieux d'aller voir le docteur.

— Je dois le voir la semaine prochaine, de toute façon. »

Une vingtaine de jours s'étaient écoulés depuis qu'elle avait fui la salle d'avortement. Trois semaines qu'elle n'avait pas vu Ben. Et elle était sans nouvelles de lui. Elle savait qu'elle n'en aurait plus jamais. Elle le rencontrerait par hasard un jour, quelque part, dans un endroit quelconque, et ils bavarderaient un moment comme de vieux amis. Et ce serait tout. Tout était fini. Si amoureux qu'ils aient été. Elle sentit toute force l'abandonner à cette pensée. Elle ne voulait que retourner au lit.

« Que vas-tu faire aujourd'hui ? » demanda-t-il.

Il avait l'air distrait, mais préoccupé par son état.

« Rien. Je travaillerai probablement un peu dans l'atelier. »

Mais elle ne travaillait pas. Elle restait assise, les yeux fixés sur la montagne de toiles que la galerie lui avait renvoyées, en dépit des protestations de Ben. Mais elle ne pouvait pas : elle ne pouvait pas lui faire vendre ses œuvres sans le voir. Et il ne fallait pas qu'il la voie enceinte cet hiver. Elle n'avait pas eu le choix. Elle avait insisté auprès de Sally pour que les toiles soient retournées. Elles étaient maintenant appuyées contre les murs de l'atelier, tournant vers elle d'un air désolé leurs dos d'une couleur boueuse, à l'exception de celle qui la représentait en compagnie de Pilar et qu'elle contemplait chaque jour durant des heures.

« Aimerais-tu me rejoindre quelque part pour déjeuner ? »

Elle s'en allait lorsqu'elle entendit ces mots ; elle se retourna, pour le voir trônant comme un roi dans la salle à manger. Il était son roi, son maître, désormais, et elle son esclave, et tout cela à cause de cet enfant à venir que, par lâcheté, elle gardait. Elle fit un signe négatif.

« Non, merci. »

Elle tenta de sourire, mais ce fut à peine un

rayon de soleil hivernal, moins qu'un pâle miroitement sur la neige. Elle ne voulait pas déjeuner avec lui. Elle ne voulait pas être, ni être vue, en sa compagnie. Que se passerait-il si Ben les apercevait ensemble? L'idée même lui en était intolérable. Elle secoua encore la tête et alla se cacher dans son studio.

Elle y demeura blottie, les genoux repliés entre ses bras, les larmes lui coulant sur les joues. Ce fut des heures plus tard, lui sembla-t-il, que la sonnerie du téléphone retentit.

« Salut, la môme, qu'est-ce que tu fais? »

C'était Kim. Deanna soupira à part elle et s'efforça de s'arracher un sourire.

« Pas grand-chose. Je suis assise dans mon atelier et je me dis que je devrais prendre ma retraite.

— Tu parles! Pas après les critiques enthousiastes que t'a values ton exposition. Comment va Ben? A-t-il vendu d'autres toiles?

— Non. Il... il n'en a pas vraiment eu l'occasion.

— Oui, je suppose. Mais je suis sûre qu'il le fera à son retour de Londres. Sally dit qu'il y est encore pour une semaine.

— Oh! Je ne savais pas. Marc est revenu depuis trois semaines et nous avons été très occupés. »

Kimberly trouva difficile de la croire; elle savait qu'en raison de la mort récente de Pilar, ils ne sortaient pas. C'est du moins ce que lui avait déclaré Deanna la dernière fois qu'elles s'étaient parlé.

« Puis-je t'attirer hors de ton atelier pour le déjeuner?

— Non, je... non, vraiment... je ne peux pas. »

Soudain Kim entendit dans sa voix quelque chose qui ne lui plut pas, un tremblement de douleur qui l'effraya, tant il était âpre et violent.

« Deanna ? (Mais il n'y eut pas de réponse ; Deanna s'était mise à pleurer.) Puis-je venir tout de suite ? »

Deanna allait lui dire non, l'arrêter : qu'elle ne sache pas. Mais elle n'avait plus la force.

« Deanna, tu m'entends ? J'arrive. Je suis là dans deux minutes. »

Avant qu'elle ait pu descendre, Deanna entendit les pas de Kim sur les marches qui menaient à son studio. Elle ne voulait pas que Kim aperçoive les rangées de tableaux alignés contre les murs, mais il était trop tard. Kim frappa un coup et entra. Elle promena autour d'elle un regard stupéfait, sans comprendre ce qu'elle voyait. Il devait y avoir là vingt ou trente toiles.

« Qu'est-ce que c'est que tout ça ? »

Il ne pouvait s'agir de nouvelles œuvres. Quand elle souleva les tableaux cachés les uns par les autres et vit des sujets qui lui étaient devenus familiers, Kim se retourna vers son amie, les yeux écarquillés.

« Tu t'es retirée de la galerie ? demanda-t-elle. (Deanna opina du chef.) Mais pourquoi ? Ils t'ont organisé une superbe exposition, les critiques étaient bonnes. La dernière fois que j'ai parlé à Ben, il m'a dit avoir vendu presque la moitié de tes toiles. Pourquoi ? A cause de Marc ? »

Deanna soupira et s'assit :

« Il fallait que je me retire. Je ne pouvais faire autrement. »

Kim s'assit en face d'elle ; l'inquiétude ridait son front. Deanna avait un teint blafard, cadavérique, les traits tirés, mais le pire était cette empreinte tragique dans son regard.

« Deanna, je... je sais comme tu dois souffrir à propos de Pilar. Enfin, je ne sais pas, mais je peux l'imaginer. Mais tu ne peux gâcher toute ta vie. Ta carrière doit rester séparée du reste.

— Mais elle ne l'est pas. A cause... à cause de Ben.»

Ses paroles furent étouffées par ses larmes et par ses mains qu'elle avait portées à sa bouche. Kim s'approcha d'elle et la prit dans ses bras avec fermeté.

«Laisse-toi aller.»

Sans savoir pourquoi, Deanna suivit son conseil. Elle pleura dans les bras de Kim pendant ce qui lui parut des jours, pleura la perte de Pilar, de Ben, et peut-être même de Marc. Elle savait qu'elle l'avait perdu au profit de sa maîtresse. La seule chose qu'elle n'ait pas perdu était ce bébé dont elle ne voulait pas. Kim ne dit rien, mais la laissa soulager sa détresse sur son cœur. Après un très long moment, les sanglots prirent fin, et Deanna la regarda dans les yeux.

«Oh! Kim, je suis désolée. Je ne sais pas ce qui m'est arrivé. Je...

— Pour l'amour du Ciel, ne t'excuse pas! Tu ne peux pas conserver tout ça enfermé au fond de toi. C'est impossible. Veux-tu une tasse de café?»

Deanna refusa d'un signe de tête, mais s'anima un peu:

«Peut-être une tasse de thé...»

Kim attrapa le téléphone et appela la cuisine.

«Et peut-être pourrions-nous aller faire une promenade après ça? Qu'est-ce que tu en dis?

— Et toi, de ton côté? As-tu laissé tomber ton boulot, ou juste pris une journée de congé pour jouer au psychiatre avec moi?»

On discernait un sourire dans les yeux rougis de Deanna.

«Zut alors! Si tu peux retirer tes billes de la galerie, pourquoi ne donnerais-je pas mon congé? C'est à peu près aussi intelligent, lança Kim.

« — Non, tu as tort. J'ai bien fait d'agir ainsi.

— Mais pourquoi ? Je ne comprends pas. »

Deanna se disposait à placer une réplique qui la dissuadât d'insister, mais au lieu de cela, posa son regard sur elle et lâcha :

« Je ne veux plus voir Ben.

— Tu as rompu avec Ben ? »

Le temps sembla s'arrêter dans la pièce tandis qu'elles se regardaient, les yeux dans les yeux. Deanna inclina la tête.

« Tu vas rester avec Marc ?

— Je n'ai pas le choix. »

Elle poussa un soupir et alla chercher le plateau que Margaret avait laissé à l'extérieur, près de la porte. Elle tendit à Kim sa tasse de café et se rassit avec son thé. Elle en goûta une gorgée avant de fermer hermétiquement les paupières :

« Marc et moi allons avoir un bébé.

— Quoi ? Tu veux plaisanter ? »

Deanna rouvrit les yeux.

« Plût au Ciel ! Je l'ai appris alors que j'étais en France. Je me suis trouvée mal dans une petite église de campagne quelques jours après l'enterrement, et Marc a insisté pour m'emmener à l'hôpital du coin. Il croyait que j'avais quelque chose de grave, mais nous étions tous deux dans un tel état, cela aurait pu se faire... Tout ce qu'ils ont trouvé, en fait, c'était que j'étais enceinte de deux mois.

— Ce qui t'amène à combien maintenant ?

— Trois mois exactement.

— Tu n'en as pas l'air. »

Encore sous le choc, Kim baissa les yeux sur le ventre totalement plat moulé dans le jean.

« Grands dieux ! Ben est-il au courant ?

— Non. Je n'ai pu me résoudre à le lui dire. J'ai songé à... à me faire avorter. Et j'ai essayé. Tout était organisé, mais lorsqu'ils m'ont mise sur la table, je n'ai pas pu. Pas après la mort de mes deux bébés, puis celle de Pilar. Dieu sait si je ne veux pas de cet enfant!... Mais je ne peux pas.

— Et Marc?

— Il est ravi. Il va enfin avoir son fils. Ou une remplaçante de Pilar.

— Et toi, Deanna?»

Sa voix s'était faite douloureusement compatissante.

«Quest-ce qu'il me reste? Pas grand-chose. Je perds le seul homme que j'aime véritablement, je me retrouve prisonnière d'un mariage dont j'ai découvert qu'il est mort depuis des années, j'attends un bébé dont j'ignore s'il vivra ou non... Et, s'il vit, il deviendra celui de Marc, qui le montera contre moi une fois encore et en fera un Français à deux cents pour cent. Dieu sait, Kim, que je suis déjà passée par tout ça. Mais est-ce que j'ai le choix, que puis-je faire?

— Tu pourrais l'avoir toute seule, si vraiment tu veux ce gosse. Il se peut même que Ben l'accepte, quand bien même ce ne serait pas le sien.

— Marc ne me laisserait jamais partir. Il fera tout ce qui sera en son pouvoir pour me retenir.»

Cela ne paraissait qu'une vague menace, mais ses propres paroles semblaient suffire à terrifier Deanna.

«Mais que pourrait-il faire?

— Je ne sais pas. Quelque chose. N'importe quoi. J'ai l'impression que je ne pourrai jamais m'échapper. Si j'essayais de le conserver pour moi seule, il ferait tout ce qu'il pourrait pour m'en empêcher. Et, d'une certaine façon, il ébranle ma confiance en moi-même, il me convainc que cela est impossible.

— Dis-moi une chose, Deanna, dit Kim en la regardant avec intensité. Est-ce que tu peins, ces temps-ci?»

Deanna secoua la tête :

« A quoi bon ? Je ne peux pas exposer.

— Tu n'as pas exposé pendant vingt ans, et tu peignais tout de même. Pourquoi t'es-tu arrêtée maintenant ?

— Je ne sais pas.

— Parce que Marc t'a dit de le faire ? Parce qu'il juge cette activité futile et qu'il t'oblige à te sentir insignifiante, toi et ton art ?

— Je ne sais pas, peut-être... Avec lui, tout paraît si vain et si dérisoire.

— Et Ben ? »

La voix de Deanna s'adoucit terriblement, et une lumière réapparut dans ses yeux, la lumière que Kim y voyait si rarement :

« C'est tout différent avec Ben.

— Ne crois-tu pas qu'il pourrait aimer ce gosse ?

— Je ne sais pas, dit Deanna en revenant à la réalité. Je ne puis le lui demander. Te rends-tu compte que j'étais enceinte de l'enfant de Marc pendant tout le temps où j'ai couché avec lui ? Tu imagines combien c'est monstrueux ? »

Pendant un instant, Deanna parut se détester elle-même.

« Ne sois pas si conventionnelle, sacré nom d'un chien. Tu ignorais être enceinte. Le savais-tu ?

— Non, bien sûr que non.

— Tu vois bien. Pour l'amour de Dieu, Deanna, il se peut même qu'il soit de Ben ! »

Mais Deanna repoussa l'idée d'un mouvement de tête.

« Non. Il y a un décalage d'un mois.

— Une erreur n'est-elle pas possible ? Tu devrais le savoir.

— Oui, je devrais, mais c'est un peu difficile à dire. Je suis très irrégulière. On finit par ne plus s'y retrouver. Je suis obligée de m'en remettre à leurs théories, pas aux miennes. Et ils disent que je suis tombée enceinte entre le milieu et la fin du mois de juin. Bien sûr, ce pourrait être l'enfant de Ben... mais c'est très improbable. »

Kim demeura assise un long moment à dévisager son amie, avant de poser la seule question qui lui semblât importer :

« Deanna, désires-tu ce bébé ? Je veux dire, si personne n'existait, s'ils disparaissaient l'un et l'autre de la surface de la terre et qu'il ne reste que toi, voudrais-tu ce gosse ? Réfléchis une seconde avant de répondre. »

Mais cela n'était pas nécessaire. Le docteur Jones lui avait demandé la même chose. Elle leva vers Kim un regard où brûlait une lueur de tendresse.

« La réponse est oui. Oui, je le voudrais. Je voudrais qu'il soit mon bébé, à moi. (Elle détourna ses yeux baignés de larmes.) Et je pourrais toujours me dire qu'il me vient de Ben. »

Kim posa sa tasse en soupirant :

« Eh bien, bon sang, Deanna, garde-le. Sois heureuse. Aime-le. Reste avec lui. Épanouis-toi... Mais garde-le pour toi. Laisse tomber Marc, que tu puisses au moins profiter de cet enfant.

— Je ne peux pas. J'ai peur.

— De quoi ? »

Elle laissa retomber sa tête, comme honteuse.

« Le plus triste est que je n'en sais rien. »

CHAPITRE XXVII

« Je ne sais pas, Kim. La mise en page ne me plaît pas, et l'ensemble n'a pas un aspect suffisamment fini. »

Ben se passa la main dans les cheveux et fixa un regard absent sur le mur du fond. Depuis le début de la matinée, il s'était montré impossible, et Kim n'ignorait pas ce qui le troublait.

« Peut-être que si tu avais dormi la nuit dernière à ton retour de Londres, ces malheureux croquis auraient l'heur de te plaire un peu plus. »

Elle s'efforçait de le taquiner, mais c'était peine perdue. Il avait encore plus mauvaise mine que Deanna, et ce n'était pas facile.

« Ne joue pas au plus fin avec moi. Tu sais très bien le style que je veux.

— D'accord. On va recommencer. Resteras-tu dans les parages assez longtemps pour y jeter un coup d'œil d'ici une quinzaine, ou prends-tu encore la poudre d'escampette ? »

Il l'avait beaucoup fait ces derniers temps.

« Je m'en vais à Paris mardi prochain. Mais je serai de retour dans deux semaines environ. Il faut que je m'occupe de la maison.

— Tu la refais ?

— Je déménage.

— Comment se fait-il? Je croyais qu'elle te plaisait.»

Au cours des mois où elle s'était chargée de son dossier, ils étaient devenus amis, et les liens qui l'unissaient à Deanna avaient renforcé leur amitié.

«Je ne peux plus supporter cet endroit.»

Elle sentit son regard la transpercer quand il ajouta:

«L'as-tu vue? (Kim hocha la tête.) Comment va-t-elle?

— Ça va.»

«Le cœur brisé, dans un état lamentable, tout comme toi.»

«Bien. Je voudrais pouvoir en dire autant. Kim, je... je ne sais pas comment exprimer ça. Je deviens fou. Je ne peux le supporter. Jamais je ne me suis senti ainsi. Pas même lorsque ma femme m'a quitté. Mais tout cela n'a pas de sens. Tout nous souriait, et j'ai promis... je lui ai promis que ce serait seulement pour l'été, que je ne la persécuterais pas. Mais, bon Dieu, Kim, elle est en train de s'enterrer avec cet homme. Je ne sais même pas s'il l'aime.

— Si cela peut te consoler, je ne l'ai jamais cru moi-même.

— Ça ne me console pas. Elle a néanmoins décidé de rester avec lui, malgré ce que toi ou moi nous en pensons. Est-elle heureuse? Travaille-t-elle?»

Kim voulut lui mentir, mais n'y parvint pas.

«Non. Ni l'un ni l'autre.

— Alors, pourquoi? A cause de Pilar? A mes yeux, ça ne tient pas debout. Elle aurait pu me demander d'attendre, je l'aurais fait. Elle aurait pu rester avec lui quelque temps. Je ne l'aurais pas harcelée. Quelle prise peut-il donc avoir sur elle?

— Les relations entre les gens sont souvent

curieuses. Il est difficile pour quelqu'un de l'extérieur de tout comprendre. J'ai vu des personnes qui se haïssaient demeurer mariées pendant cinquante ans.

— Charmant! dit-il, mais son expression était lugubre. Je l'appellerais bien, mais je ne crois pas que ce soit bien.

— Parle-moi de toi, Ben. Comment t'en sors-tu? demanda-t-elle d'une voix terriblement douce.

— Je m'occupe. Je n'ai pas le choix. Elle ne m'a pas laissé le choix. »

Elle aurait voulu lui dire qu'il s'en remettrait, mais cela lui parut plus cruel.

« Puis-je faire quelque chose pour t'aider?

— Oui. Aide-moi à l'oublier. Tu sais, je ne peux même plus supporter de regarder mon Wyeth, il lui ressemble trop. »

Il soupira et se mit debout, comme s'il voulait échapper à ses pensées.

« Je ne sais que faire, Kim. Je ne sais vraiment pas quoi faire.

— Il n'y a rien à faire. J'aimerais pouvoir te venir en aide.

— Moi aussi. Mais tu n'y peux rien. Allez, viens, je t'invite à déjeuner. »

Kim rangea les affiches préparatoires pour la galerie dans son porte-documents et le posa sur le sol. Le voir ainsi était déchirant.

« Tu sais, parfois je me mets à souhaiter de la rencontrer par hasard. Dans chaque restaurant où je vais, chaque magasin, et même au bureau de poste, je me surprends à chercher... comme si, en fouillant avec assez de soin, j'allais voir apparaître son visage.

— Elle ne sort guère ces temps-ci.

— Elle va bien? Elle n'est pas malade, au moins? »

Elle secoua silencieusement la tête, et il reprit :

« La seule solution est de continuer à s'activer, je suppose, voyager, courir.

— Tu ne pourras pas le faire éternellement. »

Elle le suivit jusqu'à la porte. Il la dévisagea tristement, enfermé dans sa prison personnelle.

« Je peux essayer. »

CHAPITRE XXVIII

« Qu'est-ce que le médecin a dit aujourd'hui ? »

Deanna était déjà au lit lorsque Marc rentra.

« Tout va bien ? poursuivit-il.

— Il a dit que, pour un quatrième mois de grossesse, je suis extrêmement mince, mais il suppose que c'est en raison de mon état nerveux et du poids que j'ai perdu. Cependant, il veut que je revienne dans quinze jours, pour vérifier s'il perçoit les battements du cœur. Il est encore trop petit pour qu'on l'entende, et Jones dit qu'il aurait pourtant dû l'entendre aujourd'hui. D'ici à deux semaines peut-être... »

Marc ne sembla pas inquiet de ces nouvelles.

« Comment a été ta journée ? enchaîna-t-elle.

— Ennuyeuse. Mais nous avons décroché une nouvelle affaire. »

Il semblait ravi.

« Où ça ?

— A Amsterdam. Mais je la partagerai avec Jim Sullivan, dit-il en la regardant avec un sourire. Je t'ai dit que je ne serais pas parti sans arrêt. N'ai-je pas tenu parole ?

— Si, absolument. »

Elle aussi eut un sourire. Il était revenu depuis deux mois et n'avait pas bougé. Pas même pour passer un week-end à Paris. Non que cela eût une quelconque importance, désormais. En un certain sens, cela l'aurait soulagée... mais il lui avait dit qu'il avait rompu avec cette fille.

« Il n'y a aucune raison pour que tu te prives de cette affaire. Quand passera-t-elle devant les tribunaux ?

— Probablement pas avant juin. Bien après la naissance du bébé. »

Le bébé. Elle ne pouvait croire à sa réalité. Marc, si.

« Veux-tu manger quelque chose ? Je descends chercher un casse-croûte », dit-il.

Dans l'embrasure de la porte, il se retourna pour la regarder avec un tendre sourire. Il ne pouvait plus penser qu'à leur enfant, et à son bien-être à elle, dont dépendait le bébé. Elle en était émue parfois, mais la plupart du temps elle en éprouvait de la colère. Elle savait que sa sollicitude ne s'adressait pas à elle, mais uniquement à son héritier.

« Que veux-tu manger ? Crème glacée et petits oignons ?

— Que préférerais-tu, Deanna ? Caviar et champagne ? Je peux t'apporter ça.

— Non, juste quelques biscuits salés.

— Comme c'est ordinaire ! J'espère que le petit aura meilleur goût.

— J'en suis certaine. »

Quelques minutes plus tard, il était de retour avec des biscuits pour elle et pour lui un sandwich.

« Comment ! Pas de fraises, de pizza, d'omelette ? »

C'était la première fois qu'il lui voyait faire preuve d'humour depuis des mois. C'est que sa journée avait été agréable : après sa visite chez le médecin, elle avait déjeuné avec Kim ; Kim l'aidait à ne pas perdre la boussole durant ces journées étranges et solitaires.

Deanna pouvait se confier à elle, lui dire combien Ben lui manquait. Elle attendait toujours que la douleur veuille bien disparaître, mais celle-ci n'avait jusqu'à présent donné aucun signe d'accalmie.

Marc se disposait à lui proposer une bouchée de son sandwich lorsque le téléphone placé auprès d'elle sonna.

«Veux-tu le prendre? dit-elle. C'est probablement pour toi.

— À cette heure-ci?»

Il consulta sa montre. Il était huit heures du matin en Europe. En effet, c'était certainement pour lui. Il se rassit sur le lit auprès de sa femme; il ne l'avait pas vue aussi amicale depuis des semaines. Il lui adressa un sourire avant de soulever le récepteur.

«Allô?»

Il y eut les habituels bourdonnements des communications avec l'étranger. Il attendit de savoir lequel de ses clients pouvait avoir un urgent besoin de lui.

«Marc-Edouard?»

La voix était folle de désespoir. Il se sentit devenir brusquement très pâle. Chantal. Deanna vit son dos se raidir légèrement. Il se détourna d'elle avec une expression de contrariété.

«Oui? Qu'y a-t-il?»

Il lui avait parlé pas plus tard que ce matin. Pourquoi l'appelait-elle chez lui? Il lui avait déjà promis qu'il serait en Europe dans les semaines qui suivaient. Il aurait alors payé sa dette à Deanna: deux mois et demi auprès d'elle, aux États-Unis.

«Il est arrivé quelque chose?

— Oui.»

Elle laissa échapper un long sanglot étranglé et il sentit une crainte lui effleurer le cœur.

«Je... je suis de nouveau à l'hôpital.

— Ah! merde. Qu'y a-t-il cette fois? La même chose?

— Non. Je me suis trompée dans mes doses d'insuline.

— Vous ne vous trompez jamais.»

«Sauf à dessein», pensa-t-il en se remémorant la nuit à l'hôpital et la peur panique qui l'avait saisi.

«Après toutes ces années, continua-t-il, vous devriez pourtant savoir.»

«Merde.» Il était tellement malaisé de lui parler, assis sur le lit, avec Deanna qui observait.

«Mais vous allez bien?

— Je ne sais pas. (Et puis, après une pause:) Oh! Marc-Edouard, j'ai besoin de toi. Ne pourrais-tu revenir à la maison? S'il te plaît...»

«Bon Dieu. Comment discuter de cela ici?»

«Je n'ai pas sous la main les documents qu'il me faut pour vous instruire de la situation. Pourrais-je vous en parler demain depuis mon bureau?»

Il saisit le téléphone et alla s'asseoir sur une chaise, de l'autre côté de la pièce. Deanna avait repris sa lecture. La conversation semblait ennuyeuse, son mari avait l'air contrarié.

Mais Marc était loin de trouver cette conversation terne. Lorsqu'il avait suggéré d'en parler du bureau le lendemain, Chantal avait poussé un petit cri.

«Non! J'en ai assez de différer les discussions!

— Mais je n'essaie pas de différer. Je ne sais vraiment pas quand je pourrai.

— Alors laisse-moi venir te rejoindre. Tu m'as promis avant ton départ que, si tu ne pouvais te

349

libérer, je pourrais aller là-bas. Qu'est-ce qui m'en empêche?

— Il faudra que j'en discute avec vous demain, quand j'aurai les dossiers. Pouvez-vous attendre une dizaine d'heures, et je vous rappellerai. »

Sa voix était dure comme de l'acier.

« Où puis-je vous joindre? »

Elle lui indiqua le nom d'une clinique privée, et il lui fut reconnaissant, du moins, de ne pas être à l'Hôpital Américain; il n'aurait pas supporté de devoir l'appeler là-bas.

« Je reprends contact avec vous dès mon arrivée au bureau.

— Oui. Sinon, je saute dans le premier avion. »

Elle se comportait comme une enfant gâtée. Une dangereuse enfant gâtée. Il ne voulait plus de problèmes avec Deanna. Du moins jusqu'à ce que l'enfant soit né. Alors, on verrait. En raison de la nationalité de son père, il serait légalement français aussi bien qu'américain. Et une fois là-bas, il serait sous juridiction française. Et il serait à lui. S'il choisissait d'emmener son fils en France, Deanna ne pourrait rien pour l'en faire sortir. Rien. Cette pensée lui permettrait de tenir tout au long des sept mois à venir. Lorsque le nouveau-né aurait quelques semaines, il l'emmènerait voir sa grand-mère. Deanna viendrait aussi, évidemment, et elle pourrait choisir de s'en aller ou de rester. Mais le bébé ne quitterait plus le pays. Au besoin, il vivrait chez la mère de Marc, et Marc veillerait à ce qu'il y passe le plus clair de son temps. Ce bébé lui appartenait... comme Pilar l'aurait dû, totalement, s'il n'y avait pas eu Deanna. La pensée de l'enfant à naître l'aidait à chasser les images récurrentes de Pilar. L'enfant serait entièrement à lui, mais, dans l'intervalle, Deanna lui était nécessaire. Il fallait qu'elle soit en bonne santé et heureuse jusqu'à l'accouchement. Par la suite, il accepterait parfaitement de rester marié, à condition qu'elle reste en France. Il avait tout combiné — absolument tout. Et ce n'était pas le moment que Chantal vienne jouer les trouble-fêtes.

« Marc-Edouard ? Tu m'as entendue ? J'ai dit que si tu n'arrivais pas, je prendrais le prochain avion.

— Pour où ? fit-il d'un ton glacial.

— San Francisco naturellement. Pour où veux-tu ?

— Laissez-moi en décider. Et je vous le ferai savoir. Demain. Compris ?

— D'accord. Et... Marc-Edouard ?

— Oui ? »

Il s'adoucit un peu au ton de sa voix.

« Je t'aime tant, dit-elle.

— Je suis absolument convaincu que, sur ce point, nous sommes d'accord, dit-il avec l'ombre d'un sourire fugitif. Nous en parlerons dans quelques heures. Au revoir. »

Marc raccrocha en poussant un soupir. Il n'avait pas remarqué que Deanna l'observait.

« Des clients mécontents ?

— Rien dont je ne puisse venir à bout.

— Existe-t-il quelque chose dont tu ne puisses venir à bout ? »

Il sourit en cherchant son regard.

« J'espère que non, ma chère. J'espère sincèrement que non. »

Il se coucha une demi-heure plus tard ; Deanna était allongée à ses côtés.

« Marc ?

— Oui ? »

La chambre était plongée dans l'obscurité.

« Qu'est-ce qui ne va pas ?

— Rien, bien sûr. Qu'est-ce qui n'irait pas ?

— Je ne sais pas. Ce coup de téléphone... Ne devrais-tu pas te déplacer plus souvent ? »

Mais elle connaissait déjà la réponse.

« Oui. Mais je peux me débrouiller, même ainsi. Je ne veux pas te laisser seule.

— Mais je vais très bien.

— Sans doute. Mais tant que je ne serai pas forcé de voyager, je ne le ferai pas.

— J'y suis très sensible. »

C'était son premier mot gentil depuis des mois. Elle lui toucha la main et il ferma les yeux quelques secondes. Il voulait lui prendre la main, la serrer, il aurait voulu l'embrasser, l'appeler « ma Diane », mais il ne le pouvait plus. Plus maintenant. Pas maintenant. Déjà, des images de Chantal se bousculaient dans sa tête.

« Ne t'en fais pas, Deanna. Tout ira très bien. »

Il lui tapota la main et lui tourna le dos, tout à l'autre bout du lit.

« C'est insensé ! Qu'est-ce qui t'a pris, de m'appeler chez moi au milieu de la nuit ? »

La voix de Marc-Edouard tempêtait contre elle par-dessus océan et continents.

« Et si c'était elle qui avait répondu ? aboya-t-il.

— Et alors, quoi ? Zut ! Elle est au courant. »

Non. Elle *avait été* au courant.

« Je m'en fiche, qu'elle soit au courant, tu n'as pas le droit de faire ça ; je t'ai dit de ne pas le faire.

— J'ai le droit de faire ce que je veux. »

Mais sa voix vacilla. Et subitement elle se mit à pleurer :

« Je n'en peux plus, Marc-Edouard. Je ne peux plus continuer ainsi. Je t'en prie, cela fait plus de deux mois.

— Cela fait exactement deux mois et deux jours. »

Ce n'était qu'une dérobade : il savait qu'il devait prendre une décision s'il ne voulait pas la perdre. L'hiver allait être difficile, à courir de l'une à l'autre.

« Je t'en prie... »

Elle s'en voulait mortellement de le supplier, mais elle avait besoin de lui. Elle voulait être près de lui. Elle ne voulait pas qu'il la quitte encore pour sa femme. Les événements conspiraient toujours contre elle, jusqu'à la mort de Pilar, qui les rapprochait l'un de l'autre. Mais elle avait de plus en plus besoin de lui, et elle était déterminée à ne pas perdre.

« Marc-Edouard ? »

Sa voix était redevenue menaçante.

« Chantal, ma chérie, ne peux-tu patienter un tout petit peu encore, s'il te plaît ?

— Non. Si tu ne fais rien immédiatement, c'est terminé. Je ne peux plus le supporter. Je deviens folle. »

Oh ! Seigneur, qu'allait-il faire d'elle ?

« Je viens la semaine prochaine.

— Non, tu ne viendras pas. Tu trouveras une excuse. »

Soudain, lorsqu'elle continua, son ton devint plus dur :

« J'ai été transportée à l'hôpital par un ami, Marc-Edouard, un homme. Celui dont je t'ai parlé cet été. Si tu ne me laisses pas te rejoindre une bonne fois pour toutes, je vais...

— Pas de menaces, Chantal ! »

Mais quelque chose dans ses paroles, dans son ton, lui avait fait chavirer le cœur.

« Qu'est-ce que tu sous-entends ? Que tu vas l'épouser ?

— Pourquoi pas ? Tu es bien marié, pourquoi ne le serais-je pas aussi ? »

Bon sang ! Et si elle ne plaisantait pas ? Si, comme pour sa tentative de suicide, elle faisait réellement ce qu'elle disait ?

« Si tu viens ici, dit-il, tu ne pourras pas courir dans les rues comme tu le voudras. Il faudra être très discrète. Très vite, tu t'ennuieras.

— Écoute, ça, c'est à moi d'en juger. »

Elle sentit qu'il vacillait et un tout petit sourire commença à poindre sur son visage.

« Je serai très gentille, chéri. Je te le promets. »

Et lui aussi se mit à sourire.

« Tu es toujours gentille. Plus que gentille — formidable. Entendu, petite maîtresse-chanteuse obstinée, je m'occupe de ton billet aujourd'hui. »

Elle poussa un cri de joie et de triomphe.

« Quand puis-je venir ?

— Quand te laisseront-ils sortir de la clinique ?

— Ce soir.

— Alors, viens demain. »

Tous deux arboraient un large sourire. Au diable les complications ! Il mourait d'envie de la revoir.

« Chantal ?

— Oui, mon amour ? »

Elle était tout innocence et puissance, telle une ogive nucléaire enveloppée de soie rose.

« Je t'aime. »

CHAPITRE XXIX

Chantal fut la première à passer le guichet de la douane et, pendant qu'il la regardait s'avancer à sa rencontre, il sentit un large et irrépressible sourire se dessiner sur son visage. Mon Dieu, qu'elle était belle! Elle était drapée de cuir pâle, couleur champagne, avec un énorme col de lynx assorti à son chapeau. Ses cheveux auburn en dépassaient légèrement et ses yeux d'or semblaient danser tandis qu'elle accourait vers lui. Il s'aperçut que, l'espace d'un instant, elle avait voulu l'embrasser, puis s'était souvenue. Ils marchèrent côte à côte, parlant, chuchotant et riant tour à tour; ils auraient aussi bien pu s'embrasser et s'arracher leurs vêtements, tant leur bonheur de se revoir était évident. Il avait presque oublié combien elle était attirante, et combien exceptionnelle: réduits comme ils l'étaient à leurs échanges au téléphone, il avait quasiment oublié comme ses charmes étaient grisants. A peine pouvait-il se retenir de poser les mains sur elle alors qu'ils s'engouffraient dans la limousine qu'il avait louée. C'est là qu'enfin il put toucher son visage, son corps, qu'il put la serrer contre lui et manger sa bouche de baisers.

« Mon Dieu, c'est si bon de te tenir ainsi! »

Il avait la respiration presque coupée, et elle

sourit. Elle tenait les rênes, de nouveau, et, dans ses yeux, il distingua le rire de la toute-puissance.

« Idiot, tu m'aurais tenue éloignée toute une année !

— Non, mais je... j'étais un peu coincé. »

Elle roula des yeux et soupira :

« Peu importe. C'est fini, maintenant. Du moment que nous sommes ensemble, le reste, je m'en fiche. »

Un instant, il se demanda combien de temps elle comptait demeurer aux États-Unis, mais il ne voulut pas la questionner. Il ne souhaitait pas lui parler, seulement l'étreindre et lui faire l'amour pendant le restant de ses jours.

La voiture se rangea devant l'hôtel Huntington. Marc aida Chantal à en descendre. Il avait réservé et réglé sa note pour dix jours. Ils n'avaient plus qu'à disparaître dans la chambre. Marc avait prévenu son bureau qu'il serait absent pour la journée.

« Marc ? »

Dans l'obscurité, elle redressa la tête, l'air ensommeillé. Il était plus de deux heures du matin, et elle dormait depuis minuit.

« Non, c'est le président de la République. Qui veux-tu que ce soit ?

— Toi. Comment se fait-il que tu rentres si tard ? »

Il n'avait même pas appelé, mais elle ne s'était pas vraiment inquiétée.

« Des clients venus de l'extérieur. Nous sommes restés en réunion entre quatre murs toute la journée. Nous ne sommes même pas sortis déjeuner. »

Ils avaient dîné dans la chambre. Marc avait

pris des dispositions spéciales pour que tout soit envoyé de l'Étoile, un des meilleurs restaurants de la ville.

« Voilà qui m'a l'air très assommant. »

Elle sourit dans le noir et se retourna dans le lit.

« Comment te sens-tu ? »

Il se déshabilla, le dos tourné à sa femme. Revenir à elle lui donnait une étrange impression. Il avait failli ne pas rentrer de la nuit mais, pour ce faire, il lui fallait préparer le terrain. Il avait promis à Chantal le week-end et quelques jours.

« Je me sens endormie, merci.

— Parfait. Moi aussi. »

Il se glissa dans leur lit, lui caressa la joue et déposa un baiser quelque part sur le sommet de sa tête.

« Bonne nuit. »

C'était ce qu'il avait dit à Chantal en s'en allant, mais, pour elle, il avait ajouté « mon amour ».

« Ça m'est égal, dit Chantal. Je ne pars pas. Et si tu cesses de payer l'hôtel, je le paierai moi-même, ou je trouverai un appartement. Mon visa a une durée de six mois.

— C'est absurde. »

Marc, à l'autre bout de la pièce, lui décocha un regard furieux. Ils se disputaient depuis une heure. Chantal, folle de rage, relevait son menton délicat dans une attitude de défi.

« Je te l'ai dit, continua-t-il. Je retourne à Paris dans quinze jours.

— Combien de temps ? Cinq jours ? Une semaine ? Et ensuite, quoi ? Je ne te revois pas pendant deux mois ? Non ! Non, non et non ! Ou bien nous restons ensemble, maintenant, ou tout est terminé. A tout jamais ! Et c'est là mon dernier mot, Marc-Edouard. Décide ce que tu veux. Ou bien je reste ici, et nous tâchons de trouver ensemble une solution, ou je rentre. Et c'est fini entre nous. Fini ! C'est compris ? (Dans l'élégante chambre d'hôtel, sa voix était excessivement perçante.) Mais le petit jeu que nous avons joué jusqu'à présent, moi, je n'en veux plus. J'en ai assez ! Je te l'ai déjà dit avant de venir. Je ne comprends pas pourquoi tu veux rester marié. Tu n'as même plus l'excuse de Pilar. Mais je n'en ai rien à faire. Il n'est pas question que je continue à vivre sans toi *ad vitam œternam*. Cela m'est impossible. Non, je reste. Ou... je m'en vais pour de bon.

— Et dans six mois, quand ton visa expirera ? C'est-à-dire, si j'accepte que tu restes... »

Il réfléchit à toute vitesse et pensa... six mois... cela pourrait marcher. Chantal pourrait rentrer, il la suivrait quelques semaines après ; ensuite, il installerait Deanna et le bébé chez sa mère, rue François-Ier. Il pourrait d'ailleurs être assez pratique de passer là-bas une bonne partie du temps. Il ferait des aller et retour vers les États-Unis, mais Paris deviendrait son port d'attache.

« Tu sais, Chantal, dit-il, les choses pourraient finalement s'arranger, après tout. Que dirais-tu si je t'annonçais que j'envisage de transporter ma résidence principale à Paris l'an prochain ? Je conserverais mon bureau ici, mais, au lieu de faire sans arrêt le voyage d'ici jusqu'en France, je le ferais dans l'autre sens, et j'habiterais là-bas.

— Avec ta femme ? »

Elle le dévisagea avec suspicion, ne sachant trop ce qu'il avait en tête.

« Pas nécessairement, Chantal. Pas nécessairement du tout. J'envisage pas mal de changements pour l'année prochaine. »

Il la regarda avec un soupçon de sourire, et une lueur apparut dans les yeux de la jeune femme.

«Tu déménagerais pour venir habiter Paris? Pourquoi?»

Elle voulut dire «Pour moi?» mais n'osa pas.

«J'ai plusieurs raisons, et tu n'en es pas la moindre.

— Tu es sérieux?»

Elle l'observa un petit moment et fut satisfaite de ce qu'elle vit.

«Je le suis.

— Et entre-temps?

— Il se pourrait que je te garde ici», dit-il avec un demi-sourire.

Avant même, ou presque, qu'il ait prononcé ces mots, elle s'était envolée à travers la pièce pour se jeter dans ses bras.

«Penses-tu vraiment ce que tu dis?

— Oui, ma chérie, je le pense.»

CHAPITRE XXX

MARC-EDOUARD gara sa Jaguar au coin de la rue et prit sur la banquette la grosse boîte enveloppée de papier kraft. Il lui avait déjà envoyé des fleurs; c'eût été un peu ridicule de les porter dans la rue. La boîte était encombrante, mais discrète dans son apparence. Il s'arrêta devant une étroite maison perdue au milieu des somptueuses villas, sur la colline de Nob Hill, et appuya sur l'une des deux sonnettes. C'était un appartement paisible au sommet d'une petite volée de marches. Le sol était de marbre blanc et noir; les rampes et les poignées de porte étaient en bronze poli et luisant. Il attendit, amusé, lorsqu'il l'entendit arriver en courant. Ils l'avaient loué meublé pour la période de novembre à juin, et l'avaient trouvé en moins d'une semaine. Elle y était installée depuis deux jours, mais c'était leur premier dîner ensemble « chez eux ».

Il écouta les pas qui se hâtaient vers lui et ne put réprimer un sourire. Il avait pris une excellente décision, même si c'était elle qui lui avait forcé la main. Ce serait bon de l'avoir ici tout l'hiver. Comme un printemps. Deanna ne lui tenait plus compagnie; elle se terrait la plupart du temps dans son atelier. Pas pour y travailler, semblait-il. Elle restait assise, simplement.

« Alors ! »

Il appuya de nouveau sur la sonnette. La porte s'ouvrit brusquement et elle apparut, éblouissante dans un cafetan en mousseline de soie, chaussée de sandales argentées.

« Bonsoir, monsieur. »

Elle fit une profonde révérence, puis se redressa, un sourire espiègle aux lèvres. L'appartement était éclairé de lumières tamisées. Dans la pièce du fond, il aperçut une petite table ronde dressée pour le souper, avec fleurs et chandelles.

« Comment tout est ravissant ! »

Il l'enlaça en jetant un regard autour de lui. Ce n'étaient que lueurs de bougies et reflets d'argent ; tout brillait, étincelait. C'était un charmant petit appartement, propriété d'un décorateur qui passait l'hiver en France avec sa maîtresse. Tout s'était parfaitement arrangé. Il l'attira plus près de lui.

« Tu es une femme superbe, Chantal, ma chérie. Et de plus, tu sens divinement bon. »

Elle rit. La veille, il lui avait envoyé un énorme flacon de *Joy*. C'était un délice que de l'avoir si près ! Il pouvait se sauver du bureau au moment du déjeuner et la retrouver le soir avant de rentrer chez lui ; s'arrêter pour prendre un café et l'embrasser le matin, puis venir la voir dans l'après-midi pour faire l'amour.

« Qu'y a-t-il dans la boîte ? »

Elle lorgnait le gros paquet avec une curiosité amusée. Il glissa la main sur sa jambe et remonta doucement.

« Veux-tu arrêter ! Qu'y a-t-il dans la boîte ? »

Elle riait tandis qu'il faisait courir sa main de haut en bas et de bas en haut.

« Quelle boîte ? Je n'ai rien apporté dans une boîte. »

Il posa ses lèvres à la pliure du genou et remonta lentement à l'intérieur de la cuisse.

« Je te trouve beaucoup plus intéressante qu'un paquet anonyme, mon amour », dit-il.

Elle aussi. Quelques minutes plus tard, le cafetan gisait froissé sur le sol.

« Merde ! »

Ils somnolaient sur le lit lorsqu'elle s'arracha brusquement à ses bras. Ils étaient restés endormis près d'une demi-heure. Marc-Edouard, surpris, s'assit.

« Merde ? Que veux-tu dire ? »

Il essaya de prendre un air offensé tout en étirant son grand corps dénudé en travers du lit. On eût dit un très long chat très pâle. Mais elle était déjà au milieu de la pièce.

« La dinde ! Je l'ai oubliée ! »

Elle se précipita dans la cuisine et il se rallongea avec un sourire amusé. Une minute plus tard, elle revenait, soulagée.

« Ça va ?

— Oui, oui. Elle cuit depuis près de six heures, mais elle a toujours bonne apparence.

— C'est toujours comme ça. Elles ont vraiment un goût de paille. Et pourquoi, si tu me permets cette question, t'es-tu mise à cuisiner une dinde, après trois semaines à peine aux États-Unis ? »

Il se redressa en riant et elle vint s'asseoir auprès de lui.

« J'ai fait une dinde parce que demain c'est *Thanksgiving*, le jour d'action de grâces, et que je suis très reconnaissante.

— Vraiment ? A quel propos ? »

Il s'allongea en ébouriffant de la main les beaux cheveux auburn de la jeune femme qui lui tombaient sur les épaules et encadraient délicatement son visage.

« De quoi es-tu si heureuse, joli minois ?

— De toi. De vivre ici. D'être venue aux États-Unis. La vie est belle, mon amour.

— Ah ! bon ? Eh bien, va ouvrir ton colis, dit-il en tentant de dissimuler un sourire.

— Oh ! toi alors ! Toi ! »

Elle courut jusque dans l'autre pièce et revint avec la boîte enveloppée de papier kraft.

« Qu'est-ce que c'est ? »

Elle avait l'air d'une petite fille devant un sapin de Noël.

« Ouvre et regarde ! »

Il se sentit presque aussi ravi qu'elle en la voyant déchirer le grossier papier et découvrir une boîte brune, d'allure banale. Il était très satisfait de ses ruses. Elle contempla la boîte, appréhendant de l'ouvrir, différant le plaisir de la surprise.

« Est-ce quelque chose pour la maison ? »

De ses yeux démesurément ouverts, elle cherchait le regard de Marc, mais il l'esquiva et plongea vers la poitrine magnifiquement galbée de la silhouette agenouillée, nue, près de lui sur le lit, cramponnée à la grosse boîte.

« Vas-y, idiote... »

Elle ôta le couvercle et fourragea au milieu des papiers de soie pour découvrir ce qui se trouvait à l'intérieur. Ses mains se retirèrent brusquement, comme si elle avait touché une flamme, et elle les porta aussitôt à sa bouche.

« Oh ! non ! Marc-Edouard !

— Oui, mademoiselle ?

— Oh !... »

Ses mains replongèrent dans les papiers de soie, et ses yeux s'agrandirent plus encore, tandis que lentement, avec d'exquises précautions, elle sortait l'objet. Elle le tint en l'air, le souffle coupé, puis caressa doucement les fourrures dans les deux sens. C'était un magnifique manteau en zibeline russe, couleur chocolat amer.

« Oh ! mon Dieu !

— Essayons-le donc. »

Il s'en saisit et le lui glissa avec soin sur les épaules. Elle l'enfila et le boutonna jusque sous son menton. La coupe en était splendide et, sur elle, le manteau était superbe, tombant en minces lignes parallèles autour de sa taille mince et de ses hanches étroites.

« Mon Dieu, chérie, que tu es belle ! Tu es incroyablement belle, Chantal. Oh ! ma chérie ! »

Il la regarda, avec des sentiments mêlés d'effroi, d'admiration et de ravissement, tourbillonner sur un pied, laissant le manteau s'ouvrir subtilement pour révéler une jambe nue.

« Je n'ai jamais rien eu de pareil. »

Elle se contempla dans le miroir, abasourdie, puis ses yeux revinrent à lui.

« Marc-Edouard, c'est... c'est un cadeau fantastique !

— Tu l'es également. »

Sans rien ajouter, il quitta la pièce et revint avec deux verres et une bouteille de champagne, les posa, et la prit dans ses bras.

« Allons-nous fêter ça, ma chérie ? »

Elle eut un merveilleux sourire, approuva et se laissa fondre dans ses bras.

« Que fait Marc ce soir ?

— Il est en réunion de travail, comme d'habitude, dit Deanna en souriant à Kim. Il a des clients venus d'Europe ces temps-ci. Je ne le vois jamais. »

C'était la première fois qu'elle avait laissé Kim

l'entraîner dehors pour dîner. Avec la mort de Pilar et sa grossesse, elle n'était allée nulle part depuis des mois. Elles s'étaient décidées pour le Trader Vic's, comme à l'accoutumée.

« Je n'aime pas l'admettre, mais c'est drôlement agréable de sortir. »

Et elle n'avait pas sujet de s'inquiéter d'une éventuelle rencontre avec Ben en ce lieu : il détestait ce genre d'endroit.

« Comment te sens-tu ?

— Pas trop mal. J'ai peine à croire que je sois enceinte de presque cinq mois. »

Mais cela commençait enfin à se voir, à peine un minuscule renflement sous sa robe évasée en crêpe de laine noir.

« Aimerais-tu une petite nouba ? »

Kim lui sourit par-dessus les hors-d'œuvre.

« Une nouba ? » demanda Deanna.

Kim confirma et Deanna roula des yeux :

« Bien sûr que non. Je suis trop vieille pour ça. Mon Dieu, Kimberly !

— Tu ne l'es pas. Si tu n'es pas trop vieille pour avoir un bébé, tu ne l'es pas pour faire la nouba.

— Ne me réattaque pas sur ce sujet ! »

Deanna avait un sourire ironique. Ni colère ni douleur dans ses yeux, ce soir-là. Kim ne l'avait pas vue si paisible depuis des semaines, et son sens de l'humour semblait lui être revenu.

« A propos, que fais-tu pour *Thanksgiving* ? As-tu quelque chose de particulier de prévu ?

— Pas grand-chose, dit Kim. Je dîne avec quelques amis. Et toi ?

— Comme d'habitude. Rien. Marc doit travailler.

— Tu veux m'accompagner ?

— Non. Je parviendrai sans doute à le traîner dans un restaurant pour dîner. Je l'ai toujours fait du temps de Pilar. Le restaurant ou l'hôtel, ce n'est pas vraiment ce qu'on appelle un vrai *Thanksgiving*, mais nous nous en contenterons. Et au moins nous n'aurons pas à manger en sandwiches pendant deux semaines tous les restes de dinde.»

Elle se surprit brusquement à se demander ce que faisait Ben. Il était probablement à Carmel, ou peut-être toujours là-bas, à l'Est. Elle ne voulut pas poser la question à Kim.

La conversation dériva sur d'autres sujets, et il était dix heures et demie lorsque enfin elles quittèrent la table, un peu lasses, repues, ayant passé une soirée agréable, décontractée.

«Que dirais-tu d'aller prendre un verre?» demanda Kim.

Mais elle ne semblait pas désireuse de prolonger la soirée très tard. Et Deanna était fatiguée.

«Une autre fois, peut-être. Cela m'ennuie de te le dire, mais je suis claquée. J'en suis encore au stade où je suis crevée à longueur de journée.

— Au bout de combien de temps cela passe-t-il?... Si cela passe.

— Généralement, au bout de quatre mois exactement, mais cette fois il semble que ça s'éternise. Ça me fait quatre mois et demi, et j'ai encore constamment sommeil.

— Eh bien, profites-en et sois heureuse de ne pas devoir travailler.»

Mais Deanna ne s'en réjouissait pas : elle aurait aimé travailler. Cela lui aurait donné matière à occuper son esprit tandis qu'elle ne peignait pas. Elle n'avait toujours pas pu se remettre à la tâche. Quelque chose venait l'en empêcher chaque fois qu'elle s'asseyait à son chevalet. Ses pensées s'envolaient aussitôt vers Pilar ou Ben, ou bien elle se sentait prise de panique à propos du bébé. Des heures s'écoulaient où elle ne faisait rien, assise, les yeux fixés dans le vide sans rien voir.

On amena la petite MG rouge devant la porte. Deanna y monta tandis que Kim donnait un pourboire à l'employé et se glissait au volant.

« Dans un mois ou deux, il me faudra renoncer à monter avec toi dans cette voiture. »

Ses jambes étaient inconfortablement repliées presque sous son menton, et elle se mit à rire. Kim l'imita.

« Oui, je crois que tu auras un mal de chien à entrer dans ce tacot avec ton gros ventre. »

Elles rirent en chœur, et Kimberly démarra, prit à gauche en sortant de Cosmo Place, puis à gauche, et finit par virer à droite de manière très aiguë pour éviter une barrière qui obstruait la rue.

« Nous ferions aussi bien de passer par Nob Hill », dit Kim.

Elle jeta un coup d'œil à son amie en souriant, et elles continuèrent leur route en silence. Deanna avait hâte de retrouver son lit.

Elles venaient de s'arrêter à un stop lorsque Deanna les vit. L'espace d'un instant, elle s'émerveilla de la ressemblance de l'homme avec Marc, puis elle eut un sursaut en s'apercevant que c'était lui. Elle eut le souffle coupé. Kim tourna les yeux vers elle, puis dans la direction où Deanna regardait fixement. C'était Marc, en compagnie d'une élégante jeune femme enveloppée d'un somptueux manteau de zibeline sombre. Ils étaient nichés dans les bras l'un de l'autre ; il paraissait rajeuni, et elle était extrêmement belle avec son épaisse chevelure dénouée, vêtue d'une robe d'un rouge éclatant qui apparaissait un peu sous le manteau. Elle rejeta sa tête en arrière, rit, et Marc l'embrassa passionnément sur la bouche. Deanna garda les yeux rivés sur la scène.

Lorsque la femme se détacha de lui, elle vit soudain de qui il s'agissait. C'était la fille de l'aéroport, celle avec qui elle l'avait vu la nuit de la mort de Pilar. Elle eut tout à coup l'impression que tout l'air avait été vidé de ses poumons, au point qu'il lui fallut lutter pour reprendre sa respiration. Ils montèrent dans la voiture de Marc. Deanna agrippa le bras de Kimberly.

« Avance, s'il te plaît. Allons-y. Je ne veux pas qu'il nous remarque... il croirait...»

Elle détourna le visage, ne voulant pas en voir davantage ; et, comme par réflexe, Kim appuya son pied à fond sur l'accélérateur. La voiture bondit en faisant une embardée, et, tandis qu'elles descendaient à toute allure en direction de la baie, Deanna essaya de mettre de l'ordre dans ses pensées. Qu'est-ce que cela signifiait ? Pourquoi la fille était-elle ici ? Était-ce... Avait-il... mais elle connaissait les réponses, tout comme Kim. Elles restèrent cinq minutes, le regard fixe, silencieuses, dans la petite auto rouge. C'est Kim qui parla la première.

« Deanna, je... je suis désolée. Y a-t-il quelque chose que... et zut ! Je ne sais pas quoi te dire.»

Même dans l'obscurité, Deanna était d'une pâleur terrifiante. Kim reprit :

« Veux-tu venir chez moi un moment, le temps de te calmer ?

— Sais-tu ce qui est étrange ? dit-elle en tournant vers son amie ses immenses, ses lumineux yeux verts. Je *suis* calme. J'ai l'impression que tout s'est arrêté, brusquement. Tout le tourbillon, la confusion, le désespoir, la peur... C'est terminé, disparu.»

Elle continua à parler, les yeux fixés sur la nuit, sur la brume :

« Je crois que je sais à présent ce que je vais faire.

— Que vas-tu faire ?

— Je vais le quitter, Kim.»

Kimberly demeura un temps sans réaction ; elle observait le profil de Deanna, clairement découpé sur la nuit.

« Je ne puis passer ainsi le reste de ma vie. Et je crois que cela dure depuis des années. Je l'ai vu avec elle à Paris... la nuit où Pilar... elle revenait d'Athènes avec lui. L'ironie de tout ça est qu'à son retour d'Europe, en septembre, il m'a juré que c'était fini.

— Crois-tu que ce soit une histoire sérieuse ?

— Je ne sais pas, et peut-être cela n'a-t-il pas d'importance. Le problème est... il est que tout ceci ne me laisse que la portion congrue. Je suis seule tout le temps. Nous ne partageons rien, et nous ne partagerons pas même cet enfant. Il me l'enlèvera, comme il m'a enlevé Pilar. Pourquoi devrais-je rester liée à lui ? Par devoir, par lâcheté, par ce sentiment insensé de loyauté que j'ai traîné comme un boulet durant des années ? Au nom de quoi ? Tu l'as vu toi-même ce soir : il avait l'air heureux, Kim. Il semblait plus jeune. En près de dix-huit ans, il n'a jamais été ainsi avec moi. Je ne suis même plus sûre qu'il l'ait jamais été du tout. Peut-être est-elle ce dont il a besoin. Peut-être lui donne-t-elle quelque chose que je n'ai jamais eu. Mais, quoi qu'il en soit, c'est son problème à lui. Je me retire.

— Prends le temps d'y réfléchir, dit Kim d'une voix calme. Peut-être le moment n'est-il pas bien choisi. Peut-être ferais-tu mieux d'attendre que le bébé soit né. Tu voudrais être seule pendant que tu es enceinte ?

— Peut-être ne l'as-tu pas remarqué ? Je le suis déjà. »

Kim en convint, effrayée par l'expression de Deanna. Elle ne lui avait jamais vu cette violente détermination. Kim en fut glacée.

Elles s'immobilisèrent enfin devant sa maison.

« Veux-tu que je monte un peu ? »

Elles savaient du moins que Marc n'y serait pas. Mais Deanna refusa.

« Non. J'ai besoin d'être seule. Il faut que je réfléchisse.

— Vas-tu lui parler ce soir ? »

Deanna dévisagea Kimberly un long moment avant de répondre, et celle-ci put cette fois discerner de la souffrance dans son regard. Le mal était bien là. Quelque part, tout au fond d'elle-même, elle éprouvait encore un sentiment pour lui.

« Peut-être pas, dit Deanna. Il se peut qu'il ne rentre pas. »

CHAPITRE XXXI

UNE fois seule dans sa chambre, Deanna ôta lentement sa robe noire et se tint debout devant le miroir. Elle était encore jolie, et jeune encore à certains égards. La peau de son visage était souple et lisse, son cou affectait la courbe gracieuse d'un cygne, ses yeux étaient grands, ses paupières n'étaient pas lourdes et son menton n'était pas relâché ; sa poitrine était ferme, ses jambes étaient fines et ses hanches étroites. Elle ne montrait aucun signe de vieillissement et paraissait pourtant au moins dix ans de plus que cette femme, ce soir, qui avait tout l'éclat, toute la séduction, toute l'apparence passionnée d'une maîtresse. On ne pouvait lutter contre ça. Était-ce ce qu'il voulait ? Était-ce là ce qui changeait tout ? Ou y avait-il autre chose ? Était-ce parce qu'elle était française, qu'elle appartenait à son clan ?... Ou peut-être simplement l'aimait-il. Deanna s'interrogea tout en enfilant sa robe de chambre. Elle aurait souhaité lui poser toutes ces questions, entendre ses réponses — si toutefois il acceptait de lui répondre, si jamais il rentrait. Elle ne voulait pas passer la nuit à l'attendre ; elle aurait voulu lui parler sur-le-champ, mais il était clair que la jeune femme et lui se disposaient à sortir en ville. Il se pouvait qu'il ne revienne qu'à l'aube, annonçant qu'il avait été retenu par d'interminables négociations et qu'il n'avait pas dormi de la nuit. Elle se demanda soudain si toutes ses histoires n'avaient été que mensonges, depuis combien de temps durait ce petit manège. Elle s'appuya au dossier du fauteuil et ferma les yeux pour se protéger de la lumière pourtant tamisée de la pièce. Pourquoi persistait-il dans ce mariage, maintenant que Pilar n'était plus ? Il avait eu une occasion rêvée de la quitter, à Paris, de lui dire qu'il rompait. Pourquoi ne l'avait-il pas fait ? Pourquoi était-il resté ? Pourquoi se cramponnait-il ? Et, subitement, la lumière se fit. Le bébé. C'était cela qu'il voulait : un fils.

Elle sourit intérieurement. C'était drôle, vraiment. Pour la première fois au cours des presque vingt années de leur vie commune, elle avait l'avantage sur lui. Elle détenait la seule chose qu'il désirait : un fils. Ou même une fille, maintenant que Pilar avait disparu. Mais Marc voulait absolument l'enfant qu'elle portait. C'était insensé : il aurait pu avoir un bébé de cette fille, puisqu'il semblait se cramponner à elle également, mais, pour une raison quelconque, il n'en avait pas eu. A y bien regarder, elle le tenait, maintenant. A la gorge. Elle pouvait s'en aller ou rester. Elle pouvait le faire payer. Peut-être même l'obliger à se débarrasser de la jeune femme. Ou faire semblant, comme il l'avait déjà fait : il lui avait laissé croire que sa liaison était terminée, mais c'était manifestement faux. Avec un soupir, elle se redressa et ouvrit les yeux. Elle avait vécu les yeux fermés pendant de trop nombreuses années. Elle sortit silencieusement de la pièce, descendit l'escalier de la maison plongée dans l'obscurité et se retrouva bientôt dans la salle de séjour, contemplant la baie illuminée. Comme ce serait étrange de ne plus vivre ici, de quitter cette maison — de le quitter. Il serait angoissant d'être seule, de n'avoir personne qui prît soin d'elle ni du nouveau-né. Angoissant et inédit. Mais ce serait une attitude propre, correcte. Cette solitude serait différente... Ce ne serait plus un mensonge. Elle demeura assise jusqu'à l'aube, à l'attendre. Elle avait pris sa décision.

Cinq heures venaient de sonner lorsqu'elle entendit la clef tourner dans la serrure. Elle s'avança sans bruit jusqu'à la porte du salon et se tint immobile, comme une apparition de satin blanc.

« Bonsoir, lui dit-elle en français. Ou devrais-je dire bonjour ? »

Les premières lueurs du jour sur la baie calme comme un miroir striaient le ciel d'orange et de rose. Pour une fois le brouillard ne s'était pas montré. La première chose qu'elle remarqua fut qu'il était ivre. Pas de manière révoltante, mais relativement ivre.

« Tu es déjà debout ? »

Il tenta de rester stable, mais oscilla très légèrement en avant et s'appuya au dossier d'une chaise pour reprendre son équilibre. Le fait d'avoir à lui parler le mettait visiblement mal à l'aise.

« Il est terriblement tôt, Deanna.

— Ou terriblement tard. T'es-tu bien amusé ?

— Évidemment non. Ne sois pas ridicule. Nous sommes restés assis dans la salle du conseil jusqu'à quatre heures. Et ensuite nous avons bu. Pour fêter ça.

— Comme c'est merveilleux ! »

Sa voix était glaciale. Il la regarda avec insistance, comme s'il espérait découvrir une clef.

« Que fêtiez-vous donc ?

— Un nouveau... contrat. (Il avait presque laissé échapper « manteau », mais s'était rattrapé juste à temps.) Un marché de vente de fourrures avec la Russie. »

Content de lui, il sourit à sa femme. Deanna ne sourit pas, figée comme une statue.

« Le manteau était une splendeur. »

Les mots tombèrent entre eux, lourds comme des rocs.

« Que veux-tu dire ?

— Je crois que tous deux nous savons fort bien ce que je veux dire. J'ai dit que le manteau était très beau.

— Ça ne tient pas debout », dit-il.

Ses yeux évitèrent le regard perçant de Deanna.

« Je crois que si. Je t'ai vu ce soir avec ton amie. Je crois comprendre qu'il s'agit d'une liaison durable. »

Elle semblait de bois, toute droite devant lui ; il ne prononça pas une parole. Il finit par se détourner pour regarder la baie au loin.

« Je pourrais te dire qu'elle ne faisait que passer, dit-il, et il lui fit face à nouveau. Mais non. Ces derniers temps ont été très difficiles pour moi. Pilar... Les inquiétudes à ton propos...

— Habite-t-elle ici, maintenant ? »

Les yeux verts de Deanna étaient implacables. Il secoua la tête.

« Non. Elle n'est ici que depuis quelques semaines.

— Charmant. Suis-je supposée accepter mon avenir sous ce jour, ou comptes-tu finalement faire un choix ? J'imagine qu'elle te pose les mêmes questions. De fait, j'ose dire que désormais c'est peut-être moi qui vais choisir.

— Peut-être. (Un instant, il sembla incertain, puis se tint très droit.) Mais cela ne sera pas, Deanna. Toi et moi avons trop d'intérêts en jeu.

— En vérité ? Quoi donc ? »

Elle savait exactement ce qu'il voulait dire. Néanmoins, plus rien n'était en jeu. A partir de cette nuit, le bébé était à elle. Pas à eux. A elle.

«Tu sais parfaitement quoi. Notre enfant.»

Il essaya de paraître tendre mais ne put que la foudroyer du regard avant d'ajouter :

«Il est tout pour moi. Pour nous.

— Nous ? Sais-tu, Marc ? Je ne crois même pas qu'il y ait un «nous» quelque part. Il n'y a de «nous» qu'entre cette fille et toi. J'ai pu le lire sur ton visage cette nuit.

— J'étais soûl.»

Une trace de désespoir s'insinua dans ses yeux. Deanna le vit, mais cela ne la touchait plus.

«Tu étais heureux. Toi et moi, nous n'avons pas été heureux ensemble depuis des années. Nous nous tenons accrochés l'un à l'autre par habitude, par crainte, par devoir, à cause de notre douleur. J'allais te quitter, le week-end après la mort de Pilar. Je l'aurais fait, si je n'avais appris que j'étais enceinte. Et c'est ce que je vais faire maintenant.

— Je ne te laisserai pas ! Tu mourrais de faim !»

Il entra en rage, un éclair haineux traversa ses prunelles. Elle n'allait pas lui enlever ce à quoi il tenait le plus : l'enfant.

«Je n'ai pas besoin de toi pour survivre.»

C'était une bravade et tous deux le savaient.

«Et que feras-tu pour gagner ta croûte, ma chérie ? De la peinture ? Tu vendras tes petits croquis aux gens dans la rue ? A moins que tu ne retournes chez ton amant ?

— Quel amant ?»

Deanna eut l'impression d'avoir été giflée.

«Tu crois que je ne sais pas, espèce de salope, hypocrite, petite sainte nitouche ? Tu me fais des sermons sur mes... activités... Mais tu n'es pas toute blanche non plus !

— De quoi veux-tu parler ?

— Tu le sais très bien. Je suis parti pour Athènes et tu en as apparemment profité pour te payer du bon temps. Je ne sais pas avec qui et je m'en moque, car tu es ma femme, et c'est mon enfant. Vous m'appartenez, toi et l'enfant, tu m'as bien compris ?

— Comment oses-tu me dire ça ! Comment oses-tu ! J'ai pu t'appartenir auparavant, mais plus maintenant et plus jamais ; et jamais tu n'auras cet enfant. Je ne te laisserai pas faire ce que tu as fait avec Pilar. »

Depuis l'escalier, il lui lança un sourire malveillant.

« Tu n'as pas le choix, ma chère, cet enfant est à moi... A moi, parce que j'ai choisi de l'accepter, d'être son père, de te garder en dépit de ce que tu as fait. Mais n'oublie jamais que je sais. Tu n'es pas meilleure que moi, en dépit de tous tes grands airs. Mais souviens-toi... (Ses yeux se rétrécirent et il oscilla à nouveau.)... C'est grâce à moi que ton fils ne sera pas un bâtard. Je lui donne mon nom. Parce que je veux cet enfant, parce qu'il m'appartient. »

La voix de Deanna était calme et mesurée, tranchante comme un bloc de glace. Immobile, elle détailla Marc :

« Le bébé n'est pas de toi, alors, Marc ? »

Il se courba maladroitement devant elle et inclina la tête.

« Exact.

— Comment le sais-tu ?

— Parce que la femme qui te déplaît tant est diabétique et que, si je lui avais fait un enfant, ça aurait pu la tuer. J'ai eu une vasectomie il y a plusieurs années. »

Satisfait de sa révélation, il braqua les yeux sur sa femme, qui s'appuyait sur une chaise pour conserver son équilibre.

« Je vois. Pourquoi me dis-tu ça maintenant ?

— Parce que j'en ai assez des mensonges et de tes airs piteux et misérables, de tes mines de te sentir écrasée, utilisée, maltraitée par moi. Je ne vous ai pas maltraitée, madame. Je t'ai fait une grande faveur. Je t'ai gardée, toi, et ton gosse, malgré ta conduite inqualifiable. Malgré ta liaison. Et maintenant il est parti, et tu n'as plus que moi vers qui te tourner. Tu m'appartiens.

— Pour que tu fasses de moi ce que tu veux, c'est ça ? »

Elle le transperça d'un regard plein de rage mais il était trop ivre pour s'en apercevoir.

« Précisément. Et maintenant je suggère que tu montes au lit avec mon fils, et moi, j'irai au lit de mon côté. Je te verrai demain matin. »

Il se mit à gravir solennellement les marches, totalement inconscient de l'effet qu'avait produit son aveu. Deanna était libre.

CHAPITRE XXXII

La porte de service, au fond de la cuisine, était verrouillée, et c'est Deanna qui avait la clef. Elle avait téléphoné à Kim et lui avait demandé de louer une voiture, un break, décidée à lui expliquer plus tard. Par l'intermédiaire de l'épicier, elle s'était fait livrer une douzaine de cartons. Trois avaient suffi pour tout le matériel de l'atelier. Ses photos et ses albums pouvaient tenir dans cinq autres ; les toiles étaient soigneusement empilées près de l'escalier de derrière ; six valises attendaient d'être remplies. Elle saisit le téléphone pour demander de l'aide à Margaret car elle ne pourrait en venir à bout toute seule. Deanna travaillait dans le studio depuis six heures, et il était déjà presque neuf heures. Marc avait sans doute déjà quitté la maison. Il ne l'avait pas suivie dans son atelier lorsqu'elle avait quitté leur chambre et le silence de la maison depuis lors était étourdissant. La fin était survenue silencieusement, paisiblement. Deanna se sentait maintenant capable de mettre le passé de côté, dans une douzaine de cartons et quelques sacs de voyage. Elle lui abandonnait tout le reste, puisque le reste lui appartenait. Les meubles venus de France, les tableaux, les tapis et l'argenterie qui lui venait de sa mère, presque tout rapporté de France. Tout ce qu'elle avait amassé au cours des années était rassemblé dans son atelier : livres d'art, pinceaux, couleurs, quelques bibelots, divers petits objets qui n'avaient d'autre valeur que sentimentale. Elle avait pris ses vêtements et emporterait ses bijoux, qu'elle vendrait en attendant de trouver un emploi. Elle prenait toutes ses toiles, qui n'étaient rien pour lui, avec la possibilité de les vendre également. Toutes, sauf le portrait d'elle et de Pilar. Ce n'était pas une œuvre à vendre, c'était le trésor d'une vie entière. Le reste, il pouvait le garder. Il pouvait tout garder.

Elle ouvrit la porte au pied de l'escalier menant au studio et traversa la maison avec hésitation. S'il était encore là ? S'il l'attendait ? S'il savait ce qu'elle allait faire, et qu'elle le ferait si vite ? Mais peu importait, dorénavant. Il ne pouvait plus l'en empêcher. Il lui avait dit la nuit passée ce qu'elle avait besoin de savoir. Le bébé n'était pas de lui, mais de Ben, il le savait depuis le commencement. Mais cela n'avait plus d'importance. Plus rien de cela n'avait d'importance.

« Margaret, est-ce que... ? »

Elle ne savait trop ce qu'elle devait dire.

« Il est parti pour son bureau à huit heures et demie. (La pauvre femme avait les larmes aux yeux.) Madame Duras, vous ne... Oh ! ne nous laissez pas, ne partez pas... »

C'étaient là les mots qu'aurait dû prononcer Marc, mais il était trop soûl la nuit précédente pour tirer toutes les conséquences de ses vagues craintes. Il devait s'être imaginé que s'il passait une bonne nuit là-dessus et la laissait se terrer dans son atelier, il pourrait rentrer à la maison avec un joli bijou, quelques excuses et un mensonge, et que tout s'arrangerait. Pas cette fois. Deanna passa un bras autour des épaules de Margaret.

« Il le faut. Mais vous viendrez me voir.

— Vraiment ? »

La vieille femme s'effondra ; Deanna lui sourit à travers ses larmes. Elle pleurait sur elle-même, et non pour lui.

La sonnette de la porte retentit alors qu'elles finissaient de boucler la deuxième valise. Deanna sursauta, alarmée, et, pendant un instant, Margaret sembla prise de panique, mais Deanna se précipita au bas des escaliers et y trouva Kim.

« J'ai choisi le plus gros des breaks qu'ils avaient. On dirait un porte-avions. »

Elle essayait de plaisanter, mais elle vit que Deanna n'était pas d'humeur à cela : ses yeux étaient cernés de noir, ses cheveux en désordre, et ses paupières rougies.

« On dirait que la nuit n'a pas été fameuse.

— Le bébé n'est pas de lui. »

C'était la première chose qu'elle put lui dire, et soudain un sourire lui vint :

« Il est de Ben, et je suis si contente.

— Par tous les saints du Ciel !... »

Pendant quelques secondes, Kim ne sut si elle devait rire ou pleurer, mais de toute façon, elle éprouva un immense soulagement. Deanna était libre.

« En es-tu certaine ? insista-t-elle.

— Absolument.

— Et tu t'en vas ?

— Oui. Tout de suite.

— J'avais de vagues soupçons. A cause du bébé ? »

Elles étaient toujours debout à la porte. Deanna se dirigea lentement vers les marches.

« De lui, et de tout le reste, de l'autre femme aussi. Ce n'est pas un mariage, Kim. Et, que ce soit un mariage ou non, c'est terminé. Je l'ai su avec certitude la nuit passée.

— Vas-tu le dire à Ben ? »

Mais c'était une question stupide. Kim savait que Deanna allait lui en parler... Elle le savait, jusqu'au moment où elle vit Deanna faire un signe de dénégation.

« Non ? Tu veux rire ? Pourquoi ?

— Pourquoi ? Pour que je coure tout droit de chez Marc à chez lui ? Pour qu'il me prenne sous son aile à son tour ? Je l'ai laissé tomber, Kim. Je suis retournée vers Marc, sans même lui dire que j'attendais un enfant. Quel droit ai-je maintenant de le rappeler ? »

Ses yeux semblaient trop grands pour son visage. Kim la scruta avec insistance, essayant de trouver une logique dans ses propos.

« Mais tu attends un enfant de lui. Quel autre droit veux-tu ?

— Je ne sais pas. Je sais seulement que je ne l'appellerai pas.

— Alors que diable vas-tu faire ? dit Kim en lui agrippant le bras pendant qu'elle montait l'escalier.

— Quitter cette maison. Je trouverai un appartement et je me prendrai en charge.

— Oh ! pour l'amour du Ciel ! Quand vas-tu cesser de te montrer si noble ! Comment vas-tu manger ?

— Je peindrai, je travaillerai, je vendrai mes bijoux... Tu verras. Allez, viens, il faut que je termine là-haut. »

Kim la suivit d'un air grave jusqu'à l'étage supérieur. Quitter Marc était la meilleure idée que Deanna ait jamais eue ; mais ne pas appeler Ben était un défi au bon sens.

Margaret achevait le dernier sac. Il ne restait plus rien dans la pièce, à l'exception des affaires de Marc. Les petits bibelots, les photographies, les minuscules souvenirs, le coffret à bijoux, les livres, tout avait été emballé. Elle ne s'arrêta qu'un instant sur le seuil, puis se hâta de redescendre l'escalier.

Il leur fallut vingt-cinq minutes pour tout charger dans la voiture. Margaret ne cessait de pleurer et Kim s'occupait de transporter les sacs un peu lourds. Deanna ne porta que ses toiles, qui étaient légères.

«Ne touche pas à ça! s'écria Kim en voyant Deanna prête à soulever un gros sac de voyage. Tu es enceinte de cinq mois, grosse bêtasse.»

Deanna sourit:

«Non, faux. Probablement quatre, plutôt.»

Toutes deux rirent. Deanna en était arrivée à cette conclusion en début de matinée, tandis qu'elle était occupée à nettoyer ses pinceaux et à les envelopper dans du papier journal. Il lui avait dit que l'enfant avait été conçu vers la fin juin, c'est-à-dire juste avant son départ. Mais cela devait avoir eu lieu fin juillet, lorsqu'elle était avec Ben. Cela expliquait pourquoi le docteur Jones avait entendu les battements du cœur avec un mois de retard, et pourquoi elle grossissait si peu. Et aussi pourquoi elle était si fatiguée.

«Oh! mon Dieu, dit-elle en levant soudain les yeux vers Kim. C'est *Thanksgiving* aujourd'hui?

— Oui.

— Pourquoi ne me l'as-tu pas dit!

— Je croyais que tu le savais.

— Ne devais-tu pas te rendre quelque part?

— Oui, mais plus tard. Nous allons t'installer d'abord. Tu feras une sieste. Ensuite nous nous habillerons et irons manger une dinde dans un petit restaurant.

— Tu es folle. Tu agis comme si tu avais prévu de me recevoir chez toi depuis des semaines.»

Les deux amies échangèrent un sourire en calant la dernière toile à l'arrière de la voiture.

« Je vais à l'hôtel, tu sais, continua Deanna avec fermeté.

— Oh! non! dit Kim tout aussi fermement. Tu viens chez moi. Jusqu'à ce que tu aies un endroit où emménager.

— Nous en parlerons plus tard. Je veux retourner à l'intérieur une minute pour tout vérifier.

— Marc risque-t-il de revenir à l'improviste? C'est un jour férié, après tout.

— Pas pour lui. Il travaille le jour de *Thanksgiving*. (Et avec un demi-sourire:) Ce n'est pas une fête française. »

Kim monta dans la voiture tandis que Deanna disparaissait dans la maison. Margaret était dans la cuisine, et Deanna se retrouva seule quelques instants. Pour la dernière fois dans ce qui avait été sa maison — bien qu'elle n'eût jamais été sienne, mais toujours celle de Marc. Peut-être la Française en manteau de fourrure l'aimerait-elle, peut-être tout ce luxe toucherait-il quelque chose en elle.

Depuis l'entrée, Deanna regarda l'intérieur du salon et les portraits des ancêtres de Marc-Edouard. C'était stupéfiant: après dix-huit ans, elle s'en allait avec presque aussi peu de choses qu'à son arrivée. Quelques cartons, quelques toiles, ses vêtements. Les vêtements d'aujourd'hui étaient plus coûteux. Les bijoux lui permettraient de vivre. Les tableaux étaient plus aboutis, les couleurs et les pinceaux de meilleure qualité. Mais tout entrait encore dans une voiture. Dix-huit années dans un nombre égal de cartons et de sacs. Elle s'assit à son bureau et sortit d'un tiroir une feuille de papier bleu, d'un bleu de porcelaine, bordé de blanc, et à l'en-tête de Mme Marc-

Edouard Duras. Elle saisit son stylo, réfléchit un instant, et n'écrivit que quelques mots :

« Je t'aimais, mon chéri. Adieu. »

Elle plia la feuille, essuya du revers de la main une larme sur ses joues, et colla la note sur le miroir de l'entrée. En se retournant, elle vit Margaret qui l'observait, le visage inondé de larmes. Deanna ne dit rien, mais s'approcha d'elle et la serra sur son cœur. Puis, en larmes aussi, elle s'éloigna vers la porte. Elle ne prononça qu'un mot en partant, si bas que Margaret l'entendit à peine. Elle le dit tout doucement, en refermant la porte sur elle, et sourit. « Adieu. »

CHAPITRE XXXIII

« Pourquoi ne veux-tu pas venir ? dit Kim, déçue. C'est *Thanksgiving*, et je ne te laisserai pas seule.

— Mais si. Je ne suis pas invitée, et, de plus, je tombe de fatigue. Je ne peux pas, ma grande. Sincèrement. Je suis trop crevée. Abandonne-moi ici, et j'aurai peut-être ressuscité dès demain. »

Mais Kim n'en était pas sûre. Les dernières vingt-quatre heures avaient laissé leurs traces : Deanna avait l'air lugubre et épuisée. Kim était allée jusqu'à appeler le docteur Jones en utilisant le téléphone de la cuisine, d'où Deanna ne pouvait pas l'entendre. Elle lui avait expliqué ce qui s'était passé ; il lui avait conseillé de la laisser en paix, de la laisser faire ce qui lui plaisait, et à son rythme. Il était convaincu que tout se passerait bien, à condition que Kim se résigne à ne pas la harceler.

« Très bien. Mais tu es sûre que tu ne te sentiras pas seule ?

— Non, je vais me coucher, très probablement, dit-elle avec un sourire las et en réprimant un bâillement. Je ne crois pas que *Thanksgiving* me manque beaucoup cette année. »

Elles échangèrent un sourire, et Deanna s'endormit avant même le départ de son amie. Kim sortit sur la pointe des pieds et, sans bruit, ferma la porte à clef.

A onze heures du soir environ, il fit tourner la clef dans la serrure. Il retint son souffle. Il avait été fou de ne pas téléphoner, mais il ne savait que lui dire. Que lui raconter? Comment pouvait-il retirer ce qu'il avait dit? Il avait voulu lui acheter quelque chose de joli, pour se faire pardonner, mais tous les magasins étaient fermés. *Thanksgiving.* La journée des remerciements! Il avait passé la moitié du temps au bureau, et l'autre, tranquillement, auprès de Chantal. Elle avait deviné que quelque chose n'allait pas, mais sans savoir quoi. Il s'était accroché à elle d'une manière étrange lorsqu'ils avaient fait l'amour.

Il ouvrit la porte et leva les yeux. Tout était sombre et silencieux. Elle devait dormir. Sa voiture était dans le garage. Il ne vit même pas la lampe de Margaret briller sous sa porte, au fond de l'entrée. La maison était tranquille; il n'alluma qu'une petite lumière pour suspendre son manteau. C'est alors qu'il remarqua le morceau de papier dans le cadre du miroir, près de la porte. Était-elle sortie? Était-elle avec une amie? Il tendit le bras et prit le papier, et un bizarre sentiment d'appréhension lui serra le cœur. Il resta un moment immobile, comme s'il attendait de distinguer sa voix ou le son de ses pas dans l'escalier. Il regarda encore vers l'étage, mais n'entendit que le silence, et puis, lentement, se mit enfin à déplier la feuille bleutée. Sa vue se brouilla et ses tempes se mirent à battre tandis qu'il lisait. «Je t'aimais, mon chéri. Adieu.» Pourquoi «aimais»? Pourquoi le passé? Mais il savait. Il lui avait dit la seule chose qu'elle n'aurait jamais pu savoir, que le bébé n'était pas de lui. Elle savait à présent qu'il lui avait menti. Et au sujet de Chantal également... Elle savait tout sur son autre vie. Elle l'avait vu en compagnie de Chantal à Paris, et l'autre nuit encore. Les jambes lourdes comme du plomb, il essaya de monter l'escalier en courant. Il allait trouver Deanna là-haut. Elle serait endormie dans leur lit. Toute la journée, il avait voulu ignorer ce qui s'était passé entre eux, espérant que tout se dissiperait comme un rêve. L'appeler aurait rendu les faits plus réels, et il n'avait pu s'y résoudre. Maintenant, il suffisait de courir jusqu'au lit, et elle serait là, endormie.

Mais en arrivant dans la chambre, il la trouva telle qu'il le craignait — vide. Elle était partie. Deanna était partie.

Marc-Edouard garda l'immobilité d'un cadavre pendant un long moment, ne sachant que faire. Puis, refoulant ses larmes, il s'empara du téléphone. Il avait besoin d'elle, désespérément. Il fallait qu'elle soit là pour lui en cet instant. Il composa le numéro, mais lorsque Chantal répondit, sa voix était étrange.

«Chantal... Je... Il faut que je te voie... J'arrive tout de suite.

— Quelque chose qui ne va pas?»

Elle semblait distraite, pressée.

«Oui... Non... Simplement, ne bouge pas. Je viens immédiatement.»

Elle avait voulu lui dire de se dépêcher, mais n'avait su comment. Elle se sentait mal à l'aise, un peu embarrassée, lorsqu'il arriva peu après. Mais il ne s'aperçut de rien. Il la prit très vite dans ses bras, dès qu'elle ouvrit la porte.

«Chéri, qu'y a-t-il? Tu as l'air malade.

— Je suis... Je ne sais pas... Elle est partie. »

Le pauvre! Encore Pilar. Ce souvenir le hantait-il tellement? Mais que s'était-il passé, pour ranimer si brusquement sa douleur?

« Je sais, mon chéri, mais je suis là. »

Elle le serra contre elle, assise à son côté sur le canapé.

« Mais le bébé... »

Il comprit aussitôt qu'il n'aurait pas dû laisser échapper ce mot.

« Quel bébé? »

Avait-il perdu la tête? Elle recula un peu, inquiète.

« Rien... Je suis bouleversé... C'est Deanna; elle est partie.

— Pour de bon? Elle t'a quitté? »

Dans une espèce de torpeur, il fit un signe affirmatif, et Chantal eut un sourire resplendissant.

« Je considérerais plutôt l'événement comme heureux, et non tragique. »

Sans plus réfléchir, elle se leva du canapé et alla jusqu'à la cuisine chercher l'une des bouteilles de champagne que Marc lui avait offertes, à peine quelques jours plus tôt. Elle apporta deux verres aussi, puis s'arrêta en voyant l'angoisse qui se peignait sur le visage de Marc.

« Es-tu donc si malheureux... ?

— Je ne sais pas. Je suis sous le choc. J'ai dit certaines choses... que je n'aurais pas dû dire... Je suis allé trop loin. »

Chantal fixa sur lui un regard glacial.

« Je ne réalisais pas à quel point tu tenais à elle. Et maintenant? Vas-tu te battre pour qu'elle revienne? »

Il secoua lentement la tête. Non. Il ne pouvait faire que Deanna revînt, et il le savait. Alors qu'il tentait de la lier à lui pour toujours, il lui avait livré le seul élément qui pût briser ce lien. Le bébé n'était pas de lui.

« A propos... qu'est-ce que c'était que cette histoire au sujet d'un bébé ? »

Il ne répondit pas, regardant droit devant lui quelque chose qu'elle ne pouvait voir. La mort de l'espoir.

« Était-elle enceinte, Marc ? »

Ses mots serrèrent la gorge de Marc comme un étau, et il inclina la tête en silence.

« Savait-elle qu'il n'était pas de toi ?

— Pas jusqu'à la nuit dernière.

— Je vois. Et c'est pour cette raison que tu es resté avec elle jusqu'à aujourd'hui — pour un enfant qui n'était même pas le tien... »

Sa voix se perdit, comme le son d'un glas dans le lointain ; l'amertume lui emplissait le cœur.

« Je n'avais pas conscience que cela ait tant d'importance pour toi.

— Ça n'en a pas vraiment. »

Il mentait. Il essaya de la prendre dans ses bras.

« Si, ça en a. Ça en a bel et bien. »

La bouteille de champagne n'était pas ouverte. Ils se dévisageaient d'un air désespéré.

« Nous pouvons adopter un enfant », dit Marc.

Chantal opina d'un très lent mouvement de tête. Elle savait qu'elle le devrait, s'il y attachait tant d'importance, mais elle-même ne voulait pas d'enfants. Elle n'en avait jamais désiré.

« Oui, je suppose que oui. »

Puis, comme si un souvenir lui revenait subitement, elle jeta un coup d'œil à sa montre :

« Que vas-tu faire maintenant ?

— T'épouser. (Il essaya de sourire en le disant

mais les mots dans sa bouche étaient comme du plomb.) Si tu le veux toujours, du moins.

— Je le veux. »

Son ton était solennel, mais ses yeux trahissaient une légère inquiétude.

« Mais ce n'est pas ce que je voulais dire, mon chéri, reprit-elle. Je voulais parler de ce soir.

— Je ne sais pas. Puis-je rester ici ? »

L'idée de retourner dans sa propre maison lui était intolérable, et il était trop tôt pour y emmener Chantal, pour dormir avec elle dans le lit que Deanna n'avait déserté que la nuit dernière. Elle avait dormi dans l'atelier après sa révélation.

« Pourquoi ne sortirions-nous pas dîner ?

— Maintenant ? dit-il, stupéfait. Je ne suis guère d'humeur à ça. Beaucoup de choses ont changé pour moi au cours des dernières heures, et quel que soit mon amour pour toi, il me faut le temps de m'y faire. »

Il se demanda s'il avait fait une erreur en venant si vite voir Chantal, sans avoir pris le temps d'absorber le choc. Elle semblait ne rien comprendre à ce qu'il éprouvait.

« Ne pourrions-nous pas manger ici ?

— Non. Je veux sortir. »

Elle parlait avec nervosité, comme si elle était pressée, et il remarqua tout à coup qu'elle portait une robe de soie noire, comme si elle avait prévu de dîner à l'extérieur, de toute façon.

« Allais-tu sortir quand j'ai appelé ?

— Je me disposais seulement à dîner dehors.

— Seule ? dit-il, interloqué.

— Évidemment. »

Elle rit, mais son rire sonnait faux et, avant qu'elle ait pu ajouter quelque chose, la sonnette retentit. Elle jeta un rapide coup d'œil à Marc-

Edouard, puis se dirigea vivement vers la porte.

« Je reviens tout de suite. »

De l'endroit où il était assis, l'entrée était masquée, mais il l'entendit ouvrir et sortir sur le palier; et alors, soudain, la colère le prit. Il traversa la pièce à grands pas et atteignit la porte, qui était presque fermée. Il perçut le son de sa voix, très basse, de l'autre côté. Il ouvrit brusquement, et Chantal poussa un petit cri. Elle était en train de parler à l'associé de Marc, Jim Sullivan, qui sembla quelque peu ébranlé de se trouver face à lui.

« Est-ce que je vous dérange, ou puis-je vous prier d'entrer ? »

Il regardait Jim, mais ses paroles s'adressaient à tous deux. Sans un mot, le trio pénétra dans l'appartement. Chantal referma la porte.

« Chéri, vraiment, c'est... Jim a simplement pensé que j'aimerais sortir dîner pour *Thanksgiving*. Je pensais que tu serais chez toi... »

Ses traits étaient figés par la confusion, et son feint enjouement ne trompait personne.

« Je vois. Tout à fait délicat. Il est curieux que ni l'un ni l'autre n'ayez songé à m'en informer.

— Je suis désolé, Marc. »

Ils se tenaient debout, embarrassés, au milieu du salon. Jim le regarda d'un air grave :

« Je ne crois pas qu'il y ait grand-chose d'autre à dire. »

Marc lui tourna le dos. Jim lui toucha l'épaule et, un instant plus tard, il entendit claquer la porte d'entrée. Il se retourna lentement vers Chantal.

« Alors, c'est ça que tu faisais ?

— Je n'ai fait que dîner avec lui une fois ou deux. Je ne pensais pas que cela t'ennuierait. »

Mais il savait qu'elle mentait.

« Que veux-tu que je te dise, maintenant ?

— Que tu me pardonnes. Et je te dirai que ça ne se produira plus. »

Elle se glissa tranquillement dans ses bras et l'étreignit ; il baissa lentement la tête et sentit la soie de ses cheveux sur son visage. Des larmes hésitèrent au bord de ses paupières tandis qu'il la serrait contre lui, parce qu'il savait que cela se reproduirait encore et encore.

CHAPITRE XXXIV

KIMBERLY descendit les rues étroites de Sausalito et s'engagea avec sa voiture dans une ruelle conduisant à la baie. Elle jeta un coup d'œil au papier posé auprès d'elle sur le siège, qui lui confirma qu'elle avançait bien dans la bonne direction. Encore un tournant, une autre ruelle, une impasse, et elle y était. Elle avait devant elle une minuscule palissade blanche, un énorme buisson de marguerites et, cachée derrière, une petite maison. C'était le petit bijou qu'avait décrit Deanna, et cela lui plut au premier coup d'œil. Elle se débattit avec les paquets qui lui encombraient les bras pour atteindre la sonnette. Un instant plus tard, Deanna ouvrait la porte.

Elle portait un jean et des espadrilles rouges, et un épais pull, rouge lui aussi, sur un chemisier d'un jaune éclatant. Ses cheveux étaient réunis en chignon et ses yeux souriaient gentiment à son amie.

« Joyeux Noël, madame. Je suis si contente que tu aies pu venir ! (Elle tendit les bras à Kim et elles s'embrassèrent.) Je ne t'ai laissée qu'il y a deux semaines, et j'ai déjà le mal du pays.

— Tu n'as aucune raison. Cet endroit est divin. »

Kim la suivit à l'intérieur et observa alentour.

Deanna s'était activée avec ardeur, avait peint la cuisine, nettoyé les sols. Dans le coin se dressait un minuscule sapin de Noël couvert de boules argentées et de guirlandes clignotantes. Sous l'arbre étaient posés trois cadeaux, tous marqués au nom de Kim.

« Eh bien, ça te plaît vraiment ? »

Avec son large sourire, Deanna avait l'air d'une petite fille. Pour la première fois depuis longtemps, elle paraissait paisible et heureuse. En quelques semaines à peine, elle avait trouvé un endroit à elle. Il n'y avait pas beaucoup de meubles dans la pièce claire du devant, mais ceux qu'elle possédait étaient confortables et accueillants. On y voyait de l'osier, fraîchement repeint en blanc, et un merveilleux vieux sofa qu'elle avait retapissé de bleu tendre. Partout, c'étaient des plantes et de vieilles bouteilles pleines de fleurs. Certaines de ses peintures favorites étaient accrochées aux murs et elle s'était acheté un magnifique tapis au somptueux dessin. Sur la tablette de la cheminée trônaient des marmites de cuivre ; des chandeliers de bronze garnissaient une table de bois juste assez grande pour deux personnes ; et la pièce s'ornait d'un petit lustre, en bronze lui aussi. Elle avait cousu elle-même ses rideaux dans un tissu de dentelle empesée qu'elle avait déniché dans un coffre. On eût dit qu'elle vivait ici depuis des années. Au fond s'ouvraient une minuscule chambre qu'elle avait dotée d'un ravissant vieux papier peint imprimé dans des tons chauds de vieux rose, et une autre, tout aussi minuscule, juste à côté, vide à l'exclusion d'un berceau et d'un cheval à bascule blotti derrière la porte.

Kim jeta sur le tout un coup d'œil circulaire et admiratif et prit place dans un fauteuil.

« J'en suis tombée amoureuse, Deanna. Puis-je rester ?

— Pour un an, tout au moins. Mais j'ai peur que tu n'y découvres quelques bizarreries. L'eau chaude vient et s'en va, le four met une semaine pour chauffer, les fenêtres se coincent, la cheminée enfume... mais je l'adore. Ne dirait-on pas une maison de poupée?

— Exactement. Elle me plaît beaucoup plus que mon logement, qui n'a absolument aucun charme.

— Le tien a plus de classe. Mais pour moi ici, ça ira.»

Qui aurait pu croire qu'un mois auparavant elle vivait dans le luxe et la magnificence? Elle semblait parfaitement heureuse dans ce cadre.

«Café?» demanda-t-elle.

Kim accepta d'un signe de tête. Deanna disparut, puis revint avec deux grandes tasses fumantes.

«Donc, quoi de neuf?» fit Kim.

Mais le chevalet dans le coin de la cuisine répondait à la question sous-entendue: Deanna avait déjà repris le travail.

«Je me suis remise à peindre.»

Elle semblait contente, fière.

«C'est ce que je vois. Qu'est-ce que tu vas en faire?

— Les vendre, probablement. J'en ai déjà écoulé deux ou trois. Cela m'a permis d'acheter les meubles, la vaisselle et les draps.»

Trois peintures, et les boucles d'oreilles en jade et diamant. Mais elle ne mentionna pas ces dernières à Kim. Et elle s'en moquait bien, d'ailleurs. Il n'était plus rien qu'elle désirât désormais, sinon son enfant. Le reste n'avait plus d'importance. Plus aucune importance.

«Où les vends-tu?»

Kim l'observait avec une idée derrière la tête, mais Deanna la vit venir.

« Ne t'en fais donc pas.

— Pourquoi ne le laisses-tu pas au moins vendre tes toiles, nom d'un chien ? Tu n'es pas obligée de le voir. »

Kim l'avait rencontré la semaine passée. Il avait une mine catastrophique. Elle avait voulu lui glisser l'adresse de Deanna, mais elle savait qu'elle ne se le permettrait pas. Deanna devait retrouver d'elle-même son chemin vers lui. Si elle le faisait jamais. Kim commençait à en douter. Son amie semblait plus heureuse seule.

« Pourquoi n'appelles-tu pas Ben, au moins à propos de ton travail ?

— Ne dis pas de bêtises, Kim. A quoi cela servirait-il ? Je ne peux pas. Et puis il me cracherait sans doute au visage si je l'appelais pour lui demander de s'occuper de mes tableaux.

— J'en doute. »

Mais Deanna avait peut-être raison. Plus jamais Ben ne la questionnait à son sujet. C'était un accord tacite entre eux. Ni l'un ni l'autre n'en parlaient.

« Et Marc ? As-tu eu des nouvelles de lui ? »

Deanna fit signe que non.

« Je lui ai téléphoné une fois après avoir parlé à mon avocat. Il comprend. Il n'y a pas de dispute entre nous.

— Penses-tu qu'il va épouser cette fille ?

— Peut-être bien. Elle vit avec lui dans la maison. Mais je crois que tout cela a été un rude choc pour lui. Nous avons traversé pas mal d'épreuves tous les deux, cette année. »

Kim se demanda un instant si Marc lui manquait ; il lui semblait que oui. Mais peut-être n'était-ce qu'un effet de l'habitude. En tout cas, elle avait vraiment fait beaucoup de chemin.

« Comment sais-tu qu'il vit avec cette fille ? »

Cet aveu ne ressemblait pas à Marc.

« C'est Margaret qui me l'a dit lorsque j'ai appelé un jour pour savoir comment elle se portait. Apparemment elle rend son tablier le mois prochain. C'est sans doute aussi bien ; il n'a pas besoin de souvenirs du temps où j'étais là-bas. Il vaut mieux que chacun de nous prenne un nouveau départ.

— Et c'est ce que tu fais ? » demanda Kim.

Deanna hocha affirmativement la tête.

« Ce n'est pas toujours facile, mais oui, j'essaie. La maison me tient occupée, mon travail également. Je veux installer la chambre d'enfant le mois prochain. J'ai trouvé un tissu adorable. Et je veux peindre des petits personnages rigolos de contes de fées sur les murs. »

Kimberly lui sourit et elles s'enfoncèrent douillettement dans leurs fauteuils pour poursuivre leur conversation. Il était plus de cinq heures lorsque Deanna se leva enfin et alluma l'électricité.

« Grands dieux, nous étions assises dans le noir.

— Et moi, il faudrait que je rentre. J'ai encore à traverser tout le pont du Golden Gate. A propos, as-tu quelque chose de prévu pour Noël ? »

Mais elle était presque certaine que non ; Deanna le confirma.

« Cette année n'est pas vraiment bien choisie. Je crois que j'aimerai autant passer les fêtes tranquillement... ici. »

Kim eut un pincement de cœur et se sentit coupable.

« Je vais à la montagne faire du ski. Veux-tu venir ? »

Deanna rit et désigna son ventre maintenant rebondi. Elle en était au moins à cinq mois, et maintenant son apparence s'accordait avec les dates. Son ventre était joliment arrondi sous son chemisier. Elle le tapota doucement avec un chaud sourire, et regarda Kim.

« Je ne crois pas que je ferai beaucoup de ski cet hiver.

— Je sais bien, mais tu pourrais venir quand même.

— Pour me geler ? Non, je préfère être ici.

— Très bien. Mais je te laisserai mon numéro. Tu pourras m'appeler si tu veux, tu le sais.

— Je sais, je sais. »

Elle ramassa les cadeaux destinés à Kim, les lui déposa dans les bras, et regarda avec tendresse ceux que son amie avait laissés sous l'arbre.

« Joyeux Noël, ma chérie, ajouta-t-elle. J'espère que cette année sera merveilleuse. »

Kim regarda avec douceur la taille épaissie de Deanna et hocha la tête d'un air rassurant :

« Certainement. »

CHAPITRE XXXV

Noël vint et s'en fut sans les splendeurs et les fastes des années passées. Il n'y eut pas de ces peignoirs coûteux offerts par Pilar, choisis par elle et imputés au compte de son père. Il n'y eut pas de parfums français en flacon de cristal, pas de boucles d'oreilles en diamant, pas de fourrures. Seulement les quatre cadeaux de Kim, qu'elle déballa à minuit, en cette première veillée de Noël qu'elle eût jamais passée seule. Elle avait éprouvé un peu d'appréhension, à l'idée d'être éloignée de tous et de ne pouvoir en supporter la tristesse. Mais elle ne s'était pas sentie seule. Triste, seulement un peu. Elle se surprit à regretter Marc et Pilar, parce que Noël avait toujours été leur fête : la cérémonie, les bruits, le jambon, l'oie ou la dinde, Margaret dans la cuisine et les montagnes de paquets sous le sapin. C'était l'animation qui lui manquait, plus que les richesses ; ce furent les visages qui lui firent défaut, tard dans la nuit. Celui de Pilar, jeune et rayonnant, et celui de Marc, celui des jours les plus anciens. Plus question de les faire revenir, ils avaient irrémédiablement disparu. Jamais il ne lui vint à l'esprit d'appeler son mari pour entendre sa voix au milieu de la nuit. Elle but du chocolat chaud et resta assise près de l'arbre. Mais elle songea à appeler

Ben. Elle se doutait qu'il était à Carmel. Était-il seul lui aussi ?

Comme elle entendait au loin des gens qui passaient en chantant des cantiques de Noël, elle se prit à fredonner *Douce Nuit* tout en se déshabillant. Elle était moins fatiguée, se sentait beaucoup mieux que depuis des mois. Sa vie était tellement plus simple ! Ses uniques soucis étaient d'ordre financier, mais elle avait réussi à régler ce problème en dénichant une petite galerie, dans la rue de Bridgewater, qui avait accepté de vendre ses œuvres, chacune quelques centaines de dollars seulement, mais cela suffisait pour payer son loyer et subvenir à tous ses besoins. Il lui restait un peu d'argent de la vente de ses boucles d'oreilles, et elle avait en outre un petit coffre-fort plein de bijoux dont elle pourrait se défaire, les mois suivants. Il faudrait vendre plus lorsque le bébé viendrait et, pour finir, Marc serait tenu de lui verser quelque chose lorsqu'ils seraient passés en jugement.

Elle sourit intérieurement en se glissant dans son lit.

« Joyeux Noël, bébé. »

Elle se caressa le ventre et resta allongée sur le dos, luttant un moment contre les images de Pilar qui l'assaillaient. Peut-être serait-ce une autre petite fille... Mais cette fois, ce serait tellement différent...

CHAPITRE XXXVI

C'ÉTAIT un matin de février. Il était neuf heures. Assis dans son bureau, Ben examinait les nouvelles affiches. Il pressa une sonnette et attendit. Sally fut bientôt là, chargée d'une pleine brassée de papiers. Il la contempla d'un air renfrogné.

« Que penses-tu de tout ce fourbi, Sally ? Ce sera efficace, ou pas ?

— Oui, dit-elle avec une hésitation. Mais c'est peut-être un peu trop tape-à-l'œil... »

Il hocha la tête avec emphase et jeta les études sur son bureau.

« C'est exactement mon avis. Donne un coup de fil à Kim Houghton. Je dois rendre visite à un peintre à Sausalito à onze heures. Vois si elle pourrait me rejoindre au *Sea Urchin* aux alentours de midi et quart.

— A Sausalito ? » fit Sally.

Il acquiesça d'un air distrait et elle s'éclipsa. Il était près de dix heures lorsqu'elle passa brusquement la tête dans l'entrebâillement de la porte.

« Elle te retrouvera au *Sea Urchin* à midi et demi, et elle dit que tu viennes avec les affiches. Elle a plusieurs autres propositions à te soumettre, et elle les apportera de son côté.

— Bien. »

Il lui adressa un sourire indécis, soupirant à la

vue de tout le travail sur la table. Ses tâches lui semblaient parfois sans fin. Il avait ajouté quatre nouveaux venus à leur liste d'artistes, cet hiver, sans être vraiment fou de leurs œuvres. C'étaient les meilleurs qu'il eût rencontrés, mais ils n'avaient rien d'extraordinaire, ce n'étaient pas des Deanna Duras. On lui demandait toujours de ses nouvelles et il s'efforçait d'en fournir. Elle s'était «retirée». Un autre soupir lui échappa ; il se replongea dans son travail. Il n'avait pas arrêté depuis septembre. Cela lui avait presque réussi. Presque. Sauf à deux moments ; très tard le soir et tôt dans la matinée. Il comprenait maintenant ce qu'elle devait éprouver au sujet de Pilar. Ce sentiment que jamais plus on ne touchera une personne, que plus jamais on ne la tiendra dans ses bras, ne l'entendra, ne rira avec elle, que plus jamais on ne la verra sourire à une plaisanterie. Il cessait un instant de travailler, le temps de chasser ses pensées. Il y parvenait assez bien, maintenant ; il s'entraînait depuis cinq mois.

Il quitta la galerie à dix heures quinze précises, ce qui lui donna le temps de franchir le pont, de rouler jusqu'à Sausalito et de trouver où se garer. C'était là, du moins, un peintre qu'il aimait : un jeune homme doué d'un merveilleux sens de la couleur et d'une espèce de flair magique, mais ses œuvres étaient beaucoup plus modernes que celles de Deanna, et d'une qualité bien inférieure. Il ne lui avait pas fait d'offre formelle, mais il s'y décidait finalement. Jusqu'à présent le jeune artiste avait exposé dans une galerie proche de l'endroit où il vivait, une toute petite galerie de Sausalito, chaude et intime, par laquelle passaient un grand nombre d'œuvres très diverses. C'est là que Ben avait pour la première fois remarqué ses tableaux ensevelis au milieu d'autres, bons ou mauvais, et il savait que le malheureux recevait un salaire de misère pour son travail; ses prix culminaient à cent soixante-quinze dollars. Ben remonterait la barre à deux mille. Il savait que pour cette somme il les écoulerait. Le jeune peintre serait fou de joie.

Il le fut.

« Seigneur! Quand je vais dire ça à Marie! dit-il avec un immense sourire, en secouant vigoureusement la main de Ben. Mon Dieu! Nous allons peut-être même pouvoir manger correctement, pour changer! »

Ben eut un rire amusé et ils s'acheminèrent lentement vers la porte. C'était un vaste atelier bien aéré, occupant la moitié de ce qui avait été autrefois une grange. Il était environné aujourd'hui de maisons, fausses antiquités de l'époque victorienne, mais c'était tout de même un magnifique atelier, un endroit très agréable pour travailler.

« A propos, qu'est-il donc arrivé à cette jeune femme dont vous vous occupiez l'été dernier? Duras, je crois? »

« Dont vous vous *occupiez*. » Le choix du mot était intéressant. Mais le jeune homme n'était pas au courant. Personne ne savait.

Ben parla très paisiblement.

« Nous n'exposons plus ses œuvres. »

Il l'avait déjà dit des centaines de fois.

« Je sais. Mais savez-vous qui vous remplace?

— Personne. Elle s'est retirée. »

Le discours de Ben était tout prêt. Mais cette fois le jeune homme fit un signe de dénégation.

« Je ne crois pas. Vous en êtes sûr?

— Tout à fait. Elle m'a dit qu'elle abandonnait lorsqu'elle a repris ses tableaux... (Mais quelque chose dans les yeux de l'homme le tracassait.) Pourquoi?

— Je jurerais avoir vu l'une de ses toiles à la

galerie du *Seagull* l'autre jour. Vous savez, la galerie qui expose les miennes. Je n'en étais pas certain et je n'avais pas le temps de poser la question, mais cela y ressemblait beaucoup. Ils en demandaient un prix ridicule.

— Combien?

— J'ai entendu quelqu'un parler de cent soixante dollars. C'est vraiment une honte, pour une pièce de cette qualité. Vous devriez aller jeter un coup d'œil, voir s'il s'agit bien d'elle.

— Je crois que je vais le faire.»

Il consulta sa montre. Il n'était que onze heures et demie. Il lui restait suffisamment de temps avant son déjeuner avec Kim.

Les deux hommes se donnèrent une poignée de main accompagnée d'une profusion de sourires et de remerciements. Ben sauta dans sa voiture et dévala, un peu plus vite qu'il n'était de mise, la route étroite en direction de la galerie. Il savait très précisément où elle était située et se gara au coin de la rue. Il projetait d'entrer d'un air nonchalant et de jeter un coup d'œil à l'intérieur, mais cela ne fut pas nécessaire. Le tableau était exposé en évidence près de la porte. Il pouvait le voir de l'endroit où il se tenait, cloué sur place sur le trottoir. C'était bien une toile de Deanna. Le jeune homme avait raison.

Il resta immobile un moment, ne sachant que faire, se demandant s'il devait entrer. Puis il entra. Il fallait qu'il voie de plus près la nature morte. Elle l'avait peinte sur leur terrasse, au début du mois de juillet. Il se sentit brusquement ramené au milieu de l'été.

«Oui, monsieur? Puis-je vous renseigner?»

C'était une jolie blonde en jean et sandales, qui portait la tenue habituelle, T-shirt et oreilles percées. Ses cheveux étaient retenus en arrière par une large lanière de cuir.

«Je regardais simplement ce tableau.

— Il vaut cent soixante dollars. C'est l'œuvre d'une artiste locale.

— Locale? Je suppose que vous voulez dire de San Francisco?

— Non. De Sausalito.»

Il était clair qu'elle était déconcertée, mais il jugea inutile de discuter.

«Avez-vous d'autres œuvres d'elle?»

Il était convaincu que non, mais, à son grand étonnement, la jeune fille fit un signe affirmatif.

«Oui, nous en avons d'autres. Deux, je crois.»

Il s'avéra qu'il y en avait trois. Une qui datait de l'été et deux autres, plus anciennes; aucune n'était estimée à plus de deux cents dollars.

«Où vous les êtes-vous procurées?»

Il en venait à se demander si elles n'avaient pas été volées. N'y en aurait-il eu qu'une, il aurait pu imaginer qu'un de ses acheteurs s'était vu dans la nécessité de la revendre, mais c'était improbable. Et cela devenait manifestement impossible puisqu'ils en possédaient apparemment un bon nombre.

La petite blonde parut surprise de sa question.

«Elles nous ont été confiées par l'artiste.

— Vraiment? Pourquoi?

— Je vous demande pardon?

— Je veux dire; pourquoi chez vous?

— Notre galerie est très réputée!»

Cette remarque l'avait mécontentée. Il s'efforça de dissimuler son embarras sous un sourire.

«Veuillez m'excuser. Ce n'est pas ce que je voulais dire. C'est seulement... c'est seulement qu'il se trouve que je connais cette artiste et que j'ai été surpris de voir son œuvre ici. Je la croyais loin... à l'étranger.»

Il ne savait comment s'en sortir. Sous l'impulsion de l'instant, il regarda la jeune fille en souriant encore.

« Peu importe. Je les prends.

— Lesquelles ? »

Il était fou, pensa-t-elle. Ou peut-être seulement ivre.

« Toutes.

— Les quatre ? »

Pas ivre, plutôt fou.

« Oui, c'est parfait.

— Mais cela vous coûtera près de huit cents dollars.

— Très bien. Je vais vous faire un chèque. »

La petite blonde hocha la tête et s'éloigna. Le directeur procéda à une vérification auprès de la banque de Ben; le chèque serait honoré. Dix minutes après, il sortait: Deanna et la galerie étaient chacune plus riches de quatre cents dollars. Lorsqu'il les rangea dans sa voiture, il ne savait toujours pas très bien pourquoi il les avait achetées. Il ne savait qu'une chose: il avait soudain désiré avoir ces tableaux. Et puis, les prix étaient ridiculement bas. Il n'y comprenait rien. On pouvait vendre ses toiles dans sa galerie, elle en tirerait un profit bien plus important... Comme si elle s'en souciait...! Mais où voulait-il en venir ?

Il pestait contre lui-même tout en se garant devant le *Sea Urchin*, où il devait déjeuner avec Kim. Vraiment, il avait eu une riche idée d'acheter ses peintures ! Quand elle s'en apercevrait, elle serait folle de rage. Mais quelque chose dans toute cette histoire le chiffonnait : qu'entendaient-ils par « peintre local » de Sausalito ?

Kim, attablée près de la fenêtre, l'attendait en contemplant le spectacle de la ville, de l'autre côté de la baie.

« Me permettez-vous de m'asseoir près de vous ? »

Elle sursauta et se retourna, surprise, puis se mit à rire.

« Pendant une seconde, j'ai cru que c'était un dragueur. »

Elle lui adressa un grand sourire. Il était plus charmant que jamais, élégamment vêtu d'un blazer, d'un pantalon et d'une chemise à rayures, mais elle crut déceler un léger trouble dans son regard.

« Pas de chance, mademoiselle Houghton, les dragueurs ne sont plus à la mode. Ou peut-être sont-ils tous du sexe féminin de nos jours...

— Voyez-vous ça.

— Tu boiras quelque chose ? » demanda-t-il.

Elle fit signe que oui, et ils commandèrent deux *bloody mary*. Il laissa son regard errer sur la baie.

« Kim ?

— Oui, je sais. Tu vas me dire que tu détestes les affiches. Je ne peux pas dire que je les adore, non plus. Mais j'ai d'autres idées. »

Il secoua la tête et ramena son regard vers le sien.

« Laisse tomber les affiches. Quoique tu aies raison. Nous en reparlerons plus tard. Je veux te demander autre chose. »

Il observa un long silence ; Kim attendit, se demandant si cela avait un rapport avec ce qu'elle avait discerné dans ses yeux.

« Qu'y a-t-il ? »

Il paraissait si désemparé qu'elle eut envie de lui prendre la main.

« Deanna. »

Kim crut que son cœur cessait de battre.

« L'as-tu vue ? »

Il fit un signe négatif.

« Non. Et toi ? (Kim hocha la tête.) A-t-elle des problèmes ? Je viens de tomber sur quatre de ses tableaux dans une galerie du coin, et je n'y comprends rien. Pourquoi vendrait-elle ses toiles dans cet endroit ? Tu sais à combien ils les proposaient ? Cent soixante dollars, et une autre à cent soixante-quinze. C'est délirant, ça ne tient pas debout. Et ils ont parlé d'elle comme d'un peintre du coin. De Sausalito. Vraiment, ça ne tient pas debout. Que se passe-t-il ? »

Kim le dévisagea un long moment sans prononcer une parole. Elle ne savait trop que lui dire. Elle avait promis à Deanna de passer la voir chez elle cet après-midi, juste après le déjeuner, ravie d'avoir la bonne excuse de son déjeuner à Sausalito : ainsi elle pourrait rendre visite à Deanna avant de rentrer. Mais que dire à Ben ? Quelle révélation pouvait-elle se permettre ?

« Je t'en prie, Kim, parle-moi. Que sais-tu ?

— Peut-être quelqu'un a-t-il revendu les toiles dans cette galerie après te les avoir achetées... »

Il fallait demander l'avis de Deanna avant de répondre quoi que ce soit. Elle le devait. Elle le devait à Deanna, mais, en même temps, elle aurait aimé tout dire à Ben sur-le-champ.

« Non, ce n'est pas le cas. La fille a déclaré que c'était elle qui les leur avait confiées. Mais pour quelle raison ? Pourquoi dans une galerie pareille, et par ici ? Essaie-t-elle de les vendre sans que son mari le sache ? A-t-elle des difficultés ? Besoin d'argent ? »

Ses yeux suppliaient Kim, qui laissa échapper un long soupir affligé.

« Oh ! Ben ! Qu'est-ce que je peux te dire ? Il y a eu de grands changements dans la vie de Deanna.

— Apparemment pas assez grands pour qu'elle ait l'idée de m'appeler.

— Peut-être le fera-t-elle. Quand l'heure viendra.

Elle est toujours très bouleversée au sujet de Pilar.»

Il hocha la tête silencieusement, et ils se turent. La dernière chose dont il désirât s'entretenir aujourd'hui était le commerce. Il ne pouvait penser qu'à Deanna. Il savait que quelque chose n'allait pas.

Il leva les yeux vers Kim, qui aurait voulu mourir quand elle vit son expression désespérée.

«A-t-elle un problème quelconque?

— Elle va bien, Ben. Vraiment. Je crois que d'une certaine manière, elle est heureuse pour la toute première fois.»

Elle aurait voulu se mordre la langue pour avoir prononcé ces mots. De fait, Deanna avait été plus épanouie encore durant l'été précédent. Kim ne savait comment rattraper ce qu'elle venait de dire.

«Elle peint beaucoup, ajouta-t-elle.

— Et elle est heureuse... avec lui...»

Brusquement, Kim ne put plus le supporter. Elle fit lentement un signe de dénégation.

«Comment cela? demanda-t-il.

— Il est retourné en France.»

Deanna le lui avait appris le mois précédent. Marc avait fini par repartir chez lui.

«Définitivement?»

Ben semblait sidéré. Kim acquiesça silencieusement.

«Et elle est restée ici?»

Kim acquiesça de nouveau; le regard de Ben était maintenant désespéré. Deanna ne l'avait pas appelé. Marc était parti, et elle n'avait pas appelé. Tandis qu'il gardait les yeux rivés sur son verre, il sentit la main de Kim toucher la sienne.

«Donne-lui le temps, Ben. Une foule de choses se sont produites. Je crois qu'il lui faudra encore quelques mois pour tout démêler.

— Et elle habite ici, à Sausalito ? »

Tout cela semblait absurde. Pourquoi n'était-elle pas restée chez eux ?

« Est-ce que ça veut dire qu'ils vont divorcer ? »

Elle prit une profonde inspiration.

« Oui, cela même.

— De qui est venue l'initiative ? Lui, elle ? Kim, il faut que tu me le dises. J'ai le droit de savoir.

— Je suis de ton avis, Ben. C'est elle qui a pris l'initiative, mais il est tombé d'accord. En fait, il n'avait pas le choix.

— Comment va-t-elle ? Est-ce qu'elle se remet du choc ? Elle va bien ?

— Très bien. Elle vit dans une drôle de petite maison, elle travaille à de nouveaux tableaux et se prépare à... »

Elle s'interrompit brutalement.

« Se prépare à quoi ?... Pour l'amour du Ciel, Kim, est-ce que cette galerie minable se préparerait à l'exposer ? »

Il était hors de lui. Comment osaient-ils ? Soudain, Kim éclata de rire, un éclair radieux dans les yeux.

« Tu sais quoi ? Tout cela est démentiel. Nous sommes assis là, à jouer au jeu des questions et des réponses au sujet de la santé de Deanna, alors que la seule chose dont elle ait besoin, c'est toi. »

Elle sortit un stylo de son sac, s'empara d'un morceau de papier parmi les affiches, griffonna l'adresse et la lui tendit :

« Vas-y. C'est son adresse.

— Maintenant ? dit-il, stupéfait, en prenant le bout de papier. Mais si... si elle ne veut pas me voir ?

— Elle le voudra. Mais, désormais, c'est à toi de décider. Et si elle n'est pas sage, donne-lui simplement un bon coup de poing dans la figure », dit-elle en riant.

Un large sourire lui barrait le visage, mais il la regarda, encore perplexe.

« Et notre déjeuner ? »

Tout ce qu'il désirait était de filer loin d'ici et retrouver Deanna ; il ne se souciait pas de demeurer, ne serait-ce qu'une seconde de plus, avec Kim. Elle sourit.

« Au diable notre déjeuner. Nous pourrons parler des affiches une autre fois. Sauve-toi. »

Il s'inclina pour l'embrasser et lui pressa très fort l'épaule.

« Un jour, Kim Houghton, je te revaudrai ça. Mais pour l'instant, dit-il en lui rendant enfin son sourire, pour l'instant il faut que je file. Dis-moi, à ton avis, est-ce que je défonce la porte, ou est-ce que je descends simplement par la cheminée ?

— Lance une chaise par la fenêtre. Ça marche à tous les coups. »

Il avait toujours un sourire aux lèvres lorsqu'il atteignit sa voiture et, cinq minutes après avoir quitté Kim, il était dans le cul-de-sac. Il jeta un nouveau coup d'œil sur le morceau de papier, et vit aussitôt qu'il s'agissait de la maison cachée derrière les gros buissons de marguerites et entourée d'une palissade. Était-elle là ? Peut-être était-elle sortie ? Il était anxieux, maintenant. Qu'allait-il lui dire ? Et si sa venue la mettait en colère ? Il n'aurait pu supporter qu'elle le rejette aujourd'hui, après tous ces longs mois passés à rêver d'elle.

Il se dirigea vers l'entrée. On entendait quelqu'un se déplacer à l'intérieur ; un poste de radio diffusait une douce musique de jazz. Il actionna la sonnette, puis frappa à la porte. Plus tôt qu'il ne s'y était attendu, la voix de Deanna lui parvint depuis l'arrière de la maison.

« Salut, Kim, ce n'est pas fermé. Entre donc ! »

Il ouvrit la bouche pour dire que ce n'était pas

Kim, mais se ravisa. Il ne fallait pas qu'elle sache avant qu'il soit entré, avant qu'il l'ait vue, juste une fois, même l'espace d'un instant. Juste une fois encore. D'une main, il poussa la porte. Il se tenait dans la petite pièce de devant, inondée de lumière. La pièce était vide.

« Es-tu entrée ? cria-t-elle depuis la pièce du fond. Je suis en train de peindre l'autre chambre. J'arrive tout de suite. »

Il sentait ses entrailles fondre en entendant cette voix pour la première fois depuis cinq mois. Il resta immobile, cloué sur place, attendant qu'elle entre. Il aurait voulu dire quelque chose, mais les mots ne sortaient pas. Il avait l'impression qu'il n'en aurait pas la force. Mais elle appela une nouvelle fois.

« Kim ? Est-ce toi ? »

Cette fois, il devait parler ; il ne voulait pas l'effrayer.

« Non, Deanna. Ce n'est pas Kim. »

Il y eut alors un silence, et il entendit quelque chose tomber. Il resta là, silencieux, immobile, en attente. Mais personne ne vint. Rien ne se produisit. Personne ne bougea. Alors, lentement, il se mit à avancer vers le fond de la maison. Il n'eut pas à aller bien loin ; quelques pas, et il fut sur le seuil de la minuscule chambre à coucher.

« Deanna ? »

Elle se tenait une main posée sur un berceau, appuyée sur le dernier mur à peindre. Il la regarda droit dans les yeux et ne put retenir un sourire :

« Pardonne-moi, je... »

Et tandis qu'elle écarquillait les yeux, il vit — et il remarqua que son menton tremblait.

« Mon Dieu, Deanna... tu es... »

Il ne voulait pas l'interroger, ne savait plus que dire. Quand, et comment ? Et de qui ? Et puis, sans plus s'en soucier, il franchit le fossé qui les séparait en l'attirant dans ses bras. Voilà pourquoi elle vendait ses tableaux, pourquoi elle était seule.

« C'est le nôtre, n'est-ce pas ? » fit-il.

Elle acquiesça en silence, d'un signe de tête, et ses larmes coulèrent sur l'épaule de Ben. Il la serra très fort contre lui.

« Pourquoi ne m'as-tu pas dit ? Pourquoi n'as-tu pas appelé ? »

Il s'écarta un peu, juste assez pour voir son visage. Elle souriait.

« Je ne pouvais pas. Je t'avais laissé. Je ne pouvais te revenir ainsi. Je pensais que peut-être... après la naissance...

— Tu es folle, mais je t'adore. Pourquoi après la naissance ? Je veux être là auprès de toi, je veux... Oh ! Deanna, *c'est le nôtre !* »

Il l'attira à nouveau dans ses bras d'un air de triomphe, riant et pleurant à la fois.

« Comment diable m'as-tu trouvée ? »

Elle riait en le serrant très fort sur son cœur ; puis elle renifla. Comme il se taisait, elle comprit.

« Kim, dit-elle.

— Peut-être bien. Ou peut-être cette infâme petite galerie qui vend tes tableaux. Deanna, comment as-tu pu... ? »

Sa voix retomba. Elle lui adressa un grand bon sourire.

« Il le fallait.

— Eh bien, plus maintenant.

— Nous verrons.

— Tu me préfères le *Seagull* ? »

Cette pensée la fit rire, et elle secoua la tête avec vigueur.

« Remarque bien, j'ai réussi à me débrouiller entièrement seule. Je suis devenue indépendante.

413

J'y suis arrivée. Comprends-tu ce que cela signifie?

— Cela signifie que tu es extraordinaire, et je t'adore. Vas-tu divorcer?»

Il la tenait dans ses bras et lui caressait doucement le ventre. Il sursauta quand le bébé remua.

«Était-ce là notre marmot?»

Elle fit oui d'un signe de tête, et les yeux de Ben se voilèrent de larmes.

«Et, oui aussi, je divorce. Ce sera terminé en mai.

— Et le bébé?

— Il viendra à terme en avril.

— Dans ce cas, ma petite folle indépendante, nous viendrons également à terme en mai.

— Qu'est-ce que cela veut dire?»

Mais elle riait à gorge déployée, et lui aussi.

«Exactement ce que tu penses. Et..., dit-il en jetant sur la pièce alentour un regard narquois, faites vos valises, madame, je vous emmène à la maison.

— Maintenant? Je n'ai pas fini de peindre la chambre du bébé, et...

— Et rien du tout, ma chérie. Je t'emmène à la maison.

— Tout de suite?»

Elle posa son pinceau et lui adressa un lumineux sourire.

«Tout de suite.»

Il l'attira dans ses bras, la pressa contre lui, l'embrassa avec tout le désir accumulé au long de ces cinq mois.

«Deanna, jamais plus je ne resterai sans toi. Jamais plus, tu m'entends?»

Elle se contenta de hocher la tête en souriant, et l'embrassa tandis que la main de Ben glissait lentement vers leur enfant.

DU MÊME AUTEUR

aux Presses de la Cité :

ALBUM DE FAMILLE.

Composition réalisée par COMPOFAC - PARIS

IMPRIMÉ EN FRANCE PAR BRODARD ET TAUPIN
Usine de La Flèche (Sarthe).
LIBRAIRIE GÉNÉRALE FRANÇAISE - 6, rue Pierre-Sarrazin - 75006 Paris.

ISBN : 2 - 253 - 03974 - 8   ✣ 30/6241/1